Un secret trop précieux

Du même auteur
aux Éditions J'ai lu

Les trois sœurs :
1 - Maggie la rebelle, *J'ai lu* 4102
2 - Douce Brianna, *J'ai lu* 4147
3 - Shannon apprivoisée, *J'ai lu* 4371

Lieutenant Eve Dallas :
Lieutenant Eve Dallas, *J'ai lu* 4428
Crimes pour l'exemple, *J'ai lu* 4454
Au bénéfice du crime, *J'ai lu* 4481
Crimes en cascade, *J'ai lu* 4711
Cérémonie du crime, *J'ai lu* 4756
Au cœur du crime, *J'ai lu* 4918
Les bijoux du crime, *J'ai lu* 5981
Conspiration du crime, *J'ai lu* 6027

Trois rêves :
1 - Orgueilleuse Margo, *J'ai lu* 4560
2 - Kate l'indomptable, *J'ai lu* 4584
3 - La blessure de Laura, *J'ai lu* 4585

Magie irlandaise :
1- Les joyaux du soleil, *J'ai lu* 6144
2- Les larmes de la lune, *J'ai lu* 6232
3 - Le cœur de la mer, *J'ai lu* 6357

L''île des trois sœurs :
1 - Nell, *J'ai lu* 6533
2 - Ripley, *J'ai lu* 6654
3 - Mia, *J'ai lu* 6727

Question de choix, *J'ai lu* 5053
Dans l'océan de tes yeux, *J'ai lu* 5106
Sables mouvants, *J'ai lu* 5215
À l'abri des tempêtes, *J'ai lu* 5306
La rivale, *J'ai lu* 5438
Ce soir et à jamais, *J'ai lu* 5532
Les rivages de l'amour, *J'ai lu* 6444
La villa, *J'ai lu* 6449
La fortune des Sullivan, *J'ai lu* 6664
L'impossible mensonge, *J'ai lu* 4275
Meurtres au Montana, *J'ai lu* 4374
Les illusionnistes, *J'ai lu* 3608
Un secret trop précieux, *J'ai lu* 3932
Ennemies, *J'ai lu* 4080

Nora Roberts

Un secret trop précieux

Traduit de l'américain par Valérie Dariot

J'AI LU

À ma mère et à sa passion pour la brocante

Titre original :
HIDDEN RICHES
G.P. Putnam's Sons, New York

PROLOGUE

Il aurait voulu être ailleurs. Décidément, il détestait cette somptueuse bâtisse d'un autre âge dans laquelle il se sentait pris au piège, tenaillé par des esprits qui ne connaissaient pas de repos. Il ne lui suffisait plus de recouvrir les meubles, de fermer la porte et de partir. Il fallait qu'il vide chaque pièce de cette maison pour se libérer de ses cauchemars.

— Capitaine Skimmerhorn ?

En s'entendant appeler ainsi, Jed se raidit. Il y avait déjà huit jours qu'il avait démissionné pour venir se réfugier dans son antre. Huit jours qu'il n'était plus capitaine et déjà il était las de l'expliquer. Il se poussa pour laisser le passage à deux déménageurs qui emportaient une armoire en palissandre. Il les regarda descendre l'escalier, traverser l'immense vestibule et sortir dans la fraîcheur du petit matin.

— Oui ?

— Si vous voulez jeter un coup d'œil en haut pour vérifier si on a tout pris. Je crois qu'on a fini maintenant.

— Parfait.

Il n'avait pas envie de monter. Même maintenant qu'il n'y restait plus rien, toutes ces pièces signifiaient encore trop pour lui. Il faut être responsable, se dit-il en montant à contrecœur les premières marches. Sa vie n'avait été que responsabilités, il ne pouvait fuir ce dernier devoir.

Il marchait maintenant dans le couloir, en direction de son ancienne chambre et se souvenait. Il avait grandi dans cette chambre. C'était là qu'il avait continué à vivre après que la maison eut perdu un à un tous ses habitants. Arrivé sur le seuil, il hésita. Les poings fermés dans ses poches, il attendait que ses souvenirs l'assaillent.

Il avait pleuré dans cette pièce, loin des regards, torturé par la honte. Jamais un Skimmerhorn n'avait failli en public. Après les larmes, c'est là aussi qu'il avait élaboré des plans de vengeance. De pauvres stratagèmes d'enfant pour lesquels il avait toujours dû payer.

C'est encore là qu'il avait appris la haine.

Pourtant ce n'était qu'une chambre comme une autre dans une maison ordinaire. Ou tout au moins avait-il cherché à s'en convaincre lorsque, des années plus tôt, devenu un homme, il était revenu vivre dans ces murs. N'avait-il pas été heureux? se demandait-il maintenant. Jusqu'à Elaine...

— Jedidiah?

Il sursauta. Il cherchait déjà dans sa poche une arme qui n'y était plus, quand il se reprit. Ce geste, ces pensées morbides qui l'avaient submergé au point qu'il aurait pu aisément se laisser surprendre, tous ces indices lui disaient qu'il avait pris la bonne décision en démissionnant.

Il se détendit et se tourna vers sa grand-mère, Honoria Skimmerhorn Rodgers. Elle portait une étole de vison et des pendants d'oreilles en diamants. Avec ses cheveux blancs impeccablement coiffés, elle donnait l'impression de se rendre à son club pour le déjeuner. Pourtant, ses yeux, d'un bleu aussi vif que ceux de son petit-fils, trahissaient l'inquiétude.

— Je pensais t'avoir convaincu d'attendre encore un peu, dit-elle calmement.

Elle posa sa main sur le bras du jeune homme. Il eut un mouvement de recul. Ce genre de contacts n'avait pas cours dans la famille Skimmerhorn.

— Je n'ai aucune raison d'attendre.

— Mais il doit bien y avoir une explication à cela! s'exclama-t-elle, en montrant d'un geste la chambre dénudée. Comment peux-tu vider ainsi ta maison, mettre au garde-meubles tout ce que tu possèdes ?

— Rien ne m'appartient dans cette maison.

— Ne sois pas ridicule, dit-elle d'une voix où perçait son accent de Boston.

— Elle ne me revient que parce que je suis le dernier à être encore en vie, faute de mieux.

Si elle n'avait pas été si inquiète à son sujet, cette réponse lui aurait valu une sévère réprimande.

— Que vas-tu chercher là ?

Elle s'était approchée de lui et le fixait. Elle l'aurait secoué, si ce geste avait pu changer quelque chose. Elle lui caressa la joue.

— Tu as juste besoin d'un peu de temps.

La douceur de sa grand-mère le fit faiblir et Jed dut mobiliser toute sa volonté pour se ressaisir.

— Et de changer de vie !

— En quittant la demeure familiale ?

— De quelle famille parles-tu ? ricana-t-il. Les Skimmerhorn n'ont jamais formé une famille.

Le regard de sa grand-mère dans lequel il avait pu voir jusque-là de la compassion se fit plus dur.

— Tu ne peux renier le passé. Qu'es-tu en train de faire ? Tu mets au rebut tout ce que tu as construit dans ta vie. Je ne t'ai peut-être pas encouragé lorsque tu as décidé d'entrer dans la police, mais c'était le métier que tu avais choisi et tu as réussi. En recevant ton grade de capitaine, tu as probablement fait davantage pour notre blason que tous tes ancêtres avec leur argent et leur pouvoir.

— Je n'ai pas voulu être flic pour le renom de ces maudits Skimmerhorn.

— Non, dit-elle, tu l'as fait pour toi, envers et contre tous, y compris moi-même.

Elle s'éloigna en direction du couloir. Elle aussi avait vécu dans cette maison. Elle était une jeune mariée alors. Elle non plus n'y avait pas été heureuse.

— Tu sais, je me suis souvent demandé où tu avais pu trouver le courage de nous braver tous.

Elle se tourna vers lui et le regarda attentivement. Il avait la beauté vigoureuse des Skimmerhorn. Ses cheveux couleur de bronze encadraient un visage long et maigre, tendu par le stress. Elle était soucieuse parce qu'il avait perdu du poids, mais ses traits émaciés n'en étaient devenus que plus nobles. Il était grand, large d'épaules et cette silhouette dégageait une impression de force qui soulignait la beauté romantique et virile de son teint pâle et de sa bouche délicate. Il avait hérité d'elle ses yeux d'un bleu profond dans lesquels elle retrouvait cette étincelle de défi, comme au temps où il n'était encore qu'un petit garçon.

Mais elle se sentait impuissante face à l'homme qu'il était devenu.

— Je ne veux pas te voir de nouveau bouleverser ton existence. Quand tu as décidé de t'installer ici après la mort de tes parents, je t'ai encore une fois désapprouvé. Mais c'était ton choix et jusqu'à aujourd'hui, il semblait bien que ce fût le bon. Mais, maintenant, tu penses apaiser ton chagrin en liquidant ta maison et ta carrière. Tu me déçois beaucoup, Jedidiah.

Il fut piqué au vif.

— J'aime mieux te décevoir qu'être responsable de la mort d'un seul de mes hommes. Je ne me sens plus apte à diriger mon équipe. Peut-être que je n'en serai plus jamais capable. Quant à la maison, elle aurait déjà dû être vendue il y a des années. Après l'accident. Je l'aurais fait si Elaine ne s'y était pas opposée. (Il sentit dans sa gorge le goût amer de la culpabilité.) Maintenant qu'elle nous a quittés elle aussi, je suis le seul qui puisse prendre cette décision.

— Certes, mais laisse-moi te dire que tu ne fais pas le bon choix.

Il eut soudain envie de frapper quelque chose... ou quelqu'un. Cela lui arrivait trop souvent et, précisément à cause de cette envie, il n'était plus le capitaine J.T. Skimmerhorn de la police de Philadelphie.

— Essaie de comprendre. Je ne peux pas vivre, dormir ici. Je dois partir de cette maison. J'étouffe.

— Dans ce cas, viens chez moi, au moins pour les fêtes. Jusqu'au Premier de l'An. Ça te donnera un peu de temps avant de commettre l'irréparable. (Sa voix était redevenue douce. Elle prit la main de Jed dans la sienne.) Jedidiah, ça fait maintenant des mois qu'Elaine... a été tuée.

— Inutile de me le rappeler. (Il savait avec précision quand sa sœur était morte. Après tout, n'était-ce pas lui qui l'avait tuée?) Merci de ton invitation mais j'ai d'autres projets. Je visite un appartement dans South Street cet après-midi.

— Un appartement, soupira Honoria, visiblement contrariée. Jedidiah, c'est absurde. Achète une maison ou pars en vacances, mais ne va pas t'enterrer dans une chambre misérable.

Il se surprit à sourire.

— L'annonce parlait d'un appartement calme, coquet et bien situé, pas d'un taudis. Grand-mère, laisse tomber.

Elle soupira encore. Elle avait échoué.

— Je veux ce qu'il y a de mieux pour toi.

— Je sais, répondit-il. Sortons d'ici, maintenant. J'ai besoin de respirer.

1

Il émane d'un théâtre vidé de son public une magie particulière. Les voix des acteurs qui reviennent en écho, les costumes, et cette vibration qui, partant de la scène, emplit la salle jusqu'aux derniers rangs.

Absorbée tout entière par cette magie, Isadora Conroy assistait, au Liberty Theater, à une répétition générale des *Contes de Noël*. Comme toujours, elle prenait un grand plaisir à ce spectacle. Mais, au-delà du texte de Dickens, elle appréciait le climat de nervosité, les éclairages recherchés, la diction des acteurs. Après tout, cet amour du théâtre n'était-il pas inscrit dans ses gènes ?

Il se dégageait d'elle une exaltation qui ne la quittait jamais. L'enthousiasme se lisait dans ses grands yeux noisette qui mangeaient ce visage encadré d'une chevelure châtain clair. C'est encore cette passion qui mettait sur sa peau ivoire cette touche incarnate, qui dessinait sur sa large bouche un perpétuel sourire. Le visage de la jeune femme était fait d'angles subtils et de courbes douces. Une jolie figure, pleine de santé. Elle n'était pas grande, mais son corps solide respirait l'énergie. C'était une personne curieuse de tout, qui croyait à l'illusoire. Elle regardait son père, sur la scène, secouer ses chaînes et proférer de terribles malédictions, et elle se mettait à croire aux esprits. Son père n'était plus un acteur, mais un pécheur condamné à expier sa concupiscence pour l'éternité.

Soudain, à la faveur d'un changement de décor, la

magie disparut, et Quentin Conroy redevint l'acteur, le metteur en scène, l'homme de théâtre.

— Dora ! (C'était sa sœur, Ophelia, qui l'appelait.) Nous avons déjà vingt minutes de retard sur notre emploi du temps.

— Nous n'avons pas d'horaire à respecter. D'ailleurs, je n'en ai jamais lorsque je suis en voyage d'affaires. Est-ce qu'il n'est pas merveilleux, Lea ?

Bien que perturbée dans son sens inné de l'organisation, Lea prit le temps de regarder vers la scène.

— Oui, encore que je ne n'arrive pas à comprendre comment il peut jouer cette pièce chaque année que Dieu fait.

— La tradition est l'essence du théâtre, répondit Dora, rayonnante.

En interrompant sa carrière d'actrice, elle n'avait rien perdu de son amour pour la comédie ni de son admiration pour l'homme qui lui avait appris à donner la réplique. Elle l'avait vu incarner des dizaines de personnages. Elle l'avait vu acclamé et hué, mais il l'avait toujours divertie.

— Tu te souviens de maman et papa dans *Le Songe d'une nuit d'été* ?

Lea fronça les sourcils, mais elle sourit.

— Qui pourrait oublier ça ! Maman a vécu avec son personnage pendant des semaines. J'avais l'impression de partager l'existence de la reine des fées. Maintenant, si nous ne partons pas d'ici tout de suite, je sens que la reine des fées va apparaître et nous énumérer tous les dangers qui attendent deux jeunes femmes seules en partance pour la Virginie.

Quand elle comprit à quel point sa sœur était nerveuse et impatiente, Dora la prit par l'épaule.

— Détends-toi. Papa va bientôt faire une pause, et maman est occupée.

En effet, la répétition s'arrêta bientôt. Dora se précipita sur la scène.

— Papa, tu as été formidable.

— Merci, ma chérie. Je crois que le maquillage est mieux réussi que l'année dernière.

— C'est absolument repoussant.

L'effet était tellement réel que le beau visage de son père semblait sur le point de se décomposer. Elle l'embrassa.

— Je suis désolée de ne pas pouvoir assister à la première, ce soir.

— Ça ne fait rien, dit-il, mais il eut une petite moue. De ses trois enfants, seul son fils perpétuait la tradition des Conroy. Sa première fille avait quitté la scène pour se marier et la seconde pour ouvrir un commerce. Pourtant, il parvenait de temps à autre à les faire remonter sur les planches dans un petit rôle.

— Alors, mes deux petites filles s'en vont à l'aventure.

— C'est un simple voyage d'affaires. Nous ne partons pas pour l'Amazonie !

— Ça revient au même. Fais bien attention aux serpents, dit-il en embrassant Lea.

— Ho, ho, Lea !

Trixie Conroy, resplendissante dans son costume, venait les rejoindre sur la scène.

— J'ai John au bout du fil. Il ne se souvient pas si Missy a sa leçon de piano aujourd'hui.

— J'ai laissé une liste, ronchonna Lea. Comment va-t-il pouvoir se débrouiller avec les enfants pendant trois jours s'il ne peut même pas la lire ?

— C'est un homme tellement charmant, commenta Trixie après le départ de Lea. Le gendre idéal. Dora, promets-moi de conduire prudemment.

— Oui, maman.

— J'ai confiance en toi. Tu ne fais jamais d'imprudences. Vous ne prendrez pas non plus d'auto-stoppeurs ?

— Non, je te le promets.

— Et vous ferez une halte toutes les deux heures...

— Toutes les deux heures, montre en main.

Trixie se mordillait la lèvre inférieure. Elle s'inquiétait toujours pour elles.

— Ecoute, maman, dit Dora afin de rassurer sa mère une fois pour toutes, j'ai un téléphone dans la camionnette. Je t'appellerai à chaque fois que nous franchirons la frontière d'un Etat.

Cette idée amusa beaucoup Trixie.

— Quentin, chéri, je viens de la billetterie. Toutes les places sont vendues jusqu'à la fin de la semaine.

— Ça ne me surprend pas.

Prenant sa femme dans ses bras, il la souleva doucement de terre et la fit tournoyer d'un geste gracieux.

— Bonne chance. (Dora embrassa sa mère une dernière fois.) Papa, à propos, n'oublie pas que tu dois faire visiter l'appartement cet après-midi.

— Je ne faux jamais à mes obligations. Bon voyage, ma douce.

Aux yeux de Dora, une salle des ventes était comparable à un théâtre. Rien n'y manquait, ni la scène, ni les accessoires, ni les personnages. En choisissant cette voie, avait-elle expliqué à ses parents incrédules, elle ne quittait pas vraiment les planches. Et elle savait exploiter ses talents d'actrice pour mener à bien ses transactions.

Dora avait déjà pris le temps d'étudier l'arène où se préparait le spectacle du jour. Le bâtiment dans lequel Sherman Porter avait installé sa salle des ventes et son marché de brocante était, à l'origine, un abattoir. La marchandise était présentée à même le sol de béton, là où, jadis, des bestiaux avaient connu leurs derniers instants. Désormais, l'endroit n'était plus peuplé que d'êtres humains emmitouflés dans de grands manteaux et d'épais cache-nez. Ils déambulaient, tantôt soupesant un vase de cristal, tantôt débattant du prix d'une toile ou de celui d'un meuble.

L'ambiance n'était pas des plus prometteuses, mais Dora en avait vu d'autres.

Isadora Conroy adorait faire des affaires. Elle avait

toujours aimé acheter. A tel point qu'elle avait souvent acquis des objets dont elle n'avait nul besoin. C'est cette passion qui l'avait décidée à ouvrir sa boutique, puis elle avait découvert que le plaisir de vendre égalait celui d'acheter.

— Lea, regarde ça. (Dora se tourna vers sa sœur et lui tendit un pot à crème doré en forme d'escarpin.) Est-ce qu'il n'est pas fabuleux ?

Ophelia Conroy Bradshaw jeta un bref coup d'œil à l'objet et leva un sourcil. En dépit de son prénom, ce n'était pas une rêveuse et elle avait les pieds sur terre.

— Un peu kitsch, non ?

— Allons, ne t'arrête pas à l'esthétique. (Arborant un large sourire, elle caressa la cambrure du soulier.) Le ridicule a aussi sa place dans ce monde.

— Je sais ; ta boutique.

Dora reposa le pot à crème. Elle n'était pas vexée, mais elle avait déjà pris la décision de faire une offre sur cet objet.

— Je suis ravie que tu sois venue avec moi, cette fois, dit-elle à Lea, tu m'aides à ne pas m'éparpiller.

— Je me sens un peu coupable de laisser John tout seul avec les enfants à quelques jours de Noël.

— Tu mourais d'envie de t'éloigner un peu de tes gamins, lui rappela Dora tout en inspectant une coiffeuse en cerisier.

— Je sais, c'est bien pour ça que je m'en veux.

— La culpabilité a du bon. (Dora s'accroupit pour mieux voir les poignées de cuivre du meuble.) Nous serons à la maison ce soir. Tu n'auras qu'à couvrir les gosses de baisers, sortir le grand jeu à John et tout le monde sera content.

Lea leva les yeux au ciel et sourit timidement au couple qui se tenait près d'elle.

— Je peux te faire confiance pour toujours tout ramener à la bagatelle.

Avec un grognement de satisfaction, Dora se redressa, repoussa les cheveux qu'elle avait dans la figure et déclara :

— J'en ai assez vu pour le moment.

En jetant un coup d'œil à sa montre, elle se rendit compte que la vente allait bientôt débuter.

— Nous ferions bien de nous trouver des places avant... Eh, attends un peu. (Ses yeux bruns se mirent à briller.) Regarde-moi ça !

Un tableau venait d'attirer son attention. Une toile de taille modeste, entourée d'un simple cadre en ébène. C'était un mélange de couleurs vives : de grandes coulées de carmin et de bleu saphir, quelques touches de jaune citron, sur un fond vert émeraude. Dora y lisait une énergie et une fougue à laquelle elle ne pouvait résister. Elle sourit au garçon qui tentait d'accrocher le tableau au mur.

— Il est à l'envers.

— Ah bon ?

Le garçon rougit. Il n'avait pas plus de dix-sept ans et la remarque de Dora l'avait déconcerté.

— Je ne crois pas, m'dame.

Et il retourna la toile pour montrer à la jeune femme le crochet qui se trouvait au dos.

Dès qu'elle entrerait en possession de la toile, ce qui était imminent, elle veillerait à réparer cette erreur.

— Ce lot vient juste d'arriver, ajouta le garçon.

— Je vois, dit-elle en s'approchant. Il y a quelques pièces intéressantes.

Elle attrapa une statuette qui représentait un basset aux yeux tombants recroquevillé en position de repos. Elle pesait plus lourd qu'elle ne l'aurait cru. Les lèvres serrées, elle la retourna dans tous les sens pour mieux l'observer. Elle ne portait ni date, ni marque de fabrique, et pourtant la façon était excellente.

— Est-ce que c'est assez kitsch pour toi ? demanda Lea.

— Oui. Il serait très bien pour bloquer une porte.

Elle le remit en place et s'apprêta à saisir une figurine représentant un couple de danseurs vêtus à l'ancienne. Mais, malencontreusement, sa main heurta celle d'un homme. Un petit vieux à lunettes qui la salua d'une inclination de la tête.

— Un bel objet, n'est-ce pas ? lui demanda-t-il. Ma femme en avait un semblable. Les gosses l'ont cassé un jour qu'ils se battaient dans le salon.

Il eut un large sourire. Il portait un nœud papillon rouge et dégageait un parfum mentholé. Dora lui sourit à son tour.

— Vous êtes collectionneur ?

— En quelque sorte. Permettez-moi de me présenter. Je m'appelle Tom Ashworth. J'ai une boutique ici même. (Il lui tendit une carte de visite.) J'avais entassé tellement de vieilleries que je n'avais plus le choix : c'était ça ou acheter une plus grande maison.

— Je sais exactement ce que vous voulez dire. Je suis Dora Conroy. Ma boutique est à Philadelphie.

— Je me disais bien que vous étiez de la partie. (Il semblait ravi.) Je vous ai tout de suite remarquée. Je vous ai déjà vue aux ventes de Porter.

— Vous devez confondre, je n'ai encore jamais réussi à venir ici. En fait, j'ai décidé de faire ce voyage sur un coup de tête. J'ai même entraîné ma sœur. Lea, je te présente M. Ashworth.

— Enchantée.

— Tout le plaisir est pour moi.

— Vous avez votre commerce depuis longtemps, monsieur Ashworth ? demanda Dora.

— Plus de quarante ans. C'est ma femme qui a eu l'idée. Elle fabriquait des machins au crochet et les vendait. Ensuite, nous avons commencé à vendre des babioles que nous entreposions dans le garage. (Il sortit de sa poche une pipe qu'il se mit à mordiller.) En 1963, notre stock était devenu tel qu'il nous a fallu louer un local dans le centre-ville. Nous avons travaillé côte à côte jusqu'à ce qu'elle me quitte, en 1986. Maintenant j'ai mon petit-fils avec moi. Il est un peu extravagant mais, au fond, c'est un bon garçon.

— Travailler en famille, il n'y a rien de mieux, dit Dora. Lea vient m'aider depuis peu à la boutique.

— Dieu seul sait pourquoi ! (Lea enfonça ses mains dans les poches de son manteau dans l'espoir de les réchauffer.) Je ne connais rien à la brocante ni aux antiquités.

— Tout ce que vous avez à faire, c'est deviner ce que les gens veulent et combien ils sont prêts à payer, dit Tom Ashworth qui allumait sa pipe.

— C'est exactement ça. (Ravie, Dora passa son bras autour de celui du vieux monsieur.) J'ai l'impression que ça commence. Nous devrions nous asseoir.

Dora sortit son calepin, tout excitée. Il y avait des affaires à faire ce jour-là et elle voulait sa part du gâteau. Lorsqu'on mit en vente une coiffeuse, elle remporta la mise contre une femme maigre aux lèvres pincées. Elle acquit également le pot à crème en forme d'escarpin et se battit vaillamment contre Tom Ashworth pour un service de salières en cristal.

— Je suis battu, avoua-t-il à Dora lorsque celle-ci monta pour la dernière fois l'enchère. Vous en tirerez sûrement un bon prix à Philadelphie.

— Un de mes clients les collectionne, lui confia Dora.

— Si ça vous intéresse, continua Ashworth, j'ai quelques belles pièces à la boutique.

— Vraiment !

— Si vous avez le temps, passez jeter un coup d'œil.

— Je n'y manquerai pas. Lea, occupe-toi des enchères sur le lot de pâtes de verre.

— Moi ?

Horrifiée, Lea regarda sa sœur.

— Il est temps de te lancer.

Lea commença d'une voix hésitante qui parvenait à peine aux oreilles du commissaire-priseur. Petit à petit, pourtant, elle s'avança sur son siège. Ses yeux se voilèrent. Au moment où l'enchère se terminait, elle avait pris une voix de stentor.

Pleine de fierté, Dora attrapa sa sœur par l'épaule.

— Elle apprend vite, dit-elle à l'adresse de Tom Ashworth. Une vraie Conroy !

— Je les ai toutes achetées. (Lea posa une main sur

son cœur qui battait la chamade.) Pourquoi m'as-tu laissée faire ?

— Tu t'amusais tellement, répondit Dora.

— Mais ça va nous coûter des centaines de dollars !

— Ne t'inquiète pas, ils sont bien investis.

On allait mettre maintenant en vente la peinture abstraite.

— A mon tour, lança Dora en se frottant les mains.

A trois heures, Dora chargeait dans sa camionnette une demi-douzaine de salières acquises auprès de Tom Ashworth. Le vent s'était levé et s'engouffrait dans le col de leurs manteaux.

— J'ai l'impression qu'on va avoir de la neige, dit le vieil homme.

— J'espère bien que nous aurons un Noël blanc, répliqua Dora en recoiffant ses cheveux ébouriffés par le vent. J'ai été ravie de vous rencontrer, monsieur Ashworth. (Elle lui tendit la main.) Si vous venez à Philadelphie, il faudra nous rendre une petite visite.

— Je n'y manquerai pas, dit-il en touchant la poche dans laquelle il avait glissé la carte de la jeune femme. Je vous souhaite un bon voyage. Ne commettez pas d'imprudences sur la route.

— Soyez tranquille. Joyeux Noël !

Elle démarra la camionnette et jeta un dernier coup d'œil dans le rétroviseur. Le vieux monsieur, debout sur le trottoir, sa pipe entre les dents, leur faisait adieu de la main.

— Quel amour ! Je suis bien contente qu'il ait pu acheter cette figurine.

Lea grelottait. Elle attendait avec impatience que l'air se réchauffât dans le véhicule.

— J'espère qu'il ne t'a pas fait payer trop cher ces salières.

— Il a fait son bénéfice, comme je ferai le mien. Mme O'Malley ajoutera ces pièces à sa collection, et tout le monde y aura trouvé son compte.

— Si tu le dis. Tu sais, je n'arrive toujours pas à

croire que tu aies acheté cette horrible peinture. Tu ne la vendras jamais.

— Je finirai bien par m'en débarrasser.

— Au moins, tu ne l'as payée que cinquante dollars. (Lea se retourna vers les boîtes entreposées à l'arrière de la camionnette.) Naturellement, tu sais que tu n'as pas la place de stocker tout ça dans ta boutique.

— Je me débrouillerai. Tu ne crois pas que Missy aimera ce manège ?

Lea imagina pendant un instant cet objet gigantesque dans la petite chambre aux teintes pastel de sa fille. Elle frissonna :

— Oh non, je t'en prie !

— D'accord, répondit Dora qui haussa les épaules. (Elle le mettrait chez elle, dans son salon.) Mais je suis persuadée qu'elle en serait folle. Tu veux passer un coup de fil à John pour lui dire que nous rentrons ?

— Un peu plus tard. (Lea poussa un soupir et se cala dans son siège.) A cette heure-ci, demain, je serai en train de préparer le repas de Noël.

— Pourquoi te plains-tu ? Tu t'es mariée, tu as eu tes enfants, puis tu as acheté une maison. Où voudrais-tu que la famille aille réveillonner ?

— Ça ne serait rien si maman n'insistait pas tous les ans pour me donner un coup de main, elle qui n'a jamais préparé le moindre repas de sa vie. Quant à papa, n'en parlons pas !

— Peut-être que Will pourra s'occuper de maman. Il vient seul ou avec une de ses petites amies ? demanda Dora.

Elle faisait allusion à son frère dont les conquêtes amoureuses remplissaient tout un carnet d'adresses.

— Aux dernières nouvelles, il sera seul, répondit sa sœur. Il arrivera de New York en fin de soirée, par le dernier train.

— Comme ça, il fera une entrée plus remarquée. Ecoute, s'il te tape trop sur les nerfs, tu peux toujours... Oh, merde !

— Quoi ? demanda Lea, les yeux écarquillés.

— Je viens juste de me rappeler que le nouveau locataire que m'a trouvé papa emménage aujourd'hui.

— Et alors ?

— J'espère que papa n'a pas oublié d'y aller pour donner les clés. Tu le connais, il est tellement distrait ; surtout quand il prépare un spectacle.

— Je le connais parfaitement. C'est bien pourquoi je me demande comment tu as pu lui laisser le soin de te choisir un nouveau locataire.

— Je n'avais pas le temps, marmonna Dora. Et papa a tellement insisté pour s'en occuper.

— Tu ne te plaindras pas si tu te retrouves avec un psychopathe ou une mère de famille nombreuse vivant à la colle avec un Hell's Angel.

— J'ai bien dit à papa que je ne voulais pas de cinglés ni de tatoués. J'espère que c'est un bon cuisinier qui tentera d'amadouer sa propriétaire avec des petits gâteaux. A ce propos, tu veux manger quelque chose ?

— Oh oui, un dernier repas sans les enfants, le rêve !

Au dernier étage d'une tour d'acier dominant les rues de Los Angeles, Edmund Finley s'abandonnait avec délectation à sa séance de manucure hebdomadaire. En face de lui, de l'autre côté de son vaste bureau en bois de rose, il regardait sur le mur les images qui lui parvenaient du monde entier par le biais d'unc douzaine d'écrans de télévision. Des caméras vidéo avaient été installées dans la plupart des bureaux de son organisation, et il pouvait ainsi espionner ses employés. Une sonate de Mozart résonnait dans la vaste pièce. Sauf cas exceptionnel, Edmund Finley n'écoutait jamais le son qui accompagnait les images. Son plaisir, c'était de regarder.

Finley avait choisi d'installer son bureau au sommet d'un building, parce que la vue que Los Angeles offrait de cette hauteur lui donnait une impression d'omnipotence.

Il habitait, dans les collines, une vaste demeure équipée elle aussi d'écrans de télévision. En façade, de larges baies vitrées lui offraient une vue imprenable sur la ville étendue à ses pieds. Il passait de longues heures sur sa terrasse, rêvant qu'il possédait chaque chose et chaque personne que ses yeux pouvaient discerner.

Son bureau reflétait son amour du beau, de l'exceptionnel. Les murs et les sols étaient d'un blanc immaculé et mettaient en valeur ses trésors : un vase Ming posé sur un piédestal de marbre, un Renoir accroché dans un cadre doré au-dessus d'une commode Louis XIV, un canapé ayant appartenu à Marie-Antoinette flanqué de deux tables d'acajou de l'Angleterre victorienne.

Edmund Finley se plaisait à acquérir et à amasser des objets de prix. A cinquante ans, c'était un homme de haute taille à la silhouette distinguée. Il était à la tête d'une affaire d'import-export florissante. Il avait commencé sur les docks. Encore tout jeune homme, il vendait le contenu des caisses qu'il avait détournées. A l'âge de trente ans, il avait amassé assez d'argent pour créer sa propre société et, surtout, il avait assez de contacts pour écouler ses marchandises clandestines.

Il était désormais un homme riche qui s'habillait à l'italienne, fréquentait des femmes françaises et négociait en francs suisses. Après toutes ces années, il pouvait enfin s'adonner à sa véritable passion : les antiquités.

— J'ai terminé, monsieur Finley.

La manucure reposa doucement la main de l'homme d'affaires sur le bureau. Elle commença à rassembler ses instruments, consciente qu'il inspectait scrupuleusement son travail. Une fois, il était entré dans une rage folle pour une cuticule qu'elle avait oublié d'enlever. Mais, aujourd'hui, il était satisfait.

— Excellent travail.

Il lui tendit un billet de cinquante dollars, et, avec un de ses rares sourires, qui la désarmaient, il en ajouta cent autres :

— Joyeux Noël, ma petite !

— Merci, merci beaucoup, monsieur Finley. Joyeux Noël à vous !

Il la congédia d'un geste de ses mains soignées. La générosité était chez lui aussi naturelle que l'avidité.

Noël, pensait-il. Le temps de la fraternité entre les hommes, des rires d'enfants et des arbres colorés. C'était aussi, bien sûr, une période où la solitude et le désespoir se faisaient plus flagrants, mais ces misères humaines ne le touchaient pas. La compagnie s'achetait, comme le reste. Il avait élu domicile dans une ville où la richesse, le pouvoir et la jeunesse étaient vénérés comme des idoles. En ces fêtes de fin d'année, il était heureux car il était un homme riche et puissant. Certes, il n'était plus jeune, mais il pouvait le paraître, ce n'était qu'une question d'argent.

Des coups frappés à la porte de son bureau vinrent le tirer de ses rêveries.

— Entrez.

Abel Winesap, un homme de petite taille, aux épaules voûtées, s'éclaircit la gorge :

— Monsieur Finley.

— Connaissez-vous la véritable signification de Noël, Abel ? demanda Finley d'une voix doucereuse.

— Euh... bredouilla Winesap, qui portait le titre ronflant d'assistant exécutif du président.

— L'acquisition, mon cher Abel. Un bien joli mot, ne pensez-vous pas ?

— Certainement, monsieur.

Winesap sentait des frissons lui parcourir le dos. Le message qu'il venait délivrer n'était pas des plus faciles à dire et la bonne humeur de son employeur lui faisait redouter le pire.

— Je crains d'avoir un léger problème, monsieur.

— Ah bon ? (Un sourire flottait toujours sur le visage de Finley, mais son regard était devenu de glace.) Et quel est-il ?

Winesap était pétrifié par la peur. Il savait dans quels accès de rage froide Finley pouvait tomber. Ne l'avait-il pas vu de ses yeux exécuter l'un de ses employés qui avait cherché à le tromper ? Il se souvenait avec quel calme Finley avait tranché la gorge de l'homme en se servant d'une dague du XVIe siècle. Et c'était lui, Winesap, qui avait été chargé de se débarrasser du corps.

Angoissé, il commença son récit :

— La livraison de New York. Les marchandises que vous attendiez...

— Il y a du retard ?

— Non, enfin, pas à proprement parler. La livraison a été faite aujourd'hui, comme convenu, mais les marchandises... (Il humecta ses lèvres desséchées.)... Ce ne sont pas celles que vous attendiez, monsieur.

Finley posa sur le bord de son bureau ses mains dont les articulations devinrent blanches tant la pression qu'il exerçait sur elles était grande.

— Je vous demande pardon ?

— Les marchandises ne sont pas celles que vous avez commandées. Il semblerait qu'il y ait eu une confusion quelque part. (La voix de Winesap n'était plus qu'un murmure.) J'ai jugé préférable de vous en avertir sans tarder.

— Où sont-elles ?

Finley avait perdu son ton jovial.

— Au service de réception, monsieur. Enfin, je pense...

— Faites-les monter immédiatement.

— Certainement, monsieur. Je m'en occupe tout de suite.

Winesap sortit. Il n'était pas mécontent de bénéficier de ce court instant de répit. Finley avait payé très cher ces marchandises et dépensé beaucoup d'argent pour les dissimuler et les faire entrer clandestinement dans le pays. Chaque pièce volée avait dû être déguisée, puis acheminée depuis les endroits les plus divers vers ses entrepôts new-yorkais.

Pour se calmer, Finley se versa un grand verre de jus de goyave. S'il y avait eu faute, le responsable devrait payer. Il reposa le verre en baccarat avec délicatesse et se regarda dans le miroir George III qui dominait le bar. Son dernier lifting avait estompé les poches sous les yeux et fait disparaître les rides profondes qui s'étaient creusées autour de sa bouche. Il ne paraissait pas plus de quarante ans. Finley se tournait de droite et de gauche pour admirer son profil.

Quel imbécile avait pu dire que l'argent ne faisait pas le bonheur !

On frappa à la porte.

— Entrez, éructa-t-il tandis qu'un de ses employés pénétrait dans la pièce en poussant une caisse sur un chariot.

— Déposez-la ici et sortez. (Il pointa un doigt vers le centre du bureau.) Abel, restez ici et fermez la porte.

Winesap s'approcha du colis.

— Je l'ai ouvert, selon vos instructions. C'est en faisant l'inventaire des marchandises que j'ai compris qu'il y avait eu une erreur.

Il plongea la main dans les papiers d'emballage qui remplissaient la caisse et en tira une théière décorée de petites violettes. Finley se saisit de l'objet et le retourna dans tous les sens. C'était de la porcelaine anglaise, une belle pièce dont il aurait certainement pu tirer un bon prix. Mais il devait exister des milliers de théières identiques à celle-là de par le monde. Elle ne pouvait donc avoir la moindre valeur à ses yeux, c'est pourquoi il la brisa sur les bords de la caisse.

— Autre chose ?

Winesap sortit de la caisse un vase italien qui passa bientôt à quelques centimètres de sa tête pour aller se briser contre un mur.

— Il y a aussi des... tasses à thé. Et de l'argenterie. Et...

— Où est ma marchandise ? hurla Finley en détachant chaque syllabe.

— Je n'arrive pas à le croire moi-même, monsieur. Il y aura eu une erreur...

— Une erreur !

Les yeux de Finley avaient pris les reflets du jade. Il

avait les poings serrés sur les hanches. DiCarlo, pensa-t-il soudain, et il vit le visage de son homme de confiance à New York : un jeune garçon ambitieux, brillant et non dénué de bon sens. Pas assez stupide pour tenter un coup pareil. Quoi qu'il en soit, il devait payer.

— Appelez DiCarlo.

— Tout de suite, monsieur.

Soulagé que la rage de son patron se fût dirigée vers un autre que lui, Winesap se précipita vers le bureau et s'empara du téléphone.

Tandis qu'il composait le numéro, il observait Finley détruisant petit à petit tout le contenu de la caisse.

2

Jed Skimmerhorn avait besoin d'un verre. Mais il ne boirait rien tant qu'il n'aurait pas monté ces cartons à son appartement.

Son ancien coéquipier, Brent, l'avait aidé à porter le divan, le matelas et les meubles les plus lourds. Il ne restait que ces quelques caisses remplies de livres, d'ustensiles de cuisine et autres menus objets. Jed se demandait pourquoi il n'avait pas tout laissé au garde-meubles.

Mais il n'était plus très sûr de rien. Il n'avait pas réussi à expliquer à Brent pourquoi il avait décidé de quitter sa vaste et confortable demeure pour aller vivre dans un appartement à l'autre bout de la ville. Il avait simplement besoin de repartir de zéro. Il avait tourné beaucoup de pages depuis quelque temps. Sa démission, pour commencer. Parmi toutes ses décisions, c'était certainement celle qui lui avait coûté le plus.

Son supérieur hiérarchique s'y était opposé et avait préféré appeler cela un congé sabbatique. Mais, même vu sous cet angle, tout ce qui importait à Jed c'était de ne plus être flic. Cette partie de lui était morte. Il n'éprouvait plus le désir de protéger ses concitoyens. Comme il l'avait expliqué au psychologue de service, il ne se sentait pas déprimé. Il voulait juste être seul. Il avait consacré quatorze ans de sa vie à la police, c'était plus qu'assez.

Aucun bruit ne s'était fait entendre dans l'appartement situé en face du sien. Le vieil excentrique qui lui avait donné les clés avait pourtant évoqué un autre locataire. Mais, apparemment, c'était quelqu'un de calme.

Jed descendit les premières marches du perron et constata avec agacement que la rampe était complètement pourrie. Dehors, il tombait de la neige fondue. A l'arrière de la maison, on ne percevait rien de l'animation qui régnait sur South Street. La rivière était tout près et Jed se dit qu'il pourrait toujours aller s'y promener s'il éprouvait le besoin de s'isoler.

A travers la brume, il aperçut au loin un Père Noël que quelqu'un avait fixé sur un toit. Il se souvint alors que Brent l'avait invité pour le réveillon. Une invitation que Jed aurait appréciée par le passé. Il n'avait dans sa vie jamais connu cette atmosphère chaleureuse qui entoure les fêtes de fin d'année. Désormais, il n'avait même plus de famille. Du bout de ses doigts, il pressa ses tempes douloureuses. Il ne devait pas penser à Elainc, mais les souvenirs, tels des fantômes, revenaient le hanter sans cesse.

Il sortit le dernier carton du coffre de sa voiture et ferma le hayon d'un geste violent. Il allait oublier Elaine et Donny Speck, oublier les responsabilités et les regrets. Il prendrait un verre et tâcherait de vider son esprit. Il grimpa une dernière fois l'escalier abrupt. La température qui régnait à l'intérieur offrait un contraste saisissant avec le vent glacial qui soufflait dehors. Apparemment, le propriétaire ne lésinait pas sur le chauffage. Le vieux monsieur devait avoir de l'argent à perdre... Un drôle de bonhomme, pensa Jed. Il ne l'avait interrogé que sur ses goûts en matière de théâtre contemporain, comme s'il s'était moqué de savoir si le chèque du loyer n'était pas en bois.

Jed entra dans son appartement, posa la dernière boîte sur la table de chêne et chercha la bouteille de whisky. Contrairement aux colis qu'il avait laissés au garde-meubles, ces cartons ne portaient aucune marque permettant d'identifier leur contenu. S'il y avait jamais eu tant soit peu de sens pratique dans la famille Skimmerhorn, Elaine seule en avait hérité.

Au souvenir de sa sœur, Jed jura entre ses dents. Il ne devait pas laisser s'installer la culpabilité. L'angoisse, les sueurs froides... depuis un mois que les remords le tenaillaient, il avait appris à les reconnaître.

L'écho qui résonnait dans l'appartement rappelait à Jed qu'il était bien seul. Cet isolement était l'une des deux raisons pour lesquelles il avait choisi cet endroit. L'autre était qu'il trouvait cette maison fabuleuse. Après le luxe cossu de son ancienne demeure, il aurait détesté se retrouver dans un de ces appartements modernes et sans âme. Le vieil immeuble avait dû être réaménagé dans les années trente mais il avait conservé de son architecture d'origine, des plafonds élevés et de vastes pièces, des cheminées et des fenêtres étroites et hautes. Les parquets de chêne avaient été cirés pour la venue du nouveau locataire. Les murs étaient peints d'un blanc ivoire. Quentin Conroy avait invité le nouveau locataire à décorer l'appartement à son goût, mais Jed ne voulait surtout rien changer.

Il finit par dénicher une bouteille aux trois quarts pleine qu'il posa sur la table. Il était à la recherche d'un verre quand il entendit du bruit. Il s'immobilisa immédiatement, les muscles tendus.

Il entendit un carillon, suivi d'un rire mélodieux de femme. Baissant les yeux vers le sol, il aperçut une trappe de ventilation en cuivre, près de la cheminée. C'est de là que s'échappaient les sons qui lui parvenaient, si clairement qu'il pouvait presque distinguer chaque mot.

L'appartement de Jed était situé au-dessus d'une

boutique d'antiquités qui avait été fermée pendant deux jours. Vraisemblablement, elle venait de rouvrir.

Jed se remit en quête d'un verre en s'efforçant de ne plus prêter attention à ces bruits.

— C'est gentil d'être venu nous attendre ici, John, dit Dora en posant près de la vieille caisse enregistreuse une lampe à pétrole qu'elle venait d'acheter.

— Ce n'est rien, répondit John, essoufflé, tandis qu'il apportait une nouvelle caisse dans la pièce déjà tout encombrée qui tenait lieu d'entrepôt.

John était un homme grand et d'une extrême minceur. A travers d'épaisses lunettes, il jetait sur le monde un regard timide qui donnait à son visage honnête, presque ordinaire, un charme particulier. Il travaillait pour un concessionnaire automobile et venait d'être sacré meilleur vendeur pour la deuxième année consécutive, grâce à sa façon réservée et presque penaude d'aborder les clients qui séduisait à tous les coups.

Il affichait maintenant un sourire triomphant tandis qu'il remettait ses lunettes sur son nez.

— Comment vous êtes-vous débrouillées pour acheter autant en si peu de temps ?

— L'expérience, répondit Dora qui s'était juchée sur la pointe des pieds afin de déposer un baiser sur la joue de John. (Elle se baissa et prit dans ses bras le plus jeune de ses neveux.) Alors, face de lune, est-ce que je t'ai manqué ?

— Non, non, répondit-il avec un large sourire tout en enserrant sa tante de ses petits bras potelés.

Pendant ce temps, Lea surveillait d'un œil implacable ses deux autres enfants, Richie et Missy.

— Ah, soupira-t-elle, me voilà de retour. (Elle tendit les bras pour attraper Michael.) As-tu encore besoin de nous, Dora ?

— Non, je me débrouillerai bien toute seule. Merci encore.

— Tu es sûre ?

Lea jeta autour d'elle un regard sceptique. Elle ne

comprendrait jamais comment sa sœur arrivait à vivre entourée d'un tel bric-à-brac. Elles avaient grandi dans un chaos perpétuel où chaque jour apportait son lot de drame ou de comédie. Devenue adulte, Lea avait ressenti le besoin de s'entourer d'une structure pour préserver son équilibre mental.

— Je peux passer demain, si tu veux.

— Il n'en est pas question. C'est ton jour de congé et j'ai bien l'intention de goûter à quelques-uns de ces gâteaux que tu vas nous faire. (Tandis qu'elle raccompagnait sa famille jusqu'à la porte, elle glissa dans les mains de sa nièce un énorme sachet de confiseries.) Tu partageras avec les autres, chuchota-t-elle, et ne dis pas à maman que je te les ai données.

Elle caressa la tête de Richie qui lui répondit par un sourire édenté.

— Des bandits pourraient venir cette nuit et tout te voler, dit-il en tendant la main vers les pendants d'oreilles en améthyste que portait Dora. Si je restais ici cette nuit, je te protégerais.

— Merci, Richie, répondit Dora du ton le plus sérieux du monde. J'apprécie beaucoup ton geste, mais il faudra que je tue les bandits moi-même cette nuit.

Dès qu'ils furent partis, elle verrouilla la porte, car elle savait que Lea resterait là tant que sa sœur n'aurait pas fermé chaque serrure et mis en route le système d'alarme.

Une fois seule, elle poussa un long soupir. Il flottait dans la boutique un parfum de pomme et d'essence de pin provenant des pots pourris qu'elle avait disposés ici et là. C'est bon d'être chez soi, se dit-elle en soulevant une caisse qu'elle avait décidé de remonter à son appartement.

Outre la caisse, elle devait aussi porter son sac de voyage et son manteau qu'elle avait retiré en arrivant. Elle pestait entre ses dents, mais parvint néanmoins à atteindre l'interrupteur avec son épaule et éclaira la cage d'escalier. Parvenue sur le palier, elle aperçut de la lumière dans l'appartement voisin du sien. Le nouveau locataire avait emménagé. Elle s'avança vers la porte qu'un carton maintenait ouverte et jeta un œil à l'intérieur.

La pièce était seulement meublée d'un canapé et d'une chaise. L'homme se tenait debout près d'une table, un verre à la main. Il était grand, bâti comme un athlète. Il portait des jeans usés jusqu'à la corde et un sweat-shirt dont il avait relevé les manches jusqu'au coude. Il n'avait pas de tatouages. Ses cheveux où brillait un reflet doré retombaient sur sa nuque. La montre qu'il arborait au poignet détonnait étrangement avec cette mise désinvolte. C'était une Rolex, ou tout au moins une belle imitation. De toute évidence, son nouveau locataire n'était pas en train de fêter son arrivée. Son visage, en partie caché par une barbe naissante, avait une expression sinistre.

Avant qu'elle eût le temps d'articuler le moindre mot, elle vit l'homme se raidir et tourner brusquement la tête dans sa direction. Lorsque le regard d'un bleu dur de l'inconnu se posa sur elle, Dora fut prise d'une irrésistible envie de filer.

— Votre porte était restée ouverte, dit-elle timidement.

Mais elle regretta aussitôt ses paroles : elle n'avait pas à s'excuser de se trouver dans sa propre maison.

Il s'avança. C'était à son tour d'examiner la jeune femme. Il ne pouvait pas bien la voir à cause de la caisse qu'elle portait, mais réussit pourtant à apercevoir un joli visage dont l'ovale se terminait par un menton un peu pointu. Son teint avait la couleur rose pâle des beautés d'antan. Il vit aussi une bouche sans maquillage qui s'élargissait en un sourire et de grands yeux noisette qui exprimaient une curiosité bienveillante.

— Je m'appelle Dora, je suis votre voisine, expliqua-t-elle tandis qu'il ne la quittait pas des yeux. Si vous avez besoin d'un coup de main...

— Non merci.

D'un coup de pied, Jed poussa le carton qui bloquait

la porte, refermant celle-ci au nez de Dora. Cette dernière en resta bouche bée.

— Bienvenue chez nous, bredouilla-t-elle, et elle entra dans son appartement dont elle referma la porte avec un claquement violent.

— Eh bien, papa, j'ai l'impression que tu as encore décroché le gros lot, lança-t-elle à la cantonade.

Dora laissa tomber sur le divan ce qu'elle tenait dans les bras et repoussa ses cheveux en arrière d'un geste nerveux. Ce type était bien agréable à regarder mais il n'avait que ça pour lui. Elle se dirigea vers le téléphone, bien décidée à dire à son père sa façon de penser.

Elle allait composer le numéro quand ses yeux se posèrent sur une feuille de papier que Quentin Conroy avait ornée d'un énorme cœur. Elle reposa le combiné et lut :

Ma petite fille adorée,

Mission accomplie, et bien accomplie, oserai-je ajouter. Ton nouveau locataire est un grand gaillard qui pourra t'aider dans tous les petits travaux de réparation. Comme tu le verras sur le bail qui n'attend plus que ta signature, il s'appelle Jed Skimmerhorn. Un nom qui a du corps, qui évoque les capitaines au long cours, les vaillants pionniers. Je le trouve d'un taciturne fascinant, mais, crois-moi, sous cette eau dormante bouillonne un torrent. Je n'ai pas trouvé de meilleur cadeau à t'offrir que ce mystérieux voisin de palier.

Bienvenue au bercail,
Ton père dévoué.

Dona ne put s'empêcher de sourire. La tactique de son père était évidente : en choisissant un jeune homme séduisant, il espérait que sa fille succomberait à son charme, se marierait et ferait de beaux petits-enfants qui seraient gâtés par leur grand-père.

— Désolée, papa, mais tu vas au-devant d'une nouvelle déception, murmura-t-elle.

Elle reposa le mot de Quentin, et se mit à lire le bail au bas duquel figurait déjà la signature de Jed Skimmerhorn. Elle apposa la sienne sur les deux exemplaires, puis en prit un et sortit de son appartement pour aller frapper chez son voisin.

Quand la porte s'ouvrit, Dora tendit à Jed la copie du bail.

— Je pense que vous aurez besoin de ça.

Il prit le document. La femme qui se tenait devant lui maintenant avait perdu son expression amicale. Elle le fixait d'un regard froid, ce qui le satisfaisait pleinement.

— Pourquoi le vieux monsieur vous a-t-il laissé ces papiers ?

— Il se trouve que le vieux monsieur est mon père et que je suis la propriétaire de ces murs, ce qui fait de moi, monsieur Skimmerhorn, votre logeuse. (Elle tourna les talons et traversa le palier en deux enjambées. La main sur la poignée de la porte, elle s'adressa à lui une dernière fois :) Le règlement du loyer se fait à partir du 21 de chaque mois. Vous pouvez glisser le chèque sous ma porte. Vous économiserez un timbre et vous vous épargnerez le désagrément d'un contact humain.

Satisfaite, elle entra chez elle et claqua la porte.

3

Lorsque Jed arriva en courant à petites foulées au bas des escaliers qui menaient à son appartement, il avait éliminé presque tout le whisky ingurgité la veille. En choisissant cet endroit, il avait aussi tenu compte du club de gym qui se trouvait à proximité. Ce matin-là, il avait passé une heure et demie à soulever des haltères. Après, une séance de sauna avait fait disparaître les derniers symptômes de sa gueule de bois. Il se sentait de nouveau un homme et s'imaginait déjà préparant du café noir et plaçant dans le four à micro-ondes un petit déjeuner sortit tout droit du congélateur. Il prit ses clés dans sa poche et pénétra dans le hall. C'est alors qu'il entendit la musique. Pas des chants de Noël, heureusement, mais la voix chaude et profonde d'Aretha Franklin qui interprétait un gospel. Au moins, sa propriétaire ne l'irriterait pas avec ses goûts musicaux. Il s'apprêtait à entrer chez lui quand il vit que la porte de sa voisine était ouverte.

Sa grossièreté de la veille avait été délibérée et, pour cette raison, il ne jugeait pas opportun de s'en excuser. Cependant, la jeune femme était la propriétaire des lieux. Il se dit qu'il serait bon de faire la paix avec elle. Il ouvrit plus largement la porte et jeta un œil à l'intérieur. A l'instar de son propre appartement, l'endroit était spacieux et généreusement éclairé par trois fenêtres. Mais la ressemblance s'arrêtait là.

Il avait grandi dans une demeure emplie d'objets rares et pourtant il resta interdit devant le spectacle qui s'offrait à lui. Jamais il n'avait vu tant de choses entreposées dans un même espace. Les étagères étaient encombrées de flacons anciens, de figurines, de boîtes et de tout un bric-à-brac qu'il n'arrivait même pas à identifier. De la vaisselle en porcelaine trônait sur des guéridons dispersés dans la pièce. Un grand tapis persan aux teintes un peu passées était posé sur le parquet au pied d'un divan couvert de coussins aux couleurs vives. Pour compléter le tout, on avait placé, près de la fenêtre, un arbre de Noël qui croulait sous les décorations. L'ensemble aurait pu paraître désordonné et pourtant, il n'en était rien. Jed eut l'impression d'avoir pénétré dans la caverne d'Ali Baba.

Il aperçut sa logeuse, assise au milieu de ce surprenant décor. Elle lui tournait le dos, et Jed se demanda comment sa mauvaise humeur avait pu l'aveugler au point qu'il n'avait même pas remarqué cette jolie silhouette.

— Votre porte était ouverte, dit-il.

— Ah, répondit-elle. (Mais comme il n'était pas dans sa nature de se montrer taciturne, elle ajouta :) J'ai commencé une sorte d'inventaire ce matin. Est-ce qu'il y a un problème, monsieur Skimmerhorn, une fuite d'eau, des souris dans les placards ?

— Non, je n'ai rien constaté.

— Très bien.

Il pénétra dans l'appartement. Elle s'était levée et se tenait maintenant près d'une petite table, occupée à verser dans une délicate tasse de porcelaine un breuvage qui sentait bon le café fort. Elle reposa la cafetière et leva un sourcil en le regardant. Ses lèvres qui ne souriaient plus étaient d'un rouge provocant.

— Puis-je faire quelque chose pour vous ?

— Je ne refuserais pas un peu de café.

Voilà maintenant qu'il essaie de se montrer aimable, pensa Dora. Sans un mot, elle se dirigea vers un vaisselier dans lequel elle prit une seconde tasse.

— Lait ? sucre ?

— Non, merci.

Comme il n'osait pas s'approcher, elle lui apporta son café. Il sentait bon le savon. Son père avait vu juste, remarqua-t-elle, les yeux avaient quelque chose de dur et d'impénétrable.

Il avala en deux gorgées le contenu de la délicate tasse. Sa mère avait un service de porcelaine identique dont elle avait cassé plusieurs pièces en les lançant sur les domestiques.

— Le vieux... (il se reprit)... Votre père m'a dit que je pouvais installer mon équipement chez moi. Mais comme c'est vous la propriétaire, j'ai pensé que je devais vous demander à vous aussi la permission.

— De quel équipement s'agit-il ?

— Des haltères et un appareil de musculation.

— Je vois. (Instinctivement, elle posa les yeux sur le poitrail et les bras de l'homme.) Je n'y vois pas d'inconvénient tant que vous ne faites pas de bruit quand la boutique est ouverte.

— Je ferai attention. (Il regarda la toile qu'elle était sur le point d'accrocher quand il était entré. Une œuvre osée, comme les couleurs dont elle avait décoré cette pièce, comme le parfum qu'elle portait.) Je crois qu'elle est à l'envers, observa-t-il.

Le visage de la jeune femme s'éclaira d'un sourire. Le tableau était en effet posé sur le divan tel qu'il était accroché dans la salle des ventes.

— C'est ce que je pense moi aussi.

Elle retourna la toile. Jed plissa les yeux.

— Comme ça, c'est mieux. C'est toujours aussi laid mais au moins c'est dans le bon sens. Merci pour le café.

— De rien. A propos, Skimmerhorn...

Il se retourna. La lueur d'impatience qu'elle perçut dans les yeux de Jed l'intrigua plus que tous les sourires de politesse qu'il aurait pu avoir.

— Si vous avez besoin de quelque chose pour décorer votre nouvel appartement, venez à la boutique. Nous en avons pour tous les goûts.

— Non, je n'ai besoin de rien. Merci encore pour le café.

Dora souriait toujours quand elle entendit la porte de son voisin se refermer.

Je crois que vous vous trompez, monsieur Skimmerhorn, pensa-t-elle. Nous avons tous besoin de quelque chose.

DiCarlo avait les pieds gelés. Il avait autre chose à faire ce matin-là que d'écouter des chants de Noël dans ce bureau poussiéreux. Il lui fallait des explications, et rapidement.

Le coup de fil qu'il avait reçu de Los Angeles la veille était sans ambiguïté : il devait retrouver les marchandises sous vingt-quatre heures ou assumer les conséquences de cette perte. Et DiCarlo ne voulait même pas imaginer ce qui l'attendait s'il échouait. Il leva les yeux vers une grosse pendule : elle marquait neuf heures et cinq minutes. Il ne lui restait plus que quinze heures. DiCarlo sentait la sueur lui couler dans le dos.

A travers la porte vitrée, il vit s'approcher le responsable du service des expéditions. Un homme gras affublé d'un ridicule toupet sur la tête.

— Monsieur DiCarlo, je suis désolé de vous avoir fait attendre. (Bill Tarkington eut un sourire las.) Comme vous pouvez l'imaginer, nous sommes plutôt surchargés de travail en cette période de l'année. Remarquez, c'est pas moi qui m'en plaindrai. Les affaires marchent bien.

— J'attends ici depuis un quart d'heure, monsieur Tarkington, je n'ai pas de temps à perdre, lança DiCarlo sur un ton visiblement irrité.

Tarkington passa derrière son bureau.

— Asseyez-vous, je vous en prie. Vous prendrez bien un café ?

— Non, merci. Ecoutez, Tarkington, quelqu'un chez vous a commis une erreur et j'entends qu'elle soit réparée sans délai.

— Bien, bien. Je vais voir ce que je peux faire pour vous. J'aurai besoin de détails plus précis...

— Les marchandises que j'ai fait expédier à Abel Winesap ne sont pas celles qui sont arrivées à Los Angeles.

Tarkington eut une moue d'étonnement.

— Je suis très surpris. Vous avez une copie de votre bordereau d'expédition ?

— Bien sûr.

DiCarlo sortit de sa poche le document plié.

— Voyons voir... (De ses doigts adipeux, Tarkington tapotait le clavier de son ordinateur.) L'envoi était prévu pour le 17 décembre. Nous y voilà... Le colis aurait dû arriver hier, aujourd'hui au plus tard...

DiCarlo passa la main dans ses épais cheveux noirs. Des idiots. Ce n'étaient tous que des idiots.

— Ecoutez, le colis est bien arrivé. Ce que j'essaie de vous dire, c'est qu'il ne contenait pas les marchandises attendues.

— Ça, c'est vraiment bizarre. (Tarkington but une gorgée de son café.) Est-ce que les marchandises ont été emballées ici ? Mais, attendez, maintenant je me souviens. Nous vous avons fourni tout le nécessaire et c'est vous qui avez supervisé l'emballage. Comment une telle erreur a-t-elle pu se produire ?

— C'est exactement la question que je me pose.

DiCarlo frappa du poing sur la table.

— Allons, allons, restez calme. (Toujours affable, Tarkington continuait à taper sur son clavier.) Le colis est parti de la section 3. Voyons... qui était de service ce jour-là ? Eh bien, on dirait que c'était Opal. Un bon élément et une gentille femme. Elle a eu des coups durs ces temps-ci.

— Je me fous de la vie privée de cette personne. Faites-la venir ici. J'ai deux mots à lui dire.

Tarkington actionna un interrupteur sur son bureau :

— Opal Johnson est demandée au bureau de M. Tarkington.

DiCarlo vit bientôt s'approcher une grande femme noire. Elle était vêtue d'un jean et d'un T-shirt. Ses cheveux étaient rassemblés en une queue-de-cheval, laissant apparaître, autour de son œil gauche, une trace bleue, faite par un coup de poing sans doute.

— Vous m'avez fait appeler, monsieur Tarkington ?

— Oui, Opal. Entrez une minute. Un café ?

— Avec plaisir.

Opal ferma la porte et regarda DiCarlo à la dérobée tandis qu'elle se perdait en conjectures. On allait la vider parce qu'elle n'avait pas fait son quota la semaine précédente à cause de Curtis qui l'avait encore tabassée. Ce type avec Tarkington était sûrement un gros bonnet de la société qui venait lui annoncer la nouvelle. Elle sortit une cigarette de sa poche et l'alluma avec des mains tremblantes.

— Nous avons un petit problème à régler, Opal.

Elle sentit sa gorge se serrer.

— Oui, je vous écoute.

— Je vous présente M. DiCarlo. Il a fait un envoi la semaine dernière à partir de votre chaîne.

La peur la fit soudain suffoquer.

— Nous avons fait pas mal d'envois la semaine dernière, monsieur Tarkington.

— Je sais bien. Mais dans ce cas précis, nous avons un problème parce que les marchandises qui sont arrivées à destination ne sont pas celles qui ont été expédiées.

Opal avait les yeux rivés sur le plancher. Son cœur battait à se rompre.

— Le colis est parti à la mauvaise adresse, alors ?

— Non, il est arrivé à bon port, mais il ne contenait pas ce qu'il aurait dû contenir, vous comprenez, et comme M. DiCarlo avait surveillé l'emballage lui-même, nous sommes très surpris. Je pensais que vous vous souviendriez peut-être de quelque chose.

Elle avait l'estomac noué. Le cauchemar qui l'avait hantée depuis une semaine devenait réalité.

— Je suis désolée, monsieur Tarkington, arriva-t-elle enfin à articuler. Le seul souvenir que j'ai de la semaine dernière c'est d'avoir fait des heures supplémentaires tous les jours. J'arrivais à peine à marcher pour rentrer chez moi.

DiCarlo vit tout de suite qu'elle mentait. Il le lisait dans les yeux de cette femme.

— Pas de chance ! conclut Tarkington avec un grand geste des bras. Si un détail vous revient, venez me voir. OK ?

— Aucun problème, monsieur Tarkington.

Elle écrasa sa cigarette dans un cendrier posé sur le bureau et se dépêcha de retourner à son poste de travail.

— Nous allons faire tout notre possible, monsieur DiCarlo, reprit Tarkington. Notre société peut se vanter de toujours satisfaire sa clientèle. Rappelez-vous votre devise : « De la main à la main, avec le sourire. »

— Très bien. (DiCarlo n'écoutait déjà plus les propos de Tarkington, mais il aurait éprouvé un plaisir certain à coller son poing dans le ventre adipeux du bonhomme.) Si vous voulez nous garder comme clients, vous feriez bien de vous mettre au travail.

DiCarlo sortit du bureau de Tarkington et se dirigea vers le service dans lequel travaillait Opal. Elle le vit s'approcher avec inquiétude. Il s'arrêta près d'elle.

— A quelle heure déjeunez-vous ?

La surprise lui fit presque lâcher le carton de vaisselle qu'elle avait dans les mains.

— A onze heures et demie. Je mange à la cantine.

— Pas aujourd'hui. Attendez-moi dehors, devant l'entrée. Et soyez ponctuelle si vous tenez à garder votre job.

Elle avait peur. A onze heures trente, elle enfila son parka et se dirigea vers l'entrée du personnel. Elle essaya de recouvrer son sang-froid. Surtout, nier tout en bloc. Ils ne pourraient pas prouver qu'elle avait fait une erreur. Si elle perdait son emploi, elle recommencerait à vivre d'allocations de l'Etat. Sa fierté en avait vu d'autres, mais elle n'était pas sûre que les gosses s'en remettraient, cette fois.

Opal aperçut DiCarlo, adossé à la portière de sa Porsche. Ce type, avec sa belle gueule, sa voiture de course et son pull en cachemire lui faisait penser à une vedette de cinéma. Intimidée, elle avança vers lui, tête baissée.

Sans une parole, DiCarlo ouvrit la portière côté passager. Puis il s'assit au volant et mit le contact.

— Monsieur DiCarlo, j'aimerais sincèrement vous aider...

— Vous allez le faire.

Il démarra. Il avait déjà mis au point sa stratégie. Pour commencer, il lui laisserait un peu de répit. Il réprima un sourire de satisfaction quand elle prit la parole avant qu'il eût eu le temps de l'interroger.

— Où allons-nous ?

— Nulle part en particulier.

Malgré l'excitation qu'elle ressentait à rouler dans une bagnole de luxe, elle ajouta, les lèvres sèches :

— C'est qu'il faut que je reprenne mon travail dans une demi-heure.

Il ne répondit rien. Il conduisait très vite.

— Qu'est-ce que vous me voulez ?

— Ecoutez-moi, Opal, j'ai pensé qu'en nous éloignant de l'entrepôt nous serions mieux pour discuter tous les deux. La vie n'a pas été facile pour vous ces derniers temps, n'est-ce pas ?

— Ça c'est vrai, avec Noël, on a plus de travail.

— Je pense que vous savez très bien ce qu'il est advenu de mon colis.

Son estomac se noua.

— Ecoutez, monsieur, je vous ai déjà dit que je ne savais rien.

— Nous savons toi et moi qu'il y a eu un méli-mélo. Maintenant, tu choisis : on traite ça à l'amiable ou bien je deviens méchant.

— Je ne comprends pas de quoi vous parlez.

— Mais si, bien sûr. Que s'est-il passé, Opal ? Tu as flashé sur ce qu'il y avait dans le colis et tu as décidé de tout te mettre dans la poche ? Dans le genre prime de fin d'année ?

Elle se raidit. La peur avait cédé la place à la rage.

— Je suis pas une voleuse. J'ai jamais rien piqué de ma vie. Et maintenant tu vas me ramener, monsieur la Terreur.

Ce genre de coup de gueule ne lui avait jamais valu dans la vie que des plaies et des bosses. En se rappelant cela, elle se recroquevilla contre la portière. La fin de sa tirade fut à peine audible.

— Peut-être bien que tu n'as rien pris. C'est d'autant plus dommage, car il va falloir que je porte plainte contre toi.

Elle tremblait. Sa gorge était serrée par la peur :

— Comment ça ?

— Les gens qui m'emploient accordent une grande valeur aux marchandises qui ont disparu. La police voudra sûrement savoir ce qui est arrivé à ce colis après être passé entre tes mains. Même si tu es innocente, ta réputation d'employée irréprochable en prendra un sacré coup.

Elle était maintenant en proie à une réelle panique.

— Je ne sais même pas ce qu'il y avait dans la caisse. Je me suis contentée de l'expédier. C'est tout.

— Tu sais bien que c'est un mensonge, reprit DiCarlo

qui venait de garer la voiture sur le parking d'un supermarché.

Les yeux de la femme étaient pleins de larmes. Elle tordait dans tous les sens la bandoulière de son sac à main. J'y suis presque, pensa-t-il. Il se tourna vers elle et lui lança un regard glacial.

— Tu veux garder ton boulot, n'est-ce pas ? Tu n'as pas envie d'être interrogée par la police, hein ?

— J'ai des gosses.

— Eh bien, tu ferais bien de penser à eux. Mon patron n'est pas un tendre. (Ses yeux se posèrent sur la face tuméfiée d'Opal.) Tu en connais un bout sur les durs, non ?

Instinctivement, elle leva le bras vers son visage.

— Je suis tombée.

— Mais oui, mais oui. Si mon boss n'obtient pas ce qu'il veut, c'est pas à moi qu'il s'en prendra, tu sais. Il remontera jusqu'à ta boîte et fatalement jusqu'à toi.

Ils allaient finir par tout découvrir, pensa-t-elle avec horreur.

— J'ai rien volé, vous pouvez me croire. J'ai juste...

— Juste quoi, Opal ?

DiCarlo fut saisi d'une envie irrésistible de la frapper et de lui faire cracher la fin de sa phrase.

— Ça fait trois ans que je travaille pour Premium. Une année de plus et je devenais responsable d'étage.

DiCarlo sentit les insultes lui venir aux lèvres. Il devait rester calme.

— Ecoute, je sais que c'est dur de faire son chemin. Alors, si tu m'aides, je saurai te renvoyer l'ascenseur. Tout ce que tu me diras restera entre nous.

Opal fouillait dans son sac. Elle alluma une cigarette. Instinctivement, DiCarlo ouvrit la vitre.

— Vous ne direz rien à M. Tarkington ?

— Non, pas si tu joues franc jeu avec moi. Autrement...

Pour donner plus de poids à ses paroles, il lui colla son poing sous le menton, et approcha son visage de celui de la femme.

— Je suis vraiment désolée pour ce qui s'est passé. Je pensais que j'avais rectifié le tir. J'avais la trouille, parce que j'avais déjà manqué deux jours le mois précédent à cause de mon fils qui était malade. La semaine dernière, j'avais tellement de boulot, j'ai voulu faire vite, alors j'ai fait tomber tous les papiers par terre et les bordereaux d'expédition se sont mélangés. (Elle eut un mouvement de recul comme si elle s'attendait à recevoir un coup.) Je croyais bien avoir tout remis en ordre, mais j'étais pas sûre. J'ai vérifié quelques livraisons hier et y avait pas de problème. Alors j'ai pensé que personne n'avait besoin d'être au courant...

— Tu as mélangé les papiers. Ecoutez-moi ça, une conne d'employée surmenée s'emmêle les pinceaux et moi, je me retrouve dans la merde.

— Je suis désolée, dit-elle en sanglotant.

Il allait lui faire payer ça.

— Tu auras une bonne raison de pleurer si tu ne découvres pas où est partie la marchandise.

— J'ai vérifié tous les ordres d'expédition hier, sauf un. J'ai noté l'adresse. La voilà : Sherman Porter, Front Royal, Virginie. Je vous en supplie, monsieur DiCarlo, pour mes gosses.

Il glissa l'adresse dans la poche de sa veste.

— Je vais d'abord voir si c'est la bonne adresse et après je prendrai ma décision.

Elle eut une bouffée d'espoir.

— Alors, vous ne raconterez rien à M. Tarkington ?

— J'ai dit que je verrais.

DiCarlo fit démarrer la voiture. S'il ne trouvait pas ce qu'il cherchait, il reviendrait la voir et il ne se contenterait pas de lui abîmer le portrait.

Derrière le comptoir de sa boutique, Dora nouait un large ruban rouge autour d'un paquet-cadeau.

— Elle en sera folle, monsieur O'Malley.

Satisfaite de cette vente, elle tapota légèrement la boîte dans laquelle elle venait d'emballer deux salières achetées la veille à Ashworth.

— Elle sera d'autant plus surprise qu'elle ne les a jamais vues ici.

— Je vous suis très reconnaissant de m'avoir prévenu, mademoiselle Conroy. Je ne sais pas bien ce qu'elle en fait, mais je peux vous assurer qu'elle en a une véritable collection.

— Je garderai l'autre paire pour son anniversaire, en février, ne vous en faites pas.

— C'est si gentil de votre part. Dois-je vous verser des arrhes ?

— Ce ne sera pas nécessaire. Joyeux Noël, monsieur O'Malley !

Après le départ du vieux monsieur, il restait encore une douzaine de clients dans la boutique. Dora était aidée par son assistante, Terri. La veille de Noël était toujours un jour propice aux affaires.

— Mademoiselle !

Dora se retourna. Elle crut reconnaître la dame un peu forte qui l'appelait ainsi.

— Oui, que puis-je faire pour vous ?

La dame fit un geste en direction d'un guéridon sur lequel plusieurs objets étaient exposés.

— Ce sont bien des butoirs de porte, n'est-ce pas ?

— Exactement. Mais vous pouvez les réserver à un autre usage. (Dora se retourna en entendant le carillon de la porte d'entrée. Elle n'eut aucune réaction en voyant son locataire pénétrer dans la boutique.) Certains d'entre eux sont de l'époque victorienne, continua-t-elle.

La dame examinait un escargot de cuivre soigneusement poli.

— Ma nièce et son mari viennent de déménager. Je leur ai déjà acheté un cadeau à chacun, mais j'aurais voulu quelque chose pour leur nouvelle maison. Je sais qu'elle vient souvent ici.

— Je vois, est-ce qu'elle collectionne un type d'objets en particulier ?

— Non, elle aime tout ce qui est ancien et un peu insolite.

— Comme moi. Vous cherchez précisément un butoir ?

— Non, mais comme ma nièce fait beaucoup de couture, j'ai pensé qu'elle pourrait s'en servir pour bloquer la porte de la pièce où elle travaille. Ainsi, elle entendrait ce qui se passe dans la chambre d'enfant. Je lui ai acheté un vase de nuit ici pour son anniversaire. Elle l'a adoré.

— Je me souviens maintenant. J'aimais beaucoup cette pièce. Il y avait une grenouille peinte à l'intérieur, madame...

— Lyle, Alice Lyle.

— Si elle a aimé le pot, peut-être appréciera-t-elle un objet dans le même style. Que pensez-vous de cet éléphant ? C'est un de mes préférés.

— Je crois que c'est exactement ce qu'il me faut, dit la dame tout en jetant un coup d'œil discret vers l'étiquette. Oui, c'est tout à fait ça.

— Désirez-vous un paquet-cadeau ?

— Oui, je vous remercie. (Elle souleva une statuette représentant un petit chien que Dora avait achetée la veille.) Pensez-vous que cela conviendrait à une chambre d'enfant ?

— Bien sûr. Je m'occupe de votre paquet. Vous prendrez bien une tasse de café en attendant ?

Dora indiqua une petite table sur laquelle elle tenait toujours à la disposition de sa clientèle des boissons chaudes et des biscuits.

— Vous cherchez des cadeaux de Noël, monsieur Skimmerhorn ? lança-t-elle en s'approchant du comptoir. Je vous en prie, faites un tour.

Ce que recelait l'appartement de Dora n'était rien en comparaison de la boutique. Jed était entouré de statuettes aux contours délicats. Il se sentait un peu mal à l'aise, comme jadis quand il se trouvait dans la chambre à coucher de sa mère. Mais ici, il était libre de toucher ce qui lui plaisait. Il passa dans l'arrière-boutique. Elle aussi était tout encombrée : il avait devant les yeux un bric-à-brac de vieux jouets, de flacons et de soldats de plomb. Certains snobs appelaient cela de la brocante mais, pour lui, il ne s'agissait que de vieilleries.

Il aperçut une petite boîte laquée sur laquelle étaient peintes des roses. Mary Pat trouverait sûrement cela à son goût.

— Eh bien, Skimmerhorn, vous n'avez pas fini de me surprendre. (Dora désignait du doigt la boîte qu'il avait dans les mains.) Vous êtes un connaisseur. C'est une très belle pièce. On s'en servait pour y mettre les mouches. Saviez-vous qu'à l'origine, les mouches étaient destinées à dissimuler les cicatrices de la petite vérole ? Elle date de 1770, de l'authentique Staffordshire. Je vous la laisse pour deux mille cinq cents dollars.

— Hein !

L'objet ne remplissait même pas le creux de sa main. Il reposa la boîte sur la table avec précaution.

— Ce n'est pas tout à fait ce que je recherche.

— Aucun problème.

Il émit un grognement. Il n'osait plus poser la main sur quoi que ce soit, comme du temps de sa mère, dans la vaste demeure des Skimmerhorn.

« Ne touche pas, Jedidiah, tu es si maladroit. Tu ne sais rien apprécier. »

— Finalement, je pense que j'achèterai un bouquet de fleurs.

— C'est très bien aussi, mais c'est un cadeau qui ne dure pas. (Dora était amusée de son embarras.) Vous pouvez aussi opter pour une bouteille de vin. Pas très original, cependant. Pouvez-vous m'en dire plus sur la personne à laquelle vous destinez ce cadeau ?

— Pourquoi ?

— Eh bien, pour mieux la connaître. Quel type de femme est-ce ?

Jed s'était rarement senti aussi stupide. Peut-être ne le faisait-elle même pas exprès.

— C'est la femme de mon ancien coéquipier. Elle est infirmière, elle a deux enfants et elle lit beaucoup.

— Nous avons apparemment affaire à une femme active, dévouée et un peu romantique. Ne choisissons rien de trop personnel. Un objet pour la maison serait parfait.

Dora sortit d'une armoire une boîte en bois, décoré de motifs de cuivre.

Jed fronça les sourcils.

— A quoi ça sert ? C'est pour les biscuits ?

— Vous avez bien deviné. Cette boîte en bois de chêne date de l'époque victorienne. Quarante dollars, c'est ce que vous aurait coûté une bonne bouteille de vin ou une douzaine de roses.

— OK. C'est tout à fait son genre de truc.

— Vous voyez, ça n'a pas été si compliqué. Désirez-vous autre chose ?

— Non, ça ira comme ça.

Il la suivit dans la première pièce. Il y régnait une ambiance feutrée, un parfum suave de pomme. On entendait quelques notes de *Casse-Noisette*. Jed se sentit soudain détendu.

— Où dénichez-vous tout ce bazar ?

— Ici et là, marchés aux puces, ventes aux enchères...

— Et vous arrivez à en vivre ?

— Beaucoup de gens collectionnent, monsieur Skimmerhorn. Sans même le savoir parfois. Rappelez-vous quand vous étiez petit garçon : les bandes dessinées, les photos des joueurs de tennis...

Il la regardait travailler et éprouvait une étrange sensation : usant de précautions un peu excessives, elle colla sur le paquet une étiquette où on lisait en lettres d'or : « Chez Dora ».

— Voyez-vous, la plupart des enfants font des collections et certains conservent ces habitudes à l'âge adulte.

Il décida de s'éloigner un peu du comptoir. Il avait besoin de respirer. Pour la première fois de sa vie il ressentait une attirance sexuelle pour une femme juste parce qu'elle avait de jolies mains. Mais il y a aussi ces grands yeux bruns, pensa-t-il et ce sourire. Elle avait toujours l'air de rire de quelque plaisanterie secrète.

Décidément, il était resté célibataire trop longtemps.

Pour passer le temps, il se mit à examiner un objet de forme ovale percé d'un trou dans sa partie supérieure. Il était intrigué et essayait de deviner à quoi cette chose pouvait bien servir.

— Intéressant, non ? dit gaiement Dora tandis qu'elle déposait le paquet devant Jed. Ce truc sert à gratter les allumettes. Il date de la fin du XIXe siècle. S'il vous plaît, je vous l'offre. Ce sera mon cadeau de bienvenue.

Elle posa sa main sur celle de Jed.

— J'espère que votre amie aimera son présent.

Elle s'éloigna pour s'occuper d'un client qui venait d'entrer mais, du coin de l'œil, elle observait Jed qui quittait la boutique. Un homme peu ordinaire, se dit-elle, mais est-ce que j'aime la banalité ?

DiCarlo filait sur l'autoroute en direction de l'aéroport. Il tenait d'une main son volant et de l'autre son téléphone.

— DiCarlo, annonça-t-il dans le combiné. Passez-moi M. Finley.

Il regarda sa montre. Il avait les nerfs à vif. Il y arriverait, il fallait qu'il réussisse.

— Monsieur DiCarlo, vous avez de bonnes nouvelles pour moi, j'espère.

— J'ai découvert ce qui s'est passé, monsieur Finley. (DiCarlo s'efforçait de prendre un ton détaché.) Une idiote d'employée de chez Premium a inversé les ordres d'expédition. Votre colis est parti en Virginie. J'aurai arrangé ça en un rien de temps.

— Un rien de temps ? (Il y eut une longue pause au bout du fil. DiCarlo sentit son sang se glacer dans ses veines.) Qu'entendez-vous par là ?

— Je suis en route pour l'aéroport. J'ai déjà réservé mon vol et une voiture m'attend là-bas. Je serai à Front Royal avant cinq heures, heure locale. J'ai l'adresse exacte à laquelle le colis a été envoyé. (Sa voix se fit plus hésitante.) Evidemment, je prends toutes les dépenses à ma charge.

— C'est très raisonnable de votre part. Je ne souhaite pas perdre davantage d'argent à cause de votre lamentable erreur.

— Vous avez ma parole qu'elle sera bientôt réparée, monsieur Finley.

— Fort bien. J'attends de vos nouvelles. Naturellement, il faut que cette employée soit renvoyée.

— Naturellement.

— Monsieur DiCarlo, encore un dernier mot. Cette marchandise a une très grande valeur à mes yeux. Je suis prêt à tout pour la récupérer.

— Je comprends.

Quand il raccrocha, DiCarlo avait un sourire sinistre. Maintenant que ses fêtes de fin d'année étaient définitivement gâchées, lui aussi se sentait prêt à tout pour mener à bien sa mission.

4

Sherman Porter fouillait dans le meuble de rangement où étaient conservés les dossiers.

— Vous parlez d'un imbroglio ! lança-t-il à DiCarlo qui ne prit même pas la peine de sourire. Nous ne nous en sommes pas aperçus nous-mêmes parce qu'il y avait une vente ce jour-là, continua Porter tout en finissant de semer la pagaille dans l'armoire. Où cette diable de femme range-t-elle donc ses papiers ? (Porter ouvrit un nouveau tiroir.) Vous avez eu de la veine de me trouver ici. Nous fermons pour les fêtes.

DiCarlo jeta un coup d'œil à sa montre : elle indiquait dix-huit heures quinze. Le temps passait trop vite.

— J'ai peur de ne pas m'être bien fait comprendre, monsieur Porter. Il est vital que mon employeur récupère ces marchandises.

— Pour ça, oui, je vous ai très bien compris. Regardez ça, on dirait que je viens de mettre le doigt dessus, dit-il en exhibant une petite pile de feuilles dactylographiées. Vous voyez, Helen a fait une liste de toutes les marchandises que nous avons vendues, avec le numéro de lot et le prix obtenu. Cette femme est une perle !

— Est-ce que je peux y jeter un coup d'œil ?

— Faites donc.

Porter tendit les documents à DiCarlo, puis ouvrit le dernier tiroir de son bureau et en sortit une bouteille de whisky ainsi que deux verres poussiéreux.

— Vous prendrez bien un petit quelque chose avec moi ? Par ce froid, ça ne peut pas faire de mal.

DiCarlo jeta un regard dédaigneux vers la bouteille qu'on lui tendait.

— Non, merci.

— Eh bien, si c'est comme ça, je boirai seul.

DiCarlo sortit de sa poche sa propre liste et la compara avec celle de Porter : tout y était, constata-t-il, à la fois soulagé et désespéré car tout avait été vendu. Le chien de porcelaine, la statuette en biscuit, la peinture abstraite, l'aigle de bronze et le perroquet. La hideuse réplique en plâtre de la statue de la Liberté était elle aussi partie, tout comme une paire de serre-livres en forme de sirènes. DiCarlo possédait une autre liste, celle des objets inestimables qui se trouvaient dissimulés dans ces babioles : un Gallé, une broche de saphir dont on disait qu'elle avait appartenu à Marie Stuart... Malgré la chaleur qui régnait dans la pièce, il frissonna. Tout avait été vendu.

— Il ne vous reste plus rien ? demanda-t-il d'une voix qui n'était plus qu'un murmure.

— On peut dire que les affaires ont bien marché.

Ravi, Porter se versa un second verre.

— Il me faut ces marchandises.

— Vous me l'avez déjà dit. Mais ce colis nous a été livré au moment où la vente commençait et nous n'avons pas eu le temps d'en faire l'inventaire. Je suppose que votre patron et moi, on pourrait poursuivre Premium. Je suis sûr qu'ils cracheraient une bonne petite somme.

— M. Finley veut seulement récupérer son bien. Il se moque de porter plainte.

— Après tout, c'est lui que ça regarde. (Porter haussa les épaules et termina son troisième verre.) Helen tient un répertoire de nos clients. On leur envoie un courrier pour les avertir quand une vente va avoir lieu. Vous devriez y jeter un coup d'œil. Comme ça, vous pourrez retrouver l'adresse des gens à qui nous avons vendu les marchandises. Peut-être que si vous les contactez et que vous leur expliquez ce qui s'est passé, vous arriverez à quelque chose. En attendant, je veux récupérer ce qui m'appartient, j'ai payé ces marchandises, après tout.

Ça prendra des jours, voire des semaines, pensa DiCarlo. Porter affichait un large sourire. Il se disait qu'il venait de vendre un lot et qu'il s'apprêtait à en liquider un autre, et sans débourser un sou de plus.

— Puis-je voir ce répertoire ?

— Bien sûr.

Porter ouvrit un tiroir et en tira une boîte de métal dans laquelle étaient rangées des fiches de bristol qu'il tendit à DiCarlo.

— Prenez votre temps. Je ne suis pas pressé.

Vingt minutes plus tard, DiCarlo quittait le bureau d'un Porter passablement ivre. Il avait une raison d'espérer : la statuette en biscuit était toujours à Front Royal, chez un certain Thomas Ashworth. S'il arrivait à la récupérer rapidement, Finley lui accorderait un peu plus de temps.

Sur la route qui le menait chez Ashworth, il élaborait son plan : il raconterait toute l'histoire sur un ton amical et proposerait de racheter l'objet à un prix qui permettrait au type de faire son petit bénéfice. Il mènerait l'affaire rondement et promptement. Dès qu'il serait en possession de la statuette, il appellerait Finley. Avec un peu de chance, c'est Winesap qui serait chargé du reste de la liste et lui-même serait de retour à New York juste pour Noël.

Ces pensées l'avaient mis d'excellente humeur. A tel

point qu'il chantonnait lorsqu'il gara sa voiture devant la boutique de Thomas Ashworth. Mais son bonheur fut de courte durée : un écriteau « Fermé » était accroché sur la porte.

Incrédule, DiCarlo essaya de faire jouer la poignée, frappa à la vitre. En vain. Il tenta de regarder à l'intérieur. L'endroit était vide et DiCarlo était désespéré. Il savait que Finley n'accepterait pas ses excuses. Soudain, il aperçut une figurine représentant un couple en tenue de bal, tendrement enlacé.

Il se mit immédiatement à l'œuvre : d'abord, il fallait déplacer la voiture. Il alla la garer à quelques centaines de mètres de là et prit dans la boîte à gants le matériel dont il aurait besoin : un tournevis, une lampe torche et son revolver. Cette fois, il s'approcherait de la boutique par une petite rue latérale. Il avançait sans se presser, sûr de lui. Pourtant, son regard ne cessait de scruter les alentours.

C'était une petite ville. Par cette nuit sombre et glaciale, les habitants du quartier étaient tous calfeutrés chez eux. DiCarlo ne croisa personne.

Arrivé à la porte de derrière, il remarqua que la maison n'était pas équipée d'un système d'alarme. Il fit sauter la serrure en se servant du tournevis et se glissa à l'intérieur. Il alluma sa lampe et se mit à en balayer le faisceau de droite et de gauche. Il se trouvait dans un petit bureau. Soucieux de faire passer son incursion pour un banal cambriolage, il commença à ouvrir les tiroirs et à en éparpiller le contenu sur le sol.

Il trouva une enveloppe qui contenait environ cinq cents dollars en petites coupures. Satisfait, il la glissa dans sa poche et se dirigea vers la boutique.

Pour donner la touche finale à sa mise en scène, il brisa quelques objets sur son passage, et en fourra d'autres dans ses poches. Après toutes ces années, il retrouvait avec délectation les joies simples du cambriolage. Au moment où il se saisissait de la statuette, une lumière s'alluma dans l'escalier situé à sa droite.

Transpirant, le souffle court, il alla se cacher derrière une vaste armoire.

— J'ai appelé la police, annonça un homme âgé vêtu d'une robe de chambre de flanelle grise. Ils seront là dans un instant, alors vous feriez mieux de rester où vous êtes.

Pendant un instant, l'odeur d'un poulet rôti vint chatouiller les narines de DiCarlo. De toute évidence, le vieil homme vivait au-dessus de sa boutique. Il se maudissait d'avoir pénétré dans la maison comme un amateur.

Mais le moment n'était plus aux regrets. La statuette sous le bras, il fonça sur Ashworth qui vacilla sous l'impact et tenta de se servir du club de golf qu'il tenait dans sa main pour assommer son assaillant. DiCarlo se saisit de l'arme alors qu'elle passait près de son oreille. A ce moment, le vieil homme perdit l'équilibre : sa tête heurta la rambarde de l'escalier en faisant entendre un craquement sinistre.

— Nom de Dieu !

Plein de dégoût, DiCarlo retourna le corps d'Ashworth de la pointe de sa chaussure. La lumière qui provenait de l'appartement d'en haut éclairait le crâne fracassé de l'homme. Furieux, il se mit à frapper du pied la dépouille, mais il reprit bientôt ses esprits.

Il s'enfuit par la porte de derrière et avait déjà parcouru une centaine de mètres quand il entendit les premières sirènes de police.

Lorsque la sonnerie de son téléphone retentit, Finley était occupé à regarder ses multiples écrans de télévision.

— DiCarlo sur la ligne 2, monsieur Finley.

— Passez-le-moi.

Il mit le haut-parleur et demanda :

— Avez-vous de bonnes nouvelles à me donner, DiCarlo ?

— Oui, monsieur. J'ai déjà récupéré la statuette en biscuit. Je sais aussi où se trouve précisément chacun des autres objets.

DiCarlo appelait depuis sa voiture, en route pour l'aéroport.

— Pouvez-vous me donner des explications plus précises ?

DiCarlo entama son récit en faisant de fréquentes pauses afin de s'assurer que Finley souhaitait qu'il continuât.

— Je vous faxerai cette liste dès que je serai à l'aéroport, monsieur Finley.

— Vous n'avez pas l'air à l'aise, monsieur DiCarlo ?

— En fait, il s'est produit un léger incident au moment où je récupérais la statuette. L'homme qui l'avait achetée... eh bien, il est mort.

— Je vois. Je suppose bien sûr que vous avez éliminé tout indice qui permettrait de faire le lien avec vous, n'est-ce pas ? Ecoutez, laissez tomber cette liste pour le moment. Retournez sur vos pas et faites place nette en Virginie, voulez-vous ? Après, vous m'apporterez la statuette et nous déciderons de la suite. Je vous attends chez moi à midi demain. Soyez ponctuel car nous fermons tôt à cause des fêtes. Winesap viendra vous chercher à l'aéroport.

— Bien, monsieur.

Dès qu'il eut raccroché, DiCarlo emprunta la première bretelle de sortie. Il n'avait plus qu'à espérer que Porter serait toujours dans son bureau et assez saoul pour se laisser descendre sans ameuter la population. Il fallait absolument qu'il se débarrassât de cette dernière corvée s'il voulait être chez lui pour le réveillon de Noël.

— Je vous assure, Andrew, il n'est pas nécessaire que vous montiez avec moi.

Dora bloquait de son corps l'accès à l'escalier qui menait à son appartement. Après une soirée aussi rasante, elle n'aspirait qu'à se retrouver seule chez elle.

Andrew Dawd, un expert-comptable qui n'avait connu d'autre aventure dans sa vie que de faire économiser à ses clients des fonds qui revenaient de droit à l'administration fiscale, éclata de rire.

— Maman m'a enseigné qu'un gentleman se devait de toujours raccompagner une jeune femme jusqu'à sa porte, dit-il en pinçant la joue de Dora.

— Mais votre mère n'en saura rien et il est tard, répondit Dora qui grimpait les premières marches.

— Comment ça! il est à peine onze heures. Vous n'allez pas me renvoyer sans m'avoir offert une tasse de votre excellent café, objecta-t-il en découvrant une rangée de dents que maman avait dépensé des fortunes à faire redresser.

Elle s'efforçait de trouver quelque excuse pour décliner cette proposition, lorsqu'elle entendit la porte d'entrée s'ouvrir puis se refermer.

Jed traversait le vestibule, les mains dans les poches de son blouson de cuir. Il portait un jean et sa barbe mal rasée s'harmonisait parfaitement avec l'expression maussade qu'il affichait.

Pourtant, à ce moment précis, Dora se serait sentie plus en sécurité avec cet individu à l'air menaçant qu'avec le jeune homme bien mis qui cherchait à pénétrer dans son appartement. D'un rapide coup d'œil, Jed détailla le costume trois pièces que portait le cavalier de Dora et glissa sa clé dans la serrure. Il prononça un bref « Bonsoir » avant de refermer sa porte.

— Votre nouveau locataire? interrogea Andrew en plissant son front dégarni.

— Oui, répondit-elle.

A court d'argument, elle laissa Andrew Dawd entrer chez elle.

— Il est plutôt du genre sportif, commenta Andrew tout en pliant soigneusement son imperméable anglais sur le dossier d'une chaise. Est-ce qu'il vit seul?

— Oui.

Irritée, Dora jeta négligemment son étole de vison sur le canapé et se dirigea vers la cuisine.

— Je ne suis pas sans savoir à quel point il est important pour vous de ne pas garder un appartement inoccupé, mais enfin, ne pensez-vous pas qu'il aurait été plus raisonnable, et plus sûr, de le louer à une femme ?

— Pourquoi ? rétorqua Dora. Je ne vois pas où est le problème.

Elle sentait dans son cou le souffle de son compagnon et, pour l'éloigner, lui proposa d'aller mettre un disque. Le visage aux traits si réguliers du jeune homme s'éclaira.

— Excellente idée !

Quelques instants plus tard, les premières mesures d'un slow résonnaient dans la pièce voisine.

— Le café sera bientôt prêt, dit-elle.

Les mains sur les hanches, Andrew était posté devant la toile qu'elle venait d'acquérir.

— C'est un peu audacieux mais ça convient tout à fait à votre tempérament, déclara-t-il en caressant du regard la jeune femme qui portait une robe noire très sexy.

Elle alla s'asseoir sur l'accoudoir d'un fauteuil et croisa les jambes sans remarquer qu'elle laissait ainsi apparaître le haut de ses cuisses. Andrew, de son côté, n'en perdait pas une miette. Quand elle prit conscience du regard avide qu'il posait sur elle, elle se leva d'un bond et retourna dans la cuisine :

— Le café doit être prêt, maintenant.

Mais il l'attrapa par la main et la fit virevolter d'un geste étudié.

— Pourquoi ne pas danser un peu ?

Dora s'obligea à se détendre. Après tout, il dansait plutôt bien. Elle se laissa bercer par la musique.

Tout bien réfléchi, ce n'était pas un si mauvais parti : il était bien de sa personne, gentil avec sa mère, et avait un solide compte en banque. Bien sûr, les deux soirées qu'elle avait passées avec lui l'avaient ennuyée à mourir, mais personne n'est parfait...

Il se mit soudain à la serrer un peu plus contre lui et elle sentit, au niveau de la poche revolver, le contour de ce qui ne pouvait être qu'une brosse à dents. De toute évidence, il ne se promenait pas avec cet objet sur lui pour l'utiliser simplement après le dîner.

Tout à coup, elle sentit les mains de son cavalier se glisser sous sa robe et remonter jusqu'à sa culotte de soie. Elle essaya de se dégager de son étreinte tandis qu'il couvrait de baisers sa gorge et ses épaules.

— Dora, je te veux.

— Du calme, Andrew, dit-elle en se débattant car il essayait de descendre sa fermeture Eclair, ce n'est pas ce soir que tu m'auras.

— Tu es belle, irrésistible.

Il la coinçait maintenant contre une chaise et elle se sentit perdre l'équilibre.

— Andrew, je vais me fâcher.

Il la fit chavirer sur le sol tout en bredouillant des paroles destinées à la faire succomber. Ils avaient heurté dans leur chute un petit guéridon sur lequel elle gardait quelques-uns de ses trésors. Cela la mit hors d'elle : comme s'il ne lui suffisait pas d'être écrasée sous le poids d'un comptable lubrique, il fallait en plus que cet individu abîmât ses affaires !

Trop c'est trop, se dit-elle, et elle lui flanqua un violent coup de genoux entre les cuisses. Alors qu'il se tordait sur le sol en gémissant, elle lui assena un coup de poing dans l'œil.

— Dehors, hurla-t-elle. Si tu ne fiches pas le camp tout de suite, je continue.

Effrayé par cette menace, il parvint à se mettre à quatre pattes.

— Tu es folle, balbutia-t-il.

— Tu as raison, je suis folle. Et maintenant, prends ton manteau et rentre chez toi.

— Mon Dieu, mon œil ! Que vais-je raconter à maman ?

— Tu lui diras que tu t'es cogné dans une porte. Allez, dehors, ordonna-t-elle en l'aidant à se relever.

S'efforçant de rester digne, il lui arracha son manteau des mains :

— Je t'ai invitée à dîner à deux reprises.

— Mauvais placement. Je suis sûre que tu trouveras un moyen de déduire ça de tes impôts.

Elle ouvrit la porte d'entrée au moment même où Jed entrebâillait la sienne.

— Elle est complètement cinglée.

— En plus de ça, je vous vire, monsieur Dawd.

Elle lui lança l'un de ses souliers qui vint atterrir contre la porte. Après le départ d'Andrew, elle resta dans l'escalier, tâchant de reprendre son souffle. Soudain, elle prit conscience de la présence de Jed. Il arborait un large sourire, mais elle n'était pas d'humeur à plaisanter :

— Quelque chose vous fait rire, monsieur Skimmerhorn ?

— Ouais. Avez-vous passé une bonne soirée ?

— Excellente.

Elle descendit les escaliers pour aller récupérer sa chaussure. En remontant, elle le vit qui n'avait pas bougé.

— Venez prendre un verre, proposa-t-elle.

Jed la suivit dans son appartement. En entrant, il aperçut par terre les débris de porcelaine. Il comprit l'origine des bruits qu'il avait entendus de chez lui. Il s'était demandé s'il devait intervenir. Même du temps où il était policier, il avait toujours hésité à se mêler des querelles de ménage.

— Qui était ce mec ?

— Mon comptable, enfin, jusqu'à ce soir. (Dora lui tendit un verre de cognac.) Ce type me bassine toute la soirée avec des histoires de SICAV monétaires et de rendements obligataires, et il s'imagine que ça lui donne le droit de me sauter dessus.

Jed regarda d'un air approbateur la petite robe noire qu'elle portait ce soir-là :

— A sa place, je n'aurais pas perdu mon temps à discuter des revenus de mon portefeuille boursier.

— Est-ce que je dois prendre ça comme un compliment ?

Elle balaya la pièce du regard ; le sol était jonché de débris.

— J'aurais dû lui broyer le nez. Regardez ce qu'il a fait, des objets du XVIIIe siècle !

Elle sentait la colère monter en elle.

— C'est trop tard maintenant, dit-il. Il n'en reste plus rien. Passez-moi un balai, je vais nettoyer.

Elle se dirigea vers la cuisine.

— Il avait même une brosse à dents dans sa poche, vous vous rendez compte ? Je suis sûre que ce petit con a fait partie des scouts.

— Il avait probablement aussi un caleçon de rechange, dit-il en lui prenant des mains le balai qu'elle brandissait comme une lance.

Tandis que Jed jetait dans la poubelle ce qui restait de la porcelaine anglaise, elle ajouta :

— Et des capotes.

— Tout scout qui se respecte se doit d'en avoir sur lui.

— Vous en étiez un ?

— Un quoi ?

— Un scout ?

— Non, j'étais un voyou. Vous regarderez où vous posez les pieds, il reste certainement des éclats.

— Merci. Et maintenant, qu'est-ce que vous faites dans la vie ?

— Vous devriez le savoir. J'ai rempli un dossier en arrivant ici.

— Je n'ai pas encore eu le temps de le lire. Je peux vous en prendre une ? demanda-t-elle en tendant le menton vers le paquet de cigarettes de Jed.

Il lui tendit une cigarette qu'il venait d'allumer et en prit une autre dans le paquet.

— Ça va mieux maintenant ?

— Je crois, dit-elle en tirant une longue bouffée. Vous n'avez pas répondu à ma question.

— A l'heure actuelle, je ne fais rien. Je vis de mes rentes, déclara-t-il.

— Je vois. Je suppose que ça rapporte, d'être un

délinquant. Mais alors, à quoi occupez-vous vos journées ?

— A pas grand-chose.

— Vous pourriez me rendre des petits services. Du travail honnête, s'entend. Etes-vous habile de vos mains, monsieur Skimmerhorn ?

— Je ne suis pas mauvais, dit-il en faisant courir ses doigts sur le dos de la jeune femme, jusqu'à la fermeture Eclair qu'il remonta, après un moment d'hésitation.

— Euh... merci. En fait, j'aurais besoin de quelqu'un pour faire de petits travaux. Poser des étagères, par exemple. Cette maison en a besoin.

— La rampe de l'escalier extérieur est dans un sale état.

Elle fit une moue comme si elle prenait cette affirmation comme une offense personnelle.

— Vous pouvez vous en occuper ?

— Je pense.

— Je déduirai bien sûr cela de votre loyer, ou bien je peux vous payer un salaire.

— J'y réfléchirai.

A ce moment précis, il était habité par d'autres pensées. Il avait une envie folle de toucher ce corps près de lui. Il ignorait pourquoi, mais il éprouvait le désir de l'enlacer afin de voir si la veine qui courait sur le cou long et fin de la jeune femme se mettrait à frémir.

Irrité par ces pensées, il se leva brusquement, reposa son verre et s'apprêta à sortir.

— Encore merci.

Les sons sortaient difficilement de sa gorge nouée. L'homme avait une façon de la regarder qui la troublait.

— Inutile de me remercier. J'ai beaucoup apprécié la façon dont vous l'avez fichu dehors.

— Et pourquoi ?

— Je n'aimais pas son costume. Les rayures, ça me donne la nausée.

— Je m'en souviendrai.

Jed leva les yeux vers le plafond et aperçut le bouquet de gui accroché au-dessus de sa tête. Il se dirigea, impassible, vers la porte. Dora l'attrapa par le bras. Elle se haussa sur la pointe des pieds et déposa un léger baiser sur ses lèvres.

— Ça porte chance, expliqua-t-elle.

Il eut une réaction animale, comme s'il avait été menacé par un couteau. Il saisit la jeune femme au menton et lui donna un baiser d'une telle violence que Dora eut l'impression que toutes ses veines se vidaient soudain de leur sang.

— Ô mon Dieu! fut tout ce qu'elle réussit à dire en gémissant tandis que ses lèvres s'entrouvraient sans qu'elle pût s'en défendre.

Quand il relâcha son étreinte, une fraction de seconde plus tard, elle le regardait, les yeux écarquillés. Il se maudissait d'être en proie au même désir irrésistible que cet idiot de comptable.

— Inutile de me jeter dehors, prononça-t-il enfin d'une voix molle. N'oubliez pas de verrouiller votre porte.

5

— Pourquoi es-tu de si mauvais poil? demanda Lea.

Elle venait d'annoncer à sa sœur une vente de cinq cents dollars et celle-ci l'accueillait avec un grognement.

— Je ne suis pas de mauvais poil, j'ai du travail, c'est tout. (Elle était occupée à emballer un service de table.) Les gens sont cinglés de faire leurs achats à deux jours de Noël. Tu te rends compte qu'il va falloir que j'envoie Terri livrer ça cet après-midi et que, pendant ce temps, je n'aurai personne à la boutique!

— Ecoute, je sais que quelque chose ne tourne pas rond. Alors, raconte-moi tout.

— Je vais très bien. C'est juste qu'il y a trop de boulot.

Elle ne voulait pas admettre qu'elle n'avait pas fermé l'œil de la nuit à cause d'un simple baiser.

— Mais c'est pourtant ce que tu aimes, rétorqua Lea.

— Eh bien, j'ai changé. Où est encore passé le rouleau de Scotch ?

Elle se retournait pour fouiller derrière le comptoir quand elle aperçut Jed, au bas des escaliers. Celui-ci s'excusa de son intrusion d'un air peu convaincu.

— Je suis venir voir si vous vouliez que je répare la rampe de l'escalier.

— La rampe ? Euh... Vous avez besoin de bois ou de quelque chose ? (Elle détestait le trouble qui l'envahissait.) A propos, Lea, je te présente mon nouveau locataire, Jed Skimmerhorn. Jed, ma sœur, Lea.

— Enchantée, dit Lea en tendant la main à Jed. J'espère que tout se passe bien.

— Très bien, merci. Alors, je m'occupe de cette rampe ou non ?

— Oui, enfin si vous avez le temps.

Dora venait de retrouver le rouleau de Scotch et reprit son travail. Soudain, une idée germa dans son esprit :

— Vous avez bien une voiture ? Ecoutez, j'ai cette livraison à faire aujourd'hui, vous pourriez vous en occuper pour moi ?

— Vous voulez que je fasse le livreur ?

Jed serra les poings dans ses poches.

— Bien sûr, je vous paierai l'essence. Vous pouvez même vous faire quelques pourboires.

Jed aurait dû l'envoyer promener, mais il n'en fit rien. Il jeta un regard vaguement méprisant vers le paquet qu'elle venait de terminer.

— A quelle adresse dois-je aller ?

— Tout est écrit. Tenez, il y en a encore deux ici. Utilisez la porte de derrière pour les porter jusqu'à votre voiture.

Il ne répondit rien et se contenta de disparaître avec le premier colis. Dès qu'il fut parti, Lea pressa sa sœur de questions :

— Qui est-il ? Que fait-il dans la vie ?

— Je viens de te le dire, il s'appelle Jed Skimmerhorn.

— Tu sais bien ce que je veux dire. (Elle observait par la fenêtre Jed qui chargeait la boîte dans le coffre de sa Thunderbird.) Le voilà qui revient.

— Je l'espère bien, rétorqua Dora sèchement. Il n'a pas pris tous les paquets.

Elle tendit la deuxième boîte à Jed, qui venait de passer la porte.

— Attention, c'est fragile.

Il lui répondit par un grognement.

— Non, mais tu as vu ses épaules ! John n'a jamais eu une carrure pareille, même dans mes fantasmes les plus fous.

— Ophelia Conroy Bradshaw, tu devrais avoir honte. John est un homme merveilleux.

— Je le sais, et je suis dingue de lui. Mais il n'a pas un torse d'athlète, tu l'admettras.

Jed se penchait maintenant dans le coffre de la voiture et Lea eut tout le loisir d'admirer ses muscles qui se dessinaient sous son jean. Quand il revint à l'intérieur, elle lui tendit les factures qu'il devait remettre aux clients.

— Merci, dit-il, puis, s'adressant à Dora, il ajouta : Est-ce que je dois aussi aller chercher le bois ?

— Ah oui, pour la rampe, se souvint Dora. Bien sûr. Vous glisserez la note sous ma porte si je ne suis pas là.

Il ne put s'empêcher de saisir la perche qu'elle lui tendait :

— Encore une soirée torride en perspective ?

Elle eut un petit sourire et lui ouvrit la porte :

— Allez vous faire foutre !

— J'y pense, dit-il en sortant.

— Tu vas tout me raconter de A à Z. Et n'omets aucun détail, aussi insignifiant soit-il, ordonna Lea.

— Il n'y a rien à raconter. Je suis sortie avec Andrew hier soir, et il a essayé de me culbuter, alors je l'ai fichu à la porte.

— Andrew t'a sauté dessus et tu l'as viré !

— C'est exactement ça. Bon, assez de ragots pour aujourd'hui.

La patience de Dora était à bout.

— Encore une question. Tu sais ce qu'il fait ? Enfin... il doit faire de la musculation ou un truc dans le genre.

— Je ne savais pas que tu faisais une telle fixation sur la carrure de ces messieurs.

— Surtout quand le reste est à l'avenant. Laisse-moi deviner ; il travaille sur les chantiers.

— Perdu.

— Allez, dis-le-moi.

Dora avait passé une partie de la nuit à lire et relire le dossier que Jed avait rempli en entrant dans les lieux. Son garant était un certain James L. Riker, commissaire attaché à la police de Philadelphie. En outre, à en croire ce dossier, le dernier employeur de Jed était précisément le département de police de Philadelphie.

— C'est un ancien flic ! s'exclama Dora.

— Pourquoi l'ont-ils viré ? Corruption ? Trafic de drogue ?

— Du calme, Lea. Avec ton imagination, tu aurais dû marcher sur les traces de papa et maman. En fait, il a démissionné il y a quelques mois de ça. Si j'en crois les abondantes notes que papa a prises lorsqu'il a appelé le commissaire, notre homme a d'excellents états de service.

— Pourquoi a-t-il quitté la police ?

— Ça ne nous regarde pas, répondit-elle, mais elle aussi était curieuse de savoir la vérité et en voulait à son père de n'avoir pas poussé son investigation plus loin. Bon, si nous n'allons pas rejoindre immédiatement Terri dans la boutique, elle va nous passer un sacré savon.

— Tu sais, ça me rassure de savoir que tu partages ta maison avec un flic. Eh, dis donc, tu crois qu'il a un flingue ?

— Ça ne lui serait pas très utile pour livrer mes services de table.

Sur ces mots, Dora poussa sa sœur vers la porte.

En d'autres circonstances, DiCarlo se serait senti ridicule de trôner dans ce hall de réception somptueux, orné de toiles impressionnistes, serrant dans sa main cette petite statuette sans aucune valeur. Mais, dans le cas présent, la peur l'emportait sur tout sentiment. Il n'avait pas eu l'intention de tuer cet homme. Il n'était pas, comme son cousin Guido, un tueur professionnel. C'était de la légitime défense.

Durant le vol qui l'avait ramené vers la côte Ouest ; il avait eu de multiples sujets de préoccupation. Il se demandait, par exemple, si la statuette qu'il rapportait était bien celle qui avait été emballée avec les autres marchandises dans les entrepôts de Premium.

— Monsieur DiCarlo ? s'enquit l'hôtesse. M. Finley va vous recevoir.

DiCarlo se leva, rajusta sa cravate et suivit la jeune femme jusqu'à une porte à double battant en acajou.

Finley ne se leva pas de derrière son bureau. Il éprouvait un certain plaisir à regarder DiCarlo s'approcher nerveusement sur la moquette blanche. Un sourire glacial était figé sur son visage. Il avait les yeux rivés sur les gouttes de sueur qui perlaient au-dessus de la lèvre supérieure de DiCarlo.

— Monsieur DiCarlo, avez-vous fait le ménage en Virginie comme je vous l'avais demandé ?

— Oui, monsieur.

— Excellent. Voilà tout ce que vous m'apportez ? dit-il en montrant de la main la statuette que DiCarlo venait de déposer sur son bureau.

— J'ai la liste des autres marchandises et l'adresse de tous leurs acheteurs. (Il tendit la feuille de papier à Finley.) Comme vous pouvez le constater, il n'y a que quatre noms, dont deux sont des antiquaires. Je pensais me rendre à leur boutique et racheter la marchandise.

— Ainsi, vous pensez, monsieur DiCarlo ! Si c'était le

cas, mes biens seraient aujourd'hui en ma possession. Je vais pourtant vous donner une dernière chance.

Il se leva et saisit la statuette.

— N'est-elle pas hideuse ? Comment cet Ashworth a-t-il pu l'acheter ? décidément, tous les goûts sont dans la nature.

Se servant d'un cendrier de marbre blanc, il décapita la figurine. DiCarlo, qui venait pourtant de tuer froidement deux hommes, ne put réprimer un frisson d'épouvante à ce spectacle.

— Sous cet horrible cocon se cache la beauté la plus pure, monsieur DiCarlo.

Il extirpa enfin un objet enveloppé dans plusieurs épaisseurs de film plastique. Avec des gestes délicats il retira cette enveloppe, tel un amant dénudant l'objet de son désir.

— Monsieur DiCarlo, expliqua Finley, ceci est un étui du XIXe siècle. On y rangeait des instruments de manucure, une cuillère à priser ou bien un dé et des aiguilles à coudre. Il est en or incrusté de rubis. Un présent de l'empereur Napoléon à son épouse Joséphine. Désormais; il m'appartient.

Il avait le visage radieux d'un enfant découvrant un nouveau jouet sous l'arbre de Noël.

— C'est magnifique, monsieur Finley.

DiCarlo était soulagé d'avoir rapporté le bon objet et de voir son employeur aussi satisfait.

— C'est vous qui le dites, monsieur DiCarlo. Ceci n'est qu'une infime partie de mon bien. Je suis certes ravi de l'avoir retrouvé mais il ne me rappelle que plus cruellement la perte de mes autres trésors. (Il souleva le cendrier et l'abattit violemment sur les restes de la statuette.) Comprenez-vous mon désarroi, monsieur DiCarlo ?

— Euh... oui, monsieur.

DiCarlo sentait la sueur lui couler le long du dos.

— Prenez un siège, monsieur DiCarlo. Noël me rend magnanime. C'est le 24 décembre demain, je suppose que vous avez des projets ?

— Eh bien oui. La famille, vous savez.

— Je m'en voudrais de vous arracher à votre famille en cette période de l'année. Aussi, je vous donne jusqu'au 2 janvier. Je sais que c'est très généreux de ma part, mais comme je vous le disais, Noël me rend sentimental. Il va de soi, cependant, que vous me ferez un compte rendu quotidien de vos activités. Vous m'appellerez ici ou à mon numéro personnel. Je vous encouragerai bien entendu à rester en contact avec moi, car si je venais à ne plus avoir de vos nouvelles, il faudrait que je vous envoie chercher. Ce n'est pas ce que vous voulez, n'est-ce pas ?

— Non, monsieur.

Pendant un instant, DiCarlo s'imagina poursuivi par une horde de loups assoiffés de sang.

— Très bien. Avant de partir, priez Barbara de faire une copie de cette liste.

Jed se demandait pourquoi il avait accepté. Il aurait pu passer une journée tranquille à son club de sport et voilà qu'une impulsion ridicule l'avait conduit jusqu'à la boutique.

Il avait malgré tout gagné de bons pourboires : quelques billets et une jolie boîte remplie de biscuits faits maison. Et puis, l'expérience n'avait pas été désagréable. Elle lui avait donné l'occasion de constater qu'on ne vous accueillait pas de la même façon selon que vous portiez un paquet-cadeau ou un insigne de policier.

Pour le moment, il était occupé à réparer la rampe et prenait plaisir à travailler de ses mains. Il devait se trouver dehors car il ne restait pas un mètre carré de libre à l'intérieur de la maison. En outre, l'outillage dont disposait Dora s'était limité à quelques clous et à un tournevis, si bien qu'il avait dû faire un saut jusque chez Brent pour emprunter des outils. Bien entendu, Pat l'avait soumis à un interrogatoire en règle, allant de ses habitudes alimentaires à sa vie amoureuse. Il lui avait fallu presque une heure pour s'échapper.

Il tirait des événements de la journée une leçon importante : il resterait à l'écart de ces gens comme cela avait été son intention première.

Au moins, derrière la maison, personne ne viendrait le déranger. Il adorait travailler le bois. A une époque, il avait même pensé aménager un atelier dans sa maison de Chesnut Hill, mais c'était avant que son enquête sur Donny Speck ne fût devenue une obsession. Avant Elaine...

Une fois de plus, Jed revit la Mercedes bleu métallisé garée sous le porche de la maison. Le rang de perles au cou d'Elaine, un cadeau de son premier mari. Les yeux de sa sœur, aussi bleus que les siens, qui le fixaient d'un air interrogateur et un peu ennuyé. Il se revit courant sur la pelouse fraîchement tondue, écrasant sur son passage les buissons de rosiers taillés avec soin. Le soleil qui se reflétait sur les chromes de l'automobile l'aveuglait. Sur un arbre, un oiseau chantait. Soudain, l'explosion. Le souffle l'avait projeté au milieu des roses dont les pétales s'étaient éparpillés sur le sol. La Mercedes n'était plus qu'une torche dont s'échappait, dans le ciel d'été, un long filet de fumée noire. Il crut entendre crier. Probablement le bruit du métal en combustion. C'est du moins ce qu'il espérait. Il souhaitait de tout son cœur qu'Elaine n'ait plus rien senti après cet instant fatidique où elle avait tourné la clé de contact.

Tout cela était loin maintenant. Elaine était morte et Donny Speck aussi. Il était seul, et c'est tout ce qu'il désirait pour le moment.

— Oh, oh...

Distrait par cette voix dans son dos, Jed arrêta la ponceuse et se retourna. Les yeux plissés derrière ses lunettes de soudeur, il regarda avec autant de curiosité que d'irritation le Père Noël aux joues roses qui avançait vers lui.

— Vous n'êtes pas un peu en avance ? demanda-t-il, Noël n'est que dans deux jours.

— Oh, oh, répéta le Père Noël, on a bien besoin de réconfort.

Résigné, Jed sortit une cigarette.

— Monsieur Conroy, n'est-ce pas ? J'ai reconnu vos yeux, ajouta-t-il en voyant la mine déconfite de Quentin Conroy.

Il craqua une allumette. Les mêmes yeux que Dora : grands et sombres, pleins d'ironie.

Tout à coup, le visage de Quentin s'illumina :

— Je suppose qu'un policier est habitué à reconnaître les gens sous tous les déguisements, tout comme un acteur est payé pour se grimer. Savez-vous qu'au cours de ma carrière j'ai incarné plusieurs personnages de représentants de la loi ? J'étais à l'hôpital aujourd'hui. J'y donnais un spectacle de Noël pour les enfants. Ces chères têtes blondes sont des acteurs-nés. Et les acteurs de grands enfants...

Jed était amusé malgré lui :

— Je vous crois sur parole.

— Je vois que ma chère Dora vous a déjà mis au travail. Un beau brin de fille, non ?

Quentin souleva les sourcils, ce qui lui fit plisser le front.

— Elle n'est pas mal, répondit Jed.

— Et bonne cuisinière. Je ne sais pas de qui elle tient ça. Certainement pas de sa mère.

D'un air de conspirateur, Quentin se pencha vers Jed :

— Je ne voudrais pas avoir l'air de me plaindre, mais faire cuire un œuf représente un exploit culinaire pour ma femme. Heureusement, elle a d'autres talents.

— J'en suis certain. Dora est à l'intérieur.

— Naturellement. Une vraie femme d'affaires. Pas comme nous autres. Elle aurait pu faire carrière sur les planches, pourtant. Phénomène étrange que celui de l'hérédité, ne pensez-vous pas ?

— Je n'y ai jamais réfléchi, rétorqua Jed. (Il mentait. Il avait au contraire passé de longues heures à s'interroger sur la question.) Je suis désolé, mais il faut absolument que je termine ça avant la nuit.

— Je vais vous donner un coup de main, proposa Quentin.

Jed détailla le ventre proéminent, la longue robe rouge et la barbe blanche du bonhomme.

— Habituellement ce sont vos lutins qui font ces travaux pour vous.

Quentin eut un rire franc et sa voix puissante de baryton fut emportée par le vent de cette journée d'hiver.

— De nos jours, les syndicats sont partout, jeune homme. Vous ne ferez pas faire à ces paresseux une tâche qui n'est pas prévue au contrat.

Jed remit la ponceuse en route.

— Je termine et vous pourrez m'aider ensuite à remettre la rampe en place.

— Avec plaisir.

Quentin alla s'asseoir sur la première marche de l'escalier. Il aimait regarder les gens en plein labeur. Lui-même n'avait jamais eu à travailler de ses mains grâce à un petit pécule dont il avait hérité et qui lui avait permis de poursuivre sa carrière d'acteur sans jamais trop se soucier du lendemain. Il avait rencontré sa femme, trente ans auparavant, lors d'une représentation de *La Tempête*. Ils avaient convolé, puis avaient joué de scène en scène à travers le pays pendant plusieurs années et connu de nombreux succès. Finalement, ils s'étaient fixés à Philadelphie où ils avaient créé leur propre troupe, les Liberty Players. A cinquante-trois ans, il était un homme respecté dans le milieu du théâtre et ses spectacles étaient rentables.

Cette vie facile avait donné à Quentin un tempérament optimiste que rien ne venait entamer. Sa deuxième fille était heureuse en ménage, son fils connaissait à son tour le succès sur les planches. Il ne restait que Dora. Dès qu'il avait aperçu ce jeune ténébreux, Quentin avait vu en lui la solution à son problème.

Il sortit de sous sa robe une flasque de whisky dont il but quelques gorgées d'un air satisfait.

— Bon travail, mon garçon, dit Quentin une demi-heure plus tard, lorsque la rampe fut remise en place.

J'espère que ma Dora sait vous apprécier. (Il donna à Jed une claque dans le dos.) Pourquoi ne pas passer Noël avec nous ? Ophelia organise tout à merveille, vous savez.

— J'ai déjà des projets.

— Oui, bien sûr.

Le sourire qui flottait sur les lèvres de Quentin ne laissait rien paraître des pensées qui occupaient le comédien. Sans le dire à personne, il avait mené sur Jed une enquête poussée qui lui avait révélé notamment que celui-ci ne possédait aucune famille hormis une grand-mère.

— Peut-être nous verrons-nous le Jour de l'An, alors ? Nous donnons une fête, au théâtre.

— Merci de votre invitation. J'y réfléchirai.

— En attendant, je pense que nous méritons tous deux une petite récompense, dit-il en versant à Jed un peu de whisky dans le bouchon de sa flasque.

Jed sentit le breuvage lui brûler la gorge. Quentin lui avait servi de la dynamite !

— Pardieu ! j'aime un homme qui sait boire ! Encore un peu ?

— Ce n'est pas convenable de boire ainsi pour un Père Noël.

— Comment résister autrement au froid pénétrant des nuits polaires ? Notre prochain spectacle sera une comédie musicale. Ça plaît toujours au public. Il faudra que vous veniez nous voir, avec Dora.

Quentin but une autre gorgée et se mit à chanter à tue-tête. Jed se sentait un peu ivre et il lui semblait tout naturel de se trouver, au crépuscule, en compagnie d'un Père Noël éméché qui poussait la chansonnette. Il entendit la porte d'entrée s'ouvrir et aperçut, dans un brouillard, Dora, en haut des marches, qui les contemplait, les poings sur les hanches.

Nom de Dieu ! pensa-t-il, elle a vraiment de belles jambes.

— J'aurais dû me douter que vous l'encourageriez, dit-elle à Jed sur un ton accusateur.

— J'ai réparé la rampe, annonça-t-il d'une voix pâteuse.

— Félicitations ! (Elle attrapa son père par le bras.) Le spectacle est terminé, papa.

— Dora ! (Quentin étreignit sa fille.) Ton ami et moi faisions de la menuiserie.

— Oui, c'est ce que je vois. Vous m'avez l'air très occupés tous les deux. Entrons, papa.

Elle attrapa la flasque et la flanqua entre les mains de Jed.

— Quant à vous, vous ne perdez rien pour attendre.

— Je n'ai fait que m'occuper de mes affaires, répliqua-t-il, et il reboucha la flasque qu'il glissa dans sa poche.

Quand Dora ressortit, il était en train de ranger avec soin les outils de Brent.

— Qu'avez-vous fait du Père Noël ? demanda-t-il en refermant le coffre de la Thunderbird.

— Je l'ai mis au lit. Vous apprendrez qu'ici, nous ne buvons pas pendant le travail. C'est le règlement de la maison.

— J'avais terminé de toute façon.

Il montra d'un geste la rampe qu'il venait de réparer. Dora soupira et secoua la tête d'un air résigné.

— Je ne peux pas vous blâmer. Personne n'a jamais su lui résister. Venez, je vais vous aider à remonter.

— Je ne suis pas saoul.

— Vous avez votre compte, mais cette information n'est pas encore arrivée à votre cerveau.

— Je ne suis pas saoul, répéta-t-il. (Mais il se laissa faire quand elle lui passa le bras autour de la taille.) Je me suis fait cinquante dollars de pourboires et on m'a offert une boîte de biscuits.

— Bravo !

Comme ils passaient le seuil de la porte, il faillit tomber sur elle.

— Vous sentez bon.

— Je parie que vous dites ça à toutes vos logeuses. Vous avez vos clés ?

— Ouais.

Il tenta de les sortir, mais abandonna bientôt et s'adossa contre le mur. Dora entreprit de retrouver les clés elle-même et glissa la main dans une des poches du jean que portait Jed. Elle ne sentit qu'un peu de monnaie et une cuisse ferme.

— Essayez l'autre, suggéra-t-il.

En levant les yeux, elle vit un sourire malicieux sur les lèvres de Jed.

— Si vous plaisantez, c'est que vous n'êtes pas si saoul. Cherchez donc vos clés vous-même.

Il les retrouva, mais sentit soudain le plancher tanguer sous ses pieds et Dora dut l'aider à ouvrir sa porte.

— Vous arriverez à vous mettre au lit tout seul ?

— Ecoutez, que tout soit bien clair entre nous. Je ne veux pas coucher avec vous.

— Eh bien, vous savez me remettre à ma place.

— Vous respirez la complication, ma jolie, avec vos grands yeux et votre petit corps musclé. Je veux qu'on me laisse seul.

— Après ça, je ne peux plus espérer être un jour la mère de vos enfants. Ne vous en faites pas, je m'en consolerai.

Elle l'allongea sur le canapé et lui retira ses chaussures.

— Je ne veux pas de vous, je n'ai besoin de personne.

Elle chercha des yeux une couverture et finit par attraper une serviette de bain.

— Vous voilà confortablement installé.

Il était si mignon, allongé ainsi, les yeux dans le vague. Prise d'une impulsion, elle se pencha vers lui, et l'embrassa sur le bout du nez.

— Dormez bien. Le réveil sera terrible.

— Foutez le camp, bredouilla-t-il avant de sombrer dans un profond sommeil.

6

Elle ne s'était pas trompée. Il était dans un état déplorable le lendemain matin et n'avait pas besoin que l'on vienne tambouriner à sa porte au moment où il essayait de s'éclaircir les idées sous la douche. Il enroula en grognant une serviette autour de ses hanches et alla ouvrir la porte encore tout dégoulinant.

— Qu'est-ce que vous voulez encore ?

— Bonjour ! (Dora entra, portant sous son bras un petit panier.) Je vois que vous n'avez rien perdu de votre amabilité naturelle.

Elle portait une minijupe aux couleurs vives que Jed contempla d'un air approbateur.

— Oubliez-moi.

— Dites-moi, vous vous êtes levé du pied gauche, ce matin. (Sans se formaliser, elle sortit du panier une bouteille Thermos, un pot de verre rempli d'une substance orange et deux croissants.) Comme c'est mon père qui est à l'origine de votre état, je me sens un peu responsable. C'est pourquoi je viens m'enquérir de votre santé. J'aurais besoin d'un verre, d'une tasse et d'une assiette.

Jed ne bougeait pas et elle entreprit de se servir elle-même.

— Allez vous habiller. Après ce que vous m'avez dit hier soir, je sais que je ne vous intéresse pas et la vue de votre corps à moitié nu pourrait réveiller mes instincts les plus primitifs.

Il disparut dans la chambre et quand il revint, vêtu d'un pantalon de jogging déchiré aux genoux, elle avait disposé le petit déjeuner sur une table basse.

— Vous avez pris de l'aspirine ?

— Je m'apprêtais à le faire.

— Prenez d'abord ça, alors, dit-elle en lui tendant trois comprimés et un verre de liquide orange.

— Qu'est-ce que c'est que ce truc ?
— Votre salut, croyez-moi.
Il but une gorgée et avala les cachets.
— C'est vraiment dégoûtant.
— Oui, mais efficace. Papa ne jure que par cette préparation, et il est expert en la matière. Prenez un peu de café. Ça ira mieux.
— Bon sang, qu'est-ce qu'il y avait dans cette flasque ? demanda-t-il en se massant les tempes.
— L'arme secrète de Quentin Conroy. Il fait des expériences, vous savez, comme un savant fou. Il aime bien boire.
— Je ne l'avais pas remarqué.
— Je sais que je devrais l'en empêcher, mais il ne fait de mal à personne. Ça ne le rend pas agressif. Il ne prend même pas le volant quand il est saoul. C'est comme ça : certains collectionnent les timbres, papa, lui, il boit. Comment vous sentez-vous ?
— Ça ira.
— Très bien. Je dois descendre ouvrir la boutique, maintenant. C'est effarant le nombre de gens qui attendent la veille de Noël pour faire leurs achats. Merci encore pour la rampe. J'aurai des étagères à vous faire installer quand vous vous sentirez prêt. A propos, je n'ai pas envie de coucher avec vous.
Elle ferma doucement la porte et descendit au magasin.

DiCarlo se sentait heureux tandis qu'il roulait à toute allure dans sa Porsche de location. La chance était de nouveau avec lui : sur le siège, près de lui, étaient posés l'aigle de bronze et la reproduction de la statue de la Liberté qu'il venait de racheter dans une boutique de la banlieue de Washington. Il ne lui restait plus qu'à faire un petit détour par Philadelphie pour y récupérer deux autres objets et il pourrait retourner à New York. Si tout se passait bien, il serait rentré pour vingt et une heures et il aurait toute la soirée devant lui pour célébrer Noël.
A ce rythme, il aurait retrouvé toutes les marchan-

dises de M. Finley bien avant l'échéance qui lui avait été fixée. Peut-être même qu'il aurait droit à une petite gratification de la part de son employeur.

Il tapotait le volant au rythme de la musique qui s'échappait de la radio et décida d'appeler Finley.

— Ah, DiCarlo, vous avez de bonnes nouvelles pour moi ?

— J'ai retrouvé deux autres objets à Washington. Tout s'est très bien passé. Je me dirige maintenant vers Philadelphie. Je devrais y être à quinze heures au plus tard.

— Je vous souhaite un joyeux Noël, monsieur DiCarlo. Vous ne pourrez pas me joindre avant le 26. Si vous avez un message à me transmettre, contactez Winesap.

— Je vous tiendrai au courant. Joyeux Noël, monsieur Finley.

Finley reposa le combiné. Il resta encore un moment à contempler de sa terrasse le brouillard qui enveloppait Los Angeles. L'étui pendait à son cou, au bout d'une chaîne en or.

Comme il l'avait prévu, DiCarlo arriva à Philadelphie en début d'après-midi. Il entra dans la boutique de Dora un quart d'heure avant la fermeture. Terri Starr, l'assistante de Dora, une belle rousse qui portait un petit bonnet de lutin, était seule derrière le comptoir.

— Joyeux Noël ! lança-t-elle à son adresse d'une voix cristalline. Un peu plus, et vous trouviez porte close. Nous fermons tôt aujourd'hui.

DiCarlo eut un sourire fourbe.

— Et je parie que vous détestez les clients de dernière minute.

— Pensez-vous, je les adore, au contraire. (Elle avait vu la Porsche garée devant la boutique et se voyait déjà clore la journée sur une grosse vente.) Vous cherchez un objet précis ?

— Euh, oui. (Il balayait la pièce du regard, espérant apercevoir la peinture abstraite ou la statuette du petit chien.) Une de mes tantes collectionne les figurines d'animaux, de chiens en particulier.

Terri se dirigea d'un pas décidé vers une petite vitrine. Elle en sortit la statue d'un chien taillée dans du jade.

— Je suis navré, mais je ne pense pas que ma tante aimerait ça. Vous savez comment sont les vieilles dames.

Terri reposa l'objet avec quelque regret.

— Nous avons encore un couple d'épagneuls en plâtre.

— Ecoutez, je vais faire un tour. Peut-être trouverai-je l'objet que je cherche pour ma chère tante Maria.

— Prenez votre temps.

DiCarlo vit toutes sortes de chiens : des dalmatiens en plastique, des cockers en plâtre, mais nulle part il n'aperçut le chien de guerre chinois, non plus que le tableau.

— Je crois que j'ai ce que vous cherchez. (Terri venait de s'approcher de l'homme mais elle eut un mouvement de recul en voyant l'étincelle meurtrière dans les yeux de DiCarlo.) Je suis désolée, je vous ai fait peur ?

En un instant, l'expression glaciale fit place à un chaleureux sourire.

— Oui, j'étais perdu dans mes pensées. Qu'est-ce que vous avez là ?

— La statuette d'une chienne avec ses petits en poterie anglaise. Est-ce que ce n'est pas mignon ?

— Vous avez raison. Ça plaira à tante Maria. Je la prends. (DiCarlo ne cilla pas en découvrant le prix de l'objet sur l'étiquette. Il espérait gagner du temps pendant qu'elle préparerait le paquet.) Ce n'est pas vraiment ce que je recherchais, mais je pense qu'elle aimera.

— Vous payez en espèces ou par carte de crédit ?

— Par carte. Elle avait un petit chien à taches blanches et marron. Il était toujours couché sur le tapis. Je crois bien qu'il dormait toute la journée. Ma tante l'adorait. J'aurais aimé trouver quelque chose qui lui aurait rappelé son ancien compagnon.

— Comme c'est gentil de votre part ! Vous devez être un neveu dévoué.

— Tante Maria m'a en partie élevé, vous savez.

— Dommage que vous ne soyez pas venu ici il y a quelques jours. Nous avions la statuette d'un chien tout à fait semblable à celui que vous me décrivez. Elle est partie tout de suite.

— Vous l'avez vendue ? Quelle malchance !

— Vous n'avez rien à regretter, monsieur... (elle jeta un coup d'œil à la carte de crédit)... monsieur DiCarlo. Croyez-moi, avec un tel cadeau, votre tante sera ravie.

— Je vois que vous vendez aussi des tableaux...

— Oui, principalement des portraits de famille que nous achetons dans les ventes aux enchères.

— Vous n'avez rien de moderne ? Je suis en train de refaire mon appartement.

— Non, je ne crois pas que nous ayons ça.

Tandis qu'elle établissait sa facture, DiCarlo réfléchissait en tapotant nerveusement des doigts sur le comptoir. Il fallait qu'il découvre qui avait acheté le chien. S'il ne s'était pas trouvé devant une fenêtre, en plein jour, il aurait collé le canon de son revolver sous le menton de la jolie rousse et lui aurait fait cracher les renseignements qu'il voulait. Puis, bien sûr, il l'aurait descendue. Mais pour l'heure, il ne pouvait pas courir le risque d'être aperçu.

— Voici, monsieur DiCarlo, dit Terri en lui tendant sa carte de crédit et le paquet. Joyeux Noël à vous et à votre tante !

Elle le regardait par la fenêtre quand il quitta la boutique. C'est pourquoi il plaça avec précaution le paquet dans le coffre de sa voiture et fit un signe d'adieu de la main avant de démarrer. Il reviendrait à la nuit tombée.

Dora frappa doucement à la porte de Jed. Elle savait qu'elle serait accueillie par des grognements et des paroles désobligeantes, mais elle commençait à s'y habituer. En effet, il se montra égal à lui-même. Il portait un T-shirt trempé de sueur. Dora se serait bien attardée à admirer ce corps viril si son voisin n'avait pas affiché une mine aussi renfrognée.

Jed agrippa des deux mains les extrémités de la serviette qu'il avait autour du cou.

— Encore vous !

— Je suis désolée de vous déranger. (En regardant par-dessus l'épaule de Jed, elle aperçut des haltères sur le sol.) Mon téléphone est en panne. J'ai un coup de fil à passer.

— Il y a une cabine au coin de la rue.

— Vous êtes vraiment très aimable. Comment est-il possible qu'une femme ne vous ait pas encore mis le grappin dessus ?

— J'éloigne les indésirables à coups de bâton.

— Je veux bien le croire. Allez, rendez-moi ce service.

Elle pensa qu'il allait lui claquer la porte à la figure, mais il la laissa entrer.

— Dépêchez-vous, alors, dit-il avant de disparaître dans la cuisine.

Elle s'était imaginé qu'il s'éloignait pour la laisser parler en toute intimité, mais il revint, quelques instants plus tard, avec une canette de soda.

Dora décrocha le combiné et le reposa immédiatement en fulminant.

— Votre ligne aussi est en dérangement.

— Ce n'est pas surprenant, puisque nous habitons la même maison.

De l'appartement de Dora, dont la porte était restée ouverte, lui parvenaient les sons d'un chœur interprétant un chant de Noël. Une musique qui l'intriguait.

— Vous vous habillez toujours comme ça pour passer un coup de fil ?

Elle était vêtue d'une combinaison argentée très moulante et se tenait juchée sur des talons hauts. Elle avait accroché à ses oreilles des pendants en forme d'étoiles.

— Je vais à plusieurs fêtes, ce soir. Et vous, vous faites quoi ? Des poids et haltères ?

— Je n'aime pas les fêtes.

— Vraiment? (Elle haussa les épaules, ce qui fit bruire la soie de son vêtement.) Moi, je les adore. Tout ce bruit, ces bavardages, ces petits-fours... Mais je dois dire que j'ai un avantage certain sur vous dans ce domaine, car, moi, j'aime parler avec les gens.

— Comme je n'ai rien à vous offrir, vous pouvez peut-être partir, maintenant.

Il reposa sa serviette et s'installa sur son appareil de musculation.

Assise sur l'accoudoir du canapé, elle le regardait soulever des poids. Cet homme était des plus antipathiques, et pourtant elle le plaignait de passer Noël seul.

— Pourquoi ne viendriez-vous pas avec moi?

Pour toute réponse, il lui lança un regard hostile.

— Je ne suis pas en train de vous faire des avances. Allons, c'est aujourd'hui la veille de Noël, laissez-vous tenter.

— Fermez-la, et foutez-moi la paix.

Elle soupira et se leva.

— Eh bien, continuez à suer. Moi je m'en vais. (Soudain, elle se figea.) Qu'est-ce que c'est que ce bruit? Ne me dites pas qu'il y a des souris, ici.

Il reposa ses poids et tendit l'oreille.

— Il y a quelqu'un en bas.

— Quoi?

— Il y a quelqu'un dans la boutique. Le son nous parvient par le conduit d'aération.

— Mais la boutique n'est pas ouverte! Nous avons fermé à trois heures et demie.

Sa voix n'était plus qu'un murmure.

— Il est impossible qu'il y ait quelqu'un en bas.

— C'est pourtant le cas. Peut-être que votre assistante a oublié quelque chose.

— Vous voulez rire! Elle doit être assez occupée à préparer la soirée qu'elle donne.

Dora se dirigea vers la porte en faisant claquer ses talons sur le parquet.

— Où allez-vous?

— En bas, bien sûr. Ceux qui se trouvent dans ma boutique ont dû couper le système d'alarme. Ils vont voir de quel bois je me chauffe.

En grommelant, il l'attrapa par le bras et la fit asseoir sur une chaise. Il entra dans la chambre et revint quelques minutes plus tard, tenant un revolver.

Les yeux écarquillés, elle demanda :

— Qu'est-ce que c'est que ce truc ?

— Un pistolet à eau. Vous, vous restez ici et vous verrouillez la porte derrière moi, OK ?

Jed passa sur le palier et ferma la porte. C'était probablement l'assistante qui venait rechercher un objet oublié, se disait-il pour se rassurer tandis qu'il descendait silencieusement les marches. Mais son expérience de flic lui faisait pressentir quelque chose de suspect.

Jed ouvrit la porte de l'arrière-boutique et entendit le bruit d'un tiroir qui se refermait. Il se demanda si Dora conservait de l'argent liquide en bas. Probablement, pensa-t-il, dans quelque vieille boîte à biscuits.

Il perçut soudain un mouvement derrière lui et se retourna en jurant entre ses dents : Dora se tenait trois marches plus haut. Les yeux exorbités de peur, elle serrait dans sa main un petit haltère.

— Remontez, bordel !

Il continua à descendre, mais une marche craqua sous son pied. Aussitôt, plusieurs détonations étouffées se firent entendre et Jed reçut des éclats de plâtre provenant d'un impact dans le mur, à quelques centimètres de son visage. Il s'accroupit, descendit à toute vitesse les dernières marches et, arrivé au bas de l'escalier, se laissa rouler par terre pour se relever immédiatement, l'arme au poing. C'est à ce moment qu'il entendit se fermer la porte de la boutique. Dora était toujours derrière lui. Il lui hurla de rester où elle était et se rua vers la porte. Dehors, la nuit était glaciale mais il était en nage. Il entendit quelqu'un courir sur sa droite et se précipita à la poursuite du fuyard. Soudain, il entendit un moteur démarrer et des pneus crisser sur la chaussée. Trop tard. Il tenta vainement d'apercevoir le véhicule puis rebroussa chemin. Dora se tenait devant la maison, grelottante.

— Venez à l'intérieur.

— Vous avez du sang sur le visage ! s'exclama-t-elle.

Il passa la main sur sa joue, elle était gluante.

— C'est probablement un bout de plâtre qui m'a touché. Qu'est-ce que vous comptiez faire avec ça ? demanda-t-il en désignant l'haltère que Dora tenait toujours.

— Je m'en serais servie pour l'assommer. Dites, vous n'étiez pas censé appeler du secours ?

— Je ne fais plus partie de la police.

Peut-être bien, pensa Dora, mais tu es certainement toujours un flic, ça transpire de chaque pore de ta peau.

— Vous n'avez pas de système d'alarme ?

— Si, et il est supposé faire retentir une sirène dès que quelqu'un pénètre dans la maison.

Au lieu de rentrer, il alla jeter un coup d'œil à l'installation en question.

— De la camelote ! lança-t-il avec mépris quand il revint quelques instants plus tard.

— Ce n'est pas ce que m'a dit le gars qui me l'a vendu, répondit Dora, vexée.

— Il a dû bien se marrer quand il vous a fourgué cet équipement. Il suffit de couper deux fils pour mettre tout le système hors d'usage. Le type qui est entré ici devait avoir remarqué la lumière au premier étage, ce qui explique pourquoi il a aussi coupé le téléphone.

— Un imbécile ! Il aurait pu attendre que nous soyons sortis.

Elle claquait des dents maintenant.

— Il était peut-être pressé. Allez mettre un manteau, vous avez le nez tout rouge.

— Désolée, j'ai oublié de prendre une petite laine dans ma précipitation. Qu'est-ce que c'était, ces bruits dans l'escalier ?

— Un silencieux.

— Comme dans les films de gangsters ! s'écria-t-elle d'une voix aiguë.

— Vous avez de la monnaie sur vous ? Je crois que nous devrions demander de l'aide.

Le visage de Dora avait perdu ses couleurs. Jed vit ses pupilles se dilater.

— Ne vous évanouissez pas, sinon, je vais vraiment m'énerver. Tout est fini, il est parti. Vous n'avez plus rien à craindre, d'accord ?

— Il aurait pu vous tuer.

— Mais il ne l'a pas fait. Alors, cette pièce, ça vient ?

— Je n'ai rien... mais il y a un téléphone dans ma camionnette.

Il se dirigea vers le véhicule et secoua la tête en signe de désapprobation quand il s'aperçut que les portières n'étaient pas verrouillées.

— Je n'ai rien dedans, dit Dora pour se justifier.

Il constata avec satisfaction qu'elle avait repris des couleurs.

— Rien, à l'exception d'un téléphone et d'un autoradio.

Il composa le numéro de Brent. Quelqu'un décrocha après deux sonneries.

— Joyeux Noël !

— Bonsoir, Mary Pat. Est-ce que Brent est là ? j'aurais besoin de lui parler.

— Oui, il est là. Il prépare sa fameuse recette de farce.

En bruit de fond, il entendait les enfants s'époumoner sur l'air de *Jingle Bells*.

— J'espère que tu ne veux pas te défiler pour demain. Si c'est ça, je viendrai moi-même te sortir de ton repaire.

— Non, non, je viendrai. Tu peux appeler Brent ?

— Salut, capitaine. Joyeux Noël !

— Désolé de t'interrompre dans tes préparatifs, mais j'ai un petit problème ici.

— Jody, laisse ce chat tranquille ! Quelle sorte de problème ?

— Quelqu'un est entré par effraction dans la boutique qui se trouve au-dessous de chez moi.

— Ils ont emporté quelque chose ?

— Nous n'avons pas encore vérifié. (Il regarda Dora qui grelottait près de lui.) Ils nous ont tiré dessus. L'arme était munie d'un silencieux.

— Merde ! tu es touché ?

— Non. Il avait garé sa voiture à côté d'ici. D'après le bruit qu'il a fait en démarrant, c'était pas une petite cylindrée.

— Relax, Max. J'arrive tout de suite.

— Merci. (Il raccrocha et se tourna vers Dora qui dansait d'un pied sur l'autre, dans l'espoir de se réchauffer.) Venez, je crois que vous allez pouvoir ressortir votre bouteille de cognac. (Il serra les mains gelées de la jeune femme dans les siennes tandis qu'ils retournaient vers la maison). Vous allez regarder s'il manque quelque chose. Prenez votre temps, c'est important.

Ils entrèrent. Jed referma la porte après avoir examiné la serrure qui avait été forcée, puis alluma la lumière. Un fouillis indescriptible régnait dans la pièce : des cartons étaient empilés du sol au plafond et les étagères regorgeaient d'objets de toutes sortes. Dans un coin, un bureau donnait à l'endroit la seule touche de solennité.

— Il ne manque rien, affirma-t-elle après un moment.

— Comment le savez-vous ?

— Je sais exactement ce que cette pièce contient. Vous avez dû lui faire peur et il n'a pas eu le temps de se servir.

Elle s'approcha d'une étagère et saisit un flacon qui se trouvait là.

— Du cristal de Daum. Cette pièce est évaluée à plus de mille dollars. Un collectionneur serait prêt à payer plus de deux mille dollars pour ceci, dit-elle en montrant une boîte sur laquelle était représenté un jouet d'enfant.

— Et vous laissez tous ces objets sur des étagères !

— J'ai un système d'alarme. Je ne me vois pas ranger tout mon stock dans un coffre chaque soir.

— Vous gardez de l'argent liquide dans la boutique ?

— Tous les soirs, nous déposons à la banque le contenu de la caisse. Nous ne gardons que cent dollars en monnaie.

Elle s'avança vers le bureau dont elle ouvrit un tiroir. Elle en sortit une enveloppe qu'elle tendit à Jed.

— Regardez, tout y est.

A ce moment, elle entendit un bruit de papier froissé sous son pied. Elle se pencha et ramassa une facture de carte de crédit.

— Tiens, c'est drôle. Ce papier devrait être rangé avec les autres.

— Laissez-moi y jeter un coup d'œil. Timothy O'Maley... 21 décembre... cinq cent cinquante dollars... pour des salières ?

— Sa femme les collectionne.

— Ce type a payé plus de cinq cents dollars pour des salières ?

Elle lui arracha le ticket des mains.

— Ignorant !

— Profiteuse !

Elle s'avança vers l'un des meubles de rangement qui se trouvaient dans la pièce afin d'y remettre la facture.

— Regardez ça, s'écria-t-elle soudain. Ces tiroirs sont tout en désordre.

Il s'approcha d'elle.

— Ils ne sont pas toujours dans cet état ?

— Bien sûr que non. Je fais attention à tout classer soigneusement. Comme tous les citoyens de ce pays, je suis terrorisée par l'administration fiscale. Lea a passé des heures, le mois dernier, à faire le tri dans ces dossiers.

— Ce qui signifie qu'il cherchait quelque chose dans vos papiers. Quel type de documents gardez-vous ici ?

— Rien qui ait de la valeur : des factures, des reçus, les adresses de nos clients, des bons de livraison et les inventaires.

Soucieuse, elle passa une main dans ses cheveux. Pendant un court instant, les étoiles à ses oreilles dansèrent dans la lumière.

— Je ne vois pas qui pourrait vouloir ces papiers. Un contrôleur des impôts dérangé ? un comptable fou ?

Elle regretta aussitôt ses dernières paroles.

— Comment s'appelle le cinglé de l'autre soir ?

— Vous êtes ridicule. Andrew ne ferait jamais une chose pareille.

— Il est bien comptable, non ? En plus, vous l'avez fichu dehors.

— Ce n'est pas une raison pour…

— Son nom de famille ?

Elle laissa échapper un long soupir :

— Si je vous donne ses coordonnées, vous irez le harceler jusqu'à ce qu'il fournisse un alibi.

— Je vous répète que je ne suis plus flic.

— Vous avez tout d'un flic. Vous sentez même le flic.

— Ça sent quoi, un flic, d'après vous ?

— La poudre et la sueur. Maintenant que j'y pense, vous avez même le goût d'un flic.

Délibérément, elle fit glisser son regard jusqu'à la bouche de Jed.

— Un vrai flic, dur, autoritaire et un peu mesquin.

— Je peux l'être encore plus, dit-il en se rapprochant d'elle, si bien qu'elle se trouva coincée contre les tiroirs du meuble de rangement.

— J'ai toujours eu du mal à me plier aux ordres. Ça remonte à mon enfance. C'est pour cette raison que j'ai décidé de créer ma propre affaire.

Il pressa son corps contre celui de la jeune femme. Il émanait d'elle un parfum épicé qui lui faisait monter l'eau à la bouche.

— Vous ne savez pas obéir aux ordres, c'est vrai. Je vous avais dit de rester en arrière.

— Mon instinct me dictait d'être près de l'homme au pistolet.

Elle leva la main vers le visage de Jed et caressa du pouce l'écorchure qu'il avait sur la joue.

— J'ai eu tellement peur. Et vous, vous avez eu peur aussi ?

— Absolument pas, j'adore qu'on me tire dessus. Reculez.

— Repoussez-moi. (Elle avança les lèvres.) Oserez-vous ?

Il posa soudain ses lèvres sur les siennes. Avec une certaine rudesse, il la pressa contre le meuble. Elle sentait les poignées des tiroirs lui rentrer dans le dos, mais à ce moment-là, elle était trop occupée à gémir de plaisir pour remarquer cet inconfort.

Il faisait une erreur. Il le savait. Sans qu'il comprenne comment elle s'y était prise, elle l'avait harponné et il ne pouvait déjà plus s'échapper. Elle était collée contre son corps, frémissante. Dora avaît une saveur exquise, épicée comme son parfum. Depuis combien de temps ne s'était-il pas abandonné ainsi à cet oubli obscur et doux que procure une femme ?

Il recula, cherchant à éloigner son visage, mais elle lui agrippa les cheveux et l'attira vers elle.

— Encore, soupira-t-elle et, avide, elle colla sa bouche aux lèvres de Jed.

Elle en voulait toujours plus et savait que cet homme la satisferait pleinement, qu'il l'emplirait d'un plaisir total.

Pendant un bref instant d'égarement, il fut tenté de la prendre là, à même le sol poussiéreux de l'arrière-boutique, avec cette odeur de poudre qui flottait encore dans l'air. Peut-être l'aurait-il fait, s'il n'avait entendu quelqu'un frapper à la porte d'entrée et les pneus d'une voiture crisser sur le gravier de l'allée. Il revint brusquement à la réalité.

— Les renforts viennent d'arriver. Pourquoi ne pas nous faire un bon café ? Vous allez quand même l'avoir, votre petite fête.

Elle leva les yeux. Son corps était toujours pressé contre celui de Jed.

— Et c'est tout ? interrogea-t-elle.

— Oui, c'est tout.

7

Dora prit un cognac et Jed une tasse de café. Comme il ne prêtait aucune attention à sa personne, Dora s'efforça de l'ignorer elle aussi et se pelotonna dans un coin du divan pour se perdre dans la contemplation de son arbre de Noël.

Elle aimait bien le lieutenant Brent Chapman, l'ancien coéquipier de Jed, avec ses pantalons mal repassés, sa cravate tachée et son sourire bon enfant. Derrière ses lunettes d'écaille aux verres épais, il regardait le monde de ses gros yeux bruns. Il avait un air tellement rassurant que Dora prépara du café et des biscuits comme si elle recevait un hôte de passage, et non un policier enquêtant sur un cambriolage avec tir d'arme à feu.

Brent posait d'une voix calme des questions précises et Dora sentait ses nerfs se détendre en l'écoutant.

Non, pour autant qu'elle sache, rien n'avait été volé. Les dossiers ne contenaient rien qui puisse avoir de la valeur.

Oui, la boutique avait été très fréquentée durant les deux dernières semaines, mais il n'y avait eu aucun client insolite.

Non, à sa connaissance, elle n'avait pas d'ennemis.

— Vous devriez lui parler du comptable, intervint Jed.

— Pour l'amour du ciel, Andrew n'est pour rien dans tout ça.

Jed l'interrompit :

— Il s'appelle Andrew Dawd. C'était le comptable de Dora jusqu'à ce qu'elle le vire, il y a deux jours. Il avait eu des gestes déplacés, alors elle lui a mis son poing sur la figure. (Il leva les yeux vers Dora avec un rire mauvais.) Et elle lui a botté le cul.

Brent prenait des notes. Il avait une folle envie de rire

mais les étincelles qu'il voyait dans les yeux de Dora lui disaient qu'il ferait mieux de rester impassible.

— Je vois, dit-il. Vous a-t-il menacée de représailles ?

— En aucune façon. Passez-moi une cigarette, Jed.

Il lui alluma une cigarette, et elle en tira une bouffée nerveuse.

— Au pire, Andrew sera allé gémir auprès de sa mère. Il est incapable de violence.

— Quand même, je pense que nous devrions l'interroger, répondit Brent gentiment. Où pouvons-nous le joindre ?

Dora lança à Jed un regard haineux.

— Il travaille au cabinet Dawd et Goldstein, sur Market Street.

Brent hocha la tête et attrapa un biscuit dans une ravissante petite assiette qu'elle avait placée près de lui.

— Drôle de façon de s'amuser le soir de Noël, n'est-ce pas ?

— J'avais d'autres projets, répondit Dora en souriant. Je suis désolée de vous avoir arraché à votre famille.

— Ça fait partie du boulot. Ils sont fameux, vos biscuits.

— Merci. Emportez-en quelques-uns chez vous. Vous avez des enfants ?

— Oui, trois.

Immédiatement, Brent tira de son portefeuille plusieurs photos. Tandis que Jed levait les yeux au ciel et s'éloignait, Dora s'approcha pour regarder les clichés : deux filles et un petit garçon posaient sagement dans leurs habits d'écoliers.

— L'aînée vous ressemble, remarqua-t-elle.

— Ouais, c'est vrai. Elle s'appelle Carly, elle a dix ans.

— J'ai une nièce qui a dix ans. Elle va à l'école élémentaire Bester de Landsdowne.

— Comme Carly.

Jed les regarda : Dora et Brent rayonnaient.

— Je parie qu'elles se connaissent.

— Ce ne serait pas Missy Bradshaw, par hasard ? Elle a un petit frère qui s'appelle Richie, un vrai petit dur.

— Oui, c'est ça.

— Elle est venue à la maison une bonne dizaine de fois. Ils habitent à deux pas de chez nous.

— Je peux sortir si vous voulez, interrompit Jed.

Les autres lui jetèrent un regard compatissant.

— Dites-moi, Brent, est-ce qu'il est toujours comme ça ?

— Oui, presque tout le temps. (Brent rangea son portefeuille et se leva, secouant les miettes de biscuit tombées sur sa chemise. Dora le trouvait adorable.) Mais c'est aussi le meilleur flic que j'aie jamais connu. Avec Jed dans votre maison, vous pouvez dormir sur vos deux oreilles.

— Je vais vous chercher des biscuits.

Ignorant Jed délibérément, elle se dirigea vers la cuisine.

— Elle est sympa, ta logeuse, commenta Brent quand elle fut sortie.

— Combien de temps te faudra-t-il pour faire analyser les douilles retrouvées dans le mur ?

— Nom de Dieu, Jed, c'est Noël. Les gars du labo sont en congé. On essaiera aussi de relever des empreintes, mais je suis sceptique.

— Ouais, les mecs qui se servent d'un silencieux portent aussi des gants.

— Tu as tout pigé.

A ce moment, Dora entra dans la pièce, portant une assiette en carton recouverte de papier d'aluminium.

— Merci, mademoiselle Conroy.

— Appelez-moi Dora. Vous me tiendrez au courant ?

— Vous pouvez compter sur moi. En attendant, Jed veillera sur vous. Joyeux Noël !

— Je te raccompagne, proposa Jed, et il ajouta, s'adressant à Dora : J'en ai pour deux minutes.

Tandis qu'ils descendaient les escaliers, Jed demanda à Brent :

— A ton avis, pourquoi un gangster entrerait-il par

effraction dans une boutique de brocante et fouillerait-il dans des papiers sans valeur ?

— Excellente question.

Brent venait d'ouvrir la porte et le vent glacial s'engouffrait dans l'entrée.

— Il y a pas mal d'objets de prix ici.

— Oui, mais tu sais comme moi qu'il n'y a pas touché.

— Il n'a peut-être pas eu le temps. Tu es venu l'interrompre, non ?

— Pourquoi un type, sachant qu'il y a du monde au premier étage, pénètre-t-il dans la boutique après avoir coupé le téléphone et le système d'alarme, et se contente-t-il de fouiller dans de vieux dossiers ?

— Parce qu'il cherche quelque chose.

— Ouais, dit Jed en tirant une bouffée sur sa cigarette. Mais a-t-il trouvé ce qu'il cherchait ? Et que peut-on espérer découvrir dans les papiers d'un antiquaire ?

— Des reçus ? suggéra Brent en ouvrant la portière de sa voiture.

— Un inventaire, le répertoire des clients...

— Chassez le naturel, il revient au galop, commenta Brent.

— Quand on me tire dessus, j'ai bien le droit de me sentir concerné, non ?

— C'est compréhensible. Tu nous manques, capitaine.

Pendant un court instant, les yeux de Jed eurent une expression de tristesse, mais il se ressaisit.

— Tu sais, Jed... reprit Brent.

— Laisse tomber. (Il n'était pas d'humeur à écouter un sermon.) Tiens-moi au courant.

— Si nous trouvons quoi que ce soit, tu seras le premier averti.

Brent grimpa dans sa voiture et descendit la vitre.

— Encore une chose. Fais gaffe à ton postérieur, cette petite dame pourrait bien te le botter.

Pour toute réponse, Jed émit un grognement, puis rentra dans la maison. Avant de redescendre inspecter la boutique, il voulait s'assurer que la porte de l'appartement de Dora était soigneusement verrouillée.

— Vous pouvez compter sur Brent, dit-il en entrant. C'est un fin limier.

— Génial ! Asseyez-vous.

— J'ai des choses à faire. Fermez bien votre porte.

— Asseyez-vous, répéta-t-elle en lui indiquant une chaise. Je vais nettoyer votre blessure.

— Je peux le faire tout seul.

— Savez-vous que c'est un honneur pour une dame que de panser les plaies de l'homme qui s'est battu pour la défendre ? Si je portais un jupon, je le déchirerais pour en faire un bandage.

Jed regarda de nouveau la combinaison moulante dont elle était vêtue.

— Qu'est-ce que vous portez là-dessous ?

— Une bonne musculature.

Dora l'attira vers la chaise. Dans un froufrou de soie, elle s'agenouilla près de lui et se mit à tamponner sa blessure avec un morceau de coton.

— Ça va certainement vous piquer un peu.

Jed ressentit soudain une brûlure cuisante à l'endroit de sa coupure. Il attrapa le poignet de Dora.

— Nom de Dieu ! Qu'est-ce que c'est que ce truc ?

— De l'alcool. C'est pour désinfecter.

— Vous allez me décaper jusqu'à l'os avec ça.

— Vous n'êtes plus un bébé. Tenez-vous tranquille.

Il eut une grimace quand elle appliqua de nouveau le coton.

— Vous m'avez appelé plusieurs fois par mon prénom quand vous descendiez l'escalier en hurlant comme une folle.

— Je n'ai pas hurlé comme une folle.

— Si, affirma-t-il avec un sourire méchant. « Jed, oh, Jed ! »

— Je croyais que vous alliez vous faire tuer. Malheureusement, j'avais tort.

Elle appuya son pouce sous le menton de Jed afin de mieux voir la blessure.

— Vous voulez un pansement ?

— Non, répondit-il, l'œil coquin. Vous ne m'embrassez pas ?

— Non. (Elle se leva brusquement.) Je voudrais vous poser une question. Je sais que vous allez me dire de ne pas m'inquiéter, mais j'aimerais savoir : est-ce qu'il y a des chances pour qu'il revienne ?

En la regardant attentivement, Jed remarqua sur le visage de la jeune femme une ombre d'anxiété qu'elle avait jusque-là réussi à dissimuler à merveille.

— Je n'en sais rien, répondit-il d'une voix morne.

— Chouette ! Je n'aurais pas dû poser cette question. Si vous ne savez même pas pourquoi il est entré ici, comment pouvez-vous prévoir s'il reviendra ou non ?

J'aurais dû lui mentir, pensa Jed en voyant Dora pâlir. Il aurait été tellement plus facile de lui raconter des mensonges pour l'aider à passer une bonne nuit.

Il se leva soudain et, d'un geste qui les surprit tous deux, s'avança pour lui arranger les cheveux derrière l'oreille. Puis il fourra vivement sa main dans sa poche.

— Je ne pense pas qu'il revienne cette nuit. Couchez-vous et dormez tranquille. Pendant ce temps, la police fait son boulot.

Elle brûlait de lui demander de rester avec elle, et pas seulement par peur de la solitude.

— Je ne serai pas là demain. Je passe la journée chez ma sœur. Je vous laisserai le numéro, au cas où...

— Parfait. Verrouillez la porte derrière moi.

Il sortit et attendit un moment avant de s'éloigner. En reconnaissant le bruit d'une chaise que l'on calait derrière la porte, il sourit. Bon réflexe, Conroy, pensa-t-il avant d'aller inspecter l'arrière-boutique.

Dans sa belle demeure, à l'ombre de chênes majestueux, une femme entre deux âges dégustait un verre de sherry et regardait à la télévision un programme de variétés. En entendant de légers bruits de pas derrière elle, Mme Lyle sourit et fit un geste du bras :

— Venez regarder avec moi, Muriel, proposa-t-elle, croyant s'adresser à sa domestique.

Quand le coup tomba, elle n'eut pas le temps de crier. Le verre de cristal vint heurter le sol de la desserte, éclaboussant de liquide rouge sang une tapisserie d'Aubusson.

Elle entendit vaguement des bruits de verre brisé et la voix furieuse d'un homme qui répétait :

— Où est cette saloperie de chien ?

Puis elle n'entendit plus rien.

Il était minuit quand DiCarlo prit l'ascenseur pour monter à son appartement dans Manhattan. Il avait les bras chargés de cartons provenant d'un magasin de spiritueux.

Il avait eu de la chance de trouver le reçu pour le chien. Il se demandait si les balles qu'il avait tirées dans l'escalier de la boutique de brocante avaient touché quelque chose ou quelqu'un. Mais il n'y avait rien à craindre de ce côté : son revolver n'était pas enregistré.

Il faisait des progrès. Il avait déjà retrouvé l'aigle en bronze, la statue de la Liberté en plâtre et le chien en porcelaine.

Dora était en train de croquer dans une carotte tandis que sa sœur surveillait la cuisson de la dinde.

— Alors, Jed s'est précipité dehors à la poursuite du type, pendant que je restais là, figée comme une actrice hollywoodienne, protégeant ma poitrine de mes mains. Tu as un assaisonnement pour les crudités ?

— Oui, dans le frigo. Grâce à Dieu, tu n'es pas blessée !

Epuisée par la préparation de tous les plats qui mijotaient maintenant sur la cuisinière, par les cris des enfants et par la crainte de voir sa mère faire irruption à tout moment dans la cuisine, Lea frissonnait.

— Depuis des années, je redoutais que tu te fasses cambrioler. Rappelle-toi, c'est moi qui t'ai poussée à faire installer ce système d'alarme.

— Ça n'a servi à rien. Jed prétend que c'est de la vraie camelote.

— Vraiment ! s'exclama Lea d'un air indigné. Le cousin de John disait que c'était ce qu'on trouvait de mieux sur le marché.

— Ce type est un idiot, rétorqua Dora. (Elle trempa un morceau de chou-fleur dans la sauce.) Délicieux ! De toute façon, les flics sont venus et ont fait leur petite inspection. Papa aurait adoré la mise en scène. Ils ont aussi posé toutes sortes de questions. (Dora avait omis de parler des coups de feu.) J'ai découvert que l'ancien coéquipier de Jed est un de tes voisins.

— Ah bon ?

— C'est le papa de Carly Chapman qui va à l'école avec Missy.

— Oui, je vois. Brent et Pat Chapman.

— Et maintenant, tiens-toi bien : ils vont interroger Andrew.

— Tu plaisantes ! Pourquoi Andrew ?

— Le comptable éconduit prend sa revanche en détruisant les déclarations d'impôts de la jeune femme qui l'employait. Après tout, cette hypothèse n'est pas complètement absurde. A quelle heure dînons-nous ? demanda-t-elle en tendant un verre de vin à sa sœur.

— Dans une vingtaine de minutes. Emporte donc ce que tu as laissé de crudités, ça occupera maman pendant...

Elle s'interrompit brusquement car sa mère venait de faire son entrée.

Triomphante, Trixie Conroy avançait dans la pièce, vêtue pour ce dîner familial d'une tunique vaporeuse qui enveloppait d'un drapé rouge vif sa silhouette élancée. Ce vêtement ajoutait encore au maintien théâtral de l'actrice dont les cheveux courts étaient d'un roux éclatant. Son visage à la carnation laiteuse qui ne laissait apparaître aucune ride grâce à des soins constants et à un lifting discret était d'une beauté frappante. Ses yeux bleus dont Lea avait hérité étaient abondamment maquillés et les contours de sa bouche sensuelles soulignés d'un rouge violent.

— Mes chéries ! s'exclama-t-elle. (Sa voix était aussi théâtrale que le reste de sa personne.) Quel plaisir de voir mes deux petites filles réunies ! Quels sont ces arômes ? interrogea-t-elle en inspirant profondément. J'espère que tu surveilles la cuisson de mes boulettes de viande, Ophelia.

Lea ne les avait même pas mises sur le feu. En fait, elle les avait cachées sous l'évier, espérant les donner au chien un peu plus tard.

— Nous pourrions les manger en hors-d'œuvre.

Lea décida de faire diversion :

— Maman, sais-tu que quelqu'un s'est introduit dans la boutique de Dora la nuit dernière ?

— Mon Dieu, mon bébé ! (Trixie prit dans ses mains ornées de multiples bagues le visage de Dora.) Es-tu blessée ?

— Bien sûr que non.

— Pourquoi n'emmènerais-tu pas maman à côté pour tout lui raconter, Dora ?

— Oui, il faut tout me dire, insista Trixie qui poussait Dora vers la porte. Tu aurais dû m'appeler sur-le-champ. Je me serais précipitée à ton secours. Ma pauvre petite ! Quentin, la maison de notre fille a été cambriolée !

Dora eut juste le temps de lancer un regard irrité à sa sœur avant d'être entraînée vers la sortie.

Le salon était sens dessus dessous. Des jouets jonchaient le sol. Michael hurlait en courant derrière une voiture de police télécommandée qui terrorisait le chien. Will, très élégant dans sa chemise de soie, jouait sur un petit orgue pour amuser Missy. John et Richie avaient les yeux rivés sur une console Nintendo, tandis que Quentin, déjà éméché, faisait le pitre.

— Quentin, notre fille a été menacée, annonça Trixie sur un ton mélodramatique.

— Maman, je n'ai pas été menacée. Quelqu'un s'est introduit dans la boutique, c'est tout. D'ailleurs, rien n'a été dérobé. Jed les a fait fuir.

— Je ne m'étais pas trompé sur le compte de ce gars-là, commenta Quentin.

— Moi, je les aurais tous tués, s'exclama Richie en feignant de tirer avec un pistolet imaginaire.

— Richie, descends de ce canapé, lui ordonna son père. As-tu prévenu la police, Dora ?

— Oui, les meilleurs policiers de Philadelphie sont sur le coup. Et l'officier chargé de l'affaire est le papa d'une de tes amies, face de lune, ajouta-t-elle à l'adresse de Richie, Carly Chapman.

— Will, ordonna Trixie en élevant la voix pour dominer le brouhaha ambiant, tu passeras la nuit chez ta sœur. Je ne serai pas tranquille tant qu'il n'y aura pas un homme à ses côtés.

— Maman, je le déclare au nom de toutes les féministes, j'ai honte pour toi.

— Au diable les grands idéaux ! Il s'agit de la vie de mon enfant. (Trixie adopta une posture royale.) Will, veilleras-tu sur ta sœur ?

— Sans problème.

— Mais moi, je le vois, le problème. Je vais encore retrouver ton rasoir plein de barbe dans mon lavabo pendant que tu passeras des coups de fil obscènes à tes copines de New York.

— Premièrement, je te rembourserai le prix des communications et deuxièmement, tu ne connaîtrais pas la teneur de mes conversations si tu n'écoutais pas aux portes.

— Ta mère a raison, dit Quentin en se levant pour aller se servir un nouveau verre. Je passerai à la boutique demain et je prendrai la situation en main. Tu n'as plus de souci à te faire, ma douce.

— Le dîner est prêt, annonça Lea. Désolée, maman, j'ai laissé brûler tes boulettes de viande.

A une centaine de mètres de là, Jed tentait de s'échapper de chez les Chapman. Il avait apprécié cette journée en leur compagnie plus qu'il ne l'aurait imaginé. Les enfants, surtout, avaient fait sa conquête.

Il aimait le couple que formaient Brent et Pat. Mais plus il passait de temps avec eux, plus il se sentait mal à l'aise. Comment comparer cette maison accueillante, son grand feu de cheminée et ses cris d'enfants avec les souvenirs misérables qu'il gardait de sa jeunesse ? Les scènes ou, pire, le silence pesant ? Il se rappelait cette année où sa mère avait brisé tout un service de porcelaine contre le mur, ou un autre Noël où son père avait fait voler en éclats le lustre de cristal en tirant dessus avec son pistolet. Une autre fois, Elaine avait disparu le jour de Noël pour réapparaître deux jours plus tard avec un œil poché et une lèvre tuméfiée. N'était-ce pas cette année-là qu'il avait été arrêté pour vol à l'étalage ? Non, il se souvenait maintenant, c'était un an plus tard, il avait alors quatorze ans.

— Prends un peu de nourriture, insistait Pat. J'en ai préparé beaucoup trop. Tout sera perdu.

— Allez, fais ça pour moi, supplia Brent. Si tu n'en prends pas, je serai condamné à manger de la dinde pendant un mois. Je te sers une bière ?

— Non, répondit Jed, je conduis.

— Pourquoi partir si tôt ? demanda Pat.

— J'ai passé toute la journée chez vous, répliqua-t-il et, comme elle était une des rares personnes avec qui il se sentait en confiance, il l'embrassa sur la joue. Si je mange encore, je vais éclater.

— Parle-moi un peu de ta superbe logeuse, demanda Pat.

— Elle n'est pas superbe, juste bien.

— Brent prétend qu'elle est très belle et sexy.

— Tout ça parce qu'elle lui a offert des biscuits.

— Si c'est vraiment la sœur de Lea Bradshaw, elle doit être plutôt jolie, fit remarquer Mary Pat. Lea est toujours ravissante, même à huit heures du matin quand elle emmène toute sa marmaille à l'école. Leurs parents sont comédiens. J'ai rencontré la mère. Je souhaite de lui ressembler quand j'aurai son âge.

— Tu n'es pas mal non plus, commenta Brent.

— Pas mal, sans plus. Pourquoi ne viendrais-tu pas dîner avec elle ?

— Je lui paie mon loyer mais ça ne m'oblige pas à sortir avec elle. Je dois y aller, maintenant.

Le bras passé autour de la taille de Brent, Mary Pat salua de la main Jed dont la voiture s'éloignait.

— Il est possible que j'aille faire un tour dans cette boutique un de ces jours, confia-t-elle à son mari.

— Pour satisfaire ta curiosité sans doute.

Elle posa sa tête sur l'épaule de Brent.

— J'aimerais bien faire la connaissance de cette superbe créature.

— Lui n'aimera pas ça.

— Nous verrons bien. Il a besoin de quelqu'un dans sa vie.

— Il a surtout besoin de reprendre le travail.

— Dans ce cas, nous allons nous occuper de lui tous les deux.

A Los Angeles, Finley dégustait un dîner fin en compagnie d'une ravissante blonde aux yeux verts et à la silhouette parfaite. Une jeune femme qui parlait trois langues et possédait une excellente culture littéraire et artistique. Belle et intelligente, elle était en outre presque aussi riche que Finley.

Tandis qu'elle buvait une coupe de champagne dans l'immense salle à manger de la villa, il ouvrait un petit paquet élégamment enveloppé qu'elle lui avait offert.

— Je sais à quel point vous aimez les belles choses, Edmund.

Il la gratifia d'un regard chaleureux pendant qu'il défaisait le papier de soie et vit bientôt apparaître une minuscule statuette d'ivoire. Un petit joyau qui tenait dans le creux de sa main.

— Vous admiriez cet objet chaque fois que vous veniez dîner chez moi, expliqua-t-elle. J'ai pensé qu'un objet provenant de ma collection personnelle vous ferait plaisir.

— C'est absolument exquis et, comme vous l'avez si justement fait remarquer, unique en son genre.

— En fait, je crois m'être trompée sur ce point. (Elle attrapa son verre et ne put voir le spasme qui contractait la main de Finley.) J'ai fait l'acquisition du double de cet objet il y a seulement deux semaines. Ne me demandez pas par quel moyen car il venait d'un musée.

— Il n'est donc pas unique. (Son plaisir venait de s'évanouir, laissant la place à l'aigreur de la déception.) Comment avez-vous pu penser que je me satisferais d'un objet commun ?

Ce brusque changement de ton la fit sursauter.

— Voyons, Edmund, ça n'en reste pas moins une pièce magnifique et d'une valeur inestimable.

— La valeur est une notion relative, répliqua-t-il en serrant de plus en plus fort la statuette dans la paume de sa main, jusqu'à ce qu'un craquement se fît entendre.

La jeune femme poussa un petit cri.

— On dirait que je l'ai abîmée, quel dommage ! Bien sûr, si vous m'offriez maintenant la pièce de votre collection, je serais vraiment honoré. Elle est désormais unique, n'est-ce pas ?

8

En frappant à la porte de Dora à neuf heures du matin, le jour de Noël, Jed ne s'attendait pas à entendre une voix masculine lui répondre par une bordée de jurons.

Will ouvrit la porte. Sa taille maigre enserrée dans un drap aux motifs floraux et se frottant un pied qu'il venait de heurter contre une table, il n'affichait pas une mine des plus accueillantes.

— Si vous venez nous démarcher, j'espère au moins que c'est pour du café.

Décidément, elle sait les choisir, pensa Jed avec méchanceté. D'abord un comptable libidineux en complet rayé et maintenant un jeunot rachitique à peine sorti de l'école.

— Je viens voir Isadora, demanda Jed avec un sourire crispé.

Prenant garde à ne pas marcher sur le drap qu'il traînait dans son sillage, Will recula pour laisser entrer Jed.

— Où est-elle donc passée ? hurla-t-il. Dora !

En voilà un qui a de la voix, se dit Jed au moment où il remarquait, sur le canapé, un oreiller et de la literie en désordre.

— Tu n'entreras pas dans cette pièce tant que je ne me serai pas séché les cheveux, cria Dora qui sortait de la salle de bains.

Elle était vêtue d'un peignoir en éponge et tenait à la main un séchoir à cheveux.

En apercevant Jed, elle s'arrêta net.

— Oh, c'est vous, bonjour !

— Il faut que je vous parle, vous avez une minute ?

— D'accord, répondit-elle en passant sa main dans sa chevelure mouillée. Vous connaissez mon frère ?

Son frère ! Jed fut irrité du soulagement qu'il éprouva.

— Je fais les présentations. Le type dans son drap, c'est Will. Will, le gars qui aurait besoin de se raser, c'est Jed, tout droit débarqué de l'appartement d'en face.

— Ouais, l'ancien flic qui a poursuivi le cambrioleur. Ravi de vous rencontrer. J'ai joué le rôle d'un revendeur d'héroïne dans un film une fois. Je me faisais flinguer dans la première demi-heure mais quand même, ç'a été une expérience super.

— Tiens, dit Dora en tendant à Will le sèche-cheveux. La salle de bains est libre. Je prépare le café, mais c'est toi qui feras le petit déjeuner.

Will disparut, suivi de sa traîne fleurie.

— Ma mère a décrété qu'il me fallait un homme dans la maison après le cambriolage. Will était le seul que nous ayons sous la main. Venez dans la cuisine, nous pourrons discuter.

Dora versa des grains de café dans un vieux moulin.

— Comment s'est passé Noël ?

— Très bien. Un gars doit passer vers midi pour installer un nouveau système d'alarme digne de ce nom. C'est un ami. Il connaît son boulot.

— Un ami ? Je ne savais pas que vous en aviez. Je suppose que je dois vous exprimer ma gratitude.

— J'habite dans cette maison moi aussi et je n'aime pas me faire canarder sans réagir.

— Vous auriez pu m'en parler.

— Vous n'étiez pas là.

Il la regarda mettre la bouilloire en marche.

— Vous aurez aussi besoin de deux solides verrous sur la porte. Je peux aller vous les acheter à la quincaillerie.

Les lèvres pincées, Dora versait du café dans le filtre en papier.

— Je me demande si je dois me montrer amusée, ennuyée ou impressionnée par votre attitude.

— Je vous transmettrai la facture pour les verrous.

Ce dernier argument la décida. Elle sourit, puis éclata d'un rire franc.

— Vous avez gagné. Je vous donne mon feu vert. Vous avez autre chose à me dire ?

— Oui, je voulais aussi prendre des mesures pour les étagères.

Elle attrapa une corbeille d'oranges posée derrière lui.

— Nous verrons ça après le petit déjeuner. Nous n'ouvrons pas avant midi aujourd'hui.

Elle coupa une demi-douzaine d'oranges qu'elle pressa dans une drôle de centrifugeuse.

— Vous voulez bien mettre la table ?

— Pour quoi ?

— Pour le petit déjeuner, pardi ! Will fait des crêpes délicieuses.

— Vous ne voudriez pas vous habiller ? (Il lui décocha un sourire ravageur.) La vue de votre corps humide à moitié nu pourrait me déchaîner.

Dora n'apprécia pas beaucoup qu'il lui renvoie ainsi ses propres paroles à la figure. Elle se versa une tasse de café et sortit de la cuisine.

— Ça sent bon, dit Will qui pénétrait dans la pièce, vêtu d'un jean et d'un pull-over.

Ses cheveux, un petit peu plus clairs que ceux de Dora, avaient été ébouriffés par un savant brushing. Il ressemblait à un de ces mannequins que l'on voit dans les pubs.

— Dora fait le meilleur café du monde. Pouvez-vous allumer la télé ? Je n'ai pas écouté les nouvelles depuis deux jours.

— Bon sang, Will !

Will sourit à Jed.

— J'ai oublié de rincer le lavabo. Elle déteste retrouver de la mousse à raser partout.

— Je m'en souviendrai.

— Par contre, mademoiselle a le droit de laisser traîner sa lingerie. (Il leva la voix afin d'être entendu de la salle de bains et continua sur un ton sarcastique :) J'ai grandi avec deux filles et je n'ai jamais pu entrer dans la salle de bains sans me frayer d'abord un passage dans une jungle de soutiens-gorge.

Tout en parlant, Will préparait la pâte à crêpes. Il vit que Jed l'observait et lui confia, avec un large sourire :

— Dora, Lea et moi-même sommes d'excellents cuisiniers. Je suppose que c'est par réaction à toutes ces années où nous avons été nourris de plateaux-télé. Vous avez une piste, à propos de ce cambriolage ? Vous pensez qu'il faut s'inquiéter ?

— Je m'inquiète toujours quand on me tire dessus.

— Ils vous ont tiré dessus ? Dora n'a pas parlé de ça.

Serrant dans sa main la coquille d'un œuf qu'il venait de casser, il sortit en trombe de la cuisine et se rua vers la salle de bains dont il ouvrit la porte brusquement.

— Tu ne nous as pas dit qu'il y avait eu des coups de feu !

Elle soupira, posa son crayon à maquillage sur le rebord du lavabo et lança un regard accusateur à Jed.

— Merci beaucoup.

Elle n'avait pas eu le temps de terminer son maquillage, mais cela la rendait plus sexy encore.

— Ce n'est pas sa faute, intervint Will. (Il attrapa Dora par les épaules et se mit à la secouer.) Je veux savoir exactement ce qui s'est passé. Tu vas tout me raconter, maintenant.

— Demande ça au flic. Moi, je n'ai pas le temps.

Elle se dégagea de l'étreinte de Will et claqua violemment la porte de la salle de bains, en prenant garde cette fois de tourner le verrou.

— Isadora, je veux que tu me répondes ou bien j'appelle maman, cria Will qui tambourinait à la porte.

— Si tu fais ça, je lui parle du week-end que tu as passé à Long Island avec cette strip-teaseuse.

— C'était une artiste, rétorqua-t-il en bredouillant. (Il se tourna vers Jed.) Quant à vous, vous allez me mettre au parfum, d'accord ?

— Il n'y a pas grand-chose à dire.

Jed ressentait un vague malaise. La scène à laquelle il venait d'assister entre le frère et la sœur lui avait fait comprendre à quel point ces deux-là s'aimaient. En entendant la voix de Will, Jed revint soudain à la réalité.

— C'est tout ? Un gars entre ici, fiche la pagaille dans quelques dossiers, tire des coups de feu, s'enfuit, et c'est tout ?

— A peu près, oui.

— Mais pourquoi ?

— C'est ce que la police cherche à établir, répondit Jed en se servant une deuxième tasse de café. Un nouveau système d'alarme, performant celui-là, sera installé aujourd'hui même. Je me charge de mon côté de changer les verrous de la porte d'entrée. Avec ça, il n'y aura plus trop de souci à se faire pour elle.

— Quel genre de flic étiez-vous ? Un violent, un ripou ?

— Ça n'a plus d'importance maintenant. Je ne fais plus partie de la police.

Will baissa les yeux vers la poêle dans laquelle il faisait cuire une crêpe.

— Jed Skimmerhorn, c'est bien votre nom, n'est-ce pas ? Je suis sûr de l'avoir déjà entendu quelque part. Il y a quelques mois de ça, ils ont parlé de vous à la télé. Je suis un accro du journal télévisé. (Will se creusait la tête pour raviver ses souvenirs.) Capitaine, c'est ça. Capitaine Jedidiah Skimmerhorn. Vous êtes le flic qui a flingué Donny Speck. Je me souviens des gros titres dans les journaux : « Le flic milliardaire abat un parrain de la drogue. »

Maintenant, Will se souvenait très bien des événements : la propre sœur du capitaine Skimmerhorn était morte dans l'explosion de son véhicule.

— Un type qui a été capable de nous débarrasser d'un salaud tel que Speck aura assez de cran pour veiller sur ma petite Dora.

— Je suis assez grande pour me garder toute seule, intervint Dora.

Tenant dans une main une carafe de jus d'orange, elle répondit au téléphone de la cuisine.

— Allô ! Oui, Will est ici. Marlene, dit-elle en tendant le combiné à son frère.

Will s'empressa de mettre deux crêpes dans son assiette.

— Ça risque de prendre un moment, expliqua-t-il. Allô, poupée. (Sa voix se fit bientôt douce comme le miel.) Mais, chérie, tu sais bien que tu me manques terriblement. Je ne pense qu'à toi. Je rentre ce soir et nous rattraperons le temps perdu.

— Pourquoi ne leur avez-vous pas tout dit ? demanda Jed à Dora.

— Je ne voulais pas les inquiéter davantage. Ils ont une fâcheuse tendance au mélodrame. Si je me plains d'un mal de ventre, ma mère s'imagine que j'ai la malaria et appelle l'hôpital. Alors, imaginez sa réaction si je lui avais annoncé que quelqu'un avait fait un carton sur mon mur. Elle aurait alerté la C.I.A., puis elle aurait engagé deux gorilles. Au lieu de ça, j'ai simplement hérité de Will.

— Il est plutôt sympa, commenta Jed alors que Will

envoyait des baisers passionnés au téléphone et raccrochait.

Il n'avait pas eu le temps de faire trois pas, que la sonnerie retentissait de nouveau.

— Allô ! lança-t-il les yeux brillants. Heather, ma chérie. Bien sûr que tu me manques, mon bébé. Je passe te voir demain soir et nous rattraperons le temps perdu.

— Quelle technique ! commenta Jed qui souriait derrière sa tasse.

— Vous l'avez dit. Bon, comme il est occupé à faire l'amour par téléphone, j'éteins la télé.

Elle se leva et allait appuyer sur le bouton quand elle se figea soudain.

« Toujours aucune piste dans la tragédie de Society Hill, annonçait le présentateur. Alice Lyle, qui a été sauvagement agressée dans sa demeure le 24 décembre, est toujours dans le coma. Nous rappelons que Mme Lyle et Muriel Doyle, sa femme de ménage retrouvée morte sur les lieux du drame, ont été toutes deux découvertes par la nièce de Mme Lyle. Alice Lyle, veuve du regretté Harold T. Lyle, des entreprises du même nom, est toujours entre la vie et la mort. Le porte-parole de la police de Philadelphie nous a confié qu'une enquête était en cours. »

— Ô mon Dieu ! s'exclama Dora. (Elle se tourna vers Jed.) Je connais cette femme. Elle était dans ma boutique il y a seulement deux jours.

— Elle habite dans une zone résidentielle et porte un nom connu, expliqua Jed. Il arrive qu'un simple cambriolage tourne au drame.

— Elle m'a acheté un cadeau pour sa nièce qui attend un bébé. C'est affreux !

— Vous n'y pouvez rien, dit doucement Jed qui éteignit la télévision.

— C'est ce qu'ils vous apprennent à l'école de police ! lança-t-elle. (Mais elle se reprit.) Je suis désolée. Je suis bouleversée. Je pense que je vais descendre et ouvrir la boutique un peu plus tôt que prévu. Will pourra faire le ménage avant de repartir pour New York.

Cette fois, il ne put résister à son envie de caresser le visage de Dora. Sa peau était douce comme les pétales d'une rose.

— Il est difficile d'accepter la mort, n'est-ce pas ?

— C'est pour ça que vous avez quitté la police ? demanda-t-elle en attrapant le poignet de Jed.

Il retira sa main.

— Je vais m'occuper de ces verrous, dit-il. Merci pour le petit déjeuner.

Dora poussa un petit soupir quand la porte se referma derrière lui.

— Will, je descends à la boutique. Quand tu en auras fini avec tes conversations obscènes, fais la vaisselle.

Il sortit brusquement de la cuisine.

— Dis-moi, petite cachottière. Tu t'étais bien gardée de nous dire que ton nouveau locataire n'était autre que le célèbre capitaine Skimmerhorn qui a abattu Donny Speck.

— Qui est ce Donny Speck ?

— Mon Dieu, mais dans quel monde vis-tu ? Speck dirigeait l'un des plus gros cartels de la côte Est. Il était complètement fêlé. Le genre de type qui supprime tout ce qui lui résiste. Toujours la même méthode : une bombe reliée à l'allumage des bagnoles.

— Jed l'a arrêté ?

— Non, il l'a descendu au cours d'une fusillade tout ce qu'il y a de classique.

— C'est pour cette raison qu'il a dû démissionner ? souffla Dora à travers ses lèvres sèches.

— Tu plaisantes. Ils l'ont décoré, si tu veux savoir. Ils en parlaient tous les jours aux informations l'été dernier. Pour couronner le tout, il est l'héritier de L.T. Bester.

— Bester ? Tu veux dire le milliardaire ?

— Exactement. Un parc immobilier colossal, des galeries commerciales. Il n'y a pas beaucoup de flics à Philadelphie qui peuvent se vanter d'appartenir à ce genre de dynastie.

— Ne raconte pas de bêtises. S'il avait tant de fric que ça, il ne louerait pas un studio au-dessus d'une boutique de brocante.

Will hocha la tête.

— Toi, une Conroy, tu ne reconnais pas l'excentricité quand elle se présente !

Il emplissait l'évier d'une eau savonneuse.

— Pour moi, notre héros, le capitaine de police milliardaire, s'est mis un peu au vert. L'été dernier n'a pas été de tout repos pour lui. Tous les jours, on parlait dans les journaux de l'enquête qu'il menait sur Speck. Alors, quand sa sœur s'est fait tuer...

— Attends une minute, dit-elle en agrippant Will par le bras. Tu as bien dit sa sœur ?

— Ils étaient persuadés que c'était un coup de Speck mais ils n'ont jamais réussi à le prouver.

— C'est atroce ! s'écria-t-elle.

— Le plus horrible, c'est qu'il a assisté à l'accident. Une sale affaire.

— Pauvre Jed ! murmura Dora.

— La presse en a fait des gorges chaudes. Ils ont ressorti tous les scandales qui avaient éclaboussé la famille Skimmerhorn-Bester : la sœur qui avait divorcé trois ou quatre fois, les parents qui se faisaient des scènes en public. Je crois même qu'ils ont évoqué le passé tumultueux de Jed, une sorte de délinquant juvénile. Les gens aiment bien se dire que même les plus riches ont des problèmes.

— Pas étonnant qu'il veuille qu'on lui fiche la paix. Mais, ajouta-t-elle en embrassant son frère, ça n'explique pas tout. Nous te verrons pour le Nouvel An ?

— Je ne manquerais cela pour rien au monde. Dora... fais ce qu'il te dit de faire. Je ne veux pas qu'il t'arrive du mal.

Il n'y avait pas beaucoup de clients ce matin-là. Aussi Dora eut-elle le temps de réfléchir. Elle ne connaissait de Jed que la partie émergée de l'iceberg, et ce qu'elle avait appris de la bouche de Will ne rendait son ignorance que plus criante.

— Bonjour, ma petite chérie, lança Quentin qui pénétrait dans la boutique.

Il portait des cache-oreilles en vison et un vaste pardessus que sa femme lui avait offert pour Noël.

— Papa, tu es l'homme providentiel !

— Quel bonheur de se savoir désiré par ses enfants ! Ça vous réconforte un homme. Ah, Terri, une apparition céleste, comme toujours.

Il trotta jusqu'au comptoir où se tenait Terri et lui baisa la main d'une façon théâtrale.

— Comment donc, pas de clients ce matin ?

— Un couple de curieux, un échange et une vente de vingt dollars, répondit Dora. Ils doivent tous être au centre commercial, à l'heure qu'il est. Terri, tu peux t'occuper de la boutique pendant un moment ?

— Compte sur moi.

— Papa, que sais-tu de Jed Skimmerhorn ? demanda-t-elle à son père qu'elle entraînait hors de la boutique, vers une petite pièce dans laquelle elle exposait quelques objets.

— Voyons... il mesure environ un mètre quatre-vingt-cinq, pèse dans les quatre-vingt-sept kilos. Une silhouette athlétique. Je dirais qu'il va sur ses trente-cinq ans et qu'il est d'origine anglo-saxonne, si j'en juge par la couleur de sa peau.

— Arrête ton numéro, papa ! C'est sérieux. Tu sais tout sur Jed Skimmerhorn, autrement tu ne l'aurais pas laissé s'installer dans cette maison. Will raconte qu'il vient d'une famille de nantis.

— C'est exact. La dynastie Bester-Skimmerhorn, confirma Quentin. Presque tout l'argent vient du côté de la mère, bien que les Skimmerhorn n'aient pas non plus été des indigents. Jed est leur seul héritier, étant la dernière branche de l'arbre généalogique, à l'exception de quelques cousins lointains.

— Alors c'est vrai, il est milliardaire ?

— Eh oui, mais il semble tenir à son indépendance.

Tu sais que je n'aime pas rapporter les ragots, ma chérie, ajouta Quentin en toussant doucement.

— Allons, ne te fais pas prier.

— Eh bien, la rumeur dit que dans sa jeunesse Jed est entré dans la police contre toutes les recommandations de sa famille. Ils désapprouvaient son choix et ont menacé de le déshériter. (Il avait pris un ton de conteur, aux accents riches et parfaitement rythmés.) Quoi qu'il en soit, les parents étaient notoirement connus, mais surtout pour leurs prises de bec en public. Ils ne faisaient pas secret de la haine qu'ils éprouvaient l'un pour l'autre, mais les enjeux financiers étaient tels qu'ils n'ont jamais pris la décision de divorcer.

« Jed s'est taillé une solide réputation dans la police. Il était apprécié pour sa perspicacité à découvrir des indices, mais aussi pour sa ténacité une fois qu'il était lancé sur une piste. Il y a un peu plus d'un an, il a été nommé capitaine. Il n'avait plus qu'à attendre son grade de chef. Mais c'est à ce moment qu'a commencé l'affaire Donny Speck.

— Will m'a tout raconté, y compris l'accident qui est arrivé à sa sœur.

— Ils ont supposé que Speck avait organisé l'attentat. Quant à savoir pourquoi Jed a pris la décision de démissionner, je crois qu'il faudra que tu lui poses la question toi-même.

— Il ne me dira rien.

— T'intéresses-tu vraiment à lui ?

Elle réfléchit, prit la pastille mentholée que Quentin lui tendait avant de répondre :

— Je n'en sais rien encore. Merci pour toutes ces informations. (Elle embrassa son père sur la joue.) Jed est dans l'arrière-boutique. Il installe de nouveaux verrous. Tu peux aller l'embêter pendant qu'il travaille. Laisse ton manteau ici.

— Euh… non. Je crois que je vais le garder, il pourrait faire froid, dit-il en caressant la poche de son pardessus.

Je ne te séparerai pas de ta petite flasque, pensa Dora avant de retourner travailler.

Lorsque Quentin entra, Jed venait de brancher la perceuse de Brent.

— Joyeux Noël ! Décidément, vous êtes devenu le factotum de cette maison. Puis-je vous exprimer ma sincère gratitude ?

— Monsieur Conroy !

— Appelez-moi Quentin. Après tout, n'avez-vous pas sauvé ma petite fille du plus grand péril au risque d'y laisser votre vie ? (Quentin prit place dans une chaise.) Avez-vous récolté quelques indices ?

— Adressez-vous au lieutenant Brent Chapman. C'est lui qui est chargé de l'enquête.

— Mais, mon garçon, c'est vous qui étiez sur les lieux, l'arme au poing. Où sont les impacts de balles ? Will m'a avoué qu'il y avait eu des coups de feu.

— Dans l'escalier, sur le mur.

Jed regarda avec amusement Quentin s'approcher du mur pour l'examiner. Il n'aurait pas été surpris de voir le bonhomme tirer de sa poche une loupe et une casquette de Sherlock Holmes.

— Il m'est arrivé d'incarner le rôle d'Hercule Poirot dans une adaptation du *Crime de l'Orient-Express*.

— Et Will a joué un revendeur de drogue dans un film. Quelle famille !

— Que voulez-vous, nous avons le théâtre dans le sang. Avez-vous un peu de temps ?

Il s'assit, les jambes allongées, les mains posées sur son ventre, puis il sortit la flasque de la poche de son pardessus.

— N'approchez pas ça de moi.

Quentin eut un large sourire.

— J'ai peur de vous avoir fait goûter de mon mélange le plus explosif lors de notre dernière rencontre. Le carburant d'aujourd'hui est beaucoup moins puissant.

— Non merci. Ne comptez pas sur moi.

— Eh bien, je boirai donc seul à toutes les filles que j'ai aimées.

Quentin but une gorgée, puis s'empressa de ranger la flasque : Dora pouvait faire irruption d'un moment à l'autre.

— J'avais une autre raison de venir vous voir aujourd'hui : je souhaiterais renouveler mon invitation à notre petite fête du Nouvel An, au théâtre. Mon épouse veut vous remercier personnellement de vous être occupé de notre Dora.

— Je n'aime pas trop les mondanités, vous savez.

— Je considérerais cela comme une faveur si vous faisiez au moins l'effort de passer avec nous un petit moment. Après ce qui s'est passé, je suis inquiet de laisser Dora sortir seule la nuit.

Satisfait de lui, Quentin but encore une petite gorgée avant de partir.

Comme il n'y avait pas affluence à la boutique, Dora décida de laisser Terri seule s'occuper des clients pendant qu'elle-même remettait de l'ordre dans ses dossiers. Il faisait presque nuit quand Jed descendit à la boutique et, sans un mot, il se mit à prendre des mesures pour les étagères. Pendant cinq bonnes minutes, Dora fit également mine de l'ignorer.

— Ce nouveau système d'alarme est bien trop compliqué, dit-elle enfin.

— Il suffit de taper un code à six chiffres, répondit-il en gribouillant des notes sur un morceau de papier.

— Et si je l'oublie, ce code, les sirènes vont se mettre à hurler et un type se précipitera sur moi en me disant de garder mes mains au-dessus de la tête.

— Eh bien, je vous conseille de vous en souvenir.

— Je n'ai pas la mémoire des chiffres, c'est pour cette raison que j'ai un comptable.

— Que vous *aviez* un comptable. A propos, il n'est plus considéré comme suspect.

— Ça ne m'étonne pas. Sa mère est du genre qui s'assure tous les soirs qu'il s'est bien lavé les dents.

— Mais pourquoi avez-vous accepté de sortir avec ce type ?

— Le système fiscal n'avait pas de secret pour lui. Peut-être que ça m'impressionnait. Quoi qu'il en soit, je le plains sincèrement : sa mère est une vraie virago.

— La nuit du cambriolage, il était justement avec elle, en compagnie d'une douzaine d'autres personnes, pour la fête de Noël du cabinet Dawd et Goldstein.

— De toute façon, je ne l'ai jamais soupçonné. (Elle se remit à classer ses papiers.) J'ai appelé l'hôpital. Vous savez, Mme Lyle ? Je n'arrêtais pas de penser à elle. Elle est toujours dans le coma. Je lui ai fait envoyer des fleurs, mais je ne suis pas sûre que c'était une bonne idée. Vous n'avez pas envie de prendre l'air ?

— J'ai presque fini. Je vous laisserai bientôt tranquille.

— C'est une invitation. (Elle passa les mains dans ses cheveux d'un geste nerveux.) Nous pourrions aller voir un film. J'en ai plus qu'assez de trier ces papiers.

— C'est un peu tôt pour le cinéma.

— En attendant, allons manger un morceau. Allez, soyez chic, je déteste aller au cinéma toute seule.

Il savait qu'il ne devait pas accepter. Après ce qui s'était passé entre eux la nuit précédente, il aurait dû l'éviter.

— Quel est le code pour le système d'alarme ?

— Pourquoi me demandez-vous ça ?

— Parce que si nous sortons, il faudra fermer la maison.

— 12, 24, 92 : le 24 décembre 1992. Je pense que je n'aurai pas trop de mal à oublier cette date, dit-elle avec un sourire en enfilant son manteau.

— Bonne idée. Allons vérifier les issues.

Après un instant d'hésitation, il accepta de prendre la main qu'elle lui tendait.

9

Mary Pat était une adepte de l'approche directe : pour satisfaire sa curiosité, elle se rendit en personne à la boutique tenue par la logeuse de Jed et fut enchantée d'y rencontrer la mère de la petite Missy.

— Lea, bonjour !

— Quelle surprise ! Qu'est-ce qui vous amène ici ? demanda Lea en reposant un vase en verre soufflé qu'elle était en train d'épousseter.

— C'est l'anniversaire de ma mère. (Elle avait trois mois d'avance, mais personne n'en saurait rien.) J'ai beaucoup aimé le cadeau que Jed m'a acheté ici et j'ai pensé que je trouverais peut-être quelque chose pour maman.

— Comment vont les enfants ?

— Ils me rendent folle. J'ai hâte qu'ils retournent à l'école.

— Je vous comprends. Alors, comme ça, vous êtes une amie de Jed ?

— Oh oui, depuis des années ! Brent et lui ont fait équipe pendant six ans, jusqu'à ce que Jed soit nommé capitaine. Votre sœur a une boutique charmante. Elle s'occupe d'antiquités depuis longtemps ?

— Depuis toujours, mais elle n'a créé ce commerce qu'il y a trois ans.

Mary Pat se demanda si Dora était de ces femmes ambitieuses et avides.

— J'espère qu'elle n'a pas eu d'autres désagréments depuis cette tentative de cambriolage.

— Oh non, Dieu merci ! (Lea leur servit du café.) Nous sommes tellement reconnaissants à Jed d'avoir été là. C'est rassurant de savoir qu'un policier veille sur notre Dora.

— Et pas n'importe quel policier ! Brent prétend que si Jed reprenait son poste aujourd'hui, il serait nommé chef de la police avant dix ans. (Mais Mary Pat changea de sujet.) J'ai été surprise quand il a pris la décision de venir habiter ici. Votre sœur doit être une sacrée femme d'affaires. Elle possède son propre magasin, une maison dans laquelle elle loue un appartement...

— Dora est une femme indépendante.

Arrogante et autoritaire, pensa Mary Pat. Décidément, elle était bien contente d'être venue se faire sa petite idée. Elle se retourna soudain en entendant un bruit de voix qui venait de l'arrière-boutique.

— Je crois savoir où trouver ce que vous cherchez, madame Hendershot, disait Dora.

Elle reconduisait vers la porte une vieille dame qui marchait péniblement, appuyée sur une canne.

— Je compte sur vous pour m'appeler, répondit la dame d'une voix puissante qui contrastait avec son corps frêle. Le mariage de mon arrière-petite-fille aura lieu dans deux mois. Les jeunes gens sont tellement impatients.

— Vous n'avez aucun souci à vous faire. (Dora prit la vieille femme par le bras au moment où elles atteignaient la porte d'entrée et, bien que vêtue d'un simple chemisier de soie, elle n'hésita pas à raccompagner sa cliente jusqu'à sa voiture.) Je vous trouverai le cadeau parfait.

— J'espère que vous ne me décevrez pas. Maintenant, rentrez vite vous réchauffer sinon vous attraperez la mort, dit la vieille dame qui prit place derrière le volant.

Dora attendit que la voiture ait démarré, puis se précipita à l'intérieur en frottant ses mains gelées.

— Une femme de cet âge ne devrait pas conduire, commenta Lea qui versait à sa sœur une tasse de café.

— Et pourquoi pas ? Elle manœuvre cette grosse bagnole comme une pro.

Elle aperçut soudain Mary Pat.

— Bonjour, est-ce que Lea s'occupe de vous ?

Mary Pat avait eu amplement le temps de détailler Dora de la tête aux pieds. Elle avait étudié avec une pointe d'envie l'élégant tailleur de la jeune femme, ses escarpins à hauts talons, et s'était demandé si les pierres qui pendaient à ses oreilles étaient de vrais saphirs.

— Je suis à la recherche d'un cadeau d'anniversaire. Lea et moi sommes voisines.

— Dora, je te présente Mary Pat Chapman.

Tous les préjugés de Mary Pat s'envolèrent au moment précis où Dora lui serra la main avec un grand sourire. Elle avait une expression si franche, si chaleureuse.

— Je suis ravie que vous soyez venue jusqu'ici. Brent a été fantastique l'autre nuit. Il était tellement rassurant. A propos, avez-vous eu la boîte à biscuits ?

— Oui, répondit Mary Pat tout à fait détendue. En fait je l'ai tellement aimée que j'ai décidé de venir chercher ici un présent pour ma mère. Mais ce n'était qu'un prétexte. En fait, je désirais savoir quel genre de femme vous étiez.

Dora eut un sourire derrière sa tasse.

— Qui pourrait vous en vouloir ! Eh bien, pendant que vous me jaugez, pourquoi ne pas se mettre en quête de ce petit cadeau pour maman ? Avez-vous quelque chose en tête ?

— Non, aucune idée. Avez-vous déjà été mariée ?

Dora faillit éclater de rire en l'entendant poser une question aussi directe.

— Non, jamais. J'ai pourtant été fiancée. Tu te souviens de Scott, Lea ?

— Oui, hélas !

— Il est parti vivre à Los Angeles, notre relation n'a pas survécu à l'éloignement. Que penseriez-vous d'un flacon à parfum ? Nous en avons de très beaux en cristal et en verre soufflé.

— Pourquoi pas ? Elle possède une petite coiffeuse. Oh, celui-ci est très joli ! s'exclama-t-elle. (Elle souleva un petit flacon en forme de cœur.) Est-ce que vos affaires marchent bien ?

Dora eut un large sourire.

— Je ne suis pas une femme vénale. Le compte en banque d'un homme ne m'intéresse pas, même quand il est aussi bien garni que celui de Jed. Le flacon coûte soixante-dix dollars, mais si vous le prenez, je suis prête à vous faire une petite réduction de dix pour cent. Ce sera mon cadeau de bienvenue.

— Marché conclu, répondit Mary Pat avec un sourire. Il est bel homme, n'est-ce pas ?

— Oh oui, très. Je vous fais un paquet ?

— Oui. Je ne suis pas comme ça d'habitude, mais Jed fait presque partie de la famille, vous comprenez.

— Je comprends.

— Tout ce qu'il faut à Jed c'est... mais elle s'interrompit brusquement en voyant celui-ci entrer dans la boutique.

— Dora, avez-vous besoin de ça ?

Il s'arrêta net, les sourcils froncés.

— Mary Pat ? Qu'est-ce que tu fais ici ?

Il la connaissait bien, trop bien. Elle eut un sourire un peu gêné.

— Quelle coïncidence ! J'achetais un cadeau pour ma mère.

Tournant le dos à Jed, Dora adressa un petit clin d'œil à Mary Pat.

— Vous avez un mois pour l'échanger. (Puis, s'adressant à Jed, elle demanda :) Vous vouliez quelque chose ?

Il avait l'air furieux.

— Ces foutues étagères, je vous les fais fixes ou amovibles ?

— Vous pouvez les faire amovibles ? Mais c'est génial ! Je ne sais pas ce que je deviendrais sans lui, lança-t-elle, rayonnante, à Mary Pat.

— Jed a aidé Brent à décorer notre salon, l'an dernier. Il faudra que vous passiez voir ça un de ces jours.

— Quelle subtilité, Mary Pat !

Jed leur jeta un regard mauvais avant de sortir en claquant la porte de l'arrière-boutique.

— C'est un garçon si doux, commenta Dora.

— C'est pour ça que nous l'aimons, répondit Mary Pat.

Celle-ci partit quelques minutes plus tard, très satisfaite du résultat de sa petite enquête.

Cette femme cherche les ennuis, pensait Jed qui sciait une planche de bois. Elle s'imagine qu'elle peut s'en sortir toute seule mais elle se trompe.

Non, il n'avait pas peur d'elle, se disait-il en posant la scie et en allumant une cigarette. Mais elle avait le don de lui mettre les nerfs en pelote.

Il ne pouvait nier qu'elle l'attirait, avec ses grands yeux et ses minijupes. Il aimait l'entendre rire et parler. Il admirait la façon dont elle avait fichu à la porte ce nigaud de comptable, toutes griffes dehors. Jed se surprit à sourire et écrasa sa cigarette du talon de sa botte.

Décidément, il avait passé trop de temps à s'imaginer dépouillant Isadora Conroy d'une de ces tenues moulantes qu'elle portait toujours. Mais il ne la laisserait pas lui mettre le grappin dessus. Il ne voulait pas de complications et n'allait pas donner libre cours à ses instincts. Après tout, son éducation de Skimmerhorn avait fait de lui un être cynique et suspicieux. Tant qu'il ne ferait pas confiance à cette femme, il garderait ses mains dans ses poches.

Ces dix minutes passées dehors, dans une atmosphère glaciale, l'avaient calmé. Il rassembla les planches qu'il venait de découper et rentra dans la maison.

Elle était toujours là, assise à son bureau. Il allait lui lancer l'une de ses remarques sarcastiques quand il aperçut son visage : elle était blanche comme un linge.

— Que se passe-t-il ? (Comme elle ne répondait pas, il s'approcha.) Dora ?

Elle leva son visage : une grosse larme lui coulait sur la joue. Il avait vu pleurer des dizaines de femmes mais ce chagrin silencieux le bouleversait.

Elle se leva soudain du bureau en faisant entendre un sanglot étranglé. Il la rattrapa :

— Qu'y a-t-il ? Il est arrivé quelque chose à votre père ?

Elle secoua la tête en signe de dénégation. Elle refusa l'épaule qu'il lui tendait. Pourtant, elle aurait tellement voulu se reposer sur lui.

— Asseyez-vous. Voulez-vous que j'appelle votre sœur ?

Dora serra les lèvres et inspira profondément.

— Non, allez-vous-en.

Il alla lui verser un verre d'eau qu'elle accepta avec soulagement car elle avait la gorge sèche. Les yeux fermés, elle semblait si fragile et tellement différente de la femme qui excitait sa libido quelques instants auparavant. Il s'assit sur le bord du bureau et attendit.

— Ça va mieux, merci.

— Qu'est-ce qui vous a mise dans un état pareil ?

— Ce coup de fil, dit-elle en reniflant. J'ai rencontré ce vieux monsieur à une vente aux enchères, un peu avant Noël. Il était brocanteur, lui aussi. Je viens d'appeler chez lui pour lui demander une pièce que désirait l'une de mes clientes et on m'a répondu qu'il était mort assassiné lors d'une tentative de cambriolage, la semaine dernière.

— Je suis désolé, dit Jed tout en se détestant de prononcer ces mots qui lui semblaient si vides de sens.

— Je ne l'avais rencontré qu'une fois. Lea était avec moi. Il nous avait invitées à sa boutique après la vente et nous avait préparé du chocolat. C'était son fils au téléphone. Le vieil homme s'est fait tuer la nuit qui a suivi notre rencontre.

— Ils ont attrapé le gars qui a fait ça ?

— Non, répondit-elle en regardant Jed droit dans les yeux. Il ne m'a donné aucun détail et je n'ai pas voulu poser de questions. Comment pouvez-vous supporter ça ? Côtoyer la mort et la désolation chaque jour de votre vie ?

— On ne pose pas le même regard sur les choses.

— Est-ce que vous avez démissionné parce que vous aviez perdu cette distance ?

— Oui, en partie.

— Je ne pense pas que ce soit une raison suffisante.

— A mes yeux, ça l'était.

— Pourquoi mettez-vous ça au passé ? Peut-être avez-vous déjà changé d'avis. Laissez-moi, maintenant, je veux parler à Lea.

A six heures précises, Gregg et Renee Demosky arrivèrent à leur domicile de Baltimore. Ils étaient engagés dans une discussion orageuse qui avait débuté au cabinet dentaire de Gregg, où Renee travaillait comme assistante, et ils se disputaient encore lorsqu'ils entrèrent dans le garage.

— Nous aurions pu aller dîner quelque part, lança Renee en claquant la porte d'entrée de la maison. (Elle commençait à prendre de l'âge, mais restait une belle créature aux cheveux platine.) De temps en temps, j'aimerais bien rencontrer des gens qui n'ont pas la bouche grande ouverte. Nous sommes en train de nous encroûter, Gregg.

— Elle me plaît, à moi, cette vie. Allons, Renee, calme-toi. Quand je rentre chez moi le soir, je n'aspire qu'à une chose, m'allonger sur le canapé de mon salon. Est-ce que c'est trop demander ?

— Et moi je veux sortir ! J'en ai assez d'être toute la journée debout à regarder des gens se faire détartrer les dents et de rentrer le soir pour préparer le dîner.

Gregg se précipitait vers le salon pour se servir un verre.

— Et ne t'avise pas de te défiler quand je te parle.

Renee enfourna un plat surgelé dans le micro-ondes et emboîta le pas à son mari, mais elle s'arrêta net, tout comme Gregg une minute plus tôt.

C'est un salon ravagé qu'ils découvrirent tous deux. Ce qui n'avait pas été dérobé gisait en miettes sur le sol, là où se trouvait le tapis persan. Tout avait disparu : la télévision à écran géant, le magnétoscope et le lecteur de disques compacts.

Le ressentiment de Renee s'envola en un instant. Elle attrapa le bras de son époux :

— Oh, Gregg, nous avons été cambriolés !

— Ne pleure pas, ma chérie. Je m'occupe de tout. Appelle la police.

— Ils nous ont tout pris !

— Ce n'étaient que des objets, dit-il en l'embrassant

sur le front. Nous en achèterons d'autres, l'important c'est que nous soyons sains et saufs tous les deux.

— Tu penses vraiment ce que tu dis ? demanda Renee, les yeux pleins de larmes.

— Bien sûr. Et dès que la police en aura fini ici, nous sortirons, rien que toi et moi.

Dans sa voiture, DiCarlo sifflait sur un air de Tina Turner que diffusait la radio. Il venait de récupérer les serre-livres en forme de sirènes tout en faisant au passage un petit bénéfice : six cents dollars en espèces, une bague ornée de rubis et de diamants, ainsi qu'une chaîne hi-fi qu'il venait de fourguer à une vieille connaissance. Une bonne journée pour lui. Avec le petit pactole qu'il venait de se faire, il s'offrirait un hôtel de première classe en Virginie, après avoir repris le perroquet à son actuel propriétaire.

Il ne lui resterait plus qu'à retrouver la peinture abstraite à Philadelphie et, dans un jour ou deux, Finley ne pourrait plus que louer les qualités de son collaborateur. DiCarlo souriait déjà en pensant à la petite récompense qu'il recevrait pour ses services.

10

Dans la vaste cheminée, un feu brûlait, jetant des reflets dansants sur le tapis oriental et les murs tapissés de soie. On entendait au loin une valse de Chopin, tandis que le maître d'hôtel disposait sur la table des plats d'argent garnis de hors-d'œuvre raffinés.

Jed retrouvait l'atmosphère de son enfance dans ce bric-à-brac d'objets de prix arrangés avec goût. Mais, à la différence de la demeure de Chesnut Hill, cette maison-là lui avait apporté des moments de bonheur fugace. Il ne s'y était jamais senti menacé ou méprisé.

Pourtant, elle lui rappelait le souvenir douloureux du petit garçon qu'il avait été.

Il se leva du fauteuil Louis XIV où il était assis et se mit à arpenter le boudoir de sa grand-mère.

Dans son smoking, il était le digne héritier des Bester-Skimmerhorn. Seul son regard trahissait l'autre Jed et sa lutte incessante pour trouver sa véritable place dans le monde.

Ce n'était pas qu'il refusât de lui rendre une petite visite : Honoria était, de tous ses parents, la seule pour qui il avait éprouvé des sentiments, étant enfant. Désormais, elle était l'unique famille qui lui restait. Mais il ne voulait pas se prêter à la mascarade de ce soir. Par deux fois, il avait décliné l'invitation de sa grand-mère au bal du Nouvel An, mais celle-ci avait ignoré son refus et avait usé de toutes sortes de stratagèmes pour le contraindre à l'accompagner.

Honoria se tenait maintenant devant lui et le regardait de ses yeux perçants auxquels rien n'échappait. Ses cheveux blancs impeccablement coiffés encadraient son étroite figure. Ses lèvres bien ourlées et toujours sensuelles dessinaient une petite moue de triomphe : elle savait toujours quand elle venait de remporter une victoire.

— Grand-mère, s'exclama Jed en s'avançant pour baiser la main d'Honoria, un usage auquel il se prêtait bien volontiers, tu es splendide !

Il ne mentait pas et elle le savait. Sa robe de soirée mettait parfaitement en valeur son regard bleu et sa silhouette fine, et les diamants qui brillaient à son cou et à ses poignets feraient tourner bien des têtes, ce soir-là.

— Sers-moi un verre, veux-tu ? Pendant ce temps, tu me diras ce que tu as fait depuis notre dernière rencontre.

— Il n'y a rien à raconter, dit-il en se dirigeant complaisamment vers le bar.

Il se rappelait le jour où elle l'avait surpris, dans cette même pièce, volant de l'alcool. Elle l'avait obligé à ingurgiter tout le contenu de la bouteille de whisky et, pendant qu'il buvait, ses yeux implacables ne l'avaient pas quitté. Après, il avait été affreusement malade et elle lui avait tenu la tête pendant qu'il vomissait.

— Du porto, grand-mère ?

— Pourquoi boirais-je une boisson de vieille dame alors qu'il y a du bon whisky ? Quand pourrai-je voir cette masure dans laquelle tu as emménagé ?

— Quand tu voudras, mais tu seras déçue car ce n'est pas le taudis que tu imagines.

— Tu avais une maison digne de ton rang...

— J'avais un mausolée de vingt pièces que je haïssais.

Il savait à quoi s'attendre en venant la voir. Après tout, c'était d'elle qu'il tenait cette opiniâtreté qui l'avait si bien servi dans sa carrière de policier.

— Tu pouvais venir vivre ici. Tu as toujours été le bienvenu dans cette maison.

— Je le sais.

Elle se résolut à abandonner momentanément la partie.

— Quand as-tu l'intention de récupérer ton insigne ?

Il rétorqua sans une hésitation :

— Je n'ai pas la moindre envie de reprendre du service.

— Tu me déçois beaucoup, Jedidiah et, ce qui est pire, tu te mens à toi-même. (Elle se leva et prit une attitude princière.) Va me chercher mon écharpe, je te prie. Il est temps de partir.

Dora adorait faire la fête. Après une dure journée de travail, sa meilleure récompense était d'enfiler une jolie robe et d'aller passer une soirée dans la foule. Elle ne connaissait personne ? Peu lui importait, tant que le champagne coulait et que la musique lui emplissait les oreilles.

En fait, ce soir-là, au bal du Nouvel An, elle connaissait beaucoup de monde : des amis, des clients... Elle allait d'un groupe à l'autre, distribuant des baisers et distillant les derniers commérages. En enfilant sa robe fourreau blanche, elle s'était dit qu'elle risquait d'avoir froid, mais la foule rassemblée avait fait monter la température et elle se sentait tout à fait bien.

— Dora, ma chère, vous êtes merveilleuse ! s'écria Ashley Draper, une arriviste qui venait de lâcher son deuxième mari.

Comme Ashley ne faisait pas exactement partie de ses intimes, Dora fut amusée qu'elle vînt l'embrasser.

— Vous aussi, vous êtes rayonnante, Ashley.

— Vous êtes un amour de me dire ça, car je suis absolument lessivée. Ces fêtes sont si épuisantes, ne trouvez-vous pas ?

Ashley fit un grand signe de sa main aux ongles carmin en direction d'un couple qui se tenait à quelques mètres de là.

— Quelle robe affreuse ! Elle ressemble à une aubergine, là-dedans.

La remarque était si juste que Dora éclata de rire. Elle se souvenait maintenant pourquoi elle arrivait à supporter cette femme.

— Vous êtes seule, ce soir ?

— Vous plaisantez, répondit Ashley qui plissait les yeux pour mieux scruter la salle. Mon cavalier est ce colosse que vous voyez là-bas. Celui qui a une crinière de Samson. Un artiste. Je me lance dans le mécénat. Dites, en parlant d'hommes, j'ai entendu dire qu'Andrew avait mis fin à votre collaboration.

— Vraiment ? s'exclama Dora, égayée par cette version des faits derrière laquelle elle devinait l'intervention de la mère d'Andrew. Disons que j'ai décidé d'embaucher un comptable ayant un peu plus d'envergure.

— Nous vous avons attendue à la fête de Noël des Bergerman.

— J'ai eu un empêchement de dernière minute.

— J'espère qu'il en valait la peine. (Ashley agrippa soudain le bras de Dora et murmura :) Regardez qui vient là. N'est-ce pas la grande dame en personne ? Elle daigne rarement nous honorer de sa présence.

— Qui ça ? demanda Dora. (Elle regardait autour

d'elle et se figea en apercevant Jed.) Vous m'excuserez, Ashley, mais je dois aller parler à quelqu'un.

Il était superbe dans son smoking, se disait-elle alors qu'elle traversait la salle de bal pour le rejoindre.

— Ne dites rien, je sais tout, lui chuchota-t-elle à l'oreille en arrivant derrière lui. Vous avez réintégré la police et vous êtes ici incognito.

Il se retourna.

— Dora ! Décidément, vous êtes partout.

— Mais moi, je suis invitée. Ce qui n'est peut-être pas le cas pour vous.

A ce moment, la voix autoritaire d'Honoria se fit entendre :

— Qu'as-tu fait des rudiments de savoir-vivre que j'avais réussi à t'enseigner ? Veux-tu bien présenter ton amie à ta grand-mère ?

Dora eut un petit rire et prit la main fine d'Honoria.

— Je suis enchantée de vous rencontrer, madame Skimmerhorn. J'avais imaginé que Jed était éclos d'une coquille dure oubliée dans un nid peu douillet, mais vous me détrompez.

— Il est un peu ours, admit Honoria qui étudiait Dora avec le plus grand intérêt. A propos, mon nom est Rodgers. J'ai bien été mariée à Walter Skimmerhorn mais j'ai vite corrigé cette lamentable erreur.

— Je m'appelle Dora Conroy. Je suis la logeuse de Jed.

— Ah, répondit Honoria d'un air énigmatique. Et Jed est-il un bon locataire ?

— Il a des sautes d'humeur, dit Dora, amusée des éclairs qu'elle apercevait dans les yeux de son voisin. Mais dans l'ensemble, il sait se tenir.

— Grand-mère, interrompit Jed en prenant Honoria par le bras, je vais te chercher des hors-d'œuvre.

— Je peux très bien me servir seule, Jedidiah. De plus, il y a ici plusieurs personnes à qui je veux parler. Pourquoi n'irais-tu pas danser avec cette demoiselle ?

— Allez chercher quelqu'un d'autre à harceler, lança-t-il à Dora, une fois que sa grand-mère se fut éloignée.

Il se dirigea vers le bar. Il avait besoin d'une boisson plus forte que le champagne.

— Votre grand-mère nous regarde. Vous vous ferez gronder si vous ne m'entraînez pas immédiatement vers la piste de danse, et avec un air plus aimable que ça, s'il vous plaît.

Il posa la coupe qu'il tenait et l'attrapa par le bras.

— Vous n'avez donc pas de petit ami pour vous accompagner ?

— Je ne sors jamais dans une fête avec un petit ami.

— Et pourquoi donc ?

— Parce que, de cette façon, je n'ai à m'occuper que de moi-même et de mon propre plaisir. Vous êtes bon danseur, meilleur qu'Andrew.

— Merci.

— Bien sûr, j'apprécierais que vous ayez les yeux sur moi au lieu de regarder les autres danseurs.

Quand il posa son regard sur elle, elle demanda :

— Vous vous amusez ici ?

— Je déteste ce genre d'endroit. Je parie que vous adorez ces soirées.

— Oh, oui. Et vous les aimeriez aussi si vous les acceptiez pour ce qu'elles sont : une occasion de se montrer. (Elle lui chatouilla l'oreille.) Et j'adore sentir les regards posés sur moi.

— Je l'avais déjà deviné.

Il fit remonter sa main le long du dos de la jeune fille jusqu'à l'endroit où la soie rencontrait la peau nue.

— Est-ce qu'il vous arrive de porter une tenue sobre quand vous sortez le soir ?

— Non, jamais. Cette robe vous plaît ?

Il oubliait peu à peu qu'il n'avait pas voulu danser avec elle.

— Elle n'a pas dû vous coûter cher en tissu mais vous n'êtes pas mal.

— Sentez mon cœur, dit-elle, les yeux écarquillés. Il va éclater.

— Si je dois jamais poser ma main sur votre cœur, je le ferai en privé.

— C'est à cause de votre grand-mère que vous êtes si aimable ?

— Elle vous apprécie.

— Mais je suis une personne appréciable.

— Ah ça, non, vous êtes une emmerdeuse. Mais une emmerdeuse rudement sexy.

Dora sentait son cœur battre la chamade. Du bout de ses doigts, elle caressait le cou de Jed. Il se pencha vers elle et effleura ses lèvres de sa bouche. Elle ressentit une curieuse sensation au creux de l'estomac. Feignant de ne pas remarquer les regards des curieux tournés vers eux, elle lui glissa à l'oreille :

— Nous pourrions peut-être rentrer à la maison, arracher nos vêtements et nous glisser au lit.

— Proposition alléchante, mais je crains d'avoir une petite objection. Pourquoi ne pas apprendre à nous connaître mieux d'abord ?

— Qui vous dit que je veux mieux vous connaître ? (Elle lui passa la main sur la joue d'un geste qui suggérait la compassion autant que le désir.) Mais je peux aussi être une amie fidèle et j'ai comme l'impression que vous en avez besoin.

Même s'il cherchait à s'en défendre, il ne pouvait s'empêcher d'être ému.

— Qu'est-ce qui vous fait croire ça ?

— Je sais seulement que nous avons tous besoin d'être entourés, et vous plus que quiconque.

Après un moment de lutte intérieure, il posa son front contre celui de Dora.

— Bon sang, Dora, je ne veux pas m'attacher à vous. Je ne veux pas vous aimer.

Elle leva les yeux vers Jed et son regard la bouleversa.

— Vous n'êtes pas mort, murmura-t-elle.

— Pas tout à fait. J'ai besoin d'un bon verre.

Ils se dirigèrent vers le bar. Il avait repris sa voix ordinaire.

— Si nous faisions la paix. A partir d'aujourd'hui, je m'engage à ne plus vous envoyer de piques. D'accord ?

— C'est d'accord, répondit-elle en riant. Vous avez faim ? Lorsque vous aurez une assiette dans les mains, vous ne serez plus obligé de danser avec toutes ces femmes qui vous convoitent.

Lorsqu'ils furent près du buffet, alors qu'elle hésitait entre la mousse de saumon et les canapés au foie gras, elle reprit :

— Je ne pense pas vous avoir jamais vu à ce bal, et j'y assiste depuis trois ans.

Jed ne répondit pas. Jusque-là, il s'était servi de son travail comme excuse.

— Dites-moi encore une chose. Est-ce que votre grand-mère est bien la même Honoria Rodgers qui a acheté le chandelier de la dynastie Qing à une vente chez Christie's, il y a quelques mois de ça ?

— Je ne suis pas au courant de cette vente, mais elle est la seule et unique Honoria Rodgers que je connaisse.

— Une belle pièce. Je n'avais pas pu monter à New York ce jour-là. J'avais passé quelques ordres par téléphone. Pas pour le chandelier, bien sûr. Ce n'était pas dans mes moyens. J'aimerais bien y jeter un coup d'œil, pourtant.

— Si vous essayez d'obtenir une invitation, le mieux est de vous adresser à elle directement.

— Goûtez-moi ça, dit-elle en lui fourrant dans la bouche un morceau de tourte aux épinards.

— Je déteste les épinards, répondit-il avec une grimace.

— J'étais comme vous, mais à force d'entendre mon père me chanter la chanson de Popeye, j'ai appris à les aimer. J'avais vingt ans, j'étais jeune et naïve.

Quand Jed se dérida enfin, elle leva son verre.

— Vous êtes tellement plus beau quand vous souriez.

Ashley s'approchait d'eux, flanquée de son artiste.

— Dora, chérie, comment faites-vous pour manger tant et rester si mince ?

— J'ai fait un pacte avec le diable.

Ashley eut un rire joyeux tandis qu'elle gratifiait Jed d'un regard insistant et suggestif.

— Isadora, je vous présente Heathcliff, dit-elle comme elle aurait parlé d'un étalon à une foire aux chevaux.

Dora fut prise de pitié devant l'air désorienté du jeune homme.

— Ashley me dit que vous êtes un artiste.

— Oui, je...

— Ses œuvres sont d'une grande sensualité. Mais, Dora, je ne pense pas que vous m'ayez présenté votre cavalier.

— Jed Skimmerhorn, Ashley Draper et Heathcliff.

— J'avais bien reconnu le capitaine Skimmerhorn, ou devrais-je dire l'insaisissable capitaine Skimmerhorn ? Vous nous faites si rarement l'honneur d'assister à l'une de nos petites sauteries.

— Je n'aime pas les petites sauteries.

— Personnellement, je les préfère longues et torrides, répondit-elle en riant.

Pour épargner à Ashley une remarque acerbe de Jed, Dora intervint :

— Jed et moi nous sommes rencontrés au marché aux puces. Nous avons une passion commune pour les pelotes à épingles. Il en a une véritable collection, expliqua-t-elle avec un soupir romantique.

Ashley se tourna vers Jed :

— Vous collectionnez les pelotes à épingles ?

— Depuis l'enfance, c'est une vraie passion.

— C'est fascinant, murmura Ashley.

— Oh, mais j'aperçois Magda et Carl. Excusez-nous, dit soudain Dora.

— Des pelotes à épingles ! s'exclama Jed, tandis qu'ils se noyaient dans la foule.

— J'ai bien pensé aux plats à sardines, mais je trouvais ça trop prétentieux.

— Pourquoi ne pas lui dire tout simplement la vérité ?

— Ce serait trop ennuyeux. En plus, si elle avait découvert que vous habitiez l'appartement en face du mien, elle aurait passé ses journées chez moi, dans l'espoir de vous séduire. Elle ne vous intéresse pas, n'est-ce pas ?

Jed se retourna et jeta un regard de connaisseur vers Ashley.

— Eh bien...

— Elle vous presserait comme un citron avant de vous jeter sans pitié. Je vois votre grand-mère, là-bas. Allons-nous la rejoindre ?

— Pas si vous avez l'intention de la cuisiner sur ce chandelier.

— Vous avez peur qu'elle vous oblige à danser encore avec moi. Ecoutez, je vais aller parler un peu à Magda et Carl. Vous me rejoindrez plus tard si vous voulez.

Il la prit par le bras et fronça les sourcils.

— Restez dans les parages.

— Quelle charmante invitation !

— Coincé pour coincé, je préfère que ce soit avec vous.

— Dans ce cas, allons voir votre grand-mère et je vous promets de ne pas évoquer le chandelier, à moins d'y être obligée.

Soudain, une main se posa sur l'épaule de Jed.

— Commissaire, dit Jed d'une voix neutre.

Le commissaire divisionnaire James Riker étudia Jed d'un regard bref mais précis.

— Je suis content de vous voir. Vous allez l'air en forme.

— Ça peut aller, monsieur.

— Vous aviez bien besoin de vacances. Vous avez passé un bon Noël ?

— Très bon, merci.

Comme il ne pouvait pas ignorer le regard insistant que posait le commissaire sur Dora, Jed fit les présentations.

— Enchantée, dit la jeune femme. Ainsi, vous êtes chargé de faire respecter la loi dans les rues de Philadelphie ?

— Je suis surtout payé pour garder dans la police des gars de la trempe de Jed.

— Est-ce que l'action ne vous manque pas ? demanda-t-elle en se tournant vers Jed. Dans les films, les flics qui ont abandonné le métier regrettent toujours leur précédente vie.

— En effet, ça me manque, de temps en temps.

— Voulez-vous bien m'excuser, mademoiselle Conroy, je dois vous enlever Jed pour quelques instants. Le maire voudrait avoir une petite conversation avec lui.

Dora s'inclina avec grâce. Jed était piégé. Il tendit son verre à Dora.

L'expression de son visage n'avait rien trahi de ses sentiments, mais elle savait, en le regardant s'éloigner, qu'il détestait tout cela. Il reviendrait furieux, rongé par la culpabilité ou simplement malheureux.

— Je pensais que les invités à ce bal étaient triés sur le volet.

Dora reconnut tout de suite cette voix. Elle se retourna avec un large sourire.

— Madame Dawd, Andrew. Quelle surprise!

Les lèvres pincées, Mme Dawd envoya son fils lui chercher un verre. Son large corps était drapé dans une robe de satin noir et l'on voyait sur son menton quelques poils que la pince à épiler avait oubliés. Elle se pencha vers Dora :

— Je l'avais mis en garde. Je savais bien quel type de femme vous étiez. Mais Andrew est trop faible, il s'est laissé ensorceler. Que peut-on attendre de l'engeance d'un couple d'acteurs ?

Dora respira profondément; elle but une gorgée de champagne. Elle ne se laisserait pas humilier par cette femme.

— Oui, parlons-en de ces familles d'acteurs : les Fonda, les Redgrave qui se mêlent à la bonne société.

— Vous pensez m'impressionner? Mais je connais tous vos trucs.

Andrew revenait avec le soda de sa mère qu'elle lui arracha des mains avec un geste impatient. Elle éleva la voix assez haut pour qu'autour d'elle on commençât à s'intéresser à leur différend. Andrew tâcha de la raisonner. Elle était comme une poule protégeant son poussin.

— Tenez-vous tranquille, Andrew. Maman Dawd voulait me parler de la façon dont j'ai envoyé promener son vicieux de fils qui fourrait ses mains sous ma jupe.

— Vous l'avez attiré dans votre appartement pour le séduire puis, quand vous avez vu que vous n'arriveriez à rien, vous l'avez viré. Parce qu'il avait compris que vous n'étiez qu'une...

Dora était dans une colère noire.

— Une quoi, madame Dawd ?

— Une putain, une sale garce. Une... pouffiasse !

Dora posa son verre et serra son poing. Elle se demandait si elle allait s'en servir, mais elle préféra répandre le contenu de son assiette sur les cheveux fraîchement laqués de Mme Dawd. Aveuglée par la mousse de saumon, la grosse dame poussa un cri strident. Dora se préparait à essuyer une contre-attaque quand elle sentit quelqu'un l'attraper par-derrière.

— Pour l'amour du ciel, Dora, qu'est-ce qui vous prend ? chuchota Jed qui entraîna la jeune femme vers la sortie. Je ne peux pas vous laisser seule cinq minutes.

— Lâchez-moi, dit-elle en se débattant. C'est elle qui m'a cherchée.

Il aperçut dans un coin quelques chaises entourées de plantes vertes.

— Asseyez-vous là et calmez-vous.

— Ecoutez, c'est une affaire personnelle. Donnez-moi une...

Mais il avait déjà allumé une cigarette qu'il lui tendait. Elle le remercia, puis se tut.

— C'est elle qui a commencé, dit-elle en écrasant la cigarette.

— Je n'ai pas dit le contraire. Vous voulez un verre ?

— Non. (Elle préférait bouder.) Elle nous insultait, moi, ma famille et toutes les femmes en général. Mais je n'ai rien dit. Je ne voulais pas créer un esclandre. Je me suis contenue, même quand elle m'a traitée de sale garce.

— Elle vous a vraiment dit ça ?

La bonne humeur de Jed commençait à s'envoler.

— Mais elle est allée trop loin. Je n'ai pas du tout apprécié quand elle a commencé à me traiter de pouffiasse.

— Allons lui régler son compte.

— Oh, vous, ne vous moquez pas de moi !

— Mais je ne me moque pas.

— Vous avez tellement envie de rire que vous n'arrivez même plus à articuler.

— C'est à cause de tout le whisky que j'ai bu.

— A d'autres !

Et ils partirent ensemble d'un grand éclat de rire.

— Vous avez un don certain pour animer les soirées, Dora.

— Eh bien, dit-elle avec un petit rire nerveux tandis qu'elle posait sa tête sur l'épaule de Jed, disons que j'ai cherché à vous distraire de votre conversation avec le maire et le commissaire. J'ai eu la chance que Mme Dawd passe par là. Ça m'a évité de me creuser les méninges pour trouver autre chose.

— Vous lui avez vidé votre assiette sur sa mise en plis simplement pour me remonter le moral ?

— Non, j'ai agi par pur intérêt personnel, mais en même temps j'ai réussi à vous distraire. Allez, embrassez-moi. Un petit baiser, en toute amitié.

Il souleva le menton de la jeune femme et déposa sur ses lèvres un baiser délicat.

— Ça vous va comme ça ?

— Oui, merci.

Elle sourit, mais il l'attrapa par le cou et l'attira vers lui. Les yeux grands ouverts, il colla sa bouche sur celle de Dora. Il se gorgeait d'elle comme d'une eau pure après une grande soif.

Dora ressentait dans tout son être une vague de désir violent, incontrôlable. Il ne s'approcha pas davantage et ne poussa pas le baiser plus loin. Au contraire, il restait lent, froid, maître de lui, dévastateur.

Quand il se détacha d'elle, elle garda les yeux fermés pendant un instant, s'absorbant au flot de sensations qui s'était emparé d'elle. Son cœur battait toujours à se rompre quand elle rouvrit enfin les yeux.

— Mon Dieu! réussit-elle à dire.

— Vous avez un problème?

Elle pressa ses lèvres, elle aurait juré qu'elles vibraient.

— Je pense... que je vais y aller.

Quand elle se releva, elle avait les jambes en coton.

11

Le nouveau système d'alarme dont la maison de Dora venait d'être équipée agaça beaucoup DiCarlo. Il avait dû le débrancher puis forcer les serrures, ce qui avait compromis l'emploi du temps qu'il s'était fixé. Si cette femme avait effectivement acheté la peinture, celle-ci devait bien se trouver quelque part, même si cette andouille de vendeuse avait prétendu le contraire lorsqu'il était venu à la boutique.

Il avait prévu d'en avoir fini à minuit, et maintenant il se disait qu'il aurait bien de la chance s'il arrivait à respecter cet horaire. Pour couronner le tout, il commençait à tomber une espèce de neige fondue et les gants de chirurgien qu'il avait enfilés n'étaient pas vraiment adaptés pour travailler dans le froid.

Heureusement, c'était une nuit sans lune et il ne voyait pas de voiture dans l'allée, ce qui signifiait que la maison était certainement vide. Malgré tous ces contretemps, il pourrait encore être rentré à New York dans la matinée. Il dormirait toute la journée, puis prendrait un vol pour Los Angeles. Il passerait chez Finley lui remettre ses précieux joujoux et récolter sa petite récompense, puis il rentrerait à New York où il fêterait la nouvelle année.

DiCarlo frissonnait. Quand la dernière serrure céda, il poussa un petit grognement de satisfaction. En moins d'un quart d'heure, il avait fait le tour de l'arrière-boutique : la peinture ne s'y trouvait pas. Il ne déplaça rien. S'il devait revenir pour rechercher la toile, il était préférable que personne ne remarquât qu'on s'était introduit dans la maison. Il inspecta la boutique une fois de plus, accaparant au passage quelques menus objets, dont le chien de jade que la vendeuse lui avait montré.

Enfin, résigné, il se décida à grimper l'escalier. Il jura, pour la forme, en découvrant une autre serrure sur la porte palière : celle-là n'était pas bien solide, il en viendrait à bout en quelques minutes. La maison était silencieuse. Pourtant, il traversa le palier sur la pointe des pieds et alla jeter un dernier coup d'œil par la fenêtre pour s'assurer que le parking était toujours vide.

En trois minutes, il était dans l'appartement de Jed. Ses recherches lui prirent peu de temps : pas de peinture sur les murs, ni dans les placards. Il ne trouva sous le lit qu'un roman et une chaussette roulée en boule. Il découvrit le revolver dans le tiroir de la table de nuit, mais décida, après un moment d'hésitation, de le remettre à sa place.

Il pénétra ensuite chez Dora. La porte n'était pas verrouillée. Les recherches ici lui prendraient plus de temps : comparé à l'appartement qu'il venait de visiter, celui-là était un vrai capharnaüm. Il aperçut plusieurs tableaux, ainsi que des lithographies et des gravures diverses, mais la toile abstraite qu'il cherchait n'était accrochée nulle part.

Il se trouvait dans la chambre, quand soudain il entendit quelqu'un entrer. Il se précipita dans la penderie et, lorsque la porte claqua, il était déjà caché parmi des vêtements d'où se dégageait un érotique parfum de femme.

— Il faut vraiment que je sois cinglée, bredouillait Dora.

Elle retira son manteau, le posa sur le dossier d'une chaise et bâilla longuement. Tout en continuant à penser tout haut, elle entra dans la chambre. Ses projets pour la soirée avaient pourtant été des plus simples : un petit dîner en solitaire suivi d'un long bain parfumé accompagné d'un bon verre de vin. Elle se serait ensuite couchée avec un bouquin. Mais il avait fallu qu'elle se fît piéger par la tribu Conroy. Ce n'était pas sa faute si trois machinistes étaient cloués au lit avec la grippe. En rageant, elle retira son pull de cachemire noir et ôta ses chaussures.

Pourquoi avait-elle répondu à l'appel hystérique de sa mère ? Au lieu de la petite partie de détente qu'elle s'était concoctée, elle s'était retrouvée au théâtre où elle avait déplacé des décors et rangé des accessoires pendant toute la soirée. A son corps défendant, elle avait même pris du plaisir à se retrouver dans les coulisses, écoutant la voix des acteurs, observant l'effervescence sur la scène avant le lever de rideau. Elle avait même éprouvé de la fierté quand les acteurs étaient venus saluer le public.

A travers une étroite fente dans la porte de la penderie, DiCarlo jouissait d'une vue imprenable sur la chambre. Le spectacle qu'il avait devant les yeux lui faisait oublier peu à peu son irritation première.

La femme n'était plus vêtue que d'un petit slip et d'un soutien-gorge en dentelle noire. DiCarlo étudia avec intérêt la courbure des reins quand Dora se pencha pour toucher ses orteils. Elle était très bien faite. Petite, mince. A la façon dont elle bougeait, il devinait qu'elle devait être souple.

Elle avait bousculé ses plans, mais DiCarlo était un homme plein de ressource. Il attendrait simplement que la jolie petite dame se glisse dans son lit.

Dora se tourna vers lui, offrant à DiCarlo une vue plongeante sur son décolleté. Très, très mignon, pensa-t-il.

Une fois qu'elle serait couchée, il n'aurait pas la moindre peine à lui faire avouer où elle avait caché la peinture. Elle ne résisterait pas à son charme latin et à son revolver. Après les affaires viendrait le plaisir. Peut-être qu'il n'aurait même pas à la tuer.

Elle secouait ses cheveux, se déhanchait comme si elle prenait délibérément ces poses pour lui. DiCarlo sentait le sang affluer dans son ventre, sa patience était à bout.

Elle levait les bras pour détacher son soutien-gorge quand on frappa soudain à la porte. DiCarlo se sentit envahi par l'excitation et la frustration.

— Un instant ! cria Dora.

Les coups redoublaient tandis qu'elle se débattait avec les manches de son peignoir. Elle se précipita dans le salon en allumant les lumières sur son passage. La main posée sur la poignée de la porte, elle hésita un moment.

— Jed ? c'est vous ?

— Ouvrez !

— Vous m'avez fait peur, dit-elle en entrebâillant la porte. J'étais sur le point de...

Mais elle s'arrêta en voyant l'expression de Jed. Elle avait déjà vu des gens enragés, mais jamais à ce point, et surtout jamais à cause d'elle. Instinctivement, elle porta sa main à sa gorge.

— Que se passe-t-il ?

— De quel droit faites-vous ça ? Parce que je vous verse un loyer, vous vous sentez autorisée à entrer chez moi et à fouiner dans mes affaires ?

— Je nc comprends pas de quoi vous parlez.

— Arrêtez de me raconter des conneries. (Jed l'attrapa par le poignet et la força à sortir sur le palier.) Je remarque toujours quand quelqu'un est venu foutre son nez dans mes affaires.

— Vous me faites mal.

Elle avait peur, peur de lui et de ce qu'il pouvait lui faire.

— C'est le risque que vous preniez en venant vous mêler de ma vie privée.

Fulminant, il la colla contre le mur. Le petit cri étouffé qu'elle poussa sous la douleur attisa encore sa colère.

— Qu'est-ce que vous cherchiez, nom de Dieu ? Vous pensiez trouver quoi ?

— Lâchez-moi.

Elle était tellement terrifiée qu'elle n'essaya même pas de nier.

— Vous pensiez m'avoir tellement tourné la tête que vous pouviez venir fouiller dans mes tiroirs, dans mes placards, et que je ne dirais rien ? (Il la poussa violemment vers son appartement, ouvrit la porte d'un coup de pied.) Venez voir. Entrez, et n'en perdez pas une miette.

Un souffle court s'échappait de ses lèvres décolorées par la peur. Son visage était blême. Elle n'avait aucun moyen de lui échapper et aucune chance de le raisonner.

— Vous êtes cinglé.

Ils n'entendirent pas DiCarlo se glisser furtivement hors de l'appartement de Dora et descendre les escaliers. Ils étaient debout, l'un en face de l'autre. D'une main, Dora tentait de refermer son peignoir qui avait glissé sur ses épaules.

— Vous pensiez que je ne remarquerais rien ? J'ai été flic pendant quatorze foutues années !

Il l'avait attrapée par son peignoir. Elle entendit un craquement quand sa manche se déchira.

— Arrêtez ! hurla-t-elle.

Des larmes de rage et de terreur inondaient son visage et l'aveuglaient.

— Je ne suis pas entrée chez vous. Je n'ai pas touché à vos affaires.

— Ne mentez pas.

Mais le doute commençait à l'envahir et calmait sa fureur.

— Laissez-moi partir.

Elle se dégagea d'un coup et tomba en arrière, heurtant violemment la table dans sa chute. Elle se releva et, lentement, se dirigea à reculons vers la sortie. Elle ne le quittait pas des yeux comme si elle craignait que le fauve ne bondît soudain sur elle.

— Je ne suis pas venue chez vous. J'ai été dehors toute la soirée et je viens juste de rentrer. Allez toucher le capot de ma voiture, si vous ne me croyez pas. Je suis sûre qu'il est encore chaud. J'étais au théâtre toute la soirée. Ça aussi, vous pouvez le vérifier.

Il ne répondait pas, les yeux rivés sur le montant de la porte. Le peignoir de Dora était grand ouvert et il pouvait voir la sueur qui perlait sur sa poitrine. Elle pleurait maintenant. De gros sanglots qui l'étouffaient, tandis qu'elle jouait nerveusement avec la poignée de la porte.

— Ne vous approchez pas de moi, murmura-t-elle.

Elle s'enfuit, traversa le palier et claqua derrière elle la porte de son appartement.

Il n'avait pas bougé, attendant que les battements de son cœur se ralentissent. Il n'arrivait pas encore à rassembler ses idées. Il était sûr de ne pas s'être trompé. Quelqu'un s'était bien introduit chez lui. Ses livres avaient été déplacés. On avait touché à ses vêtements et même à son revolver. Mais ce n'était pas Dora.

Pris de nausée, il pressa les paumes de ses mains contre ses paupières. Il avait craqué et n'en était pas surpris. Il s'y attendait et c'était en partie pour ça qu'il avait rendu son insigne.

Il rentrait chez lui après une horrible journée passée en compagnie de comptables, d'avocats et de banquiers, et il venait de perdre les pédales, lamentablement. Par-dessus le marché, il s'en était pris à cette femme qu'il avait terrorisée tout simplement parce qu'il se sentait irrésistiblement attiré par elle. Il se dirigea vers la cuisine à la recherche d'une bouteille de whisky.

Mais il s'arrêta. Ce verre, cette bouteille, c'était la solution de facilité. Il devait assumer les conséquences de ses actes, aussi alla-t-il frapper chez Dora.

Assise dans un fauteuil, elle se balançait doucement. Quand elle l'entendit, elle sauta immédiatement sur ses pieds.

— Dora, je suis désolé. (Il frappa encore.) Laissez-moi entrer un moment. Est-ce que vous allez bien ? (Le silence s'épaississait, oppressant.) Je vous promets que je ne poserai pas la main sur vous.

Il tourna la poignée de la porte.

Paniquée, Dora se souvint qu'elle n'avait pas mis le verrou. Avec un petit cri, elle se rua vers la porte, juste au moment où Jed l'ouvrait.

Il reconnut tout de suite le masque de terreur sur le visage de Dora. Il l'avait vu trop souvent dans sa vie. Saurait-il comment vaincre cette peur qu'il avait provoquée ? Il leva les mains très lentement.

— Je resterai à cette place. Dora, je veux juste m'excuser. Je ne m'approcherai pas, c'est promis.

Elle tremblait comme une feuille. Ses joues portaient encore la trace de ses larmes mais ses yeux étaient secs et emplis d'effroi.

— Est-ce que je vous ai fait mal ?

Il s'en voulut de poser une question aussi idiote. Il voyait déjà les bleus sur le corps de la jeune femme. Il se rappela le cri qu'elle avait poussé quand il l'avait collée contre le mur et sentit son estomac se nouer.

— Pourquoi ? demanda-t-elle enfin.

Il fut surpris de cette question.

— Quelle différence cela fait-il ? Je n'ai aucune excuse. Je voudrais... (Il fit un pas dans la direction de Dora, mais celle-ci eut un mouvement de recul.) Je voudrais juste vous expliquer.

— Je pense, effectivement, que vous me devez des explications, scanda-t-elle en serrant le col de son peignoir.

Elle avait raison. Il ne pouvait plus se taire.

— Une semaine après avoir tué ma sœur, Speck s'est introduit chez moi et a fouillé dans mes affaires. Il a laissé sur ma commode une photo d'elle et des coupures de journaux qui relataient l'accident. (Il lui en coûtait de raconter cet épisode ; il était très pâle.) Speck cherchait à me prouver qu'il pourrait m'atteindre quand il le souhaiterait. Il voulait me rendre responsable de la mort d'Elaine. En voyant qu'on avait dérangé mes affaires, ce soir, j'ai cru que vous étiez entrée chez moi et tout ça m'est revenu.

Pendant sa confession, il avait vu le beau visage de Dora changer d'expression. La peur avait cédé la place à la colère, puis celle-ci aussi s'était évanouie. Ce qu'il lisait dans ses yeux maintenant était un mélange de chagrin et de sympathie.

— Ne me regardez pas comme ça, dit-il sur un ton offensif. Ça ne change rien à ce que j'ai fait ou, pire, à ce que j'aurais pu faire.

— Vous avez raison. Quand vous m'avez embrassée la nuit dernière, j'ai vraiment cru qu'un sentiment était en train de naître entre nous, mais je comprends mon erreur maintenant. Si vous aviez éprouvé quelque chose pour moi, vous m'auriez fait confiance. Ça me fait très mal, Jed, mais je suis aussi fautive que vous.

Il était désemparé.

— Je peux partir ce soir si vous le souhaitez. Je reviendrai chercher mes affaires un autre jour.

— Je ne crois pas que ce soit nécessaire mais vous faites ce que vous voulez.

Il recula vers la sortie.

— Vous êtes sûre que ça ira ?

Pour toute réponse, elle avança vers la porte, la referma doucement et tourna le verrou.

Elle trouva les fleurs sur son bureau le lendemain matin : des marguerites. Le premier frémissement de plaisir passé, elle se reprit et décida de ne plus prêter la moindre attention au bouquet. Il n'était donc pas parti. Elle l'avait déjà deviné au bruit monotone des haltères retombant sur le sol. Elle était bien décidée à ne pas se réjouir de sa présence. Désormais, Jed Skimmerhorn ne serait plus à ses yeux qu'un locataire. Elle ne laisserait à personne le droit de la terroriser, de la menacer et de revenir le lendemain avec un bouquet de fleurs pour se faire pardonner. Elle se contenterait à l'avenir d'un bonjour poli s'il lui arrivait de le croiser dans les parages.

Terri et Lea tenaient de la boutique, aussi décida-t-elle de s'occuper de sa comptabilité.

Mais un moment plus tard, elle se surprit à rêver en contemplant le bouquet de marguerites. Quand elle entendit un bruit de pas dans l'escalier, elle reprit une expression impassible et remit son nez dans ses factures.

Arrivé au bas des marches, Jed eut un instant d'hésitation. Il se sentait idiot maintenant d'avoir acheté ce bouquet en rentrant de son club de gym.

— Je vois que vous travaillez. Je viendrai terminer les étagères plus tard.

— Repassez dans deux heures, j'aurai fini, répondit-elle sans lever les yeux.

— Je sors, vous avez besoin de quelque chose ?

— Non merci.

Quand elle entendit claquer la porte, Dora haussa les sourcils.

— Il s'imaginait peut-être que j'allais me jeter dans ses bras parce qu'il m'avait acheté quelques fleurs. Quel petit con ! (Elle regarda Terri qui venait d'entrer dans la pièce.) Les hommes sont tous des cons.

En temps ordinaire, Terri aurait approuvé et se serait lancée dans le récit de ses propres expériences, mais elle restait immobile, se tordant seulement les mains.

— Dora, est-ce que tu as monté chez toi le petit chien de jade ? Tu sais, la statuette chinoise ?

— Non, rétorqua Dora, les lèvres pincées, en tapotant nerveusement le bureau de son crayon. Je n'ai touché à rien ici depuis Noël ? Pourquoi ?

Terri eut un petit rire gêné.

— C'est que je ne le trouve nulle part.

— Lea l'a peut-être déplacé.

— Je lui ai déjà posé la question. Je l'ai montré à un client l'autre jour et maintenant il a disparu.

— Pas de panique, dit Dora en se levant de son bureau. Laisse-moi jeter un coup d'œil. C'est peut-être moi qui l'ai déplacé.

Elle savait bien que c'était faux. De l'extérieur, sa boutique pouvait donner l'impression d'un bric-à-brac, il y régnait en fait un certain ordre, le sien.

Lea s'occupait d'un client, aussi se contenta-t-elle de lancer à sa sœur un regard soucieux.

— Il se trouvait dans cette vitrine, expliqua Terri. Je l'ai montré à un homme la veille de Noël, juste avant la fermeture. Je suis sûre de l'avoir revu pas plus tard qu'hier.

Dora donna à Terri une petite tape dans le dos.

— Nous allons faire un tour. Nous le retrouverons bien.

Dès le premier coup d'œil, elle remarqua que quelque chose clochait.

— Terri, qu'est-ce que tu as vendu ce matin ?

— Un service à thé et deux étuis à cigarettes. Lea de son côté a vendu le berceau et une paire de chandeliers en cuivre.

— Et rien d'autre ?

— Que se passe-t-il ? interrogea Terri qui était devenue blême. Il manque autre chose ?

— La sulfure qui était ici, et l'encrier à côté.

— Mon Dieu, Dora !

D'un geste de la tête, Dora coupa court aux lamentations de Terri. Elle se lança dans une inspection complète de la boutique. Il manquait également un étui à cigarettes en bakélite, un flacon de parfum en baccarat et un pendentif de Fabergé. Ce dernier valait à lui seul plusieurs milliers de dollars. Tous ces objets étaient assez petits pour tenir dans une poche.

— Nous n'avons pas eu plus de neuf clients ce matin. Oh, Dora, j'aurais dû faire plus attention !

— Ce n'est pas ta faute. (Malgré sa colère, Dora passa son bras autour de la taille de Terri.) Nous ne pouvons pas considérer chaque personne qui entre ici comme un voleur potentiel. Il faudra bien se résoudre un jour à placer des alarmes partout et à tout mettre sous clé. C'est la première fois pourtant qu'on nous dérobe tant de pièces à la fois. Pour le Fabergé, je suis assurée, de toute façon. Terri, tu devrais sortir, aller prendre ton déjeuner.

— Je ne pourrais rien avaler.

— Va faire un tour, alors. Fais les boutiques. Ça te fera du bien.

— D'accord, répondit Terri en reniflant.

Elle sortit au moment où Lea venait rejoindre sa sœur.

— Mauvaises nouvelles ?

— Très mauvaises. On nous a volés. Mais ne me dis surtout pas que j'aurais dû tout fermer à clé.

— Dans un sens, je n'avais pas tort de te mettre en garde. Mais maintenant que j'ai travaillé ici quelque temps, je comprends pourquoi tu ne veux pas enfermer tes objets. Ça ne cadrerait pas avec l'atmosphère de la boutique.

— Va te promener, j'ai besoin de rester un peu seule, pendant une heure.

— Tu es sûre ? Dans ce cas, je vais tout fermer.

— Merci.

12

En pénétrant au quartier général de la police, Jed se demandait s'il cherchait encore une fois à se punir. Après tout, il pouvait rencontrer Brent dans un autre endroit.

Il avançait vers ce bâtiment où il avait passé huit de ses quatorze années de service et il savait qu'il devait se faire à l'idée de ne plus être qu'un civil parmi les uniformes. Une nouvelle épreuve, après celle qu'il avait subie la veille avec Dora.

Rien n'avait changé. L'air était toujours imprégné de cette odeur de café, de sueur et de tabac froid. Les murs venaient d'être repeints mais on avait gardé le ton beige propre aux locaux administratifs. Les bruits aussi étaient les mêmes : les sonneries de téléphone, le cliquetis des machines à écrire et les éclats de voix.

Il s'apprêtait à revenir sur ses pas quand il croisa deux policiers en uniforme. Ils le reconnurent immédiatement. Celui de gauche, qui s'appelait Snyder, mit la main à sa casquette :

— Capitaine.

Décidément, on les recrute de plus en plus jeunes, pensa Jed. Celui-là n'avait même pas encore de barbe au menton. Il n'avait plus le choix. Il avança en les saluant au passage.

Il s'arrêta au bureau d'accueil et attendit que le sergent se tournât vers lui. Quand il aperçut Jed, un grand sourire éclaira la large face d'Irlandais du sergent Ryan.

— Capitaine, merde alors!

Il se leva pour lui serrer la main.

— Ça fait sacrément plaisir de vous revoir ici.

— Comment ça va?

— Oh, la routine. Lorenzo s'est fait buter dans une fusillade la semaine dernière.

— J'en ai entendu parler. Comment se porte-t-il?

— Il en rajoute un peu. Dans le temps, quand un gars se prenait un pruneau, il se relevait tout de suite et retournait au boulot.

— Ouais, après avoir retiré la balle avec ses dents.

— C'est à peu près ça. Vous nous manquez, capitaine. Goldman sait mener sa barque, c'est sûr. Mais moi, je vous le dis, ce mec est un connard.

— Vous finirez par vous habituer à lui.

Ryan secoua la tête.

— Non, capitaine. Avec vous, les gars savaient qu'ils pouvaient dire ce qu'ils avaient sur le cœur. Vous passiez autant de temps dans la rue que derrière votre bureau. Mais avec ce Goldman, il faut remonter par la voie hiérarchique et s'emmerder avec des procédures. Vous le verrez jamais franchir cette porte s'il n'y a pas les journalistes et la télé derrière.

Jed se garda de faire le moindre commentaire.

— Ça ne fait pas de mal, de garder de bonnes relations avec la presse. Est-ce que le lieutenant Chapman est là?

— Je crois qu'il est dans son bureau. Bougez pas, je vais le chercher.

— Donnez-moi un badge de visiteur, Ryan.

Le sergent rougit.

— Putain, capitaine !

— Il m'en faut un.

— Ça me fout en l'air, rumina Ryan.

— Je sais, répondit Jed.

Pour arriver jusqu'à Brent, Jed devait traverser tous les locaux et il aurait encore préféré se faire pendre. Il sentait son estomac se nouer à chaque fois que quelqu'un le saluait. Il s'efforçait de ne pas faire attention aux questions non formulées, aux non-dits.

Enfin, il arriva devant la porte de Brent. Il frappa et ouvrit. Son ami était assis derrière un bureau encombré. Il semblait heureux de voir Jed.

— Je me disais bien que tu finirais par passer ici.

Jed s'assit et alluma une cigarette. Il ne voulait pas poser de questions, se trouver impliqué encore une fois. Mais c'était plus fort que lui :

— Est-ce que Goldman est vraiment aussi nul que le prétend Ryan ?

Brent fit une grimace et se leva pour leur verser deux tasses de café.

— Eh bien, on ne peut pas dire que sa cote de popularité soit excellente. J'ai surpris Thomas l'autre jour à piquer des épingles dans une poupée qui lui ressemblait. J'ai bien reconnu Goldman, à cause des grandes dents qu'il lui avait dessinées.

— Qu'est-ce que tu as fait ?

— J'ai piqué moi aussi une ou deux épingles. Mais ça n'a pas l'air d'être très efficace. Le bonhomme se porte comme un charme. Tu dois revenir parmi nous, Jed.

Jed regarda le fond de sa tasse.

— Je ne peux pas, Brent. Je ne sais plus où j'en suis. Si on me rendait mon insigne aujourd'hui, je ne sais pas ce que je serais capable de faire. Ecoute, quelqu'un s'est introduit dans mon appartement hier et a fouillé dans mes affaires. J'ai remarqué ça à des petits détails : un tiroir entrouvert, alors qu'il aurait dû être fermé. J'avais passé la journée à régler des problèmes de succession, ensuite j'étais allé prendre un verre. Quand je suis revenu chez moi et que j'ai vu ça, je m'en suis pris à Dora. (Il avala une gorgée de café pour faire passer le goût amer qu'il avait dans la bouche.) Je l'ai attaquée. Je croyais que c'était elle qui avait fait ça.

— Bon sang, Jed ! s'exclama Brent, abasourdi. Tu ne l'as pas frappée au moins ?

— Non, mais je lui ai collé une sacrée frousse. Tu comprends, j'ai perdu la tête. Bon, je ne suis pas venu pour te parler de mes états d'âme. Si ce n'est pas Dora, alors qui est entré chez moi ?

— Peut-être le même type que la dernière fois qui cherchait quelque chose à voler.

— Mais je n'ai rien que mon revolver et quelques centaines de dollars en liquide dans mon tiroir. Par contre, chez Dora, il y a pas mal d'objets de valeur.

— Et le système d'alarme ?

— Je l'ai examiné et je n'ai rien remarqué d'anormal. Ce mec n'est pas un amateur, Brent. C'est peut-être un gars de Speck qui cherche à le venger.

— Speck n'était pas le genre de type à inspirer une loyauté posthume. J'irai faire une petite inspection. Veux-tu que je place deux de mes gars en faction ?

En temps normal, Jed aurait refusé, mais les circonstances étaient exceptionnelles et il acquiesça.

— Je te remercie. Si quelqu'un m'en veut, Dora ne doit pas payer à ma place.

— C'est comme si c'était fait. Comment ça s'est passé avec Dora ?

— Je lui ai fait des excuses. Je lui ai même proposé de quitter la maison mais elle avait l'air de s'en foutre.

Il continua à grommeler entre ses dents mais Brent avait l'ouïe fine.

— Qu'est-ce que c'est que cette histoire de fleurs ?

— Je lui ai offert un putain de bouquet et elle l'a même pas remarqué. Elle ne veut plus me voir et puis, c'est aussi bien après tout. Le problème...

— Oui ?

— Le problème, c'est que je l'ai dans la peau. Il me

la faut, sinon je vais devenir dingue. Je ne sais pas comment elle s'est débrouillée pour me mettre dans cet état. Est-ce que tu comprends ça ?

Brent sourit et releva ses lunettes.

— Ouais, je crois. T'as toujours été du genre distant avec les nanas. Je suppose que c'est à cause de ton éducation bourgeoise. T'avais toujours l'air de dominer la situation. Mais cette fois, t'es tombé sur un os et ça te fait un peu les pieds. Alors, comme ça, elle est en colère après toi. Elle va t'en faire baver pendant quelque temps. T'as qu'à la supplier un peu.

— Tu déconnes, je vais pas la supplier. (Mais il finit par ajouter :) Je vais peut-être acheter des fleurs en rentrant.

— Tu ferais mieux de taper dans la bijouterie.

— Des bijoux ! Je n'ai pas à acheter son pardon.

— Et les fleurs, c'était pour quoi ?

Jed ne répondit pas. Au moment où il ouvrait la porte pour sortir, Brent lui cria :

— Je t'appelle dès que j'ai du nouveau.

Quand il rentra, Jed fut surpris de voir que Dora n'avait pas quitté son bureau. Il avait été absent pendant plus de trois heures et il la connaissait assez pour savoir qu'elle était incapable de s'occuper de paperasserie pendant tout ce temps.

Elle feignait toujours de ne pas remarquer sa présence mais, cette fois, il s'était préparé à cet accueil.

— J'ai quelque chose pour vous, dit-il en posant sur sa table une grande boîte.

Elle leva les yeux et Jed y remarqua, à sa plus grande satisfaction, une lueur d'intérêt.

— Oh, c'est juste un peignoir, pour remplacer celui que j'ai déchiré la nuit dernière.

— Je vois.

Il remuait les épaules avec nervosité. Il avait longuement hésité avant de pénétrer dans un magasin de lingerie et la vendeuse hilare qui le suivait pas à pas lui avait donné l'impression qu'il était venu là pour se rincer l'œil.

— Je crois que c'est la bonne taille mais vous devriez quand même vérifier.

Elle referma délicatement son carnet de chèques et posa les mains à plat sur son bureau. Quand elle le regarda, la curiosité avait cédé la place à la colère.

— Vous pensez vraiment qu'il suffit d'un bouquet de fleurs et d'un peignoir pour me faire oublier ce que vous avez fait hier soir ?

Elle ne lui laissa pas le temps de répondre. Elle se leva de sa chaise et se pencha vers lui.

— Vous n'arriverez pas à faire pardonner votre comportement avec quelques marguerites et des yeux de chien battu.

Elle se surprit à hurler et essaya de se contenir.

— Allez-y, continuez, lança Jed sur un ton posé. Je suis sûr que vous n'avez pas fini.

— D'accord. Vous avez fait irruption chez moi avec vos gros muscles pour m'accuser de je ne sais quoi. Et pourquoi ? Parce que c'était plus facile comme ça. Vous n'aimiez pas la façon dont les choses étaient en train de tourner entre nous, alors vous m'avez attaquée sans même vous donner la peine d'utiliser votre matière grise. Vous m'avez collé une peur bleue et, ce qui est pire, vous m'avez humiliée. Oui, j'ai été humiliée, parce que je suis restée là, tremblante, et que je n'ai pas eu le courage de me battre contre vous. C'est pour ça que je vous en veux.

Maintenant qu'elle avait dit ce qu'elle avait sur le cœur, elle se sentait plus calme ; il ne le comprenait que trop bien.

— Il aurait fallu être cinglé pour essayer de s'attaquer à moi dans l'état où j'étais.

— Là n'est pas la question.

— Mais si. Nom de Dieu, Dora, vous étiez en face d'un fou furieux qui pesait au moins vingt kilos de plus que vous. Qu'est-ce que vous auriez voulu faire ? Me flanquer un coup de poing ?

— Je pratique les arts martiaux. J'aurais pu me défendre.

— Mais vous vous êtes défendue, dit-il en repensant aux larmes qu'il avait vues couler sur le visage de Dora. Vous êtes vraiment dingue d'avoir honte parce que vous avez eu peur.

— Ce n'est pas en m'insultant que vous allez arranger les choses. Ecoutez, j'ai eu une dure journée.

Elle s'interrompit quand il lui attrapa le poignet. Elle avait remonté les manches de sa veste pour travailler et il aperçut des ecchymoses sur ses avant-bras.

— Je peux continuer à vous dire que je suis désolé, mais ça ne signifie pas grand-chose. (Il lui lâcha le bras et cacha ses mains dans ses poches.) Je vous ai fait du mal et je ne sais pas comment me racheter.

Il se dirigeait maintenant vers les escaliers.

— Jed, dit-elle en soupirant, attendez un peu.

Elle ouvrit la boîte. A l'exception de la couleur, ce nouveau peignoir était en tout point semblable au précédent.

— Ils ne l'avaient pas en blanc, s'excusa-t-il.

— Il est très beau. Mais je n'ai pas encore dit que je vous pardonnais. J'aimerais que nous gardions à notre relation un côté respectable. Je n'aime pas me disputer avec mes voisins.

— Vous avez parfaitement le droit de fixer vos propres règles.

Il éprouvait un grand désir de l'étreindre mais il se retint.

— Je suis aussi désolée que vous, Jed. Mais je n'ai pas eu le temps de me calmer aujourd'hui parce que nous avons eu des problèmes à la boutique. Alors quand vous êtes rentré, j'ai essayé de passer ma colère sur vous.

— Quel genre de problèmes ?

— On nous a volé plusieurs objets. Terri a remarqué ça juste après votre départ.

Il eut l'air soucieux tout à coup.

— Vous êtes sûre que ces objets étaient encore là hier soir ?

— Je sais ce que j'ai dans mon stock, répondit-elle d'un ton sec.

— Vous m'avez dit être rentrée quelques minutes avant moi, n'est-ce pas ?

— Oui, mais qu'est-ce que ça...

— Vous étiez préoccupée ce matin et vous n'avez peut-être pas remarqué s'il manquait quelque chose dans votre appartement. Allons jeter un coup d'œil.

— Mais de quoi parlez-vous ?

— Quelqu'un est entré chez moi hier soir. Je ne dis pas ça pour excuser ma conduite, mais je suis certain que quelqu'un a fouillé dans mes affaires. Les flics remarquent des choses que les autres gens ne voient pas. Je pensais que c'était peut-être un homme de Speck, mais il est possible qu'il s'agisse d'une tout autre affaire.

— Et ce système d'alarme que vous m'avez installé ? Il était supposé résister à tout.

— Aucun système n'est infaillible.

— Je devrais être contente, dit-elle en prenant la main de Jed et en se laissant guider jusqu'en haut des escaliers. Il y a une heure à peine, je pensais avoir affaire à de vulgaires voleurs à la tire et maintenant je me trouve à la merci d'un cambrioleur invisible qui peut pénétrer chez moi à toute heure du jour ou de la nuit.

— Vous avez vos clés ?

— Ce n'est pas fermé.

Jed lui lança un regard noir.

— Ecoutez, la porte d'en bas est verrouillée. De plus, vous pouvez constater vous-même que personne n'est entré ici, dit-elle.

Il examina la serrure et ne remarqua aucune trace d'effraction.

— La porte était fermée à clé quand vous êtes sortie hier soir ?

— Peut-être, je ne m'en souviens plus, répondit Dora d'un air renfrogné.

— Vous gardez du liquide chez vous ?

— Un peu, dans ce secrétaire. Mais comme vous le voyez, tout est là.

— Vous n'avez même pas regardé.

— Je sais ce que j'ai chez moi.

Il balaya la pièce du regard.

— Où est la peinture abstraite ?

— Elle plaisait à ma mère, alors je la lui ai donnée.

Elle fit un geste en direction de deux portraits qui avaient pris la place de la toile.

— J'ai pensé que ces deux tableaux iraient bien ici, mais ils sont trop sombres.

— Des bijoux ?

— Oui, j'en ai.

En levant les yeux au ciel, elle se dirigea vers la chambre à coucher où elle ouvrit un coffret d'ébène.

— J'ai l'impression qu'il ne manque rien. C'est difficile à dire parce que Lea et moi faisons souvent des échanges. (Elle souleva une paire de boucles d'oreilles serties d'émeraudes.) Si j'étais un voleur, c'est celles-ci que je prendrais.

— Très beau, en effet.

Il n'était pas surpris de constater qu'elle avait assez de bijoux pour parer une bonne douzaine de femmes.

— Quel lit !

— Vous l'aimez ? C'est une reproduction de l'époque Louis XV. Je l'ai acheté à un hôtel de San Francisco. J'adore lire dans une chambre où brûle un bon feu. C'est ce que j'aime dans cette maison : les grandes chambres à coucher avec leurs vastes cheminées. (Elle lui décocha un grand sourire.) Désolée, capitaine, aucun délit à l'horizon.

Il aurait dû être soulagé, mais il se sentait toujours inquiet.

— Vous devriez me donner une liste de ce qui a été volé. Je la transmettrai à Brent. Il fera sa petite enquête auprès des prêteurs sur gages.

— J'ai déjà porté plainte.

— Laissez-moi vous aider.

Cette fois, il ne résista pas à son désir et s'approcha

d'elle. Mais quand il posa la main sur son bras, elle se contenta de sourire. Ainsi, elle lui avait pardonné.

— D'accord. Je serais bête de refuser les services d'un capitaine de police. Laissez-moi...

Elle avança d'un pas, mais il ne bougea pas. Elle était tout près de lui maintenant. Elle sentait son cœur s'emballer mais cette fois, la peur n'y était pour rien.

— La liste est en bas.

— Je voudrais vous dire que vous aviez raison.

— A quel propos ?

— J'étais désorienté par ce qui se passait entre nous.

— Ah, et que se passait-il entre nous ? ne put-elle s'empêcher de demander.

Elle vit les yeux de Jed s'assombrir.

— Je vous désirais. Je rêvais que je vous retirais vos vêtements, que je caressais votre corps. Je me demandais quelle sensation j'éprouverais en m'allongeant sur vous et si votre peau avait une saveur aussi enivrante que son parfum.

Elle leva les yeux vers lui.

— Ça m'a un peu fait perdre la tête.

— Et vous vous sentez mieux maintenant ? demanda-t-elle.

— Non, c'est pire. Si vous voulez vraiment me rendre la monnaie de ma pièce pour hier soir, vous n'avez qu'à me dire que je ne vous intéresse pas.

Elle eut un petit rire nerveux avant de répondre :

— Ce n'est pas tout à fait ça, mais je vais réfléchir à votre offre et je vous ferai connaître ma décision.

— Pourquoi ne pas dîner ensemble et discuter de ma proposition ?

Les battements de son cœur s'accélérèrent encore. Elle avait l'impression d'être redevenue une petite fille un peu timorée.

— Je ne peux pas, j'ai rendez-vous avec mon neveu. Il est à l'âge où les garçons détestent les filles, alors de temps à autre, je l'emmène au cinéma. Une virée entre copains, quoi.

— Mais vous êtes une fille.

— Pas pour Richie. (Elle attrapa sur la table une brosse à cheveux dont elle se mit à tourner et retourner le manche dans sa main.) Je suis capable de rester dans une salle pendant deux heures à regarder *La Nuit des morts-vivants* et ça fait de moi une fille différente des autres.

En baissant les yeux, il remarqua que la main de Dora tremblait et il sourit.

— Ce sera pour une autre fois.

— Pourquoi pas demain ? proposa-t-elle.

— Parfait.

D'un geste doux, il prit la brosse des mains de la jeune femme et la reposa sur la table.

— Allons chercher cette liste, dit-il.

Lorsqu'ils sortirent de la chambre à coucher, Dora poussa un soupir de soulagement.

DiCarlo aurait dû apprécier la suite somptueuse qu'il occupait au Ritz-Carlton. Un lit immense, un bar très bien garni, un service irréprochable et la possibilité d'obtenir une masseuse à domicile sur simple appel.

Malheureusement, il n'était pas encore entré en possession du tableau qu'il cherchait et cette idée gâchait son plaisir. Si ce type n'avait pas fait irruption dans l'appartement de la fille, tout serait réglé, ou quasiment.

Il hésita à appeler Finley. Il n'avait rien à dire. Sa dernière entreprise s'était soldée par un échec. Finley lui avait laissé jusqu'au 2 janvier. Il pouvait encore se rattraper. D'accord, il avait perdu une nuit, mais ce n'était pas désastreux.

Il croqua une autre cacahuète et but une gorgée de beaujolais. Comment ce type avait-il pu deviner que sa chambre avait été fouillée ? Ça le soufflait. Il s'allongea et passa en revue tous ses gestes de la nuit précédente : il était sûr de n'avoir rien déplacé. Il avait même résisté à l'envie de dérober le moindre objet dans les deux appartements. Ce qu'il avait pris en bas serait mis sur le compte d'un petit cambrioleur. De toute façon, le type soupçonnait sa voisine, ça ne changeait donc rien à son plan.

Il ne lui restait plus qu'à retourner là-bas et faire exactement ce qu'il avait projeté la nuit précédente, à cette différence près qu'il lui faudrait cette fois descendre la fille quand il en aurait fini avec elle.

13

Avec la venue de la nuit, la température avait énormément chuté. Il faisait un froid sec et le givre avait recouvert South Street, où ne circulaient plus que de rares véhicules. De temps à autre, quelqu'un sortait d'un restaurant, enveloppé dans un grand manteau, pour se précipiter aussitôt vers l'entrée du métro. Puis la rue retrouvait son calme, baignée seulement par la lueur pâle des réverbères..

DiCarlo faisait un premier tour de reconnaissance et remarqua tout de suite la voiture de police garée près de la maison. Ses mains se crispèrent sur le volant et il descendit en direction de la rivière. Il n'avait pas prévu ça. En général, les flics avaient trop à faire pour surveiller une maison à cause d'un simple cambriolage.

Peut-être que la femme était la maîtresse d'un ponte de la police. Ou bien c'était un simple coup de malchance. De toute façon, il ne pouvait plus revenir en arrière.

Afin de se calmer, il tourna en rond pendant une dizaine de minutes. Il avait éteint la radio et réfléchissait. Quand il revint sur South Street, son plan était fin prêt. Il gara sa voiture et sortit de la boîte à gants un plan de Philadelphie. Aux yeux des flics, il ne serait qu'un type égaré dans la ville, au volant d'un véhicule de location.

— Alors, mon gars, on est perdu? lui demanda le policier en baissant la vitre.

Une odeur de café s'échappa de l'intérieur du véhicule.

— Oui, monsieur l'agent, répondit DiCarlo qui avait pris une mine contrite. Je suis bien content de vous avoir trouvé. J'ai dû me tromper de route quelque part. Ça fait un moment que je tourne en rond.

— Je pensais bien vous avoir déjà vu passer par là. Dites-moi où vous allez. Je vais essayer de vous indiquer le chemin.

DiCarlo glissa la carte à l'intérieur de la voiture.

— Vous voyez, c'est là, au coin de la 15e Rue et de Walnut Street.

— Pas de problème. Tout ce que vous avez à faire, c'est de tourner à gauche à la prochaine. Quand vous arriverez sur Independance Square, Walnut Street sera sur votre droite. (Il chercha un stylo.) Tenez, je vais vous indiquer le parcours.

— Je vous suis très reconnaissant.

DiCarlo sourit et appuya son silencieux sur la poitrine du policier. Leurs regards se rencontrèrent pendant une fraction de seconde. Il y eut deux détonations sourdes et le corps du flic s'affala sur la banquette, inerte. Avec soin, DiCarlo tâta le pouls de l'homme : il était bien mort. Il ouvrit la portière de ses mains gantées et remit le corps en position assise. Ensuite, il remonta la vitre, verrouilla la portière et marcha tranquillement jusqu'à sa voiture.

Il commençait à comprendre pourquoi son cousin Guido prenait un tel plaisir à descendre des gens.

Dora était déçue que Richie ait refusé à passer la nuit chez elle. Apparemment, il avait mieux à faire ce soir-là et lui avait demandé de le déposer chez un copain après le film.

Elle avait été tentée de retourner chez Lea et John et d'embarquer les autres enfants. Une soirée bruyante en leur compagnie lui aurait calmé les nerfs.

En fait, elle redoutait de se retrouver seule. Plus exactement, elle ne voulait pas se trouver seule à quelques pas de Jed Skimmerhorn. Bien sûr, il s'était montré charmant et particulièrement séduisant ce jour-là, mais elle ne parvenait pas à oublier que cet homme était capable d'accès de rage qui lui faisaient perdre tout contrôle de ses actes.

Certes, elle avait accepté ses excuses et comprenait ses motivations. Mais ce type pouvait sortir de ses gonds d'une minute à l'autre et elle ne voulait pas se trouver dans les parages quand ça se reproduirait.

D'un autre côté, elle aussi avait un caractère impulsif et peut-être était-ce cela qu'il recherchait : une femme capable de lui tenir tête. Avec elle, peut-être réussirait-il à se débarrasser des idées sombres qui lui empoisonnaient l'existence.

Mais la question n'était pas de savoir ce qui convenait à Jed, plutôt ce qu'elle désirait, elle. Et elle ne voulait décidément pas s'encombrer d'un type à problèmes, quand bien même il aurait le sourire le plus craquant du monde.

Elle arrêta sa voiture dans l'allée derrière la maison et fut soulagée de constater que la Thunderbird de Jed n'était plus là. Pour cette nuit au moins elle n'aurait pas à se demander si elle irait le rejoindre ou non.

Arrivée à la porte d'entrée, elle tapa le code du système d'alarme, poussa la porte, puis la verrouilla de nouveau derrière elle. Elle était bien décidée à ne pas attendre le retour de Jed. Elle passerait le reste de la soirée en compagnie d'une bonne tasse de thé, d'un feu de cheminée et d'un roman qui lui ferait oublier les images du film d'horreur qu'elle venait de voir.

Elle entra dans son appartement, alluma les guirlandes de l'arbre de Noël et mit un disque de Billie Holiday. Elle retira son manteau qu'elle rangea dans le placard de l'entrée en fredonnant. Puis elle passa dans la cuisine pour y faire chauffer l'eau du thé. Elle allait tourner le robinet de l'évier quand elle entendit une planche craquer dans la pièce adjacente. Elle tendit l'oreille mais n'entendit plus rien que les battements précipités de son cœur.

Calme-toi, Conroy, se dit-elle. Tu ne vas te laisser impressionner par un film idiot. Il n'y a pas de psychopathe caché dans ton salon avec un couteau de boucher à la main.

Rassurée, elle mit la bouilloire sur le feu et retourna dans le salon. Soudain elle s'arrêta, pétrifiée.

La pièce était plongée dans l'obscurité la plus complète, à l'exception d'un rai de lumière provenant de la cuisine qui mettait en relief le contour des meubles.

Elle se souvenait pourtant avoir allumé le sapin de Noël. Peut-être que le fusible avait sauté, mais dans ce cas, elle n'entendrait plus la musique : la chaîne hi-fi était branchée sur la même prise. Sûrement un court-circuit.

Puis la lumière de la cuisine s'éteignit à son tour. Elle se mit à suffoquer. Des frissons de terreur couraient sur tout son corps. Pendant une minute interminable, elle resta immobile, prêtant l'oreille au moindre son. Mais elle n'entendait rien que le bruit de sa respiration. Elle éclata de rire. Quelle idiote ! C'était probablement l'ampoule qui venait de griller.

Soudain, une main vint se poser sur sa bouche et elle sentit qu'on l'attrapait par la taille.

— Tu n'as pas peur du noir, hein, chérie ? chuchota DiCarlo. Je te conseille de te tenir bien tranquille et de ne pas crier. Tu sais ce que tu sens là ?

Il relâcha un peu son étreinte afin de glisser son revolver sous le pull de Dora. Puis il lui caressa les seins du canon de son arme.

— C'est un gros, gros calibre. Tu ne voudrais pas que je m'en serve, hein ?

Elle secoua la tête et plissa les yeux très fort en sentant le froid contact de l'arme contre sa peau.

— Tu es une bonne fille. Maintenant je vais enlever ma main, mais si tu cries, je serai obligé de te descendre.

Il retira sa main et Dora se mit à trembler. Elle ne lui demanda pas ce qu'il désirait, elle avait peur de connaître déjà la réponse.

— Je t'ai observée l'autre nuit pendant que tu te déshabillais. (La respiration de l'homme s'accéléra tandis qu'il faisait remonter sa main libre entre les jambes de Dora.) Tu portais de la dentelle noire, c'était très excitant.

Elle détourna la tête. L'homme la caressait à travers son pantalon. Il l'avait épiée, pensait-elle avec répulsion.

— Tu seras gentille de me refaire ton petit numéro de strip-tease, mais d'abord nous avons une petite affaire à régler.

— J'ai de l'argent, parvint-elle enfin à articuler. (Elle serrait les dents et s'efforçait de garder son calme.) Quelques centaines de dollars. Je vous les donnerai.

— Mais tu vas me donner beaucoup de choses. Est-ce que celui-ci s'attache par-devant aussi ? demanda-t-il en jouant avec son soutien-gorge. De quelle couleur est-il ?

Comme elle ne répondait pas, il pressa le canon de son revolver contre sa poitrine.

— Tu vas me répondre quand je te pose une question !

— Rouge, bredouilla-t-elle.

— Et ton slip aussi ?

— Oui.

Elle mourait de honte.

— T'es une chaude, toi, dit-il en riant.

La jeune femme ne faisait que l'exciter davantage.

— On va se donner du bon temps et je ne te ferai pas de mal si tu ne résistes pas, d'accord ?

— Oui.

— Bien, très bien. Mais d'abord, je veux que tu me dises ce que tu en as fait.

De grosses larmes coulaient sur les joues de Dora. Elle pensait avoir eu peur avec Jed la nuit précédente, mais ce n'était rien à côté de l'horreur qu'elle éprouvait maintenant.

Et elle ne faisait rien. Tremblante, elle attendait comme une victime. Non, décidément, ce type allait peut-être la violer mais elle lui donnerait d'abord du fil à retordre.

— Je ne sais pas de quoi vous parlez.

Elle se laissa complètement aller contre lui. Elle n'avait pas à se forcer pour imiter un frisson.

— Je vous en supplie, ne me faites pas de mal. Je vous donnerai tout ce que vous voudrez.

— Mais je ne te veux que du bien.

Chaque fois qu'il passait le revolver sur sa peau, elle avait un petit tressaillement qui l'excitait. Le viol était un acte de pouvoir et tous ceux qui prétendaient le contraire étaient des imbéciles.

— Si tu coopères, tout se passera bien, dit-il en tirant sur l'attache de son soutien-gorge du canon de son arme. J'ai fouillé partout mais je ne l'ai pas retrouvé. Dis-moi où est le tableau et je range mon flingue.

— Le tableau ? dit-elle en essayant de rassembler ses idées. Je vous le donnerai, mais rangez d'abord votre arme. Je ne peux pas réfléchir si vous me menacez.

— D'accord, ma belle. Voilà. Tu te sens mieux maintenant ? demanda-t-il une fois qu'il eut écarté le revolver.

— Oui, ça va.

— Maintenant, dis-moi où il est.

— Je vais vous le dire, répondit-elle en entourant son poing gauche de sa main droite.

De toute la force de ses deux bras, elle envoya son coude dans l'estomac de DiCarlo. Celui-ci eut un grognement de douleur et s'écarta d'elle. Dora en profita pour se précipiter vers la porte. Ses jambes étaient flageolantes, elle trébucha et faillit perdre l'équilibre. Elle avait gagné la porte d'entrée et s'efforçait d'ouvrir les serrures quand il la rattrapa. Elle poussa un cri perçant et, usant de toute l'énergie qui lui restait encore, elle fit volte-face et lui griffa le visage.

DiCarlo la saisit par la gorge.

— Finie la gentillesse.

C'est à ce moment qu'ils entendirent tous deux des bruits de pas. Acculé, DiCarlo fit éclater l'ampoule qui éclairait l'entrée puis attendit, caché dans l'ombre.

— Laisse tomber, dit-il en serrant le cou de Dora, si

fort qu'elle se mit à suffoquer. Elle a un flingue dans le dos. Si tu fais le moindre geste, je lui fais exploser la colonne vertébrale.

Jed arrivait à distinguer une arme, mais il aperçut aussi la silhouette de Dora qui tentait vainement de reprendre son souffle. Les yeux rivés sur DiCarlo, il s'accroupit et posa son revolver sur le sol.

— Laisse-la respirer. Elle ne te servira à rien si tu la tues.

— Debout, les mains derrière la tête. Envoie ton flingue par ici.

Jed se redressa. Il sentait le regard de Dora sur lui, mais il ne la regarda pas. Il fit glisser l'arme du bout du pied en prenant soin de ne pas trop l'approcher de DiCarlo, afin que celui-ci soit obligé de s'avancer pour s'en saisir.

— Recule, colle-toi contre ce putain de mur, ordonna DiCarlo.

Il transpirait. Rien ne se passait selon ses plans. Heureusement, il avait la femme et elle le conduirait jusqu'au tableau de Finley. Il avança vers le revolver de Jed. Il tenait toujours Dora devant lui. Quand il se baissa pour récupérer l'arme, il la força à s'accroupir avec lui, mais ce geste lui fit relâcher son étreinte.

Au moment où Jed se préparait à bondir, Dora parvint à murmurer :

— Il n'a plus son arme.

Son pied heurta le .38 de Jed qu'elle envoya contre la porte. Jed la tira vers lui et voulut repousser DiCarlo, mais celui-ci préféra prendre la fuite.

Jed le rattrapa à la porte d'entrée. Ils tombèrent sur le sol dans une lutte acharnée. La rambarde craqua sous leur poids. Pendant ce temps, Dora cherchait le revolver.

Jed reçut un coup violent au niveau des reins, puis un autre dans le ventre. De toutes ses forces, il frappa l'homme au visage et eut la satisfaction de voir le sang jaillir.

— Je ne le trouve pas ! cria Dora.

— Tirez-vous d'ici, lui répondit-il.

Mais elle ne bougea pas et laissa échapper un hurlement en apercevant DiCarlo qui s'apprêtait à foncer sur Jed. Il rata sa cible et Dora se précipita sur lui par-derrière. Elle parvint à le mordre jusqu'au sang dans le cou avant qu'il ne l'envoie valser.

Elle ressentit une vive douleur quand sa tête vint heurter une marche de l'escalier, puis elle perdit totalement connaissance.

Quand elle retrouva ses esprits, tout tanguait autour d'elle. Elle avait terriblement mal et referma aussitôt les yeux.

— Non, non, restez avec moi. Allons, regardez-moi.

Jed lui tapotait la joue du dos de la main. Elle finit par faire entendre un grognement, puis rouvrit les yeux.

— Arrêtez ça, dit-elle en repoussant sa main et en s'efforçant de s'asseoir.

La pièce valsait autour d'elle.

— Allez-y doucement, dit-il en l'obligeant à se rallonger. Essayez de rester lucide mais ne vous levez surtout pas.

— Oh, ma tête ! gémit-elle.

— Détendez-vous. Combien de doigts ? demanda-t-il en ouvrant sa main devant le visage de Dora.

— Deux. Est-ce qu'on joue au docteur ?

Il avait craint une commotion cérébrale, mais il fut rassuré de constater que la vision et l'élocution de la jeune femme étaient normales. Le soulagement qu'il en ressentit fut immédiatement supplanté par la colère.

— Vous n'avez que ce que vous méritez. Qu'est-ce qui vous a pris de sauter sur ce type ?

— Je voulais vous aider.

Elle revit soudain défiler devant ses yeux la scène qu'ils venaient de vivre. Elle agrippa la main de Jed.

— Où est-il ? dit-elle en se redressant malgré la douleur. Il est parti ?

— Oui, il a réussi à s'enfuir. Merde, j'aurais pu l'avoir si vous...

Elle fronça les sourcils d'un air de défi.

— Si je... ?

— Vous vous êtes effondrée tout d'un coup. Alors, j'ai pensé qu'il avait récupéré le revolver et qu'il vous avait touchée. Cette idée m'a fait perdre la tête et il en a profité pour s'échapper.

— Pourquoi ne l'avez-vous pas poursuivi ?

Elle essaya de remuer, mais s'aperçut qu'elle était emmaillotée dans une couverture.

— J'aurais peut-être dû vous laisser là, inconsciente, la tête pleine de sang.

— J'ai saigné ?

— Pas beaucoup, rassurez-vous. (Il reprit soudain un ton de policier :) Pouvez-vous me dire ce qui s'est passé ? Vous n'allez pas me raconter que c'était encore un amoureux éconduit ?

— Peut-être que nous devrions appeler la police, dit-elle.

— C'est fait. Brent sera bientôt là.

Elle balaya l'appartement du regard.

— Il avait un revolver. Je ne sais pas ce qu'il en a fait.

— Il était tombé sous la table. Je l'ai récupéré.

Il s'assit près d'elle sur le lit et la prit par la main d'un geste si doux qu'elle se laissa faire.

— Racontez-moi exactement ce qui s'est passé.

— Je sais maintenant que vous ne vous étiez pas trompé. Quelqu'un s'est bien introduit ici hier. Je n'avais rien remarqué mais ce type m'a dit qu'il m'avait vue me déshabiller. (Elle eut une hésitation.) Comme il a décrit avec précision les sous-vêtements que je portais, j'ai bien été obligée de le croire.

Jed décela sur le visage de Dora les signes de l'humiliation qu'elle avait éprouvée.

— Si vous voulez, je peux demander à Brent de faire venir une femme pour vous interroger.

Elle inspira profondément.

— Non, ce n'est pas nécessaire. Il était caché dans l'appartement, peut-être dans la chambre encore une fois. Je suis allée dans la cuisine faire du thé et quand je suis revenue dans le salon, les guirlandes de l'arbre de Noël étaient éteintes. Alors je me suis avancée dans la pièce et il m'a attrapée par-derrière. (Sa voix s'était mise à trembler. Elle s'éclaircit la gorge.) Je me serais défendue, mais il a glissé son pistolet sous mon pull et il a commencé à... me caresser avec. (Elle eut un petit rire nerveux.) Je suppose que pour certains mecs, un revolver est un symbole phallique.

Il la serra contre lui et lui caressa la tête.

— Tout est fini, maintenant.

— Je savais qu'il allait me violer. J'ai suivi des cours d'arts martiaux l'année dernière mais j'avais tout oublié. C'était comme si mon cerveau était anesthésié. Il me disait qu'on allait se donner du bon temps ensemble et j'ai commencé à éprouver de la colère parce que ce type s'imaginait que j'étais prête à n'importe quoi pour sauver ma peau. Tout à coup, je lui ai collé mon coude dans les côtes et j'ai réussi à m'échapper. C'est à ce moment-là que vous êtes arrivé.

Il ne voulait pas imaginer ce qui se serait produit s'il n'était pas intervenu.

— OK, dit-il pour tout commentaire. Est-ce que vous le connaissiez ?

— Je ne crois pas. En tout cas, je n'ai pas reconnu sa voix.

— Vous avez de l'aspirine quelque part ? demanda-t-il.

— Oui, dans la salle de bains. Donnez-m'en une douzaine.

Quand il se leva, elle se rallongea mais se releva aussitôt en voyant, posée sur un guéridon, sa plus belle serviette de satin brodé maculée de sang.

— Merde, Skimmerhorn ! Vous auriez pu vous servir d'un torchon. En plus, elle est mouillée et ça va abîmer la table.

— Je suis désolé. Je ne pensais pas aux meubles. Je ne trouve pas l'aspirine.

Elle se leva et constata avec satisfaction qu'elle arrivait à marcher, mais en apercevant son visage dans le miroir de l'armoire à pharmacie, elle poussa un gémissement.

— Ça tourne ? demanda Jed.

— Non, mais regardez cette tête. Tout mon maquillage a coulé.

Elle attrapa un tube sur l'une des étagères.

— Voilà l'aspirine.

Dora versa de l'eau dans une petite tasse de porcelaine et avala plusieurs cachets. Elle n'avait jamais eu une telle migraine de sa vie. On frappa à la porte et elle sursauta.

— La cavalerie ?

— Je crois bien. Ne bougez pas.

Quand il se tourna, Dora vit avec effarement le revolver coincé dans son jean. Il attrapa l'arme et vint se placer à côté de la porte d'entrée.

— C'est Brent.

— Il était temps, dit Jed en ouvrant. Putain, mais qu'est-ce que vous foutiez ? Un satyre s'est introduit ici avec une arme et vous, vous n'avez pas bougé.

— Trainor était un bon policier, répondit Brent d'un ton maussade. (Il leva les yeux vers Dora qui venait de sortir de la salle de bains.) Elle va bien ?

— Non, pas très, et tout ça grâce à la police de Philadelphie. Si je n'avais pas... (Mais il s'arrêta. Il venait de remarquer l'expression chagrinée de Brent.) Etait ? Qu'est-ce que tu veux dire par là ?

— Il est mort. Deux balles à bout portant dans la poitrine.

— Qu'est-ce qui ne va pas ? demanda Dora qui s'était approchée.

— J'avais demandé à Brent de placer un de ses gars en faction devant la maison. Le type est mort.

Dora blêmit.

— Venez vous asseoir, proposa Jed, et reprenons tout depuis le début.

— Il était marié ? demanda Dora. (Brent s'approcha d'elle pour lui prendre le bras mais elle le repoussa.) Et ne dites pas que ça ne me regarde pas. Cet homme était là pour me protéger et maintenant, il est mort. Alors, je veux savoir s'il avait de la famille.

— Oui. Il avait deux grands enfants, répondit Brent.

— Quand un homme entre dans la police, il sait à quels risques il s'expose.

Ils s'installèrent dans la salle à manger et discutèrent chaque point de la déposition que Dora venait de faire.

— C'est drôle qu'il soit revenu deux fois et qu'il ait descendu un flic, commenta Brent. Ça ne colle pas avec le comportement d'un violeur.

— Pourtant, il avait l'air de prendre son pied. Plus j'avais peur et plus il s'excitait. Il parlait beaucoup. Il m'a posé des questions au sujet d'un tableau. Il me demandait où je l'avais mis.

— Quel genre de tableaux avez-vous ici ?

— Toutes sortes. Des portraits, des reproductions mais rien qui puisse avoir de la valeur.

— Il faudra y jeter un coup d'œil de toute façon, dit Brent. (Puis il s'adressa à Jed :) Est-ce que tu as pu le voir ?

— Environ un mètre quatre-vingts, corpulence moyenne, cheveux et yeux noirs. Il portait un manteau de cachemire de couleur grise, un costume sombre, probablement bleu marine, et une cravate rouge. C'est drôle qu'un type qui s'apprête à commettre un viol s'habille comme ça.

Brent se tourna vers Dora :

— J'aimerais que vous passiez à l'identité judiciaire pour faire un portrait-robot de ce type.

— D'accord, je vais prendre mon manteau.

— Non, pas ce soir, dit Brent, qui se levait. Vous avez besoin de vous reposer. Demain. Appelez-moi si quelque chose vous revient.

— Je n'y manquerai pas. Merci pour tout.

Après le départ de Brent, Dora entreprit de débarrasser la table. Elle n'arrivait toujours pas à regarder Jed dans les yeux.

— Je ne vous ai pas remercié.

— A votre service, répliqua Jed. Je devrais vous emmener à l'hôpital. Il faudrait faire des examens.

— Non, je ne veux pas que des médecins posent la main sur moi. D'ailleurs, je ne veux pas que qui que ce soit me touche. Je me sens très bien. L'aspirine fait son effet.

Jed lui examina les yeux une nouvelle fois, mais il n'y décela rien que de la fatigue.

— Allez vous coucher, dit-il.

— Je ne suis pas fatiguée. Avec tout ce café que j'ai bu, je...

Elle s'arrêta soudain: elle venait de se souvenir qu'elle avait failli ramener Richie avec elle et cette idée lui donna la nausée. Jed posa les mains sur la nuque de Dora et se mit à la masser doucement.

— La prochaine fois que j'irai acheter du lait, vous viendrez avec moi.

Elle aurait voulu s'abandonner, mais elle préféra apporter des tasses dans la cuisine.

— Vous faisiez donc des courses? Vous ne portiez pourtant pas de sac quand vous êtes entré.

— Je l'ai laissé dans la voiture en vous entendant crier.

— Et vous avez toujours un pistolet sur vous quand vous allez au supermarché?

— Ils vous volent tellement, dans ces magasins.

Elle fit entendre un faible rire. Jed lui caressait les cheveux doucement.

— Voulez-vous que j'appelle quelqu'un, votre sœur ou votre père?

— Surtout pas. Il faudra que je trouve quelque chose à leur raconter demain et ce sera assez dur comme ça.

Elle continuait à s'agiter dans la cuisine et Jed savait qu'elle cherchait à retarder le moment où elle se retrouverait seule.

— Ecoutez, je pourrais peut-être passer la nuit sur le divan. Je vous promets que je ne laisserai pas de mousse à raser dans le lavabo.

Elle sourit et vint poser son visage sur la poitrine de Jed.

— Merci, répondit-elle.

Après un moment d'hésitation, il lui passa le bras autour de la taille.

— Ne me remerciez pas encore. Peut-être que je ronfle.

— J'en prends le risque. Je vous proposerais bien de partager mon lit... dit-elle en frottant sa joue contre celle de Jed.

— ... mais ce n'est pas le moment, poursuivit-il.

— Vous avez compris. Je vais vous chercher un oreiller.

14

Elle était très jolie au petit matin. Des rares femmes qu'il avait eu l'occasion d'observer endormies, Dora était incontestablement la plus belle.

Elle dormait allongée sur le côté. Ses cheveux ébouriffés étaient repoussés derrière sa nuque, laissant son visage complètement dégagé, ce qui la rendait excessivement attirante. Il avait toujours pensé que ses grands yeux bruns faisaient tout le charme de Dora et pourtant, maintenant qu'ils étaient clos, elle lui semblait toujours aussi séduisante. Peut-être était-ce son teint de satin d'un blanc légèrement rosé.

Il revint brusquement à la réalité. Il se sentait à la fois honteux et inquiet d'avoir de telles pensées. Quand un homme se met à faire des métaphores pour décrire la peau d'une femme, c'est qu'il file un mauvais coton.

Jed s'approcha, posa sa tasse sur la table de nuit et s'assit au bord du lit.

— Isadora, appela-t-il en posant délicatement sa main sur l'épaule de la jeune femme enfouie sous une couette épaisse.

Durant toute la nuit, il était venu la secouer ainsi à intervalles réguliers, afin de s'assurer qu'elle n'avait pas perdu connaissance. Elle émit un petit grognement et se retourna de l'autre côté. La couette avait glissé, découvrant l'épaisse chemise de nuit de flanelle ornée de petits cochons que Dora avait choisie pour la nuit. Elle s'était probablement dit qu'en portant un tel vêtement, elle n'exciterait pas la convoitise de Jed.

— Isadora, réveillez-vous, lui susurra-t-il à l'oreille en l'attrapant cette fois par l'épaule pour être sûr qu'elle ne se retournerait pas.

Il sourit et, penché sur elle, lui prit le lobe de l'oreille entre ses dents. L'effet fut immédiat. Elle ouvrit les yeux tout grands.

Elle les cligna car elle n'y voyait pas encore très clairement, mais ses lèvres se trouvèrent soudain scellées. Abasourdie, elle leva sa main vers l'épaule de Jed tandis qu'un frisson l'envahissait.

— Vous êtes réveillée, murmura-t-il en lui mordillant doucement la lèvre inférieure.

— Oh oui, complètement !

Elle avait encore la voix ensommeillée.

— Comment je m'appelle ?

— Kevin Costner, répondit-elle avec un sourire. Ne faites pas attention, c'est juste un de mes petits fantasmes.

— Mais il est marié.

— Pas dans mes rêves.

— Combien de doigts ?

— Trois. Je pensais avoir déjà répondu à cette question la nuit dernière.

— Simple vérification. Comment va votre tête ?

Elle resta immobile pendant un instant, cherchant à distinguer les sensations qu'elle éprouvait.

— J'ai mal partout.

— Prenez ceci, dit-il, et il lui tendit deux cachets d'aspirine.

— Seulement deux ? C'est ce que je prends quand je me casse un ongle.

— Ne faites pas la douillette.

Elle avala les cachets et but le café qu'il lui tendait.

— Il est très bon. Presque aussi bon que le mien.

— J'ai appris à le faire en vous regardant.

— Vous avez passé une bonne nuit sur le divan ?

— Non, mais j'ai quand même réussi à dormir. J'ai aussi pris une douche.

Dora se pencha vers lui et se mit à jouer avec les cheveux blonds qui formaient de grosses boucles sur sa nuque. Il sentait bon le gardénia.

Elle tenait la tasse dans le creux de sa main et soupira.

— Je ne me souviens pas quand on m'a apporté mon café au lit pour la dernière fois.

Elle pencha de nouveau la tête et se mit à étudier l'homme qu'elle avait devant elle : avec ses cheveux encore mouillés, une barbe naissante et cette expression un peu embarrassée dans les yeux, il était très séduisant.

— Vous êtes un dur. Vous saviez, la nuit dernière, qu'il n'aurait pas fallu beaucoup d'efforts pour vous retrouver avec moi dans ce lit et vous n'avez rien tenté.

— Je ne suis pas un animal.

Il n'avoua pas que cette idée l'avait longuement obsédé.

— Bien sûr que vous en êtes un. Un grand animal irascible, toujours sur le qui-vive. (Elle fit glisser le bout de ses doigts sur ses joues mal rasées.) Avec de gros muscles et un mauvais caractère. Votre froideur n'a d'égale que votre gentillesse et c'est ce qui vous rend si irrésistible. Il se trouve que j'adore les mauvais garçons au grand cœur.

Il attrapa la main qui lui caressait le visage, s'apprêtant à la repousser, mais elle entremêla ses doigts aux siens et s'approcha pour l'embrasser.

— Vous jouez avec le feu, Dora.

— Vraiment ?

Si elle n'avait pas été si mal en point, il l'aurait basculée sur le lit et se serait débarrassé une fois pour toutes de ce désir qui le torturait. Mais il ne pouvait pas lui faire l'amour maintenant sans risquer de lui faire mal.

— Ecoutez-moi, commença-t-il d'une voix calme en la regardant bien en face, vous ne me connaissez pas. La seule chose dont vous pouvez être sûre, c'est que je vous désire et que, lorsque je vous sentirai totalement prête pour ça, je vous ferai l'amour sans rien vous demander.

— Inutile d'attendre. J'ai déjà répondu oui.

— Et je ne serai pas doux. Même si je dois m'en repentir.

— Quand je prends une décision, je n'ai pas l'habitude de revenir dessus. Cet avertissement ne m'est pas destiné. Vous cherchez simplement à vous faire peur.

Il se leva brusquement.

— Nous avons beaucoup à faire aujourd'hui. Qu'est-ce que vous décidez pour la boutique ?

— Elle restera fermée toute la journée.

— Nous devons passer au poste de police. Préparez-vous, je vais faire le petit déjeuner.

— Vous savez faire ça aussi ?

— Je sais verser du lait sur des céréales.

— Appétissant !

Elle repoussa la couette. Avant de sortir, il lui lança :

— A propos, j'aime beaucoup vos petits cochons.

Tandis que Jed et Dora avalaient leur petit déjeuner, DiCarlo se trouvait à New York, où il arpentait nerveusement son appartement. Il n'avait pas fermé l'œil. La bouteille de whisky qu'il avait ingurgitée n'avait pas calmé son esprit enfiévré. Il ne pouvait plus remettre les pieds à Philadelphie. Non seulement il avait descendu un flic, mais en plus, il avait laissé derrière lui deux témoins capables de l'identifier.

Ils l'avaient foutu dedans, pensait DiCarlo en se versant un autre verre. A cause d'eux, on devait maintenant savoir que c'était lui le meurtrier et les flics avaient la dent dure quand on s'en prenait à l'un des leurs.

Il devait se mettre au vert pendant quelques mois. Ça ne lui posait pas de problèmes : il avait des relations et beaucoup de liquide. Il passerait un hiver au chaud, planqué au Mexique, à siroter de la tequila. La seule ombre au tableau était Finley.

DiCarlo posa les yeux sur les marchandises entreposées près de l'arbre de Noël comme de tristes cadeaux dont personne n'aurait voulu. Il avait réussi jusqu'à présent à retrouver six pièces sur sept. N'importe qui aurait considéré qu'il avait rempli sa mission, mais Finley n'était pas n'importe qui.

Il ne manquait que cette saloperie de tableau et pourtant il s'était donné un mal de chien pour le récupérer. Il avait un œil poché, des bleus partout et son manteau en cachemire était foutu.

DiCarlo considérait qu'il en avait fait plus qu'assez pour rectifier une erreur dont il n'était même pas responsable. Dès qu'il le pourrait, il irait voir cette Opal Johnson et il lui ferait payer ça.

En attendant, il devait trouver la meilleure façon de présenter la situation à Finley. Après tout, c'était un homme d'affaires et il devait bien savoir qu'on ne fait pas de profit sans pertes. Pour amadouer son employeur, DiCarlo lui présenterait d'abord les cinq pièces qu'il venait de retrouver en insistant bien sur les difficultés rencontrées. Ensuite, il parlerait du flic abattu. Un homme tel que Finley comprendrait certainement.

DiCarlo se regarda dans le miroir. Il ne pouvait pas célébrer le Nouvel An dans cet état : il avait le visage tout tuméfié.

Cette femme et son voisin ne perdaient rien pour attendre. Il finirait bien par prendre sa revanche, et il avait la rancune tenace. Cette fois, il ne ferait pas de sentiment : elle mourrait à petit feu. Mais avant, il y avait Finley. Il lui faudrait faire appel à son bon sens et le flatter un peu. Et pour prouver sa bonne volonté, il proposerait de mettre un de ses hommes sur le coup.

Satisfait d'avoir trouvé une solution, DiCarlo décrocha le téléphone. Plus tôt il aurait expédié cette affaire, plus tôt il serait au Mexique.

— Bonjour, je voudrais réserver une place en première classe pour Los Angeles. Vous n'avez rien avant dix-huit heures quinze ? OK, ça ira. Réservez-moi aussi un aller simple de Los Angeles à Cancún pour le 1er janvier.

Dora regardait à l'écran le portrait-robot qui se modifiait en fonction des instructions que l'opérateur tapait au clavier.

— Je crois qu'il avait le visage un peu plus long et un peu plus mince. Oui, comme ça.

Elle n'était pas très sûre d'elle et interrogea Jed :

— Comment étaient ses sourcils ? J'ai l'impression de faire le portrait d'Al Pacino.

— Vous vous en sortez très bien. Terminez et je prendrai votre suite.

Elle ferma les yeux pour mieux se souvenir du visage de l'homme, mais l'image qui lui revint à l'esprit fit renaître sa panique. Elle rouvrit les yeux et tendit le bras vers le verre d'eau qu'elle avait demandé.

— Je ne l'ai pas bien vu et... je crois qu'il avait plus de cheveux et qu'ils étaient un peu bouclés.

— Comme ça ? demanda l'opérateur qui venait de modifier la coiffure de l'homme dessiné à l'écran.

— Ça s'en rapproche. Les yeux étaient aussi plus tombants. (Elle soupira.) Je ne sais plus.

Jed se posta derrière la chaise de la jeune femme et l'attrapa par les épaules pour l'encourager.

— Gommez l'épaisseur des lèvres et du nez, ordonna-t-il. Elle avait raison pour les sourcils : ils étaient plus épais. Le menton était carré.

— Vous êtes bien précis, remarqua-t-elle.

— Je l'ai mieux vu que vous, c'est tout.

Elle n'était pas convaincue par cette réponse. Ils avaient tous deux vu le même homme, mais Jed avait tout enregistré. Elle voyait maintenant apparaître à l'écran le portrait craché de son agresseur.

— Il avait le teint plus foncé, continua Jed. Oui, ça y est.

— C'est exactement lui. C'est incroyable !

Ebranlée, Dora posa sa main sur celle de Jed. Pendant ce temps, Brent donnait de petites tapes sur le moniteur d'un air fier.

— C'est Jed qui nous a obtenu ce joujou et il a eu du mal.

Avec un sourire timide, Dora s'obligea à plonger les yeux dans ceux de l'homme qui la regardait sur l'écran.

— Envoyez-le sur l'imprimante, ordonna Brent à l'opérateur. Nous allons voir si nous retrouvons cette tête-là dans notre fichier.

— Pouvez-vous m'en faire une copie ? demanda Dora. Je voudrais la montrer à Terri et à Lea. Peut-être qu'elles l'auront vu rôder autour du magasin.

— Voulez-vous m'accompagner dans mon bureau ? proposa Brent.

« Capitaine J.T. Skimmerhorn », disait l'inscription sur la porte. De toute évidence, le service restait prêt à accueillir l'enfant prodigue. Brent invita Dora à entrer.

— Oh, j'ai oublié de vous dire que j'ai reçu une invitation de votre mère pour la fête du Liberty Theater demain soir !

— Ah, bien sûr, pour le Nouvel An, répondit Dora qui avait complètement oublié cette soirée. J'espère que vous serez des nôtres.

— Oh oui, nous avons beaucoup aimé celle de l'année dernière !

— Alors, que faisons-nous maintenant ? demanda Dora à Jed.

— Vous, vous ne faites plus rien. La police se charge de tout.

— Le capitaine Skimmerhorn reprendrait-il du service ?

Elle sourit, amusée par le regard incendiaire qu'il lui jeta.

— Qui est chargé de l'affaire, Brent ?

— Eh bien, c'est moi, répondit-il. Tant que nous n'aurons pas retrouvé ce type, continua-t-il en regardant du coin de l'œil Jed qui marchait en long et en large dans la pièce, nous garderons deux hommes postés près de chez vous.

Dora repensa au père de famille qui s'était fait tuer et répliqua :

— Je ne veux pas que quelqu'un risque encore sa vie pour me protéger.

— Ecoutez, Dora, dit Brent, après le meurtre de Trainor, je ne connais pas un gars dans cet immeuble qui ne se porterait pas volontaire. Ce type a abattu un flic, comprenez-vous ? (Puis il s'adressa à Jed :) J'ai mis la pression sur les gars du service balistique. Les balles retirées du corps de Trainor proviennent de la même arme que celles que l'on a retrouvées dans votre mur.

— Pas très surprenant, marmonna Jed.

— Peut-être, mais j'ai un dossier à monter. Si ce gars se fait coincer, je veux avoir toutes les preuves possibles contre lui.

Jed savait que Brent faisait correctement son boulot mais il était amer de ne pouvoir mener l'enquête avec lui.

— Où est Goldman ?

— Il a pris une semaine de vacances pour aller faire du ski, répondit Brent d'une façon à peine audible.

En entendant cela, Jed fut pris d'une colère noire.

— Quel salopard ! Un de ses hommes se fait buter et lui, il va faire du ski. Il n'a pas le droit de prendre des vacances quand son équipe travaille jour et nuit.

Brent décrocha le téléphone qui sonnait depuis un moment.

— Rappelez plus tard, aboya-t-il dans l'écouteur avant de raccrocher. J'espère bien qu'il va se casser une jambe. Ça te décidera peut-être à te bouger et à revenir. Le moral n'est pas au beau fixe par les temps qui courent. (Il appuyait son doigt sur la poitrine de Jed.) Et qu'est-ce que tu penses faire pour arranger ça ?

Jed sortit une cigarette, l'alluma et aspira une longue bouffée. Il se taisait, il n'avait pas le courage de répondre. Au bout d'un moment, il se leva et tourna les talons.

— Va te faire foutre ! lui hurla Brent. Désolé, dit-il, s'adressant cette fois à Dora.

— Ne vous en faites pas pour moi. Vous pensez que

ça a servi à quelque chose ? demanda-t-elle, réjouie par cette dispute pleine d'enseignements.

— Non, répondit Brent, embarrassé d'avoir perdu son sang-froid en présence d'une étrangère. Quand il a pris une décision, il n'y a plus moyen de le faire changer d'avis. Au moins, ça m'a permis de vider mon sac.

— C'est déjà ça. Bon, je ferais bien de le rejoindre.

— Je ne vous le conseille pas.

Pour toute réponse, elle sourit et prit son manteau.

— A demain soir, alors !

Il avait parcouru une centaine de mètres quand elle le rattrapa. Elle trottina à ses côtés en essayant d'ajuster son pas à celui de Jed.

— Belle journée, dit-elle après un moment. Il fait moins froid. (Elle le prit par le bras.) En continuant par là, nous arrivons au quartier chinois. Je connais quelques petites boutiques surprenantes.

Jed tourna délibérément dans la direction opposée.

— Je ne pense pas que vous lui en vouliez vraiment, reprit-elle.

— Vous ne savez rien du tout, dit-il en s'efforçant de la repousser, mais elle resta cramponnée à lui. Laissez-moi tranquille.

— Vous pouvez vous en prendre à moi si ça vous fait du bien.

— Vous n'avez jamais été poursuivie pour harcèlement ?

Elle fit battre ses cils.

— Personne ne croira qu'un grand gaillard comme vous n'est pas arrivé à se débarrasser d'un petit bout de femme comme moi.

Il lui lança un regard mauvais.

— Au moins, vous pourriez vous taire.

— Je préfère vous taquiner. Vous savez, si vous gardez les mâchoires serrées comme ça, vous allez finir par vous casser une dent. Lea avait la sale habitude de grincer des dents, la nuit. Il lui a fallu porter un appareil pour se débarrasser de cette manie. C'est une anxieuse, vous savez. Moi, je ne suis pas comme ça. Quand je dors, rien ne pourrait me réveiller.

Il s'arrêta soudain au milieu de la rue et se tourna vers elle.

— Vous ne vous arrêtez jamais ?

— Non, je peux continuer sur cette lancée pendant des heures. Vous n'aimez pas que l'on se mêle de vos affaires ?

Difficile de garder son calme en présence d'une personne si perspicace. Pourtant, il s'interdit de se laisser aller à un autre accès de colère.

— J'ai démissionné pour un certain nombre de raisons qui restent toujours valables.

— Pourquoi ne pas me dire quelles sont ces raisons ?

— Parce qu'elles ne regardent que moi.

— D'accord. Vous voulez savoir pourquoi j'ai décidé d'abandonner les planches ?

— Non.

— Je vous le dirai quand même. (Elle se dirigea vers le parking où il avait garé sa voiture.) J'adore jouer la comédie, ce qui n'est pas surprenant si l'on considère la famille d'où je viens. J'avais du talent. Après le répertoire pour enfants, je m'étais attaquée à des pièces plus sérieuses. Les critiques étaient enthousiastes, mais... Je suis sûre que je pique votre curiosité.

— Pas du tout.

— ... mais, continua-t-elle, imperturbable, j'aspirais à autre chose. Il y a environ cinq ans, j'ai hérité un petit pécule de ma grand-mère, Anna Logan. Vous avez peut-être entendu parler d'elle. Elle avait connu quelque succès dans les années trente en jouant dans des films de série B. Ensuite, elle était devenue imprésario.

— Non, je n'ai jamais entendu ce nom.

— Peu importe. Elle avait un compte en banque bien garni. Je l'aimais bien. Mais elle était très vieille et avait eu une vie assez tumultueuse. Bref, j'ai pris cet argent et je me suis inscrite à un cours de gestion d'entreprise...

Jed l'interrompit :

— Où voulez-vous en venir ?

— Quand j'ai fait connaître mes intentions à ma famille, ils ont été très déçus. Ils ont dit que je gâchais mon talent. Ils m'aiment beaucoup, mais ce qu'ils attendaient de moi ne me convenait pas. Le théâtre ne pouvait pas m'apporter le bonheur. Je voulais monter mon affaire, avoir ma boutique. Je n'ai jamais regretté ma décision. Et voilà où je voulais en venir : il m'a fallu beaucoup de temps pour accepter d'avoir fait de la peine à ceux qui m'aiment.

Il ne dit rien pendant un moment.

— Si j'ai bien compris, la morale de cette histoire interminable c'est que, si je ne veux plus être flic, je n'ai pas à me mettre en colère quand Brent cherche à me culpabiliser pour me ramener dans les rangs.

Dora poussa un long soupir et vint se placer en face de Jed, lui posant les mains sur les épaules.

— Non, vous faites erreur. Personne ne m'a obligée à abandonner le théâtre. J'ai fait un choix que ma famille ne comprenait pas mais, au fond de moi, je savais que c'était le bon. Vous êtes un flic, Jed, jusqu'au bout des ongles. Il vous faut seulement du temps pour admettre que votre première décision était la bonne.

Il l'attrapa vivement par le bras.

— Vous voulez savoir pourquoi j'ai démissionné ? (Ses yeux étaient sombres et vides, dénués d'expression.) Je n'étais pas obligé de tuer Speck. Il existait d'autres façons de le coincer mais je ne les ai pas prises en considération. J'ai poussé la situation à son extrême, jusqu'au point où l'un de nous deux devait y laisser sa peau. C'est lui qui a perdu et moi j'y ai gagné une médaille, alors que je pouvais l'arrêter sans verser une goutte de sang. Et si je devais le refaire aujourd'hui, j'agirais exactement de la même façon.

— Vous avez fait un choix, dit-elle avec prudence. Vos supérieurs ont considéré que c'était le bon.

— Mais c'est ce que je pense qui est important. J'ai utilisé mon insigne pour assouvir une vengeance personnelle.

— Je parierais qu'il vous a fallu du temps avant

d'admettre que vous n'étiez pas parfait. Maintenant que vous avez regardé la réalité en face, je suis certaine que vous serez un meilleur flic si un jour vous endossez de nouveau l'uniforme.

Sa main se crispa sur le bras de Dora. Il l'attira vers lui et l'immobilisa, son visage à quelques centimètres du sien.

— Pourquoi faites-vous ça ?

Pour toute réponse, elle glissa la main dans ses cheveux et approcha ses lèvres de celles de Jed.

— En dépit du bon sens le plus élémentaire, j'éprouve de l'affection pour vous, Jed. A vous d'en assumer la responsabilité. (Elle se détourna de lui et avança vers la voiture.) C'est moi qui conduis, dit-elle.

— Dora, appela-t-il au moment où elle s'asseyait derrière le volant.

— Oui ?

— C'est réciproque.

Un sourire se dessina sur ses lèvres alors qu'elle mettait le contact.

— En route vers de nouvelles aventures !

15

La demeure de Finley était un musée dédié à ses ambitions. Construite sur les hauteurs de Los Angeles, elle avait appartenu à l'origine à un réalisateur de films d'action que sa passion pour cette grande bâtisse avait rapidement ruiné. Finley avait profité d'un marché immobilier morose pour s'en rendre acquéreur. Ses premiers investissements avaient consisté à faire installer un système de sécurité très perfectionné, une piscine couverte pour les rares jours de pluie et un grand mur qui entourait la propriété comme les douves un château fort.

Finley était un voyeur qui n'aimait pas être espionné. Au troisième étage, il avait fait équiper la salle de projection du précédent propriétaire de plusieurs écrans de télévision et d'un télescope. C'est dans cette pièce qu'il aimait à regarder des films vidéo dont il était le seul et unique protagoniste.

Il avait fait appel aux meilleurs décorateurs. Trois entrepreneurs s'étaient succédé durant les dix mois qu'il lui avait fallu pour aménager la maison à son goût. Dans toutes les pièces, murs, plafonds et sols étaient d'un blanc immaculé, les seules couleurs étant celles de ses petits trésors : sculptures, tableaux et objets de toutes sortes qu'il avait amassés au cours des ans. Chaque table, chaque étagère, chaque niche portait un chef-d'œuvre qu'il avait longuement convoité.

Dans sa chambre à coucher, les étagères de sa penderie croulaient sous les piles de soie, de cachemire et de lin. Cinquante paires de souliers de cuir impeccablement cirés étaient alignées sur une étagère de verre. Ses cravates étaient rangées selon leur couleur, de la plus foncée à la plus claire. Il ne possédait aucun vêtement décontracté, à l'exception d'une paire de chaussures de sport qu'il utilisait pour s'entraîner et que le maître d'hôtel était tenu de remplacer toutes les deux semaines.

Des toiles de maîtres ornaient les murs tapissés de soie blanche, mises en valeur par des meubles de style, dont un bureau Louis XIV. Mais, par-dessus tout, il tirait fierté d'un immense lit à baldaquin en chêne massif fabriqué au XVIe siècle par Vredeman de Vries sur les colonnes duquel étaient sculptés des chérubins et des cornes d'abondance. Dans sa vanité, il avait été tenté, pendant un temps, de faire installer un grand miroir dans le ciel du lit, mais avait fini par renoncer à ce projet. Au lieu de cela, il avait fait dissimuler dans le linteau, une caméra vidéo qu'il pouvait mettre en marche grâce à un bouton caché dans la table de nuit.

Dans la cuisine, on s'affairait pour le déjeuner. Finley observait, sur l'un de ses écrans, le cuisinier et son aide s'activer dans la pièce décorée d'acier chromé. Il regarda ensuite l'image que lui renvoyait la caméra dissimulée dans le boudoir et aperçut un DiCarlo nerveux qui buvait un verre de gin du bout des lèvres en ajustant de temps à autre sa cravate.

Cette anxiété remplissait d'aise Finley qui détestait que ses subordonnés eussent trop confiance en eux.

Il n'était plus nécessaire de maintenir la pression sur DiCarlo désormais. Après tout, il lui rapportait ses précieux objets avec deux jours d'avance. Il ne serait peut-être pas nécessaire de lui broyer un bras.

DiCarlo se sentait épié et pour cette raison ne cessait de contrôler sa coiffure et le pli de son pantalon.

Rien d'étonnant qu'il eût l'impression d'être observé, dans cette pièce où des dizaines de statues et de portraits avaient les yeux rivés sur lui. Finley devait avoir à son service une armée de domestiques pour épousseter tout ce fourbi. DiCarlo se leva et se mit à arpenter la pièce en se gardant bien de toucher quoi que ce soit.

C'était plutôt bon signe que Finley l'eût invité à ce déjeuner chez lui. Il aurait pu lui fixer rendez-vous à son bureau. En outre, au téléphone, sa voix avait été détendue, presque aimable.

DiCarlo se disait qu'avec un peu de doigté, il arriverait à embobiner son patron. Après tout, il finirait bien par la récupérer, cette peinture, c'était une question de jours. Ils se sépareraient bons amis et DiCarlo retournerait à son hôtel où il trouverait bien une bonne petite avec qui passer cette nuit du Nouvel An.

— Monsieur DiCarlo, j'espère que je ne vous ai pas fait trop attendre.

— Oh non ! J'admirais votre intérieur.

Finley s'approcha du bar.

— Je vous ferai faire le tour du propriétaire lorsque nous aurons déjeuné. Que diriez-vous d'un verre de vin ? J'ai là un excellent château-latour.

— Avec plaisir, répondit DiCarlo qui commençait à retrouver son assurance.

Finley aperçut soudain le visage tuméfié de son employé.

— Mon Dieu ! que vous est-il arrivé ?

— Un petit accident, répondit DiCarlo. Rien de grave, ne vous inquiétez pas.

— Vous me rassurez. J'espère que ce petit déplacement n'a pas contrarié vos projets. Je ne vous attendais pas avant un jour ou deux.

— Je voulais vous rapporter vos biens au plus vite.

— J'aime les hommes responsables. A votre santé !

A ce moment le carillon de la porte d'entrée se fit entendre.

— C'est sans doute M. Winesap. Il vient pour inspecter les marchandises. (Winesap fit son apparition.) Maintenant, vous m'excuserez, mais je brûle de contempler mes trésors. Je crois qu'ils sont dans la bibliothèque. Par ici, messieurs.

La bibliothèque embaumait le cuir et le parfum des roses disposées dans deux grands vases en faïence de Dresde. Elle renfermait des centaines, voire des milliers d'ouvrages.

Finley avait voulu que cette pièce eût une touche britannique et l'effet était parfaitement rendu grâce à de larges fauteuils club et à une scène de chasse peinte par Gainsborough.

Il s'approcha de la table où étaient disposées les marchandises. Il souleva le serre-livres en forme de sirène et, armé d'un couteau, entreprit de décapiter la figurine de plâtre.

— Il faut procéder avec précaution, dit-il, pour ne rien endommager. Ce camouflage a été réalisé en Corée, dans une petite fabrique dont je suis le propriétaire.

Ayant brisé cette carapace, il prit un couteau pour ôter le plastique qui entourait l'objet. A l'intérieur, une peau de chamois était enroulée autour d'une minuscule sculpture d'ivoire. Elle représentait une femme à quatre pattes derrière laquelle se tenait un homme au ventre proéminent qui lui enserrait la poitrine avec des mains avides. La petite tête d'ivoire de la femme était tournée dans la direction de l'homme qui s'apprêtait à la pénétrer.

Finlay posa la sculpture sur la table et se saisit du second serre-livres.

La seconde pièce était de la même veine que la première : une femme à genoux avait la tête baissée vers sa main dans laquelle elle serrait le membre en érection de son partenaire.

— De l'excellent travail, commenta Finley d'une voix que l'émotion faisait trembler. Ces statuettes ont plus de deux cents ans. Les Japonais avaient déjà tout compris à l'érotisme à une époque où les Européens en étaient encore à raconter aux enfants que les bébés naissaient dans les choux.

Il reprit ensuite le couteau et se mit à démantibuler le perroquet. Un frisson le parcourut quand il extirpa une petite broche. Au centre, resplendissait un diamant de plus de huit carats.

— Elle a été portée par la reine Marie Stuart, une reine célèbre pour ses complots et ses intrigues amoureuses. Ce joyau fait partie de ceux qui furent confisqués par Elisabeth Ire, après que celle-ci eut fait exécuter sa chère cousine. Vous ne vous imaginez pas la peine que je me suis donnée pour entrer en possession de ce bijou. Il faudra que je lui donne une place de choix dans ma collection.

La reproduction de la statue de la Liberté renfermait un vase de Gallé et Finley sortit de l'aigle de bronze, dissimulée dans une ravissante boîte d'acajou, une minuscule mosaïque. Elle avait été offerte à l'impératrice Catherine II de Russie par son amant Orlov qui avait assassiné son époux et porté Catherine sur le trône.

— Avez-vous jamais vu un objet plus exquis. Il était exposé dans un musée où des hordes de touristes venaient poser sur lui leurs yeux d'incultes. Désormais, il est à moi, et à moi seul.

— C'est très beau, interrompit DiCarlo. Vous vous y connaissez, monsieur Finley.

— L'art doit être gardé jalousement, reprit Finley.

Les musées achètent pour la postérité, les hommes d'affaires insensibles pour réaliser des placements. Deux attitudes également méprisables. Posséder, monsieur DiCarlo, voilà le véritable enjeu.

Les yeux de Finley avaient pris une teinte vert émeraude qui lui donnait un regard de dément.

— Je vous comprends bien, monsieur Finley, et je suis très content d'avoir pu vous rendre service, répondit DiCarlo, même si j'ai eu des problèmes...

— Je n'en doute pas, dit Finley pour couper court à des lamentations qui risquaient de lui gâcher son plaisir. Mais avant d'écouter votre récit, nous devons terminer ce que nous avons commencé ici.

Il abattit le marteau sur la statuette du petit chien. Le ventre de l'animal donna naissance à un chat d'or.

— Une pièce superbe, expliqua Finley. Un présent de César à Cléopâtre, si j'en crois la légende qui y est attachée. Impossible de vérifier la véracité de ces dires, bien que les expertises fassent bien remonter l'objet à cette époque. De toute façon, je me contenterai du mythe, ajouta-t-il d'une voix douce et aimante. (Il reposa la statuette.) Jetons maintenant un coup d'œil à la peinture.

— Euh... intervint DiCarlo. J'ai justement eu un petit problème avec le tableau.

— Un problème, monsieur DiCarlo ? Je ne me souviens pas vous avoir entendu mentionner un problème.

— J'ai voulu vous apporter tout de suite ce qui était déjà en ma possession. Je savais à quel point vous souhaitiez récupérer ces marchandises.

— C'est du tableau que nous parlons maintenant, monsieur DiCarlo. (Désormais, cette toile seule lui importait. Cléopâtre, Marie Stuart et Catherine II n'étaient déjà plus que de lointains souvenirs.) Il ne me semble pas voir ce tableau, mais peut-être suis-je victime d'une illusion d'optique.

Ce sarcasme fit rougir DiCarlo.

— Je n'étais pas en mesure de vous le rapporter aujourd'hui, monsieur Finley. J'essayais justement de vous dire qu'il y avait eu un ennui.

— Pouvez-vous m'expliquer ça ? demanda Finley.

DiCarlo interpréta ces paroles comme un encouragement et, s'étant rassis, entreprit le récit de ses équipées dans la boutique de Dora. Il rappela au passage que le premier cambriolage lui avait permis de retrouver la statuette du petit chien.

— Je suis certain que vous comprendrez à quel point il serait dangereux, pour vous comme pour moi, que je retourne à Philadelphie dans l'immédiat, ajouta DiCarlo qui avait pris le ton d'un homme d'affaires concluant un marché. Je peux mettre quelqu'un sur le coup et j'en assumerai bien sûr toutes les dépenses. Les six pièces que vous avez déjà récupérées devraient vous aider à patienter un peu. Je vous demande juste un petit délai, disons, six semaines au grand maximum.

— Six semaines, répéta Finley en tapotant son index sur ses lèvres. Et vous me dites avoir tué un policier ?

— Je ne pouvais pas faire autrement. Vous comprenez, il surveillait la maison.

— Et pourquoi était-il posté devant cette maison d'après vous ?

— Je ne sais pas bien, répondit DiCarlo, qui ajouta, d'un ton qu'il voulait sincère : Je n'ai laissé aucun signe de mon premier passage pourtant. J'ai entendu cette femme se disputer avec son locataire. Un type violent. Peut-être qu'elle avait demandé la protection de la police à cause de lui.

— Dans ce cas, je me demande bien pourquoi elle ne s'est pas contentée de lui donner son congé. Vous dites que c'est ce type qui vous a mis dans cet état ? demanda-t-il en regardant l'œil poché de son employé.

DiCarlo, blessé dans sa fierté, s'était redressé.

— Sûr que c'était une scène de ménage. J'ai comme l'impression que ce type partage avec elle plus qu'un toit.

— Vraiment ? Pourquoi ne pas discuter de tout ça en détail, après le déjeuner, monsieur DiCarlo ?

— Oui, répondit l'autre, soulagé. Je vous raconterai tout, monsieur Finley.

— Eh bien, passons dans la salle à manger.

Pendant tout le repas, Finley évita de parler de l'affaire qui les occupait.

— Ça gâche le palais, avait-il expliqué à DiCarlo.

Il fut un hôte aimable, veillant à ce que le verre de son invité fût toujours plein. Quand le repas fut terminé, il proposa une promenade dans le jardin que DiCarlo, repu et un peu ivre, s'empressa d'accepter.

— Nous n'en aurons pas pour longtemps, dit Finley à l'adresse d'Abel Winesap.

Ils traversèrent le patio agrémenté de palmiers et d'une fontaine et passèrent dans le jardin.

— Je voulais vous dire toute mon admiration, monsieur Finley. Vous, au moins, vous savez mener votre barque. Votre maison est magnifique et votre entreprise marche du tonnerre.

— Oui, je n'ai pas à me plaindre, répondit Finley. Connaissez-vous les fleurs, monsieur DiCarlo ?

— Tout ce que je sais, c'est que les bonnes femmes en sont dingues.

Finley eut un petit rire approbateur. Arrivés au bout du jardin, ils s'arrêtèrent pour admirer le panorama. La baie de Los Angeles s'étalait à leurs pieds. Autour d'eux, l'air était chargé du parfum des roses et des jasmins, de l'odeur du gazon fraîchement tondu.

— Quels sont vos projets, monsieur DiCarlo ? demanda soudain Finley.

— Ils sont tout ce qu'il y a de simple. Je mets un gars de confiance sur le coup. Il se charge de cette femme. Croyez-moi, quand il se sera occupé d'elle, elle crachera le morceau. (Son visage se crispa à la pensée qu'il n'aurait pas le plaisir de la cuisiner lui-même.) Comme je vous l'ai dit, il faudra laisser passer un peu de temps. Une semaine, peut-être deux. Mais vous n'avez pas à vous en faire, mon type retrouvera la trace du tableau.

— Et ensuite ?

— Ensuite ? Il lui fait son affaire. Il ne laissera pas

de témoins derrière lui, vous pouvez avoir confiance en moi.

— En effet, c'est très encombrant les témoins. Et vous-même, que faites-vous ?

— Eh bien, je vais me planquer au Mexique pendant quelques mois. Les flics ont peut-être mon signalement. Quand ils retrouveront ma trace, je préfère être déjà passé de l'autre côté de la frontière.

— C'est plus sage, dit Finley qui respirait le parfum d'une rose à peine entrouverte. Mais, en y réfléchissant, je me dis que si la police retrouve votre trace, elle pourrait aussi remonter jusqu'à moi.

— C'est absolument impossible. Ne vous bilez pas, monsieur Finley. Ils ne pourront jamais faire le lien entre un homme comme vous et des cambriolages minables à Philadelphie.

— Les témoins, soupira Finley, en exhibant un petit revolver incrusté de nacre, je m'en charge.

Il avait retrouvé son sourire quand il pointa son arme sur l'abdomen de DiCarlo. Le bruit des coups de feu résonna dans les collines. Des oiseaux apeurés s'envolèrent en poussant des cris stridents.

DiCarlo jeta un dernier regard vers son employeur. Ses yeux, d'abord écarquillés par la surprise, se voilèrent bientôt. La douleur était insupportable. Il posa la main sur son ventre. Ses genoux se dérobèrent sous lui et il tomba à terre.

— Vous me décevez beaucoup, monsieur DiCarlo. (Finley s'était un peu penché pour que ses paroles portent mieux.) Vous m'avez pris pour un imbécile. Avec votre suffisance, vous avez vraiment cru que j'accepterais vos pauvres excuses et que je vous souhaiterais bon vent.

Il se redressa et envoya un coup de pied à DiCarlo qui se tordait de douleur sur le sol.

— Vous avez échoué, hurla Finley. (Il frappait encore et encore, tandis que DiCarlo l'implorait.) Je veux mon tableau. Il m'appartient. Tout cela est votre faute.

Sa bouche écumait. Il tira encore : deux balles sur les

deux genoux de l'homme qui gisait à ses pieds. DiCarlo poussa un grognement de bête.

— Si vous n'aviez pas insulté à mon intelligence, je vous aurais donné une mort plus rapide. Maintenant, vous allez agoniser pendant des heures, et ce châtiment est encore trop doux.

Il replaça le revolver dans sa poche, sortit son mouchoir et épongea la sueur qui ruisselait sur son front. Puis il s'accroupit et vint coller son visage contre celui de DiCarlo.

— Vous aviez des ordres…

— Par pitié, gémissait l'autre qui ne pouvait comprendre, dans l'état où il se trouvait, que ses prières étaient vaines et qu'il était déjà mort.

D'un geste délicat, Finley remit son mouchoir en place.

— Vous aurez tout le temps de faire amende honorable. J'avais même envisagé de vous donner l'absolution. Vous voyez, je peux être un homme généreux, mais vous m'avez déçu, monsieur DiCarlo, et ça, je ne peux le pardonner.

Finley tremblait de rage. Il lui faudrait au moins une heure de méditation pour retrouver son calme. Il se releva, épousseta la poussière sur ses manches et retourna vers la porte du patio.

— Winesap ! aboya-t-il en pénétrant dans la maison.

— Monsieur ? demanda Winesap qui avançait d'un pas prudent en se tordant nerveusement les mains.

Il avait entendu les coups de feu et redoutait ce qu'on allait exiger de lui.

— Veuillez vous occuper de M. DiCarlo.

Winesap courba l'échine.

— Bien sûr, monsieur. Tout de suite.

— Non, pas maintenant. Attendez un peu.

— Dois-je rester dans le patio ? demanda Winesap.

— Evidemment. (Finley soupira et reposa le peigne avec lequel il venait de se recoiffer.) C'est le Jour de l'An demain et je ne voudrais pas bousculer vos plans. Aussi vous demanderai-je de me trouver pour le 2 janvier toutes les informations que vous pourrez rassembler sur une certaine Isadora Conroy, de Philadelphie. (Il renifla sa main qui sentait encore la poudre.) Je crois malheureusement qu'il va falloir que je règle cette affaire moi-même.

16

— Bonne année !

Jed fut accueilli aux portes du Liberty Theater par un grand gaillard chauve. Avant qu'il eût le temps de réagir, il se retrouvait dans les bras de l'homme qui était vêtu d'une combinaison d'aviateur en cuir rouge décorée d'étoiles. Son nouvel ami sentait le vin et une eau de toilette bon marché.

— Je m'appelle Indigo. C'est une fête super ! (L'homme sortit une cigarette qu'il glissa dans un fume-cigarettes en or. Il posa une main sur sa hanche d'un geste maniéré.) L'orchestre est génial, le champagne coule à flots et les femmes... (il ricana en plissant le front)... sont nombreuses.

— Merci pour les renseignements, dit Jed qui essaya de se frayer un chemin jusqu'à l'entrée.

Mais Indigo était du genre collant. Il passa un bras autour de l'épaule de son nouvel ami.

— Vous voulez que je vous présente ? Je connais tout le monde ici.

— Sauf moi.

— Mais ça peut s'arranger.

Entraînant Jed à sa suite, Indigo traversa le foyer et se fraya un passage jusqu'au bar, où régnait une grande effervescence.

— Laissez-moi deviner... (Indigo s'écarta un peu de Jed pour mieux le détailler et tira une bouffée sur sa cigarette.) Vous êtes danseur.

— Non.

— Ah bon. (Le visage expressif d'Indigo montrait les

signes d'une intense réflexion.) Eh bien, avec la silhouette que vous avez, c'est du gâchis. (Il interpella l'un des hommes qui s'activaient derrière le bar :) Du champagne, s'il vous plaît, pour mon ami et moi.

— Non, pour moi ce sera un whisky, rectifia Jed. Avec des glaçons.

— Whisky ? Bien sûr, j'aurais dû le deviner ! Vous êtes comédien, tout droit débarqué de New York.

Jed prit son verre et posa un dollar dans la soucoupe destinée aux pourboires. Il était décidé à ne pas détromper son interlocuteur. C'était parfois plus simple comme ça.

— Oui, je viens de terminer une production et j'étudie d'autres propositions, avoua-t-il avant de s'échapper, son verre à la main.

Le foyer du Liberty Theater était lourdement décoré de moulures, de dorures et de fresques. Les larges portes qui ouvraient sur la salle étaient ornées de masques de tragédiens antiques en bronze. Ce soir-là, l'endroit était empli d'une foule bigarrée. A travers les portes ouvertes, on entendait l'orchestre, dans la salle, qui attaquait les premières mesures d'une chanson des Rolling Stones. Les invités avaient investi jusqu'au moindre recoin. Tout cela était très éloigné de l'ambiance guindée d'un bal de Nouvel An.

Jed essayait d'apercevoir Dora. Il n'avait jamais aimé les événements mondains, sans doute à cause de ses parents qui avaient toujours choisi ce genre d'occasions pour se chamailler en public. Il aurait préféré passer une soirée tranquille à la maison, et se disait que puisqu'elle l'avait forcé à venir ici, Dora aurait au moins pu l'accueillir. Si elle ne s'était pas enfuie si tôt, prétextant qu'elle devait aider à la préparation de la soirée, ils seraient venus ensemble et il aurait pu garder un œil sur elle.

Il n'aimait pas la savoir seule, alors que son agresseur était toujours en liberté. Il avait beau se dire qu'elle serait en sécurité au milieu de ce charivari, il ne pouvait s'empêcher d'être inquiet. C'est pour la surveiller qu'il avait accepté de venir. Autrement, il n'aurait pas mis les pieds dans cet endroit. Deux soirées en une seule semaine, c'était décidément trop pour lui.

Il avançait, son verre à la main, et réussit de justesse à échapper à deux femmes qui voulaient lui faire mettre un chapeau de cotillon. Il fut soudain tenté de s'enfuir. C'est alors qu'il la vit.

Dora était assise au bord de la scène, en grande conversation avec deux amies. Elle avait rassemblé ses cheveux en un chignon négligé d'où s'échappaient des boucles de cheveux bruns. Ses yeux très maquillés et ses lèvres d'un rouge ardent lui donnaient des airs de gitane. Elle portait une combinaison noir et argent très moulante qui aurait pu, dans d'autres circonstances, être considérée comme un attentat à la pudeur. Ses bijoux lançaient des éclairs à chacun de ses mouvements.

Il éprouva un désir violent de sentir les mains de Dora sur son corps et, pendant un instant, cette pensée occulta toutes les autres. Il posa son verre et avança vers elle, à contre-courant des danseurs.

Quand elle sentit des mains se glisser sous ses aisselles et la soulever du sol, Dora s'arrêta immédiatement de parler. Elle eut le temps de reconnaître Jed avant que celui-ci ne vînt coller sa bouche sur la sienne. Lorsqu'il relâcha son étreinte, le cœur de Dora battait à se rompre.

— Salut, dit-elle en s'appuyant sur le bras de son compagnon pour se relever.

Il la regardait avec une intensité qui fit naître dans tout le corps de Dora une vibration en totale harmonie avec la rythmique de la basse qui jouait derrière elle.

— Je suis contente que vous soyez venu. Laissez-moi vous présenter...

Elle se tourna vers ses amies, mais ne pouvait plus articuler un son. Jed l'attrapa par le bras et l'entraîna dans un coin qui n'était pas exactement tranquille mais où ils pouvaient au moins se parler sans hurler.

— Comment appelez-vous le vêtement que vous portez ?

— Sexy, non ? Vous aimez ?

— Je vous répondrai quand nous serons seuls.

— Hum... En attendant, vous voulez boire, manger quelque chose ?

— J'ai déjà pris un verre. J'ai été accueilli à la porte par un grand Noir habillé de cuir rouge qui m'a serré affectueusement dans ses bras.

— C'est Indigo ! s'exclama-t-elle, les yeux pétillants. Il est adorable.

— Il me prend pour un comédien new-yorkais au chômage, dit-il en touchant du bout des doigts une boucle des cheveux de Dora.

— Il est un peu voyant, mais c'est un excellent metteur en scène. Une chance que vous ne lui ayez pas dit que vous étiez flic. (Elle entraîna Jed vers les coulisses où se trouvait un autre buffet.) Il les déteste.

— Pourquoi ? demanda-t-il en tendant à Dora une coupe de champagne.

— Pendant un temps, il a travaillé dans une boîte de nuit comme videur. Il y a eu une descente et les flics l'ont gardé au violon pendant toute une nuit. Il en a conservé un souvenir épouvantable. Vous n'avez pas idée des gens que l'on met dans ces cellules.

— Si, des criminels.

— Ne lui dites surtout pas ça. C'est moi qui ai payé sa caution cette nuit-là et je peux vous affirmer qu'il était secoué. Mais vous ne pouvez pas comprendre ça, vous avez toujours été du bon côté des barreaux.

— Ne croyez pas ça. Je les ai vus aussi de l'intérieur.

— Dans ce cas, dit-elle en repoussant une mèche de cheveux sur le front de Jed, il faudra que vous me racontiez cette histoire un de ces jours. Vous savez que le noir vous va très bien ? Ça vous donne un air rebelle à la James Dean.

— Il est mort.

— Je sais bien, mais je veux dire s'il était encore en vie. Est-ce que tous les flics prennent tout ce que l'on dit au pied de la lettre ?

— L'imagination n'est pas mon fort. Je préfère m'en tenir à la réalité.

— Dommage. Moi, je passe la moitié de mon temps dans les rêves, dit-elle en croquant dans un radis. Ai-je besoin de vous rappeler que je suis une Conroy ? Si je n'exerce plus mon art sur les planches, je n'en reste pas moins une actrice. (Elle se pencha vers Jed et lui mordilla le lobe de l'oreille.) Pourquoi n'essayeriez-vous pas de monter sur une scène ?

Il sentait une vague de chaleur l'envahir.

— Pourquoi ne pas nous en tenir à nos propres rôles, tout simplement ?

Dora posa les yeux sur le verre de soda dans la main de Jed.

— Vous n'êtes pas obligé de rester sobre. Nous pouvons très bien prendre un taxi pour rentrer.

Il l'attrapa par le menton et lui murmura :

— Je veux avoir les idées claires quand je vous ferai l'amour, cette nuit.

— Eh bien... dit-elle en levant son verre d'une main tremblante.

— Alors, Dora, vous ne trouvez rien à répondre ? demanda-t-il avec un sourire moqueur.

— Euh, je...

— Isadora !

Jed vit s'approcher une magnifique sirène rousse moulée dans un fourreau vert qui s'évasait des genoux jusqu'aux chevilles. Dora bénissait sa mère pour cette interruption si opportune.

— Que se passe-t-il, maman ?

— Ce traiteur est un malotru. J'aurais dû depuis longtemps me passer de ses services. Tu te rends compte, il a refusé d'écouter mes conseils !

Dora balaya la salle du regard à la recherche de Will qui avait été chargé de tenir leur mère à distance du traiteur.

— Où est passé Will ?

— Oh, il est parti avec cette jolie femme qu'il avait amenée avec lui ! Tu sais, ce mannequin. Ecoute, il faut que je t'explique pour le buffet... ajouta Trixie Conroy qui était sur le point de se lancer dans une longue tirade indignée.

— Maman, tu connais Jed ?

— Jed ? (Trixie, distraite, se passa la main dans les cheveux et se mit à scruter le jeune homme à travers ses faux cils. Son visage se transforma soudain. Cette femme pratiquait la séduction comme un art.) Je suis absolument ravie de vous rencontrer.

Jed déposa un baiser sur la main qu'elle lui tendait.

— Tout le plaisir est pour moi, madame Conroy.

— Oh, appelez-moi Trixie ! Ça me rajeunit.

— Allons, vous êtes si jeune. Je vous ai vue dans *Hello Dolly* l'année dernière. Vous étiez grandiose.

Une légère rougeur monta aux joues lisses de Trixie.

— Vous êtes trop aimable. Il est vrai que j'aime beaucoup ce personnage.

— Et vous l'incarnez à la perfection, ajouta Jed.

— Oui, répondit-elle en soupirant. Dora, j'aime ton ami. Dites-moi, Jed...

Dora fut prise d'une soudaine pitié pour Jed qui s'était si bien conduit jusque-là.

— Maman, Jed est le locataire que papa m'a trouvé.

Trixie essayait de rassembler ses souvenirs et brusquement son instinct maternel parla :

— Oh, mon brave garçon ! (Pleine de gratitude, elle prit le jeune homme dans ses bras.) Je vous serai éternellement redevable de ce que vous avez fait pour ma fille.

Dora s'efforça de ne pas éclater de rire quand Jed lui lança un regard désemparé.

— Ce n'était rien, répondit-il en tapant légèrement le dos de Trixie, d'un air embarrassé. Je n'ai fait que répondre à une annonce.

— Mais vous avez chassé ce bandit ! s'exclama Trixie qui l'embrassa généreusement sur les deux joues.

Jed regarda Dora par-dessus l'épaule de Trixie.

— Vous n'avez plus à vous inquiéter, répondit-il d'un ton plein de sous-entendus. Je ne la quitte pas des yeux.

— Ah, l'inquiétude est le lourd fardeau d'une mère, soupira Trixie.

— Mais tu es là, mon orchidée ! s'exclama Quentin, qui venait de les rejoindre. (Il restait très digne dans sa queue-de-pie bien qu'ayant passé une bonne partie de la soirée au bar. Quentin donna à sa femme un long baiser langoureux qui laissa Jed interdit.) Je viens inviter mon épouse pour la prochaine danse.

Trixie offrit son bras à son mari et ils s'enlacèrent comme deux danseurs de tango.

— Ainsi, tu as rencontré le jeune homme que j'ai déniché pour notre Dora, dit Quentin.

— Oui, à l'instant. Je dois reconnaître que tu as bon goût, répondit Trixie qui venait de tourner vers Jed un visage rayonnant.

Le couple s'éloigna vers la piste de danse.

— Mon orchidée ! dit Jed d'un air pensif après qu'ils se furent éloignés.

Il ne se souvenait pas avoir jamais entendu ses propres parents s'appeler par de petits noms ni même les avoir vus s'embrasser en public.

— Vous ne m'aviez pas dit que vous étiez déjà venu ici, dit Dora.

— Comment ?

— Oui, ici, au théâtre. Le spectacle *Hello Dolly*.

— Vous ne me l'avez pas demandé. (Jed l'entraîna vers le bar.) Vous ne lui avez rien raconté ?

— Je n'ai pas voulu l'inquiéter. Elle se fait tellement de mauvais sang. Je lui présenterai les choses à ma façon, répondit Dora.

— Ça vous regarde, mais si elle l'apprend de quelqu'un d'autre, ce sera pire.

— Je n'ai pas envie d'en parler maintenant. Venez, je vais vous faire visiter. Ce théâtre date des années 1850. (Ils s'éloignaient de la scène et remontaient un étroit couloir.) C'était un endroit très populaire. Quand la mode du vaudeville a passé, il est peu à peu tombé dans l'oubli. (Elle poussa la porte d'une loge où ils surprirent Will et son amie étroitement enlacés.) La désertion est un crime abject qui mérite la mort.

Avec un sourire gêné, Will passa son bras autour de la taille d'une jeune femme pulpeuse vêtue d'une robe rouge très courte.

— Lorraine m'aidait à répéter. Je tourne une publicité pour un rouge à lèvres.

— C'était ton tour de garde, Will. J'avais fait le mien et tu savais que Lea ne serait pas là avant minuit.

— C'est bon, répondit Will qui sortit, accompagné de sa charmante amie.

Jed observait le déhanchement de la jeune femme avec une admiration non dissimulée.

— Vous allez attraper un strabisme.

Quand Lorraine disparut, Jed se tourna vers Dora.

— Qu'est-ce que c'est que cette histoire de garde ?

— Nous cherchons à empêcher maman de s'occuper de l'organisation du buffet. Venez, on continue la visite.

Plus le temps passait, plus Jed était heureux de se trouver là. Il détestait la foule et n'avait aucun don pour lier connaissance avec des étrangers et pourtant, il n'était pas pressé de s'en aller. Quand il rencontra Brent et Mary Pat au premier balcon, il constata qu'eux aussi s'amusaient beaucoup.

Mary Pat s'avança vers Jed pour l'embrasser.

— Salut, Jed. Bonne année. Quelle fête, hein ! J'ai jamais rien vu de pareil. Ces Conroy, une sacrée famille ! Je viens de faire la connaissance du père. Il m'a fait danser le boogie-woogie. Il est infatigable.

— Il a probablement fait le plein de carburant, commenta Jed qui regardait Quentin se démener sur la piste de danse.

— Où est Dora ? demanda Brent. Je ne l'ai pas encore vue.

— Elle se promène. Indigo voulait danser avec elle.

— Indigo ? s'exclama Mary Pat qui lançait des confettis sur la foule au-dessous d'eux.

— Impossible de le rater, c'est un géant noir vêtu de

cuir rouge. (Puis il s'adressa à Brent :) Vous avez du nouveau ?

— C'est encore trop tôt, répondit l'autre. Nous avons diffusé son portrait. S'il est fiché, nous aurons des nouvelles après les fêtes. J'ai fouillé un peu de mon côté, dans les dossiers des maniaques sexuels, mais je n'ai encore rien trouvé. (Brent posa les yeux sur son verre vide et rajusta ses lunettes d'écaille.) Allons au bar.

— Pas question ! s'écria Mary Pat qui attrapa son mari par la manche. Tu viens danser avec moi. Il est presque minuit.

— Ecoute, Jed dansera avec toi.

— Non, car je vais chercher ma cavalière, répondit Jed.

En jouant des coudes, ils arrivèrent à redescendre jusqu'à la scène où le chanteur s'apprêtait à lancer le compte à rebours.

— Votre attention, s'il vous plaît. Il vous reste une petite minute avant les douze coups de minuit, alors je vous conseille de vous trouver quelqu'un à embrasser.

Jed se fraya un passage dans la foule, sans prêter attention aux femmes qui lui faisaient des propositions. Finalement, il l'aperçut. Dora était sur la scène avec son frère. Tous deux étaient occupés à verser du champagne dans les nombreuses coupes qu'on leur tendait. D'un regard, Dora s'assura que tous les musiciens avaient un verre plein pour trinquer à la nouvelle année. Soudain, ses yeux se posèrent sur Jed.

— Will, je te laisse, dit-elle en tendant sa bouteille à son frère.

— Allez, tout le monde avec moi, criait le chanteur. Dix, neuf...

Elle avait l'impression de bouger au ralenti. Son cœur battait la chamade.

— Huit, sept...

Elle se pencha vers Jed, lui posant les mains sur les épaules. Il l'attrapa par la taille.

— Six, cinq...

Les murs tremblaient. Elle voltigeait dans les airs au

milieu d'un nuage de confettis. Elle passa sa main dans les cheveux de Jed, et se serra tout contre lui.

— Quatre, trois...

Elle se lova dans ses bras, ses yeux rivés dans ceux de Jed, haletante.

— Deux, un...

Elle entrouvrit une bouche chaude et avide. Leurs lèvres se rencontrèrent au moment où la foule se mettait à crier. Elle laissa échapper un murmure incohérent. Ses deux mains étaient enfouies dans la chevelure de Jed.

Il éloigna sa bouche de celle de Dora mais ne relâcha pas son étreinte. Elle avait les yeux mi-clos et les lèvres entrouvertes. Il apercevait le bout humide de sa langue.

— Embrasse-moi encore, murmura-t-elle.

Mais avant qu'il en ait le temps, Quentin Conroy surgit devant eux et les enlaça.

— Bonne année, mes enfants.

Trixie fit bientôt son apparition. Il y eut de nouvelles effusions.

— Will, appela Trixie, viens souhaiter la bonne année à ta mère!

Will s'exécuta. Il embrassa ses parents dans un geste théâtral, puis se tourna vers Jed à qui il donna une puissante accolade.

— Voilà Lea et John!

Tel un animal traqué, Jed recula mais il se trouva acculé contre la scène derrière lui. Finalement, il en prit son parti, et se laissa étreindre par les nouveaux arrivants, John y compris, qu'il n'avait pourtant jamais rencontré de sa vie.

Dora l'observait, amusée. Elle lui tendit un verre de champagne.

— A la vôtre! Et vous n'avez encore rien vu.

L'agonie de DiCarlo fut longue. Winesap attendit patiemment, s'efforçant de faire taire ses faibles gémissements et ses prières délirantes. Il ignorait quelles dispositions Finley avait prises avec les autres domestiques. Au cours de ces trois heures interminables, il se surprit en maintes occasions à souhaiter que DiCarlo eût la décence de mourir plus rapidement.

Quand la nuit commença à tomber et qu'il n'entendit plus un bruit dans le jardin, Winesap se dit que la fin était venue. En soupirant, il marcha jusqu'à une remise à outils où il trouva une lourde bâche qu'il chargea sur son dos. Puis il se dirigea vers le corps afin de s'acquitter de sa sinistre tâche.

Winesap n'avait aucun mal à faire abstraction de ses sentiments. Il lui suffisait de s'imaginer lui-même à la place de cet homme pour que tout lui devînt indifférent.

Il étala la bâche sur le gravier blanc, maculé de taches de sang. Des mouches volaient autour de lui. Il s'accroupit et fit rouler le corps de DiCarlo jusqu'au milieu du morceau de plastique. Il s'arrêta ensuite pour reprendre son souffle. La moindre activité physique le faisait abondamment transpirer. Il sortit son mouchoir et s'en épongea le front et la nuque. Puis il s'en servit pour prendre le portefeuille de DiCarlo dans son veston. Il le tenait du bout des doigts, soucieux de ne pas se tacher, et se dit qu'il le brûlerait à la première occasion. Avec résignation, il fouilla méticuleusement les poches de DiCarlo afin de faire disparaître le moindre indice qui permettrait d'identifier le mort. Du second étage de la maison, lui parvenait un air d'opéra. Finley se préparait pour sa soirée en ville.

17

La nuit était claire et glaciale. La mince couche de givre qui avait recouvert les vitres de la Thunderbird dessinait des étoiles qui brillaient dans la lumière des réverbères. Il régnait à l'intérieur de la voiture une température agréable. La radio diffusait un vieux blues.

Dora se serait laissée aller au sommeil si elle ne s'était pas sentie si nerveuse. Pour apaiser cette tension, elle parlait sans cesse, trouvant des commentaires sur tout : la soirée, les gens, la musique. Jed n'intervenait que très peu dans ce monologue.

Lorsqu'il gara la voiture derrière la maison, elle ne trouvait presque plus rien à raconter.

— Il ne s'est rien passé ? demanda-t-elle.

— De quoi parlez-vous ? Des policiers que Brent a postés devant la maison ? C'est ça qui vous préoccupe, non ?

Dora observa la maison. Elle vit le halo de lumière, derrière une fenêtre, provenant d'une lampe qu'elle avait laissée allumée.

— Vous n'avez rien à craindre, ajouta Jed en se penchant vers elle pour lui détacher sa ceinture de sécurité. Ils sont là, tous les deux.

— C'est très bien.

Mais elle ne se calmait pas. Ils descendirent de la voiture et marchèrent vers le perron. Dora sentait une appréhension la gagner. Ce n'était plus les cambrioleurs qu'elle craignait, mais ce qui allait immanquablement se passer.

Je suis idiote, pensa-t-elle en sortant les clés de son sac devant la porte de son appartement. J'ai envie de lui et je dois aller jusqu'au bout. Pourtant...

Jed lui prit le trousseau des mains. Elle entra, retira son manteau qu'elle posa sur une chaise. Le tout, c'est de garder son sang-froid, se disait-elle. Jusque-là, dans toutes les relations qu'elle avait eues, elle avait toujours contrôlé la situation. C'était elle qui les menait là où elle le souhaitait. Mais avec Jed, tout était différent.

Elle l'entendit refermer la porte et mettre le verrou. Elle avait les nerfs à fleur de peau.

— Je vous sers un verre ? demanda-t-elle en fonçant vers le bar sans même avoir jeté un regard vers Jed.

— Non, merci, répondit-il.

— Bien. (Elle reposa la carafe.) Je ne prendrai rien non plus.

Elle s'approcha de la chaîne stéréo. Un air de jazz se fit bientôt entendre.

— Il faudra enlever le sapin de Noël dans quelques jours. Tout ranger dans des cartons. Ça me rend toujours un peu triste…

Elle sursauta en sentant deux mains l'attraper par les épaules.

— Vous êtes nerveuse.

— Moi ? s'exclama-t-elle en riant.

Sa gorge était sèche. Elle regrettait le verre qu'elle ne s'était pas servi.

— Et j'aime ça, dit-il.

Elle se sentait idiote. Elle se tourna vers lui et sourit.

— Ça ne m'étonne pas. Vous avez l'impression de dominer la situation.

— Vous avez raison, dit-il en se penchant pour déposer un baiser sur le coin de sa bouche. Et puis, je me dis que vous n'oublierez pas cette nuit de sitôt. Venez.

Jed la prit par la main et l'emmena vers la chambre à coucher. Il ne voulait pas brusquer les choses. Il souhaitait savourer chaque précieuse seconde, tirer parti de cette tension qu'il faisait naître en elle jusqu'à ce qu'elle succombât entièrement.

Il alluma une lampe près du lit et regarda Dora. Elle haletait quand il posa délicatement sa bouche sur la sienne. Cette tendresse inattendue de la part de Jed la dévastait. Docile, elle entrouvrit les lèvres. Son cœur battait à se rompre.

Elle pencha la tête en arrière dans un geste d'abandon et Jed en éprouva un désir encore plus intense. Mais il continuait à jouer délicatement de ses lèvres, faisant durer le plaisir.

— Vous tremblez, murmura-t-il en faisant courir sa bouche sur les joues de Dora.

Sa langue caressait la peau douce dont il goûtait la saveur.

— C'est à cause de vous.

— Peut-être.

Il l'embrassa encore. Un baiser profond qui submergea Dora d'une vague de plaisir. Ils soupiraient, murmuraient…

— Je vais refaire le lit, dit-elle d'une voix faible.

Mais quand elle se retourna, il la plaqua contre lui et enfouit son visage dans son cou.

— Ça peut attendre.

Il avait posé ses mains sur les seins de Dora.

— Je ne pourrai pas, susurra-t-elle.

— Ce sera long, dit-il en faisant remonter ses mains le long de ses flancs. Et douloureux.

— Jed, gémit-elle.

Il lui caressait la poitrine, dessinant de son pouce de petits cercles autour de la pointe érigée de ses seins, pendant que sa langue se promenait sur le long cou et derrière les oreilles de la jeune femme. Les yeux clos, elle s'arc-boutait contre lui.

Il la mordillait, satisfaisant un appétit primitif de chair tandis qu'il déboutonnait lentement sa combinaison. Elle respirait à peine, comme plongée dans une transe. Les doigts de Jed effleuraient sa peau pendant qu'il défaisait chaque bouton avec une nonchalance cruelle.

— Toute la nuit, je me suis demandé ce qu'il pouvait bien y avoir là-dessous, lui murmura-t-il à l'oreille.

Il cherchait à se dominer, à contrôler ses mains qui voulaient saisir la chair avec avidité. Doucement, il ouvrit les pans du vêtement et posa ses doigts sur la peau nue.

— Mon Dieu ! soupira-t-il.

Son envie d'elle devenait insoutenable. Elle avait une peau de satin, chaude et douce, ses muscles frémissaient au contact de ses mains.

Jamais il n'aurait pensé que le désir pût être aussi ardent. Une seule pensée l'obsédait : caresser chaque centimètre de ce corps.

Comme dans un rêve, elle passa un bras autour du cou de Jed. Elle se sentait flotter dans une lumière d'argent poli qui devenait par instants, sous les assauts du désir, aveuglante comme le reflet du soleil sur le métal.

Abandonnée contre lui, elle tourna la tête, cherchant sa bouche. Leurs lèvres voraces se rencontrèrent, encore et encore. Elle ne pouvait plus dire de quelle partie d'elle montait le plaisir, tant elle ressentait de sensations : de ses lèvres emprisonnées, de sa langue, mais aussi de ces muscles durs comme le bois qu'elle sentait collés à elle, de ce frémissement qui courait dans le corps de Jed et lui disait la violence du désir que l'on bride.

Puis, il y avait les mains de Jed qui prenaient possession, caressant, pétrissant, douces et fermes à la fois. Dora se sentait perdre pied, elle aurait voulu implorer cet homme de lui donner toujours plus.

Jed laissa enfin sa main s'abandonner entre ses cuisses. Son sexe était humide et chaud sous sa paume. Du bout des doigts, il l'ouvrit. Le corps de Dora se tendit dans un spasme.

— Encore ?

— Oui.

Il continua, l'excitation montant en lui, toujours plus insupportable à chaque fois qu'elle susurrait son nom dans un gémissement. Il comprenait qu'un homme pouvait être ivre sans boire une goutte d'alcool, qu'une femme pouvait se couler dans vos veines comme une drogue. Il ôta à Dora ses vêtements : il y avait une tension dans son regard qui aurait dû effrayer la jeune femme. Mais si le cœur de Dora battait si fort, ce n'était pas de peur.

— Viens en moi, dit-elle d'une voix chaude et profonde.

Sa main tremblait quand elle retira à Jed sa chemise. Pourtant, le regard qu'elle posait sur lui était plein de force et d'assurance. Elle déboutonna son jean.

— Je te veux en moi, viens.

Pour toute réponse, il l'attrapa par les hanches et la fit basculer sur le lit où, enlacés l'un à l'autre, ils s'arrachèrent leurs vêtements jusqu'à ce qu'il n'y ait plus aucun obstacle entre leurs deux corps. Mais, lorsqu'elle s'agrippa à lui, il se déroba. Il se mit à glisser le long de son corps, en dégustant chaque partie, torturant sa poitrine de sa bouche. Elle l'attrapa par les cheveux. Ses cuisses tendues et douloureuses l'invitaient.

— Maintenant, je t'en prie.

Il mordillait la pointe de ses seins et sentait les ongles de la jeune femme s'enfoncer dans son dos. Plus il prenait et plus il exigeait. Elle s'abandonnait tout entière sans aucune restriction, mais ce n'était pas encore assez.

Il s'arrêta pour la contempler. La lueur de la lampe venait se refléter sur sa peau ruisselante, d'une blancheur de porcelaine.

Il entra en elle, lentement, profondément. Il se tenait au-dessus de Dora dont il contemplait le visage pour y voir émerger l'expression du désir enfin assouvi. La jouissance montait en elle. Dans un spasme, elle se colla au corps de Jed. Les yeux de Dora étaient grands ouverts, rivés sur le visage de Jed : il était à cet instant précis tout ce qu'elle voyait, sentait et désirait. Il bougeait en elle sur un rythme lent qui transformait son corps en une matière incandescente. Un feu qu'il entretint, encore et encore, jusqu'à ce que, impuissante, elle s'enroulât autour de lui et se laissât porter là où il avait décidé de l'emmener. Elle cria et Jed, le visage enfoui dans ses cheveux, s'abandonna.

La musique avait changé. Elton John chantait maintenant son ode à Marilyn. Dora était couchée de tout son long sur le lit, sentant à peine le poids de Jed sur son corps engourdi. Elle n'était consciente que des lèvres de cet homme qui se promenaient sur sa peau et des battements de son cœur. Elle glissa tendrement ses mains dans ses cheveux. Il se sentit ému par cette caresse si douce. Il posa un baiser sur la rondeur de son sein et la regarda sourire.

— Ça va ? demanda-t-il.

— Non, je ne vois plus rien.

Il sourit à son tour.

— Bien sûr, tu as les yeux fermés.

— Mon Dieu, merci ! dit-elle en soulevant les paupières. Je pensais avoir été frappée de cécité. (Elle se souleva légèrement et se tourna vers lui.) Je ne te demanderai pas comment tu te sens. Tu as l'air bien trop content de toi.

Il l'embrassa. Ses cheveux étaient dénoués sur ses épaules et encadraient son visage de lourdes boucles noires. Elle avait les lèvres encore gonflées et les yeux ensommeillés.

— Demande toujours.

— D'accord. (Elle repoussa une mèche qui lui cachait les yeux.) Comment ça va ?

— Ça va.

— Tu as décidément des talents d'orateur.

— Malheureusement, aucun poème ne me revient en mémoire.

Elle souriait et il la contemplait de son regard intense.

— J'ai envie de toi.

— C'est bien ce que j'espérais.

— Quelle tête tu as, Dora !

— Lea, arrête les flatteries.

Imperturbable, Lea, les poings sur les hanches, observait le visage pâle et les yeux cernés de sa sœur.

— Tu dois couver quelque chose. Pourquoi ne pas fermer la boutique aujourd'hui ?

Dora alla à la rencontre d'une cliente qui venait d'entrer.

— Avec une mentalité pareille, pas étonnant que tu sois l'employée et moi la patronne.

Elle affichait son plus grand sourire.

— Bonjour, puis-je vous aider ?

— Vous êtes Dora Conroy ?

— Oui, c'est moi, répondit Dora en tendant la main. (Sa mauvaise mine n'était rien à côté de celle de cette femme qui semblait sur le point de s'évanouir.) Je peux vous servir une tasse de thé ou de café ?

La femme ferma les yeux et retira son bonnet.

— Je prendrais bien un café, mais je n'y ai pas droit dans mon état, expliqua-t-elle en posant la main sur son ventre. Donnez-moi plutôt une tasse de thé.

Dora guida la jeune femme jusqu'à une chaise.

— Tenez, asseyez-vous.

Un couple entra à ce moment dans la boutique et elle

fit signe à Lea de s'occuper d'eux pendant qu'elle versait le thé.

— Je vous remercie. Je m'appelle Sharon Rohman.

Dora comprit tout de suite.

— Vous êtes la nièce de Mme Lyle. Je suis navrée de ce qui s'est passé. La dernière fois que j'ai appelé l'hôpital, on m'a répondu qu'elle était encore dans le coma.

— Elle en est sortie hier soir.

— Oh, je suis tellement contente !

— Mais elle est toujours dans un état critique, ajouta Sharon Rohman en portant la tasse à ses lèvres. Les médecins ne peuvent toujours pas se prononcer.

— Il n'y a rien de pire que l'attente.

— Comme c'est vrai ! (Petit à petit, elle se détendait, encouragée par la gentillesse de Dora.) Nous étions si proches. Vous savez, quand j'ai su, pour le bébé, elle a été la première personne à qui j'ai annoncé la nouvelle, après mon mari bien sûr.

— Vous avez l'air si fatiguée. Montez chez moi, vous vous allongerez un peu, proposa Dora.

— Non, je vous remercie, je dois retourner à l'hôpital. Mademoiselle Conroy, si je suis venue ici ce matin, c'est pour vous remercier. Le bouquet que vous avez envoyé à ma tante était superbe. Les infirmières m'ont également dit que vous aviez appelé plusieurs fois pour prendre de ses nouvelles. Je vous suis très reconnaissante. Je pensais connaître tous ses amis et je n'ai jamais entendu parler de vous, pourtant.

— C'est que nous nous sommes rencontrées juste avant Noël. Elle était passée à la boutique.

— Excusez-moi de vous poser cette question, mais pourquoi vous sentir tellement concernée ? Vous la connaissiez à peine.

— Disons que j'ai été choquée d'apprendre qu'elle avait été attaquée juste après être passée ici. A propos, est-ce que la police a une piste ?

— Non, rien. Ils ont été très gentils. Ils m'ont beaucoup aidée. Ils arrivent à prendre tellement de distance.

— Oui, je sais, dit Dora en pensant à Jed. Voulez-vous savoir ce qu'elle vous avait acheté ?

— Oh oui.

— Un butoir de porte datant de l'époque victorienne et une figurine de porcelaine représentant un petit chien.

— C'est drôle, je ne me souviens pas de ce chien. Il a dû être cassé. L'homme qui a agressé ma tante et sa domestique avait défait tous les paquets. C'était certainement un fou. (Mais elle repoussa ces sombres pensées.) J'aimerais acheter un petit cadeau pour elle, vous pouvez m'aider à le choisir ?

— Avec plaisir.

Vingt minutes plus tard, Dora raccompagnait Sharon Rohman jusqu'à sa voiture. Quand elle rentra dans la boutique, Lea l'interrogea.

— C'était la nièce de Mme Lyle, expliqua Dora. Cette dame qui a été agressée.

— C'est affreux, dit Lea. J'espère bien qu'ils mettront la main sur celui qui a fait ça. Mais maintenant, parlons de toi. Pourquoi as-tu l'air si crevée, alors que nous n'avons pas travaillé hier ?

— Aucune idée, répondit Dora, un sourire énigmatique sur les lèvres. J'ai pourtant passé la journée au lit.

— Attends un peu. Je commence à comprendre. C'est Jed.

Dora venait d'ouvrir une boîte à musique qui jouait un air de Mozart.

— Qu'est-ce que Jed vient faire là-dedans ?

— Ne joue pas à ce jeu avec moi. Dans quel lit as-tu passé la journée, au juste ?

— Dans le mien et c'était divin !

Lea était tout ouïe.

— Vraiment ! Allez, raconte.

— Eh bien, il... Non, je ne peux pas. Avec lui, c'est différent.

— Oh, oh. Tu te rappelles ce que j'ai fait la première fois que John m'a embrassée ?

— Oui, tu t'es couchée dans ton lit et tu as pleuré pendant une heure.

— Exact. Parce que je venais de comprendre qu'il était l'homme de ma vie.

— Ecoute, tu avais dix-huit ans et tu n'étais qu'une jeune vierge romantique.

— Et toi, tu as vingt-neuf ans, l'âme d'une jeune fille, et tu n'as jamais été amoureuse jusqu'à aujourd'hui.

— Bien sûr que j'ai déjà été amoureuse. En plus, je n'ai jamais dit que j'aimais Jed.

— Et tu l'aimes ?

— Je n'en sais rien.

— Ça prouve que j'ai raison. Si tu n'étais pas amoureuse de lui, tu le saurais. Si tu doutes, c'est que tu es sur la bonne voie. A propos, où est-il ?

— Il est sorti, répondit Dora. (Elle sentait que sa sœur l'avait manipulée, aussi prit-elle un ton hargneux.) Il n'a pas de comptes à me rendre.

Elle saisit une peau de chamois et se mit à astiquer une boîte qui était déjà impeccable.

— Ecoute, j'ai du mal à réfléchir avec tout ce qui s'est passé récemment : le cambriolage, les appartements fouillés et, pour finir, cette tentative de viol.

— Quoi ? (En deux enjambées, Lea était derrière le comptoir.) Tu ne m'as jamais parlé de ça. (Elle se précipita vers la porte de la boutique à laquelle elle accrocha l'écriteau « Fermé », puis revint vers sa sœur.)

Dora savait qu'elle en avait trop dit. Elle ne pouvait plus reculer.

— Tu ferais bien de t'asseoir, alors. Ça risque de prendre un moment.

Lorsqu'elle eut fini, Dora fit promettre à sa sœur de ne rien raconter à leurs parents.

— Va préparer tes affaires, ordonna Lea. Tu viens vivre avec nous.

— C'est hors de question. Je suis tout à fait en sécurité ici. Ecoute, la police recherche le type qui m'a agressée, j'ai deux gars postés en permanence devant la maison et, en plus, je couche avec un flic.

— Je suis sérieuse, Dora. Si tu ne t'exécutes pas, je vais chercher John et nous te traînerons de force jusque chez nous. Et puis, je veux parler à Jed.

— OK, je capitule. (Dora tendit ses poignets à sa sœur en signe de reddition. Il était impossible de s'opposer à l'autorité d'une mère de trois enfants.) Mais Jed ne te dira rien de plus et je t'assure que je suis en sécurité dans cette maison.

Elles sursautèrent toutes deux en entendant cogner à la porte. C'était Terri.

— Qu'est-ce que vous faites enfermées là-dedans en plein milieu de la journée ? cria-t-elle.

— Je compte sur toi. Pas un mot à qui que ce soit, dit Dora en allant ouvrir la porte. Désolée, nous faisions une petite pause.

Terri les dévisagea d'un air suspicieux. Elle soupçonnait une querelle de famille.

— Un colis a été livré ce matin. Il est dans l'arrière-boutique, dit Dora, s'adressant à son assistante. Tu peux t'en occuper ? Je viendrai mettre les prix quand tu auras fini de déballer.

— D'accord, répondit Terri qui retirait son manteau. Si la conversation devenait intéressante, elle pourrait toujours écouter à travers la porte.

— Nous n'avons pas fini notre conversation, intervint Lea.

— Pour ma part, tout est dit, répondit Dora. Tu pourras toujours cuisiner Jed quand il reviendra.

— Dora ! appela soudain Terri depuis l'arrière-boutique. Depuis quand prends-tu des photos des clients ? Elle avait à la main le portrait-robot du violeur.

— De quoi parles-tu ? demanda Dora en s'efforçant de rester calme. Tu as déjà vu ce type ?

— Oui, c'était notre dernier client la veille de Noël. Je lui ai vendu la statuette de la chienne avec ses petits. Il est quand même mieux en vrai. C'est un de tes amis ?

— Euh, pas exactement. (Le rythme de son cœur s'accélérait.) Il a payé comment ?

— Par carte de crédit.

— Tu pourrais me retrouver le double de la facture ?

— Bien sûr. J'espère que ce n'était pas un escroc. J'ai pourtant obtenu un numéro d'autorisation pour la transaction. Je me souviens qu'il avait un nom à consonance italienne, Dimarco ou quelque chose comme ça.

Haussant les épaules, elle referma la porte derrière elle.

— Il s'appelle DiCarlo, dit Brent qui tendait à Jed une fiche de police. Anthony DiCarlo. Domicilié à New York. Du menu fretin : vol à la tire, coups et blessures, petites escroqueries. La dernière inculpation remonte à six ans. Depuis, rien. On dirait que notre bonhomme s'est acheté une conduite.

— Dis plutôt qu'il s'est débrouillé pour ne pas se faire coincer, rétorqua Jed.

— J'ai obtenu cette fiche de la police de New York ce matin. Ils sont prêts à nous aider. Ils vont vérifier son alibi pour ces nuits-là.

— S'il en produit un, il sera forcément bidon. C'est notre homme, j'en donnerais ma main à couper. Je crois que je ferais bien de partir pour New York tout de suite.

— Pas de précipitation. (Brent regarda attentivement Jed.) Quand même, tu as l'air bien détendu pour un mec qui ne pense qu'à épingler un petit malfrat. (Il se renversa sur sa chaise et hocha la tête.) C'est bien ce que je pensais. Une belle femme, Dora, hein ? dit-il avec un grand sourire.

— Ferme-la, Chapman, répondit Jed qui était déjà sur le pas de la porte. Et tiens-moi informé.

— T'inquiète pas.

Brent attendit que Jed se fût éloigné pour décrocher le téléphone et annoncer la nouvelle à Mary Pat.

18

Jed monta directement à son appartement, enfila un short et un T-shirt et s'installa à son appareil de musculation. Il réfléchirait mieux en faisant un peu d'exercice.

Il ignorait encore ce qu'il devait raconter à Dora. Elle avait certes le droit de connaître la vérité mais, d'un autre côté, il fallait la protéger et, telle qu'il la connaissait, elle foncerait tête baissée. Les flics détestaient qu'on se mêlât d'enquêter à leur place ; et même s'il ne faisait plus partie de la maison, il n'était toujours pas redevenu un citoyen ordinaire.

Il devrait laisser les gars de New York faire leur boulot. Mais lui-même avait un intérêt personnel dans cette affaire. Il se rappelait le visage livide de Dora après l'agression. Décidément, il ne pouvait pas rester là, sachant que ce type courait encore. Un petit voyage à New York ne gênerait pas l'enquête, se disait-il. Peut-être découvrirait-il de nouveaux indices et, au moins ne se sentirait-il pas impuissant et inutile.

Il s'arrêta un moment, contemplant le plafond. Il n'avait jamais rien accompli dans sa vie, car il n'avait en fait jamais rien entrepris. Il lui avait toujours semblé plus facile de rester à distance. Alors pourquoi était-il entré dans la police ? se demandait-il. Peut-être avait-il fini par admettre qu'il avait besoin d'ordre, de discipline, et d'une vraie famille. Son travail avait répondu à ses attentes et lui avait apporté, en outre, fierté et satisfaction. Donny Speck l'avait dépossédé de tout ça et lui avait enlevé Elaine. Il ne devait pas commettre cette erreur une fois de plus. Il lui fallait protéger cette femme qu'il commençait à aimer.

Il ne s'interrompit pas en entendant frapper à la porte. Pourtant, il sourit quand il reconnut la voix de Dora.

— Ouvrez-moi. Je sais que vous êtes là. Il faut que je vous parle.

— C'est ouvert.

— Vous ne manquez pas d'air, de m'obliger à m'enfermer à double tour alors que vous laissez votre porte ouverte.

Elle entra dans l'appartement. Son tailleur lui donnait un air de femme d'affaires, mais une odeur de péché flottait autour d'elle.

Quand elle aperçut son corps musclé, ruisselant de sueur, elle fut parcourue d'un léger frisson.

— Désolée de vous déranger dans votre rituel.

— Vous désirez quelque chose ?

— Ce que je désire ? Une paire d'escarpins de cuir rouge, deux semaines de vacances à la Jamaïque, une théière que j'ai vue dans la vitrine d'un antiquaire... (Elle s'approcha de lui, et déposa un baiser sur ses lèvres qui avaient un goût de sel.) Vous en avez pour longtemps ? A vous regarder suer ainsi, je vais finir par avoir des idées.

— Non, j'ai fini, dit-il en reposant les haltères sur leur support.

— Les nouvelles que je vous apporte vont vous remonter le moral. Terri a reconnu le gars du portrait-robot. Il est venu à la boutique la veille de Noël.

Tout excitée, elle arpentait la pièce en faisant de grands gestes.

— Il s'appelle Anthony DiCarlo et habite New York, ajouta Jed.

Il regarda, amusé, Dora qui venait de s'arrêter bouche bée.

— Mais comment avez-vous su ? Merde alors ! (Avec une moue boudeuse, elle rangea la facture dans sa poche.) Vous pourriez au moins me complimenter pour mes talents de détective.

— Une vraie miss Marple !

Il passa dans la cuisine, sortit une bouteille de jus de fruits du réfrigérateur et but directement au goulot. Dora s'était approchée. Elle se tenait dans l'encadrement de la porte et le regardait, fulminante.

— C'est bon, je reconnais que vous vous êtes bien

débrouillée. Il se trouve que les flics ont travaillé plus vite que vous. Vous les avez prévenus ?

— Non, j'attendais de vous en avoir parlé.

— Je vous rappelle que c'est Brent qui est chargé de l'enquête, et pas moi. (Il tendit le bras et posa un doigt sur la bouche de Dora.) Arrêtez de bouder. Qu'est-ce que Terri sait de ce type ?

— C'est bien Brent qui s'occupe de l'affaire ? Eh bien, je vais de ce pas chez moi pour l'appeler. Il saura apprécier mes renseignements à leur juste valeur, lui.

Jed lui attrapa le menton, qu'il serra légèrement.

— Allez, crachez le morceau. Ne vous faites pas prier.

— C'est demandé si gentiment. Elle l'a décrit comme un homme très courtois. (Elle contourna Jed pour ouvrir le réfrigérateur à son tour et prit un air dégoûté, très féminin.) Pouah, qu'est-ce que vous avez dans ce saladier ?

— Mon dîner.

— Vous ne pouvez pas manger ça. Je vais préparer un vrai repas.

— Revenons à DiCarlo, dit-il en la prenant par les épaules avant qu'elle eût le temps de fourrer son nez dans les placards.

— Il cherchait un cadeau pour sa tante. Terri lui a montré une statuette de chien en jade qui a disparu peu de temps après. Je soupçonne que c'est lui qui l'a volée. Il était très bien habillé et conduisait une Porsche.

Jed voulait en savoir davantage.

— Elle est en bas ? demanda-t-il. Il faut que je lui parle.

— J'ai bien peur que ce ne soit impossible. Elle est partie tôt. Elle avait un rendez-vous. Si c'est si important, elle sera au théâtre à vingt heures. Je suis sûre qu'elle pourra nous consacrer un moment.

— Ça me va.

— Je ne vois pas ce que vous apprendrez de plus. Nous avons déjà son nom et son adresse.

Dora le suivit dans la chambre à coucher. Il retira son T-shirt qu'il jeta dans un coin.

— Vous ne savez pas poser les questions. Il a probablement laissé des indices. Plus nous en saurons et mieux ça vaudra. En attendant, si vous insistez pour préparer le dîner...

Mais elle ne l'écoutait pas. Quand il se retourna, il vit l'expression d'étonnement sur son visage.

— Qu'est-ce qui se passe ? demanda-t-il.

— Votre lit ! s'exclama-t-elle.

Il regarda d'un air gêné les draps et les couvertures froissés. L'embarras qu'il éprouvait l'irritait singulièrement. Après la cuisine, voilà qu'elle se mettait à critiquer sa chambre à coucher !

— Je ne vois pas l'utilité de le refaire chaque matin si je dois m'y recoucher le soir.

— Du style Art nouveau, époque 1900. Regardez cette décoration ! (Elle s'agenouilla devant le pied de lit pour observer la silhouette élancée d'une jeune femme, sculptée dans le bois.) C'est de l'acajou, soupira-t-elle.

Avec un petit sourire, Jed la regarda grimper sur le lit pour mieux en examiner les détails. Elle caressait les courbes du bois avec dévotion.

— Quelle finesse ! Du travail d'artiste !

— Je dois avoir une loupe par ici, dit finalement Jed en la voyant coller son nez sur la tête de lit.

— Vous n'avez pas idée de la valeur de ce meuble !

— Je sais seulement que dans le mausolée où j'ai été élevé, c'est un des rares objets que j'aimais. J'ai mis le reste au garde-meubles.

— Au garde-meubles ! s'écria-t-elle avec un frisson d'effroi. Vous devez absolument me laisser jeter un coup d'œil à ce trésor. (Elle s'agenouilla et joignit ses mains comme dans une prière.) Promettez-moi de me laisser la priorité. Je vous paierai le juste prix pour tout ce que je serai en mesure d'acheter. Je vous en donne ma parole.

— Allons, ressaisissez-vous, Dora.

— Approchez !

Il sourit.

— Oh, je vois! Vous allez user de vos charmes pour me ravir ce meuble.

Haletante, elle déboutonna sa veste, découvrant une lingerie du même vert foncé que son tailleur.

— Tu vas faire la chevauchée de ta vie, cow-boy!

— Ah... répondit simplement Jed, ne sachant au juste s'il était choqué ou excité par ces paroles.

Dora se releva pour retirer sa jupe. Elle s'agenouilla sur le lit, vêtue seulement d'un soutien-gorge, d'un slip et d'un porte-jarretelles qui retenait des bas noirs. Elle n'avait pas quitté ses escarpins à hauts talons.

— Si tu ne me prends pas sur ce lit tout de suite, j'en mourrai.

Jed avait les jambes en coton.

— Ecoute, je dégouline de sueur.

— Je sais, dit-elle en l'attrapant par l'élastique de son short pour l'attirer vers elle. Et tu n'as pas fini de transpirer.

Jed se laissa basculer sur le lit. Elle s'allongea sur lui.

— Sois gentille avec moi.

— Impossible, répondit-elle en riant.

Elle écrasa sa bouche contre celle de Jed dans un baiser profond. Impitoyable, Dora pressait son corps humide contre le sien. Il tenta de se dégager pour reprendre son souffle.

— Dora, laisse-moi...

— Pas cette fois.

Ses doigts emmêlés dans les cheveux de son amant, elle posa ses lèvres avides sur sa bouche. Elle était brutale, implacable, audacieuse, le tourmentant jusqu'à la folie. Il ne savait plus s'il devait la maudire ou l'implorer. Fou de désir, il pressait les seins ronds et fermes de Dora. Elle s'était arc-boutée et s'offrait à ses caresses en poussant des grognements de panthère. La tête renversée, elle attrapa les mains de Jed et se mit à les promener sur son buste, vers son ventre plat. Ses doigts se crispèrent quand il lui donna son premier orgasme, mais lorsqu'il voulut la renverser sous lui, elle augmenta la pression de ses cuisses contre ses flancs.

Elle se laissa glisser sur lui, mordillant ses épaules. Le corps qu'elle sentait sous elle était puissant et musclé, mais elle savait lui arracher des gémissements de plaisir.

Il pétrissait de ses mains avides la chair blanche au-dessus des bas. Il ne craignait plus d'y laisser des marques. C'est à ce moment qu'elle le laissa enfin la soulever. Jed sentit sa vue se brouiller quand elle vint s'asseoir sur lui. Comme dans un rêve, il la vit, renversée en arrière, les yeux clos, qui promenait ses mains sur son propre corps trempé de sueur dans une caresse impudique. Les cuisses de Dora étaient comme un étau contre ses hanches.

Elle se mit à remuer sur lui, doucement d'abord, goûtant chaque vague de jouissance. Puis son rythme s'accéléra, devint de plus en plus rapide. Ses hanches montaient et descendaient, frénétiques. Jed souleva son buste, cherchant de ses lèvres la poitrine, les épaules, la bouche de Dora. Enragé de désir, il l'attrapa par les cheveux pour lui renverser la tête en arrière. La gorge offerte, elle s'abandonnait à ses baisers, en bredouillant des serments inintelligibles.

Comme un coup de poing qui lui coupa le souffle, l'orgasme l'emporta dans sa violence. Il serra ses bras autour d'elle, le visage enfoui entre ses seins, et se laissa submerger.

« Dora », murmurait-il, encore et encore. Ses lèvres couraient sur la peau de la jeune femme. Il la tint contre lui jusqu'à ce que le dernier spasme eût secoué le corps pantelant de Dora.

Elle se laissa aller sur le corps de son amant, reposant sa joue contre son visage.

— Après la nuit dernière, je pensais que ça ne pourrait jamais être mieux.

— Si j'avais su qu'une antiquité pouvait te mettre dans cet état, je t'aurais fait venir dès le premier jour. J'ai encore six lits pareils à celui-ci au garde-meubles.

— Nous n'y résisterons pas.

— Tant pis, j'en prends le risque.

Elle aussi se sentait prête à prendre le risque. Sa sœur ne s'était pas trompée. Elle était amoureuse de cet homme.

Deux heures plus tard, ils arrivaient au Liberty Theater. Dora fit pénétrer Jed dans les coulisses. Elle aperçut son père qui allait entrer en scène.

— Salut, dit-elle en lui pinçant la joue. Où est maman ?

— Dans sa loge. Un petit problème avec son costume. Jed, vous êtes là, dit-il en serrant la main du jeune homme. Je suis ravi de vous voir. Le public est très bon aujourd'hui. La salle est pleine à craquer.

Dora lança un regard d'avertissement à Jed.

— Nous sommes venus voir comment ça marchait pour vous. Je crois que Terri participe au spectacle ce soir. J'aurai besoin de lui parler à l'entracte. Juste une question à lui poser à propos de la boutique.

Elle passa un bras autour des épaules de son père avec qui elle se mit à discuter des derniers changements dans la mise en scène. Jed les regardait et sentait naître en lui un sentiment d'envie qui le mit mal à l'aise. Il ne se souvenait pas avoir eu l'occasion d'observer entre deux êtres une telle complicité. Jamais il n'avait éprouvé une telle affection pour son père. Désormais, même s'il l'avait souhaité, il était trop tard pour faire la paix et chercher à comprendre pourquoi leurs rapports avaient été aussi tendus.

Un vieux sentiment d'amertume s'empara de lui. Aussi préféra-t-il s'éloigner et aller fumer une cigarette dehors en attendant d'interroger Terri.

Dora se retourna et constata avec déception que Jed avait disparu.

— Papa, je suis amoureuse de Jed.

— Oui, ma chérie, je sais.

— Non, tu ne sais pas. Je l'aime vraiment.

— Je sais, répéta-t-il en s'efforçant de se concentrer pour son entrée en scène. Ne l'ai-je pas choisi pour toi ?

— Mais il ne veut pas être à moi. Son passé l'obsède.

— Avec le temps, tu arriveras à guérir ses blessures.

Veux-tu que je lui parle ? Une petite conversation d'homme à homme autour d'un verre pourrait arranger les choses.

— Non, surtout pas. Je peux m'en sortir toute seule. J'ai peur. Tout cela est arrivé trop vite.

— A la minute où j'ai vu ta mère pour la première fois, j'ai eu la suée de ma vie. C'était très gênant. Il m'a fallu deux semaines pour trouver le cran de la demander en mariage.

Des applaudissements se faisaient entendre depuis la salle. Dora embrassa son père.

— Je t'aime.

— Voilà exactement ce que tu devrais lui dire.

Jed revint dans les coulisses au moment même où Dora rencontrait Terri.

— Salut, qu'est-ce que tu fais là ? demanda Terri. Tu t'occupes des accessoires ?

— Non, répondit Dora en attrapant son assistante par la manche. Il faut qu'on parle. Viens par là.

Jed les suivit dans la loge où plusieurs comédiennes étaient en train de se changer. Pourtant, personne ne sembla s'offusquer de sa présence.

— Assieds-toi là, commanda Dora en tendant un tabouret à Terri.

— Comme ça fait du bien ! s'exclama celle-ci.

Elle se pencha en avant et, munie d'une petite éponge, se mit à tamponner son maquillage rendu luisant par la transpiration.

— Parle-moi de DiCarlo.

— De qui ? interrogea Terri, interrompant la récitation de son texte. Tu veux dire le gars qui est venu à la boutique ? (Elle adressa un sourire à Jed.) Dora fait beaucoup de mystères à son sujet.

— Qu'est-ce qu'il a acheté ?

— Cette statuette en porcelaine anglaise. Il n'a pas cillé en voyant le prix sur l'étiquette. Il prétendait que c'était un cadeau pour sa tante qui l'avait élevé.

— Est-ce qu'il s'est intéressé à autre chose, par hasard ? intervint Jed.

— Eh bien, il a fait un tour sans se presser. J'ai pensé qu'il allait prendre le petit chien de jade, parce qu'il m'a dit qu'il cherchait une figurine représentant un animal.

— Un animal ! répéta Jed.

Une lueur venait de s'allumer dans ses yeux mais son ton restait très posé.

— Sa tante collectionnait des statuettes de chiens, continua Terri qui retouchait le Rimmel sur ses cils.

— A-t-il donné des détails ? demanda Jed.

Terri s'efforçait de rassembler ses souvenirs.

— Il m'a décrit un chien qu'avait sa tante et qui était mort. Il prétendait rechercher une figurine qui rappellerait à la vieille dame son animal disparu. En l'écoutant, j'ai pensé à la statuette que tu avais rapportée de la vente aux enchères, Dora. Mais nous l'avions déjà vendue.

— Tu veux parler de celle que Mme Lyle a achetée ?

— Je ne sais pas, c'est toi qui t'es occupée de la vente.

— Oui, je m'en souviens, dit Dora qui commençait à se sentir mal.

— Eh, quelque chose ne va pas ? demanda Terri soudain inquiète.

Dora la rassura par un sourire contraint. Elle devait sortir, respirer un peu d'air frais.

— Merci beaucoup, Terri.

— De rien. Vous restez regarder la fin de la représentation ?

— Pas ce soir, non. (Dora, nauséeuse, tourna la poignée de la porte.) Je te verrai demain à la boutique.

— Vous devriez la suivre, conseilla Terri à Jed. Elle n'a pas l'air bien.

— Encore une question. Vous lui avez parlé de la statuette vendue ?

— Ouais, je crois bien. C'était une telle coïncidence, vous comprenez. (Terri venait de se lever et regardait dans le couloir si elle apercevait Dora.) Je lui ai dit que nous avions eu à la boutique l'objet qu'il recherchait mais que nous venions de le vendre. Je vais voir ce que fait Dora.

— Ne bougez pas, j'y vais, dit Jed.

Il rattrapa Dora à l'entrée des artistes. Elle venait d'ouvrir la porte et aspirait à longues bouffées l'air du dehors.

— Calme-toi, Dora.

Il la tenait par le bras mais restait à distance.

— C'est moi qui l'ai vendue, dit-elle en essayant de lui faire lâcher son bras. Je ne comprends toujours pas pourquoi il voulait cet objet. Je sais simplement que j'ai vendu cette statuette à Mme Lyle et qu'elle a été attaquée peu de temps après.

— Tu vends des dizaines de pièces chaque jour. Tu n'es pas responsable de ce qui arrive aux gens qui les achètent.

— Je ne peux pas, hurla-t-elle, je ne peux pas m'en laver les mains comme tu le fais ! Tu arrives à te couper de tes émotions. Pas moi.

En l'entendant lui parler ainsi, il sentit son estomac se nouer.

— Tu veux te culpabiliser ? Je te ramène chez toi et tu pourras te morfondre toute la nuit, si ça te chante.

— Je peux rentrer toute seule et je n'ai pas à m'excuser d'éprouver des remords.

Elle sentit d'abord un bourdonnement dans ses oreilles. C'est à ce signe qu'elle reconnaissait en elle la vraie colère. Rapide comme l'éclair, elle lui envoya un crochet du gauche qu'il réussit à esquiver, mais ce n'était qu'une feinte, et il reçut bientôt dans le menton un violent coup de poing qui le fit chanceler.

— Garce ! s'écria-t-il.

Il était étourdi. Plus tard, il se dirait peut-être avec une pointe d'admiration qu'elle avait failli le mettre K.-O. mais pour l'heure, il était hors de lui. Il serra les poings. Elle le regardait d'un air de défi.

— Allez, vas-y. Qu'est-ce que tu attends ?

Toute la scène aurait pu être d'un comique achevé

s'il n'avait vu, sous le masque de la colère, les larmes perler dans les yeux de Dora.

— Et merde! murmura-t-il.

Il saisit les poings tendus de Dora et tenta de l'enlacer. Elle lui envoya une bordée d'injures et se mit à lui frapper le dos de toutes ses forces.

— Lâche-moi, espèce de lâche. Salaud!

— Je n'ai encore jamais cassé la gueule à une femme, mais tu pourrais bien être la première.

— Essaie seulement et je te préviens qu'il faudra qu'on te ramasse à la petite cuillère quand j'en aurai fini avec toi.

Soudain, la colère s'évanouit, et elle ferma les yeux.

— Je suis désolée.

— Ferme-la, répondit-il en la poussant à l'intérieur de sa voiture.

Les yeux clos, elle l'entendit ouvrir la portière et la claquer violemment.

— Excuse-moi de t'avoir frappé, Jed. Tu as mal?

Il fit bouger sa mâchoire endolorie.

— Non, ça ira. Tu frappes comme une fille.

Offensée, elle se redressa sur son siège, mais le regard qu'il lui lança la glaça.

— Je n'en avais pas après toi, expliqua-t-elle. J'avais juste besoin de faire passer ma colère et tu étais la seule personne à ma portée.

— Ravi d'avoir pu te rendre ce service.

S'il cherchait à se venger en prenant ce ton distant, il y arrivait à merveille. Elle gardait les yeux baissés.

— Oublions tout ça. Et ne dis à personne que tu as réussi à me feinter.

Elle se tourna vers lui et sourit en comprenant que Jed ne lui en voulait plus. Elle se pencha et déposa un baiser sur sa joue.

— Je suis heureuse que tu ne sois plus en colère contre moi.

— Je n'ai pas encore dit mon dernier mot. Seulement, je n'aime pas me battre en conduisant. (Il resta silencieux pendant un instant.) A propos, Mme Lyle a-t-elle repris conscience ? Je dois lui poser quelques questions.

— Je t'accompagne, s'exclama Dora. Elle est sortie du coma. Sa nièce est passée à la boutique ce matin. (Elle s'efforçait de garder une voix calme.) Elle m'a dit aussi que les médecins ne pouvaient pas encore se prononcer sur sa guérison.

— Il est trop tard pour la voir ce soir. J'essaierai d'obtenir une autorisation de visite demain.

— Inutile de faire marcher tes relations. Je n'ai qu'à demander à sa nièce, Sharon. Mais je ne tenterai rien si Mme Lyle n'est pas en état de supporter un interrogatoire.

Il venait de se garer derrière la maison.

— Tu crois vraiment que je suis un tortionnaire ?

Dora ne répondit pas et descendit de la voiture. Mais Jed arriva aux escaliers avant elle et se mit en travers de son chemin. Mobilisant toute sa patience, il prit les mains de la jeune femme. Elles étaient raides et froides.

— Dora, il n'est pas dans mes habitudes de harceler des vieilles dames sur leur lit d'hôpital. Fais-moi confiance.

— Mais j'ai en toi une confiance totale, répondit Dora, les yeux rivés dans ceux de Jed. Je suis juste ébranlée par toute cette histoire. J'appellerai Sharon à la première heure, demain matin.

— Très bien.

Troublé, Jed se pencha vers Dora pour l'embrasser. Une fois encore, il allait la supplier et il haïssait cette idée.

— Reste avec moi ce soir.

L'inquiétude s'effaça du visage de la jeune femme.

— J'espérais bien que tu me le demanderais.

19

Dora n'avait jamais éprouvé auparavant la phobie des hôpitaux. Elle était jeune, en bonne santé, et pour elle l'hôpital évoquait les bébés dans les maternités, les bouquets de fleurs et les infirmières dans leur uniforme immaculé.

Pourtant, quand elle se retrouva au service des soins intensifs, devant la porte de la chambre de Mme Lyle, elle sentit peser sur elle une chape de plomb. Elle devinait la mort rôdant dans les couloirs trop calmes à la recherche d'une âme à emporter. On n'entendait que le bruit régulier des moniteurs et, plus loin, derrière une porte close, des sanglots étouffés. Elle avait envie d'une cigarette.

Sharon apparut. Malgré son visage tendu par l'anxiété, elle eut un petit sourire en voyant Dora.

— Elle a repris connaissance. Vous ne pouvez pas savoir combien j'ai été heureuse de lui parler.

Prise entre la culpabilité et le soulagement, Dora serra la main de la jeune femme.

— Sharon, je vous présente le capitaine Skimmerhorn et le lieutenant Chapman, de la police de Philadelphie.

— Bonjour. Dora m'a dit que vous souhaitiez interroger ma tante.

— Nous avons l'autorisation des médecins et nous vous remercions de votre coopération, dit Brent.

— Je ferai tout ce qui est en mon pouvoir pour que l'homme qui a fait ça soit arrêté. Entrez, tante Alice vous attend.

Jed lut de l'inquiétude dans le regard que posa Sharon sur la porte de la chambre. Il voulut rassurer la jeune femme.

— Nous ne la fatiguerons pas.

— Je sais, répondit-elle en posant ses mains sur l'enfant qu'elle portait. Dora m'a assuré que vous seriez prudents. Je vous en prie, si vous apprenez quelque chose, prévenez-moi.

— Ils le feront, vous pouvez leur faire confiance. En attendant, asseyez-vous et essayez de vous détendre, dit Dora qui accompagna Sharon jusqu'à un banc un peu plus loin.

— Nous n'avons que quinze minutes, lui confia Jed quand elle revint vers eux. Aussi, je ne veux pas que vous prononciez une seule parole sans notre accord.

— Entendu, capitaine.

Jed se tourna vers Brent :

— Elle ne devrait pas venir avec nous, mais elle a vu la statuette et pourra nous aider.

Ils pénétrèrent dans la chambre. Dora était soulagée d'être obligée de garder le silence : sa voix l'aurait certainement trahie. Elle gardait le souvenir d'une femme alerte et élégante, et c'est une Alice Lyle meurtrie qu'elle découvrait, allongée sur un lit étroit, les yeux fermés. La vieille dame avait beaucoup maigri et ses cheveux, non teints, laissaient voir des racines grises.

Debout près du lit, Brent parla d'une voix calme. Mme Lyle souleva ses paupières lourdes, s'efforçant de distinguer le visage de l'homme qui lui parlait.

— Oui ? demanda-t-elle d'une voix faible et rauque.

— Je suis le lieutenant Chapman. Vous sentez-vous capable de répondre à quelques questions ?

— Allez-y.

Dora remarqua les efforts que faisait la vieille dame pour déglutir. Elle prit un verre d'eau sur la table de chevet et glissa la paille entre deux lèvres sèches.

— Merci, dit Alice Lyle d'une voix qui avait repris un peu de puissance. (Elle reconnut Dora.) Mademoiselle Conroy, comme c'est gentil !

Dora oublia immédiatement les recommandations de Jed.

— Je suis heureuse que vous vous sentiez mieux. (Elle prit la main amaigrie de la vieille femme.) Je suis navrée de ce qui vous est arrivé.

— Ils m'ont dit que Muriel était morte. (Ses yeux s'emplirent de larmes.) Nous étions des amies.

Dora était torturée par les remords. Elle prit un mouchoir en papier et essuya les yeux de Mme Lyle d'un geste doux.

— Je ferai tout pour vous aider, dit Alice Lyle s'adressant maintenant à Brent. Malheureusement, je n'ai pas vu l'homme. J'ai juste entendu quelqu'un s'approcher puis, tout à coup, j'ai ressenti cette douleur atroce à la tête.

— Madame Lyle, vous rappelez-vous avoir acheté un petit chien de porcelaine dans la boutique de Mlle Conroy le jour qui a précédé votre agression? demanda Brent.

— Oui, bien sûr. Je l'avais acheté pour Sharon. (Elle se tourna vers Dora.) Je suis inquiète pour elle, elle ne se repose pas assez.

— Elle va très bien, la rassura Dora.

— Madame Lyle, intervint Jed, y a-t-il un autre détail dont vous vous souveniez à propos de cette statuette?

— Non. (Elle faisait de gros efforts de concentration, mais ses souvenirs semblaient la fuir.) C'était un adorable petit chien, il aurait fait un butoir de porte pour la chambre du bébé. (Elle se mit à s'agiter dans son lit.) C'était ça qu'il voulait. Je me souviens que cet homme criait. Il parlait d'un chien. Mais non, c'est impossible!

Jed se pencha au-dessus de la vieille dame dont les yeux exprimaient une peur-panique.

— Que criait-il, madame Lyle?

— « Où est le chien? » Voilà ce qu'il disait, et il jurait. J'étais allongée par terre, incapable de bouger. Je l'entendais tout casser et il continuait de parler sans arrêt de ce chien. Et puis, j'ai perdu connaissance. (Elle referma les yeux, visiblement épuisée.) C'est incroyable, on n'a pas tué Muriel pour ce petit chien de porcelaine.

— Et pourtant c'est la vérité, n'est-ce pas? demanda Dora.

Ils étaient sortis de la chambre et attendaient l'ascenseur.

— Nous ne pouvons plus en douter, répondit Brent. Mais ce n'est pas tout : la balle qui a tué Muriel provient de l'arme qui a abattu Trainor et correspond aux impacts laissés dans les murs de la boutique.

— Alors il est revenu pour autre chose. (Perdu dans ses pensées, Jed monta dans la cabine de l'ascenseur.) Le chien n'est pas la réponse, ou disons qu'il n'en est qu'une partie.

— Mais cet objet n'avait aucune valeur. Il n'était même pas signé. Je l'avais acheté parce que je le trouvais mignon.

— Tu l'avais acheté à une vente aux enchères, c'est ça ? interrogea Jed. Où exactement ?

— En Virginie. J'y étais allée avec Lea. Tu te souviens ? Nous sommes revenues le jour où tu as emménagé.

— Et tu as vendu le chien le lendemain, continua Jed. Après, Mme Lyle a été attaquée et quelqu'un a tenté de te cambrioler. Qu'as-tu acheté d'autre ce jour-là ? Tu te rappelles ?

— Beaucoup de choses, répondit-elle. J'ai la liste à la boutique.

— Comment ça se passe, dans ce genre d'endroits ? demanda Brent. Est-ce qu'ils ne vendent pas les marchandises par lots provenant d'un même fournisseur ?

— Si. Parfois, vous faites une offre sur une caisse entière de cochonneries pour une seule pièce de valeur. Cette salle des ventes tient plus du marché aux puces que de Christie's, vous savez.

— Qu'as-tu acheté ? interrogea Jed.

Dora était épuisée. Elle ressentait un élancement dans les tempes, signe précurseur d'une migraine carabinée.

— Pour l'amour du ciel, comment veux-tu que je m'en souvienne ? Il s'en est passé des choses depuis ce jour-là.

— Arrête de dire des conneries, Dora. (Jed avait pris le ton qu'il réservait aux suspects peu coopératifs, à tel point que Brent le regarda, choqué.) Tu as la tête sur les épaules et tu n'oublies pas ces détails. Alors dis-moi maintenant ce que tu as acheté à cette vente aux enchères ?

— Un bol à raser en forme de cygne, époque 1900, rétorqua-t-elle. Quarante-six dollars et soixante-quinze cents.

— Et après ?

— Une peinture abstraite avec un cadre d'ébène, signée par un certain E. Billingsly. Cinquante-deux dollars et soixante-quinze cents. (Elle s'arrêta soudain, la main sur la bouche.) Ô mon Dieu !

— En plein dans le mille !

— Le tableau, murmura-t-elle, terrifiée. C'était ça qu'il voulait. (Elle blêmit et agrippa la main de Jed.) Je viens de me souvenir que je l'ai offert à ma mère.

— J'adore les visites impromptues.

Trixie minaudait. Elle venait de prendre Brent et Jed par le bras.

— Maman, nous n'avons que quelques minutes, expliqua Dora.

— Allons, vous resterez bien déjeuner. (Trixie entraînait déjà les deux hommes vers une pièce minuscule qu'elle appelait son boudoir.) Carlotta va nous préparer une petite collation.

— C'est très gentil à vous, madame Conroy, mais...

— Appelez-moi Trixie, dit-elle en appuyant son index sur la poitrine de Brent.

— D'accord, Trixie, répondit Brent, écarlate. (Il n'avait jamais flirté ainsi avec une femme assez âgée pour être sa mère.) Mais nous sommes vraiment pressés.

— Allons, allons, vous finirez par attraper un ulcère. Personne n'a jamais souffert de maux d'estomac dans ma famille, à l'exception de ce pauvre oncle Will qui a passé sa vie à amasser de l'argent pour que je le dépense après sa mort. Mais je vous en prie, asseyez-vous, dit-elle en indiquant deux larges fauteuils devant le feu de cheminée.

Elle prit place sur un petit canapé tapissé de velours rouge, telle une reine sur son trône.

— Comment va votre charmante femme ?

— Bien, merci. Nous avons beaucoup aimé votre fête.

— Vraiment ! (Ses yeux s'étaient mis à briller.) Isadora, ma chérie, peux-tu sonner Carlotta ?

Résignée, Dora tira sur le cordon de la sonnette qui pendait près de la cheminée.

— Maman, je suis juste passée pour récupérer ce tableau que je t'ai donné. Quelqu'un... s'y intéresse.

Trixie croisa les jambes. La soie de son pantalon émit un léger bruissement.

— De quel tableau parles-tu ? Oh oui ! Habituellement, j'aime la peinture plus classique, mais il y avait tant de fougue dans cette œuvre. Je ne suis pas surprise qu'elle vous plaise, dit-elle en s'adressant à Jed.

Celui-ci accepta de jouer le jeu.

— Je suis un grand amateur de peinture contemporaine : Pollock, de Kooning. J'y trouve tant de force, une telle spontanéité du trait. Sans oublier Motherwell et ses tons austères.

— Oh oui, bien sûr ! approuva Trixie qui ne connaissait aucun de ces peintres.

Jed sourit à Dora qui le regardait, abasourdie.

A ce moment, Carlotta fit son entrée, les mains sur les hanches, vêtue du survêtement noir qu'elle portait en guise d'uniforme. C'était une petite femme trapue au teint cireux qui n'affichait jamais qu'une expression maussade.

— Qu'est-ce qu'il vous faut ?

— Nous allons prendre le thé, Carlotta, dit Trixie en prenant des airs de grande dame.

Carlotta toisa les nouveaux venus de ses yeux noirs.

— Ils restent déjeuner ? demanda-t-elle d'une voix fruste.

— Non, intervint Dora.

— Oui, répondait au même moment Trixie. Nous serons quatre.

Carlotta leva son menton carré.

— Alors ils mangeront du thon. C'est ce qu'y a au menu et ils auront rien d'autre.

— Parfait. Vous pouvez disposer maintenant.

Dora vint s'asseoir sur l'accoudoir du fauteuil où était assis Jed. Ils ne couperaient pas au déjeuner, mais au moins pouvait-elle maintenant amener la conversation sur le tableau.

— Tu m'avais dit que tu l'accrocherais ici ? demanda-t-elle à sa mère.

— C'était mon intention, mais ça n'allait pas avec le décor, expliqua Trixie, tournée vers Jed qu'elle considérait désormais comme un expert en la matière. Je l'ai mis dans le bureau de Quentin.

— Je vais le chercher.

— Une femme hors du commun, mon Isadora, dit-elle une fois que sa fille fut sortie. (Elle regardait Jed en souriant d'un air entendu.) Brillante, ambitieuse et forte. Tout ce qui lui faut, c'est un homme de la même trempe. Une femme qui mène si bien ses affaires saura diriger une famille. Qu'en pensez-vous, mon cher ?

Jed sentait le piège se refermer sur lui.

— Je la crois capable de réussir tout ce qu'elle entreprend.

— Sans aucun doute. Et vous, Brent ? Votre épouse est la mère de trois enfants et elle continue à travailler.

Brent se réjouissait de voir Jed sur la sellette.

— Ce n'est pas facile tous les jours, et ça demande un vrai travail d'organisation, mais nous aimons cette vie.

— Avez-vous déjà été marié ? demanda Trixie à Jed.

— Non, répondit Jed qui regardait Dora revenir, le tableau sous le bras.

— Maman, je suis désolée, mais tu devras déjeuner sans nous. J'ai appelé à la boutique. Elles ont quelques soucis et je dois y retourner immédiatement. (Elle se baissa pour déposer un baiser sur la joue de sa mère.) Je pense avoir quelque chose pour remplacer la toile dans le bureau de papa. Passe donc me voir quand tu auras un moment.

— Très bien, si tu dois absolument y aller. Je vais

demander à Carlotta de vous emballer des sandwiches. Ça ne prendra qu'un petit instant.

— Bien joué, lança Jed à Dora en lui prenant le tableau des mains.

— Dis-moi une chose, Jed : où as-tu appris ce discours sur la peinture abstraite ?

— Je suis sorti avec une artiste pendant un temps. J'ai retenu ses leçons.

— Je serais curieuse de savoir quel genre de leçons tu retiendras de moi.

— Je déteste le thon, décréta Dora qui mordait dans son sandwich.

Jed venait de retirer le cadre qui entourait la toile. Par souci de discrétion, ils avaient préféré travailler dans l'appartement de Dora plutôt que dans la boutique. Curieusement, Brent n'avait pas insisté pour rapporter la peinture au poste de police afin de la faire examiner. De toute évidence, il considérait toujours Jed comme son supérieur hiérarchique.

— Je ne trouve rien dans le cadre et rien sur la toile non plus. Il faudra l'apporter au labo pour un examen approfondi.

Jed retourna la peinture d'un air pensif. La toile était tendue sur un morceau de contre-plaqué.

— Apporte-moi de quoi enlever ça, Dora.

— Tu penses qu'il pourrait y avoir quelque chose caché à l'intérieur ? demanda Dora depuis la cuisine où elle fouillait dans les tiroirs. De la drogue, ou des pierres précieuses ? ajouta-t-elle en revenant armée d'un tournevis.

— Reste sur terre, lui dit Jed.

— Et alors ? Ce type a tué pour récupérer ce tableau ; c'est qu'il doit valoir beaucoup d'argent.

— Eloigne-toi un peu de moi, grommela Jed.

Il examinait le fond qu'il venait de décoller.

— Mais ce tableau m'appartient. Je l'ai payé.

Impassible, Jed continuait son inspection.

— Je ne vois aucun compartiment secret.

— C'est étrange, on dirait que la toile est plus ancienne sur l'envers. (Dora s'était approchée pour mieux voir.) Billingsly aura utilisé une vieille toile pour économiser de l'argent.

— Oui, ajouta Jed, mais parfois on peint par-dessus un tableau de maître pour le maquiller.

— Tu penses vraiment qu'il y a une toile de maître derrière cette croûte ? (Dora hochait la tête, incrédule.) Je crois que c'est toi qui rêves, maintenant.

Mais il ne lui prêtait pas plus d'attention désormais qu'à une mouche collée au plafond.

— Il faut retirer cette couche et voir ce qu'elle dissimule, dit-il.

— Une minute. J'ai versé des espèces sonnantes et trébuchantes pour ce tableau. Et je ne te laisserai pas le bousiller à cause d'une intuition de flic.

— Combien ? demanda Jed d'un ton impatient et dédaigneux.

Satisfaite qu'il l'écoutât enfin, Dora croisa les bras sur sa poitrine.

— Cinquante-deux dollars et soixante-quinze cents.

En marmonnant, il tira son portefeuille de sa poche et lui tendit une poignée de billets. Sans un mot, Dora prit l'argent. Seul les sentiments qu'elle avait pour Jed l'empêchèrent de vérifier si le compte y était.

— Quatre-vingts dollars et on n'en parle plus, ajouta-t-clle. Il faut bien que je fasse un petit bénéfice.

— Bon sang ! Tu es plutôt rapace, soupira-t-il et il lui tendit trente dollars.

— Disons que j'ai le sens des affaires, rétorqua Dora en l'embrassant. Marché conclu. J'ai ce qu'il te faut pour décaper ça. Je descends à la boutique. Je n'en ai pas pour longtemps.

— Elle t'a fait payer ce tableau ! s'exclama Brent, admiratif. Et elle s'est pris sa commission au passage. Je pensais sincèrement qu'elle plaisantait.

— Je crois bien que Dora ne plaisante jamais sur les questions d'argent.

Jed recula, alluma une cigarette, et se mit à observer

le tableau comme s'il espérait apercevoir ce qui se cachait sous ces grandes traînées rouges et bleues. Ils entendirent Dora tambouriner à la porte avec son pied.

— Eh, ouvrez-moi. J'ai les mains prises. (Quand Jed ouvrit la porte, elle avança, les bras chargés d'un flacon et de morceaux de chiffon.) Vous savez, ce serait peut-être mieux de faire appel à un expert qui passerait le tableau aux rayons X.

— Pour le moment, je préfère que toute cette histoire reste entre nous, répondit Jed qui venait de s'emparer de la bouteille et des chiffons. Qu'est-ce que tu as là-dedans ?

— Une solution que j'utilise pour décaper les pochoirs. Il faut y aller doucement. Tu peux me faire confiance, j'ai déjà fait ce genre de truc. (Elle s'assit sur ses talons et souffla sur les cheveux qui lui tombaient dans les yeux.) J'essaie ?

— J'ai payé ce tableau. C'est à moi de le faire.

— D'accord, je voulais juste me rendre utile. (Elle lui tendit un chiffon.) Si j'étais à ta place, je commencerais par un coin.

— Je ne vais pas l'abîmer, qu'est-ce que tu crois !

Il s'agenouilla et se mit à frotter le tissu avec délicatesse en commençant par un coin de la toile comme lui avait conseillé Dora. La signature de Billingsly s'estompa peu à peu.

— Il y a quelque chose là-dessous ! s'exclama-t-il après un moment.

— Tu es sérieux ? (Dora, tout excitée, venait de s'approcher.) Qu'est-ce que c'est ? Je ne vois rien.

Elle se pencha sur l'épaule de Jed, qui lui envoya un coup de coude dans les côtes.

— J'ai bien le droit de regarder !

— Pousse-toi ! (Ses muscles se tendaient de plus en plus à mesure que s'effaçait la couche de peinture.) Nom de Dieu ! finit-il par s'exclamer.

— Qu'est-ce qu'il y a ? (Dora s'approcha, excitée.) Monet ! souffla-t-elle d'un air religieux. Claude Monet !

Ô mon Dieu, j'ai acheté un Monet pour cinquante-deux dollars et soixante-quinze cents !

— Erreur ! *J'ai* acheté un Monet pour quatre-vingts dollars.

— De vrais gosses, intervint Brent qui les attrapa par l'épaule. Même un ignorant comme moi sait qui est ce type. Alors je doute qu'un artiste ait peint un tableau par-dessus une toile de Monet.

— Sauf si on avait voulu le dissimuler, fit remarquer Jed.

— Exactement. Je vais essayer de savoir si le vol de ce tableau a été signalé durant les derniers mois.

— Il provient peut-être d'une collection privée, dit Dora qui passait son doigt au-dessus de la signature illustre sans oser la toucher. N'en retire pas davantage, Jed, tu risquerais de l'abîmer.

Jed reposa son chiffon. Elle avait raison.

— Je connais quelqu'un qui s'occupe de restauration. Elle saura travailler dans la plus grande discrétion.

— L'ex-petite amie ? interrogea Dora.

Jed s'adressa à Brent.

— Il va falloir tout raconter à Goldman.

— Bien obligé, répondit l'autre.

Jed posa les yeux sur la signature de l'artiste.

— Je sais que je ne devrais pas te demander ça, mais…

— Combien de temps te faut-il ? lui demanda Brent avant que Jed eût le temps de terminer sa phrase.

— Assez de temps pour aller jusqu'en Virginie, mener ma petite enquête à la salle des ventes et trouver une piste.

Brent hocha la tête en signe d'assentiment et attrapa son manteau.

— J'ai déjà assez à faire avec ce DiCarlo. D'après la police de New York, il n'a pas reparu à son appartement depuis plusieurs jours. Sans compter les autres affaires que j'ai sur le dos. Avec tout ça, mon chef ne pourra pas m'en vouloir si j'oublie de lui rapporter certains petits détails. Tu me rendrais bien service si tu arrivais à découvrir ce que ce tableau peut bien avoir en commun avec la statuette de chien en porcelaine. Bon, tiens-moi au courant ?

— Ne t'inquiète pas.

— Et fais bien attention à toi. Au revoir, Dora.

— Au revoir, Brent. (Dora resta immobile un moment.) Comptez sur nous pour éclaircir ce mystère.

— Comment ça, nous ? demanda Jed qui venait d'attraper la main de Dora. Je n'ai jamais parlé de t'emmener avec moi.

— Tu as des trous de mémoire, Jed. Va plutôt appeler ton amie, réserve deux billets d'avion pour la Virginie. Il ne me faudra pas plus de dix minutes pour faire mes bagages.

— Je ne connais pas une seule femme sur cette terre capable de faire sa valise en dix minutes.

— Tu oublies que je suis une enfant de la balle. J'ai passé ma jeunesse sur les routes.

— Tu ne dois pas venir avec moi. Ça pourrait être dangereux.

— Dans ce cas, je réserverai ma place moi-même.

— Putain ! tu es vraiment la reine des emmerdeuses.

— On me l'a déjà dit. A propos, je voyage toujours en première classe.

Winesap frappa doucement à la porte de Finley. Son patron venait d'avoir une conversation téléphonique de quarante-cinq minutes, et Winesap n'osait préjuger de son humeur. Il passa la tête dans l'entrebâillement de la porte. Finley se tenait près de la fenêtre, les mains dans le dos.

— Monsieur ?

— C'est une bien belle journée, n'est-ce pas, Abel ? Les brûlures que Winesap avait ressenties à l'estomac s'évanouirent tout à coup.

— Oui, monsieur.

— Je suis un homme comblé, Abel. Bâtisseur de ma propre fortune. Parmi tous ces hommes que j'aperçois de ma fenêtre, combien sont heureux lorsqu'ils rentrent chez eux le soir ? (Il se tourna vers son employé.) Que puis-je faire pour vous ?

— J'ai le dossier que vous m'avez demandé sur cette Isadora Conroy.

— Excellent travail, Abel. Vous êtes mon meilleur collaborateur et je voudrais vous donner un gage de ma gratitude.

Ouvrant un tiroir de son bureau, il en sortit un écrin.

— Merci, monsieur. (Humble et ému, Winesap ouvrit la boîte.) Oh, monsieur Finley, s'exclama-t-il d'une voix chevrotante, je ne sais quoi dire.

— Ce n'est rien. Vous êtes un serviteur dévoué, Abel. Et je récompense la loyauté comme je châtie la trahison. Je ne prends plus aucun appel pendant une heure.

— Oui, monsieur. Merci encore.

Mais Finley n'entendait déjà plus. Il était plongé dans la lecture du dossier Isadora Conroy.

20

Il tombait une petite pluie pénétrante et glacée quand ils arrivèrent à Front Royal. Les conditions météorologiques avaient été déplorables durant leur vol depuis Philadelphie. La voiture de location était équipée d'un système de dégivrage qui transformait l'habitacle en sauna. Sur la route, Dora n'avait cessé de papoter sur tout et sur rien, et Jed se détendait en l'écoutant. Il n'était pas tenu de répondre, pas même d'écouter, d'ailleurs.

Dora se remit du rouge à lèvres.

— Tourne deux fois à droite, dit-elle. Il y a un parking derrière l'immeuble.

— J'aurais deviné ça tout seul rien qu'à voir les panneaux.

— Tu es grincheux parce que j'ai réussi à faire mes valises plus vite que toi.

— Absolument pas.

— Bien sûr que si. (Dora lui donnait de petites tapes sur le bras.) Ton orgueil de mâle en a pris un coup. C'est encore à cause de cet orgueil que tu as insisté pour conduire alors que je connaissais la route. Ne crois pas que je m'en formalise. Au contraire, je trouve ça touchant.

— J'ai pris le volant parce que tu étais tellement occupée à parler de la couche d'ozone et de David Bowie que tu aurais provoqué un carambolage.

— Comme ça, dit-elle en l'embrassant, tu écoutais ce que je disais.

— J'en ai encore plein les oreilles. (Jed alla se garer derrière une vieille Ford.) Rappelle-toi, Dora, que tu n'es pas ici pour faire des emplettes.

— Je sais, je sais. (Elle leva les yeux au ciel.) C'est le capitaine Skimmerhorn qui pose les questions. Je reste à deux mètres derrière lui et je la boucle.

Il attendit qu'elle refermât sa portière.

— Tu as bien retenu ta leçon. (Il regarda le visage de Dora sur lequel coulaient des gouttes de pluie.) Tu as une jolie bouche. Dommage qu'elle ne s'arrête jamais de parler.

Ils avancèrent vers la porte d'entrée.

— Je te préviens, le décor est un peu austère. M. Porter ne fait pas dans le luxe ostentatoire.

Elle ne l'avait pas trompé. L'endroit renfermait des rangées entières de meubles poussiéreux, de vitrines encombrées de vieilleries. Des cartons remplis de livres jaunis étaient empilés sans aucun soin sur des étagères.

— Eh, regarde ça, on dirait une édition originale.

Dora n'eut pas le temps de s'approcher que Jed l'avait attrapée par le bras. A la lueur qui brillait dans ses yeux, il devina à quel supplice de Tantale Dora allait être soumise.

— Où sont les bureaux ?

— Au fond, sur la droite. Oh, Jed, juste un petit coup d'œil…

Mais, impitoyable, il la traînait derrière lui.

— Tu es cruel, marmonna-t-elle. Tu es sûr de ne pas vouloir me laisser parler à M. Porter ?

— Non, je m'en charge.

Le bureau de Porter était ouvert, mais vide. Cette pièce contrastait avec la saleté ambiante. Elle était d'une propreté irréprochable et une odeur de cire s'exhalait encore du mobilier fraîchement épousseté.

— On dirait qu'il y a eu des bouleversements dans le coin, constata Dora. La dernière fois que je suis entrée ici, des photos de pin-up étaient accrochées aux murs et l'endroit semblait avoir été dévasté par un bombardement, dit-elle en regardant un vase en porcelaine garni de roses. (Elle se retourna ensuite vers la salle d'exposition.) Porter doit se trouver par là. Il est facile à repérer. Il ressemble à une fouine.

— Que puis-je faire pour vous ?

Jed posa la main sur l'épaule de Dora afin de la faire tenir tranquille et se tourna vers une femme vêtue d'un élégant tailleur.

— Nous aimerions parler à M. Porter.

Les yeux d'Helen Owing s'embrumèrent. Elle poussa un gémissement en épongeant ses larmes avec un mouchoir en papier qu'elle avait tiré de sa poche. Jed bredouilla des excuses tandis que Dora faisait asseoir la secrétaire de Porter.

— Excusez-moi, je suis encore sous le choc. Bien sûr, vous n'êtes pas au courant.

— Au courant de quoi ? demanda Jed qui venait de fermer la porte du bureau.

— Sherman, enfin, M. Porter est décédé. Il a été assassiné.

— Ô mon Dieu ! s'écria Dora.

— Ça s'est passé juste avant Noël. (Elle pointa l'index vers la table de Porter.) C'est moi qui ai découvert le corps.

— Comment a-t-il été tué ? interrogea Jed.

— Abattu d'une balle dans la tête, répondit Helen. Elle enfouit son visage dans ses mains et se mit à pleurer.

— La police suspecte quelqu'un ?

— Non, et ils n'ont pas de mobile. Apparemment, rien n'a été volé. Ils n'ont pas non plus trouvé de traces de lutte. Je suis navrée, monsieur... ?

— Skimmerhorn.

— Vous connaissiez Sherman ?

— Non, pas personnellement. (Il était déterminé à en dire le moins possible.) Mlle Conroy qui est avec moi est antiquaire à Philadelphie. Nous sommes venus chercher des renseignements sur des objets qui ont été vendus ici le 21 décembre dernier.

— Notre dernière vente, soupira-t-elle. J'espère que vous me pardonnerez, mais nous rouvrons la salle des ventes aujourd'hui et je suis encore très ébranlée. Avez-vous un problème ?

— Non, juste une question, répondit Jed avec un grand sourire charmeur. Mlle Conroy a acheté deux objets et nous voudrions connaître leur provenance.

— Puis-je vous demander pourquoi ? Il n'est pas dans nos habitudes de révéler nos sources. A cause de la concurrence, vous comprenez ?

— Je vous rassure, nous voulons seulement connaître l'origine de ces pièces.

— Eh bien... Ce n'est pas très régulier mais après tout.

Dora intervint :

— J'ai le numéro des lots. Ça devrait vous aider : F15 et F18.

Un détail venait de lui revenir en mémoire, qui la fit soudain blêmir, mais elle se ressaisit lorsque Jed lui fit signe de se taire.

Helen Owing s'était levée et fouillait dans les tiroirs d'un classeur.

— Ça y est. Je me souviens. Les deux lots provenaient de New York. (Elle posa un dossier sur le bureau.) Les marchandises n'étaient pas de très bonne qualité. J'avais été très déçue. Pour tout vous dire, je crois qu'elles venaient de chez un particulier. Oui, je vois... Mlle Conroy. Vous avez acheté deux pièces. J'ai bien peur de ne pas pouvoir vous en dire plus.

On frappa à la porte.

— Excusez-moi un instant, dit Helen Owing qui sortit du bureau.

Lorsqu'elle fut partie, Jed se saisit du dossier. Il passa en revue les différentes listes et inventaires, fourrant dans sa poche les documents qui l'intéressaient.

— Mais qu'est-ce que tu fais ! s'exclama Dora. Tu n'as pas le droit. Elle connaît mon nom, en plus.

— Nous ferons des photocopies et nous renverrons les originaux, ça va nous faire gagner du temps. Allez, viens.

Il la prit par la main et l'entraîna dehors.

— Maintenant, tu vas me dire ce qui t'est arrivé dans ce bureau. Tu es devenue blanche comme un linge, demanda Jed une fois qu'ils eurent regagné la voiture.

— Je me suis souvenue de M. Ashworth. J'ai dû te parler de lui. Je l'avais rencontré à cette vente. Il avait acheté un des objets de ces lots.

— L'homme qui s'est fait descendre pendant une tentative de cambriolage, murmura Jed. Tu ne m'as pas dit que sa boutique se trouvait près d'ici ? On va y faire un tour. Ça va aller ?

— Oui. Mais il faut que j'appelle le magasin d'abord. Je ne veux pas que Terri et Lea restent là-bas. Je vais leur dire de fermer.

Il lui prit la main. Elle était glacée.

— Tu as raison.

Après leur visite à la boutique de M. Ashworth, il n'était plus question de regagner Philadelphie dans la journée. Dora avait besoin de repos. Elle ne fit pas d'objection quand Jed réserva une chambre d'hôtel à proximité de l'aéroport. Elle n'avait pas dit un mot depuis qu'ils avaient quitté la salle des ventes, même pas durant leur entretien avec le petit-fils de Tom Ashworth qui leur avait appris que la figurine achetée par son grand-père avait elle aussi disparu.

Jed fit tourner la clé dans la serrure. Ils entrèrent dans la chambre. Dora alla s'asseoir sur une chaise.

— Tu veux manger un morceau ? demanda Jed.

— Non, merci. Je n'ai pas faim.

— Tu dois avaler quelque chose, dit-il en décrochant le téléphone pour commander deux dîners. Le repas sera là dans trente minutes. Ça te laisse le temps de t'allonger un peu.

— Je crois que je vais plutôt prendre un bain. (Elle attrapa son sac, puis se tourna vers Jed.) Ça ne te fait donc rien ? Trois personnes ont été tuées et tu commandes à manger. Tu n'éprouves donc ni peur, ni dégoût ?

— Si, ça me fout en rogne. Va prendre un bain et ne pense plus à rien.

Elle disparut. Jed alluma une cigarette. Il l'avait déçue. Il l'avait lu dans ses yeux. Et rien ne lui importait plus que l'opinion qu'elle avait de lui. Il s'avança vers la porte de la salle de bains et faillit frapper, mais sa main retomba. A quoi bon parler ? Il fallait agir désormais. Il prit le téléphone et composa le numéro de Brent.

— C'est moi, Jed, annonça-t-il quand son ami décrocha.

— Tu as du nouveau ?

— Deux cadavres de plus, oui. (Il parlait doucement, soucieux de ne pas être entendu de Dora.) Le propriétaire de la salle des ventes, Sherman Porter, et un antiquaire du nom de Ashworth, qui avait acheté une statuette de porcelaine pendant la vente. Elle a été volée.

— Elle avait de la valeur ?

— Aucune. J'ai ici la liste de tous les objets des lots concernés avec le nom de tous ceux qui les ont achetés. Tu prends note ?

— D'accord, mais lis lentement. Je ne suis pas très bon en sténo.

Quand il eut fini son énumération, Jed écrasa sa cigarette.

— Il faudrait que tu retrouves la trace de tous ces gens très rapidement.

— Inutile de le préciser, répondit Brent.

— Les lots venaient de New York. J'ai le nom du gars qui les a fait expédier. Un certain Franklin Flowers. Il y a une adresse à Brooklyn. J'irai là-bas demain. Tu as des nouvelles de Mme Lyle ?

— Etat stationnaire.

— Et le tableau ?

— Ton ex travaille toujours dessus. Tu as eu une bonne idée de l'envoyer chez ta grand-mère pour faire le boulot.

— Tu la fais surveiller ?

— Vingt-quatre heures sur vingt-quatre. En échange, il a fallu que je lâche quelques miettes à Goldman. Bon, laisse-moi ton numéro pour le cas où j'apprendrais quelque chose pendant la nuit.

— J'espère que tout ça ne te crée pas d'ennuis.

— Non, rien de sérieux. Goldman est sur la trace de l'assassin de Trainor. Il s'est même fendu d'un petit discours. « Un de mes hommes a été abattu et je ne connaîtrai pas le repos tant que son assassin n'aura pas été arrêté. » Tu vois le style !

— Nous lui apporterons DiCarlo sur un plateau. Il sera content, dit Jed.

— Si nous arrivons à lui mettre la main dessus. On dirait que notre bonhomme s'est évanoui dans la nature.

— Ne t'en fais pas, nous le retrouverons. Je t'appelle de New York.

Il raccrocha, s'adossa aux oreillers et alluma une autre cigarette. Il n'entendait plus l'eau couler. Dora devait être dans son bain.

En effet, Dora nageait dans un nuage de mousse. Mais elle n'arrivait pas à ralentir le flot de ses pensées. Elle ne cessait de revoir les visages ravagés d'Helen Owing et de Sharon Lyle, d'entendre la voix émue du petit-fils de Tom Ashworth. Elle se souvenait des yeux de Jed, dénués de toute émotion, quand il interrogeait les témoins. Cette absence totale de compassion, n'était-ce pas une forme de mort ? Peut-être s'était-elle complètement trompée sur son compte. Rien ne semblait le toucher. Il était comme enveloppé d'une carapace qu'aucune émotion ne pouvait traverser. Il semblait considérer toute cette enquête comme un simple rébus, un problème de logique qu'il lui fallait résoudre.

Elle resta longtemps dans son bain dont l'eau se refroidissait, redoutant le moment où elle se retrouverait face à lui. Elle s'essuya, tendit le bras pour prendre son peignoir et se rappela soudain que c'était Jed qui le lui avait offert. Elle avait occulté ce pan de la personnalité de Jed : sa gentillesse maladroite et bourrue. Elle attendait toujours trop des autres et était souvent déçue. Tout était si compliqué.

Elle ouvrit la porte et sortit dans une brume de vapeur parfumée. Jed se tenait près de la fenêtre et regardait la pluie tomber dehors. Près de lui, deux couverts étaient disposés sur une table roulante. Il s'était versé une tasse de café et la portait à ses lèvres quand il se tourna vers elle. La vision de Dora avançant dans la chambre lui coupa le souffle : elle avait repris des couleurs mais son visage gardait de légères traces de fatigue. Ses cheveux, qu'elle avait grossièrement ramenés sur sa nuque, étaient encore mouillés. L'air était tout embaumé de son odeur. Dans la lumière tamisée, elle ressemblait à une fleur sous un globe de verre.

Il avala une gorgée de café.

— Le dîner est servi. Tu ferais bien de manger pendant que c'est chaud.

Dora observait Jed. Il n'avait plus son regard vide. Au contraire, ses yeux exprimaient son désir, mais aussi un sentiment plus profond. Il ne cherchait qu'à lui rendre les choses plus faciles. Elle refusa la chaise qu'il lui avançait et s'approcha de lui. Elle le serra contre elle et se blottit tout contre lui. Ils restèrent un moment ainsi. Jed passait doucement sa main dans les cheveux de Dora en regardant les gouttes de pluie glisser sur les vitres.

— J'ai tellement peur, avoua-t-elle.

— Il ne faut pas. Plus rien ne peut t'arriver désormais.

— Ce n'est pas seulement ça. J'ai peur de mes sentiments pour toi.

— J'ignore ce que j'éprouve pour toi.

— Je sais. (Elle lui passa la main sur la joue.) Je sais aussi qu'en cet instant précis tu me désires, ajouta-t-elle en posant ses lèvres sur celles de Jed. Fais-moi l'amour.

— Ce n'est pas ce dont tu as besoin.

— Si, murmura-t-elle en l'entraînant vers le lit.

Elle était blottie dans ses bras, somnolente. Il avait été si tendre, si patient. Elle savait que lui aussi, pendant un moment, avait oublié pourquoi ils se trouvaient dans cette chambre. Il lui avait donné tout ce qu'elle avait exigé et avait pris tout ce qu'elle avait à offrir. Elle écoutait maintenant le clapotis de la pluie, dans cet état de semi-conscience qui précède le sommeil.

— Le dîner est certainement froid, dit Jed. Mais tu dois manger. Tu étais si pâle tout à l'heure.

— Je me sens beaucoup mieux, répondit Dora tandis que Jed nouait ses doigts aux siens. (Il avait ainsi de plus en plus souvent des gestes affectueux et Dora se demandait s'il s'en rendait compte.) Dis-moi quelle sera notre prochaine étape.

— Nous partons pour New York demain matin.

— Ai-je bien entendu « nous » ? Tu fais des progrès !

— J'essaie surtout d'éviter une nouvelle discussion.

— Allons, avoue que tu aimes m'avoir près de toi.

— J'aime t'avoir dans mon lit. Le reste du temps, tu n'es qu'une source d'emmerdements.

— Peut-être, mais tu en redemandes. Je me sens en pleine forme.

Il lui caressa délicatement le bout d'un sein.

— A ton service.

— Je ne parlais pas seulement de ça, dit-elle. J'aime ta compagnie.

— Peut-être devrais-tu me fuir, au contraire.

— Non, je ne crois pas.

— Tu ne sais rien de moi. Tu ne connais pas le milieu

d'où je viens et tu ne comprendrais pas, même si je t'expliquais.

— Essaie.

Il secoua la tête et se leva.

— J'ai faim, dit-il. (Il enfila son jean, s'assit sur le bord du lit et prit une assiette.) D'accord, je te raconterai mon histoire pendant que nous mangerons.

Elle n'allait pas laisser passer cette chance. Elle se leva, enfila son peignoir, prit place près de lui et se versa une tasse de café froid.

— D'où viens-tu ?

Il regrettait déjà d'avoir accepté ce jeu idiot.

— De Philadelphie, répondit-il, laconique, en découpant son steak.

— Les beaux quartiers de Philadelphie. Je sais également que l'argent venait à la fois de ton père et de ta mère et que tes parents ne s'entendaient pas.

— Ils se sont toujours haïs, pour autant que je m'en souviens. (Il eut un haussement d'épaules.) Mais il y avait tellement d'intérêts en jeu qu'ils ne se seraient séparés pour rien au monde. Ils se sont disputés pendant vingt-sept ans. Par une ironie du sort, ils sont morts ensemble, quand leur Limousine s'est écrasée contre un arbre.

— Ça n'a pas dû être facile de les perdre tous les deux d'un seul coup.

— Au contraire. De leur vivant, je n'avais jamais éprouvé pour eux que du mépris. Je savais bien que tu ne pourrais pas comprendre.

Elle resta un moment silencieuse.

— Tu as tort. Je pense te comprendre. Tu n'arrivais pas à les respecter et tu avais cessé de les aimer.

— Je ne les avais jamais aimés.

— Bien sûr que si. Tous les enfants commencent par aimer leurs parents. Seulement, ton amour à toi a disparu et, quand ils sont morts, tu t'es senti coupable de ne pas avoir de chagrin. (Elle le regarda.) Ai-je raison ?

Elle avait raison sur toute la ligne mais il se garda de le lui dire.

— Mes parents ont eu deux enfants qu'ils ne désiraient pas, reprit-il. Elaine, et moi. Il leur fallait des héritiers. On me l'a assez répété durant toute ma jeunesse. Ils ne parlaient que de mes devoirs envers eux et des espérances qu'ils plaçaient en moi. J'étais destiné à faire prospérer encore la fortune des Skimmerhorn.

Il détestait remuer tous ces souvenirs douloureux, mais maintenant qu'il avait commencé, il devait aller jusqu'au bout.

— Et Elaine ?

— Nous n'étions aucunement liés l'un à l'autre. (Il disait cela d'un ton morne, dénué de passion, parce que c'était la triste vérité.) Nous passions le plus clair de notre temps à nous éviter. (Il eut un petit sourire triste.) Ce n'était pas toujours facile, même dans la grande bâtisse que nous habitions.

Dora se sentait prise de compassion.

— Tu n'avais pas d'amis à qui parler ?

— Parler de quoi ? Personne n'ignorait que mes parents se détestaient. Les disputes qu'ils avaient en public n'étaient en général que les préliminaires. Elles redoublaient de violence dès qu'ils rentraient à la maison. Et quand ils ne s'entre-déchiraient pas, ils s'en prenaient à Elaine et à moi. Je me suis mis à voler et Elaine à fréquenter des garçons. A vingt ans, elle s'était déjà fait avorter deux fois. Ils ont payé pour étouffer les scandales. Ensuite, mes parents nous ont envoyés en pension, mais ça n'a rien arrangé : j'ai fugué et Elaine a couché avec un de ses professeurs. Finalement, ils ont baissé les bras. Ce fut la seule fois où ils tombèrent d'accord : ils offrirent une grosse somme d'argent à Elaine pour qu'elle accepte d'épouser le fiancé qu'ils lui avaient choisi. Quant à moi, je suis parti vivre chez ma grand-mère. Elaine divorça au bout de deux ans, au moment où je décidai d'entrer à l'école de police. (Il se versa un grand verre de cognac.) Ils menacèrent de nous déshériter, mais ils ne voulaient pas que notre fortune tombe entre des mains étrangères. Alors Elaine se remaria, et moi je pris mon insigne. Puis ils sont morts.

Dora plaignait l'enfant qu'il avait été, et cette famille qu'aucun ciment ne liait.

— Peut-être as-tu raison, dit-elle doucement. Je ne peux pas comprendre que des gens restent ensemble sans s'aimer, qu'ils n'éprouvent aucune affection pour leurs enfants, mais ça ne veut pas dire que je ne te comprends pas.

— Ce que tu dois comprendre, c'est que je ne serai peut-être pas en mesure de te donner ce que tu attends de moi.

— Dans ce cas, ça ne regarde que moi. (Elle but une gorgée de cognac.) Mais ce que tu crains en réalité, c'est que je puisse te donner tout ce que tu attends de moi.

21

Dora avait toujours adoré New York. Lorsqu'elle avait quatorze ans, elle rêvait d'habiter un loft à Greenwich Village. Elle aurait fréquenté une bande de copains bohèmes et ses voisines, des filles un peu paumées, seraient venues lui confier leurs peines de cœur. Depuis, bien sûr, cette idée romantique de la Grosse Pomme s'était un peu ternie, mais elle aimait toujours cette ville, son rythme effréné, son énergie et son arrogance. Elle aimait ces gens qui couraient dans les rues en prenant soin d'éviter votre regard, les vendeurs de marrons chauds sur les trottoirs et la grossièreté des chauffeurs de taxi.

— Salaud! s'écria Jed à l'adresse d'un conducteur qui avait failli leur rentrer dedans.

— C'est chouette, non! dit Dora avec une mine réjouie. (Elle baissa sa vitre et sortit la tête.) Si tu respires cet air-là, tu es sûr de ne pas vivre vieux. Eh, tu as vu cette robe? (Elle plissa les yeux afin d'apercevoir le nom de la boutique.) Magnifique! Gare-toi, je n'en ai que pour quelques minutes.

— Du calme ! grogna Jed. Tu trouves qu'il n'y a pas assez de magasins à Philadelphie ?

— Là n'est pas la question, répondit-elle en contemplant avec un soupir la devanture d'une boutique de chaussures. En plus, c'est la période des soldes.

— Ce n'était pas une bonne idée de te faire traverser Manhattan, dit Jed en insultant un chauffeur de taxi qui venait de lui faire une queue de poisson. Tu salives comme un chien affamé devant un morceau de viande.

— Tu aurais dû me laisser conduire. Je m'y serais prise mieux que toi. De toute façon, c'est toi qui as décidé de venir inspecter l'appartement de DiCarlo.

— Oui, je sais.

— Nous pourrions passer la nuit ici. Ça nous donnerait l'occasion d'aller voir la pièce dans laquelle joue Will et puis de faire un peu de shopping.

— Nous ne sommes pas en voyage d'agrément.

— J'essaie seulement de joindre l'utile à l'agréable.

Sans prêter attention à cette dernière remarque, Jed emprunta la 83e Rue. Comme il ne trouvait pas de place assez grande pour garer leur voiture de location, il fit ce que tout New-Yorkais aurait fait à sa place, il s'arrêta en double file.

— Il va falloir que tu me secondes, Dora.

— D'accord. Qu'est-ce que je dois faire ?

— Tu vas rester sagement ici pendant que je monte chez DiCarlo. Si tu as besoin de déplacer l'auto, fais le tour du pâté de maisons, sans t'arrêter pour acheter des fanfreluches, et reviens m'attendre ici. Je compte sur toi.

— Je ne suis pas débile mais je…

Il ne lui laissa pas le temps de terminer et sortit en lui envoyant un baiser.

— Verrouille les portières, conseilla-t-il avant de s'éloigner.

Vingt longues minutes s'écoulèrent. Dora était sur le point de laisser un mot à Jed pour lui expliquer qu'elle était partie faire des courses. Elle prendrait un taxi et lui laissait la voiture dont il semblait avoir tellement besoin. Elle cherchait un bout de papier dans son sac à main, quand Jed ouvrit la portière.

— Nous devons aller à Brooklyn, déclara-t-il.

— Tu me laisses poireauter ici pendant une demi-heure et c'est tout ce que tu as à me dire ?

— Le concierge m'a laissé entrer dans l'appartement de DiCarlo.

— Et alors, qu'est-ce que tu as découvert ?

— Des chaussures italiennes, quelques costumes portant la griffe d'Armani, des bouteilles de Dom Pérignon et des caleçons de soie.

— Ce type aime le luxe.

— J'ai aussi trouvé quelques photos de famille et un relevé bancaire qui indique un crédit de sept mille dollars et des poussières.

— Nous pouvons donc en conclure qu'il aime sa famille et qu'il met de l'argent de côté. Ça ne cadre pas avec l'assassin que nous recherchons.

— Tous les criminels ont leurs bons côtés. (Ils se dirigeaient maintenant vers le sud.) J'ai aussi découvert des documents portant l'en-tête de la E.F. Incorporated, une société dont le siège est à Los Angeles mais qui possède une succursale à New York, dans Manhattan. J'ai écouté les messages sur son répondeur : cousin Alphonso, tante Sophia et une pute qui se fait appeler Bambi.

— Qu'est-ce qui te fait dire que c'est une pute ?

— Toutes mes excuses, répondit-il en grillant un feu rouge. A sa façon de ricaner et de minauder en appelant DiCarlo « mon gros bébé », j'en ai déduit qu'il pouvait s'agir d'une femme de mauvaise vie.

— OK, je comprends maintenant.

— Par contre, je n'ai trouvé ni carnet d'adresses ni passeport. DiCarlo ne semble pas non plus laisser d'argent en espèces chez lui. Personne dans l'immeuble ne l'a vu depuis une semaine. De plus, il n'a pas pris son courrier dans la boîte aux lettres.

— Tu penses qu'il est toujours à Philadelphie ? demanda-t-elle d'un ton qu'elle voulait détaché mais dans lequel il perçut une note d'inquiétude.

— C'est possible, mais il n'y a pas à s'en faire, Dora. Ta famille ne risque rien.

— Tu as probablement raison. S'il est encore là-bas, c'est après moi qu'il en a. C'est réconfortant de se savoir attendue.

— Il ne te fera rien. Je t'en donne ma parole.

Ils sortirent de Manhattan et rejoignirent Brooklyn. Jed trouva bientôt l'adresse qu'il cherchait.

— Je vais avoir besoin de ton assistance, cette fois, dit Jed en se penchant pour apercevoir la façade de l'immeuble à travers la vitre de Dora.

L'enseigne au-dessus de la porte disait :

F. FLOWERS
ACHAT ET VENTE D'OBJETS ANCIENS

— Et n'oublie pas...

— Je sais, c'est toi qui parles, termina Dora.

Ils pénétrèrent dans une boutique grande comme un mouchoir de poche et encombrée d'un fouillis hétéroclite. La pièce était déserte mais ils entendirent une voix dans le fond, derrière un rideau de perles. Jed fit tinter une sonnette sur le comptoir.

— J'arrive tout de suite, leur lança une voix d'homme mélodieuse.

Flowers sortit de derrière son rideau dans un nuage de fumée odorante. C'était un homme de grande taille, replet, qui avait le visage bienveillant d'un gros nounours. Ses cheveux blonds, clairsemés, étaient ramenés sur le sommet de son crâne. Il tenait entre ses doigts une cigarette longue et fine.

— Bonjour ! lança-t-il sur un ton chantant. Que puis-je faire pour vous ?

Dora, qui était restée interdite devant ce colosse aux airs si avenants, laissa parler Jed.

— Vous êtes bien monsieur Flowers ?

— Oui, c'est ça. Frank Flowers.

— Connaissiez-vous Sherman Porter ?

— Pauvre Sherman ! dit Flowers avec un air peiné.

J'ai appris la nouvelle il y a seulement deux jours. Dans quel monde de violence vivons-nous ! Abattu comme un chien dans sa boutique. C'est affreux.

— Vous lui avez envoyé un colis récemment, n'est-ce pas ? Il est arrivé en Virginie le 21 décembre.

— C'est exact, répondit Flowers avec un sourire triste. Qui aurait pu deviner que c'était la dernière fois que Sherman et moi travaillions ensemble ? Nous avons été des associés et des amis pendant près de six ans.

Jed sortit les documents qu'il avait empruntés à la secrétaire de Porter.

— Il y a un petit problème avec ce colis.

— Vous me surprenez ; Helen ne m'en a pas dit un mot. Remarquez, dans ces circonstances tragiques, il est compréhensible qu'elle ait oublié. Enfin, elle aurait pu m'appeler, plutôt que de vous envoyer ici.

— Nous devions venir à New York de toute façon. Vous aviez acheté les marchandises dans une vente aux enchères, c'est ça ?

— Oui, une petite vente très pittoresque. J'y avais acheté toutes sortes de choses. J'ai ensuite revendu les meubles à des brocanteurs des environs, et j'ai envoyé les pièces plus petites en Virginie. (Il dessina deux ronds parfaits avec la fumée de sa cigarette.) Les objets que j'ai expédiés à Sherman étaient très jolis, je ne vois pas quel problème il a pu y avoir.

— Ça concernait le tableau.

— Quel tableau ? Il n'y avait pas de tableau ! s'exclama Flowers, le poing sur la hanche.

— Une toile abstraite signée E. Billingsly.

— Une peinture abstraite ! Jamais de la vie, ricana Flowers. Je ne m'occupe jamais d'art abstrait : ça se vend très mal. J'ai bien peur qu'il n'y ait un malentendu.

— Avez-vous la liste des marchandises envoyées ?

— Naturellement. Je suis un homme très ordonné. Je n'en ai pas pour longtemps, annonça-t-il en disparaissant derrière le rideau.

Il revint en effet quelques instants plus tard avec deux chemises, l'une d'un jaune vif et l'autre rouge.

— Le dossier jaune contient l'inventaire de ce que j'ai acheté à la vente, expliqua-t-il. (Il ouvrit la chemise, dans laquelle étaient soigneusement rangées des listes dactylographiées.) Voyons ça. Nous disions que la vente a eu lieu le 12 décembre. Ah, la voici, dit-il en posant l'index sur une feuille à laquelle était agrafé un reçu. Vous avez ici la liste des marchandises et, comme vous pouvez le voir, il n'y figure aucun tableau.

Jed lut le document et constata qu'il n'y était pas fait mention non plus d'une figurine de chien en porcelaine ni de la statuette qui avait coûté la vie à Tom Ashworth.

Flowers ouvrit la chemise rouge.

— Je garde dans cette chemise les inventaires des colis adressés à Sherman. Dieu ait son âme! Si vous regardez le document concernant l'envoi du 21 décembre, vous remarquerez comme moi qu'il ne parle pas d'un quelconque tableau. J'ai dans l'idée que ce pauvre Sherman a mélangé mes marchandises avec celles d'un autre colis. Ce n'était pas le plus organisé des hommes, vous savez.

— Vous avez sans doute raison, lui répondit Jed.

— Non, il a tort, affirma Dora en ouvrant la portière de la voiture. J'ai bien vu le jeune employé de Porter installer les marchandises juste avant la vente. Elles venaient d'arriver.

Songeur, Jed jouait avec son trousseau de clés.

— Aucun des articles répertoriés dans la liste de Flowers ne correspond au contenu du lot vendu chez Porter.

— Peut-être qu'il ment, avança Dora. (Mais, jetant un regard derrière elle, elle ajouta :) Non, je crois qu'il était sincère.

Jed se tourna vers sa compagne.

— Ecoute, Dora. Pour transporter un Monet volé et d'autres pièces frauduleuses, quoi de mieux que de les camoufler en objets ordinaires ?

— Peut-être, mais alors pourquoi les envoyer à une salle des ventes ? interrompit Dora qui semblait plongée dans une intense réflexion. En sachant qu'elles seront achetées par des inconnus.

— Et qu'il faudra ensuite les récupérer, ajouta Jed.

— Autrement dit, quelqu'un a fait une connerie. DiCarlo, peut-être.

— Peut-être, ou alors...

— Ou alors, quoi ? interrogea Dora.

— Les bordereaux d'expédition, dit Jed. Celui de Porter et celui de Flowers portaient tous deux l'en-tête de la société Premium. (Il mit le contact.) Filons, j'ai plusieurs coups de fil à passer.

Dora mangeait sans appétit un sandwich. En attendant Jed qui était pendu au téléphone, elle sortit un bloc-notes de son sac et se mit à y griffonner une sorte de diagramme.

— Le Monet est très probablement authentique, déclara Jed en s'asseyant. Pour en être certains, ils doivent encore procéder à des tests. Mais nous avons l'accord de l'ami de ma grand-mère.

— Et qui est cet ami ?

— Oh, un mec qui était conservateur au Metropolitan Museum. (Jed mordit dans un sandwich et fit signe à la serveuse de lui apporter une tasse de café.) Apparemment, tous les gens qui ont acheté des marchandises à la vente du 21 décembre ont été agressés ou cambriolés pendant la semaine qui a suivi. Et, dans tous les cas, l'objet provenant de chez Porter a été dérobé. Brent prétend qu'on a voulu faire croire à du boulot d'amateur. A part ça, aucune trace de DiCarlo. Il s'avère être une sorte de vice-président au sein de la filiale new-yorkaise de la société E.F. Incorporated, où il n'a pas remis les pieds depuis Noël. Ils ont, paraît-il, reçu plusieurs appels de lui, mais plus rien après le 31 décembre. Sa secrétaire n'a pas pu dire où il se trouvait et sa mère a fait lancer un avis de recherche ce matin.

— Ça veut dire qu'il est en fuite. J'espère bien qu'il finira dans un précipice. Qu'est-ce qu'on fait maintenant ?

Jed haussa les épaules en prenant une autre bouchée de sandwich.

— Si nous arrivons à rassembler assez de preuves pour lui coller sur le dos les meurtres commis à Philadelphie et en Virginie, nous confierons l'affaire au F.B.I.

— Et ce n'est pas ce que tu souhaites, n'est-ce pas ? Je commence à lire dans tes pensées, capitaine.

— J'aime bien terminer moi-même ce que j'ai commencé. (Nonchalamment, il retourna le bloc-notes que Dora avait laissé sur la table.) On joue encore les détectives, à ce que je vois.

Le diagramme qu'elle avait dessiné n'était pas dépourvu d'intérêt : en haut d'une pyramide, figurait la société Premium. De là partaient deux lignes au bout desquelles Dora avait inscrit, d'un côté, le nom de Porter et, de l'autre, un point d'interrogation. La liste des marchandises que Flowers prétendait avoir envoyées apparaissait sous ce point d'interrogation, tandis que le nom de Porter était relié à ceux des différents acheteurs, eux-mêmes associés à une description des objets acquis. Par une ligne supplémentaire, Dora avait rattaché son nom à celui de Mme Lyle.

— Quels sont les déductions de miss Marple ? demanda Jed.

— Ce n'est qu'une théorie, répondit Dora qui n'appréciait pas le ton ironique de son compagnon. En fait, je vois deux scénarios possibles. Premièrement, DiCarlo se fait doubler et celui qu'il avait chargé de s'occuper de l'expédition des marchandises s'est empressé d'envoyer le colis en Virginie.

— Pourquoi aurait-il fait ça ?

— Je n'en ai aucune idée. Une histoire de revanche ou de rivalité ou bien simplement un employé qui s'est emmêlé les pinceaux.

— Ça ne tient pas debout.

— Tu as peut-être une meilleure théorie ?

— Ouais. Mais d'abord, je voudrais bien connaître la solution numéro 2.

— Je n'ai pas à supporter tes airs condescendants, Jed.

— Pardonne-moi.

— Eh bien, reprit-elle, nous savons maintenant qu'il y avait deux colis : l'un contenait les objets achetés par Flowers, l'autre les marchandises frauduleuses. Il semble évident que DiCarlo n'aurait pas expédié ses précieux biens à une salle des ventes où ils seraient cédés au plus offrant. Ma conclusion est donc que les deux colis ont été intervertis.

— Continue, l'encouragea Jed, tu es sur le point de gagner ton insigne de policier.

— Etant donné que les deux bordereaux d'expédition provenaient de la société Premium, j'en déduis que l'erreur s'est produite là-bas.

— Excellent travail. (Jed était fier de l'exposé que venait de lui faire Dora. Il régla l'addition et se leva.) Viens, nous avons à faire dans Queens.

— Minute ! s'exclama Dora en le rejoignant à la porte. Est-ce que ça signifie que ma théorie tient la route ?

— Disons qu'elle mérite d'être vérifiée.

Elle lui bloqua le passage.

— Cette réponse ne me satisfait pas. Regarde-moi dans les yeux, et dis-moi que j'ai raison.

— OK, tu as raison.

Elle poussa un cri de triomphe et ouvrit la porte en grand.

— Alors, qu'est-ce que nous attendons ?

Ils attendaient dans le bureau de Tarkington depuis une vingtaine de minutes.

— Finalement, le métier de policier a des côtés très routiniers.

— Tu penses déjà à laisser tomber, Dora ?

— C'est à ce genre de trucs que tu as occupé ton temps pendant toutes ces années ?

Jed lui tournait le dos. Il regardait, à travers la porte vitrée, les employés qui s'affairaient autour des convoyeurs.

— Tu n'as pas idée des heures que j'ai pu passer à faire le pied de grue.

Dora eut un bâillement sonore.

— Je suppose que ça t'a appris la patience.

— Ne crois pas ça. Les longues heures d'attente sont entrecoupées de moments de peur. Il faut toujours être sur ses gardes.

De l'endroit où elle était assise, Dora apercevait le profil de Jed. Elle sentait qu'il était ailleurs, dans un lieu où il ne souhaitait pas qu'elle le suivît.

— J'ai du mal à t'imaginer effrayé, murmura-t-elle.

— Je te disais bien que tu ne me connaissais pas. Tiens, je crois que voilà notre homme.

Tarkington s'avançait vers eux, arborant un large sourire.

— Monsieur Skimmerhorn, mademoiselle Conroy. (Il serra la main de Jed avec chaleur.) Je suis désolé de vous avoir fait attendre. Voulez-vous un peu de café ?

Tarkington remplit deux gobelets qu'il leur tendit.

— Je sais que vous êtes très occupé, dit Jed. J'espère ne pas vous retenir trop longtemps.

— Je suis toujours disponible pour nos clients. Je crois que vous avez des questions concernant un colis que nous avons expédié.

— C'est exact. (Jed mit la main dans sa poche d'où il tira les numéros des ordres d'expédition qu'il avait recopiés chez Flowers.) Cet envoi portait la référence ASB-54467. Il est parti le 17 décembre à destination de Front Royal, en Virginie.

— Pouvez-vous me dire précisément quel est le problème ?

— Les marchandises expédiées ne sont pas celles qui ont été réceptionnées.

Tarkington, qui tapait sur les touches de son ordinateur, laissa retomber ses bras. Il fit une grimace, comme s'il souffrait soudain de maux d'estomac.

— Dieu tout-puissant ! ne me dites pas que ça s'est encore produit.

Jed sursauta.

— Vous voulez dire que c'est déjà arrivé ?

Tarkington s'était ressaisi.

— Je peux pourtant vous assurer, monsieur Skimmerhorn que la société Premium jouit d'une excellente réputation. Je dois dire à notre décharge que, cette année, la période de Noël a été particulièrement animée. Le 17 décembre, me disiez-vous. (Une lueur s'alluma dans ses yeux.) J'y suis !

— Que se passe-t-il ?

— Nous avons eu une réclamation d'un de nos clients concernant un envoi fait à cette même date. Il était très ennuyé et n'a pas fait preuve d'autant de compréhension que vous.

— DiCarlo, laissa échapper Dora.

Tarkington la gratifia d'un grand sourire.

— Oui, c'est bien son nom. Vous le connaissez ?

— Un peu, répondit Dora qui prit un air indifférent.

— Vous pouvez vous vanter de me soulager d'un lourd fardeau. J'ai essayé par tous les moyens de retrouver la trace des marchandises de M. DiCarlo. De toute évidence, les deux colis ont été intervertis. Je préviens M. DiCarlo sur-le-champ.

— Ne prenez pas cette peine. Nous nous en chargerons, intervint Jed.

Il regardait, par-dessus l'épaule de Tarkington, les données affichées sur l'écran de l'ordinateur et nota le nom de l'employée qui s'était occupée de l'envoi.

Tarkington contemplait ses visiteurs avec une mine réjouie.

— Bien sûr, nous vous rembourserons les frais d'expédition, ainsi qu'à M. DiCarlo.

— C'est entendu, répondit Jed.

— J'avais raison, chuchota Dora alors qu'ils quittaient le bureau de Tarkington.

— Attends, avant de te congratuler. (Jed s'avança vers l'un des employés :) Où est Johnson ?

— Opal ? Elle est là-bas.

Ils avaient pris place dans la salle à manger du personnel et écoutaient le récit d'Opal Johnson. Jed s'était dit que Dora, avec sa capacité d'écoute, s'en sortirait bien mieux que lui. Aussi s'enfonça-t-il dans sa chaise en allumant une cigarette. Elle jouait très bien son rôle, mais il ne lui avouerait jamais.

— C'est incroyable ! s'écria-t-elle, tout excitée, alors qu'ils retournaient vers leur voiture. Cette femme mélange des ordres d'expédition et on se retrouve avec un Monet volé. (Elle souriait.) Je crois que ce métier commence à me plaire.

— A ta place, je me cantonnerais à la brocante, lui conseilla Jed.

— Tu pourrais au moins me féliciter pour ce brillant interrogatoire.

— OK, tu t'en es bien tirée, mais ne prends pas la grosse tête.

— Je ne prends pas la grosse tête, rétorqua-t-elle en retirant ses chaussures. Maintenant que nous avons tous les éléments, il ne reste plus qu'à retrouver DiCarlo.

— Ça, c'est l'affaire des grands garçons, ma biche.

— Ne me dis pas que tu vas abandonner maintenant ?

— Non. Je veux juste te faire comprendre qu'il est temps de te mettre à l'abri.

— Je ne te laisserai pas agir sans moi, Jed. Si je ne m'étais pas fichue dans ce pétrin, tu en serais encore à soulever des haltères en boudant dans ta chambre.

— Il faudrait peut-être que je te remercie.

— Oui, mais je te laisse le temps d'y réfléchir. (Détendue, elle s'enfonça dans son siège.) Tu es certain de ne pas vouloir passer la nuit dans un hôtel de luxe ?

— Non merci, j'en ai plein le dos de New York.

En fait, il avait hâte de vérifier un autre point. L'écran de Tarkington avait été une mine de renseignements. Il avait découvert ainsi le nom de celui à qui le colis frauduleux était destiné : un certain Abel Winesap de la société E.F. Incorporated à Los Angeles.

22

La température qui régnait au-dehors, ce matin-là, n'empêcha pas Finley de sacrifier à son rituel quotidien qui consistait à faire cinquante longueurs dans sa piscine chauffée sur une musique de Vivaldi que diffusaient des haut-parleurs dissimulés dans les bosquets de jasmin.

Finley interdisait à quiconque de souiller l'eau de sa piscine. Personne n'était autorisé à s'y baigner, pas même ses amis. Un jour, un de ses hôtes y avait plongé. Le lendemain, Finley avait fait vider la piscine et ordonné qu'elle fût entièrement nettoyée. Naturellement, l'impudent n'avait plus jamais été invité. Finley sortit de l'eau. Avant d'enfiler le peignoir que son maître d'hôtel lui tendait, il eut le temps de sentir avec délice le froid sur sa peau parcourue de frissons.

— Quel temps ? demanda-t-il en s'essuyant énergiquement.

— Douze minutes et dix-huit secondes, monsieur.

Un jour, le domestique avait réellement chronométré son maître et la scène qui s'était ensuivie l'avait dissuadé à jamais de recommencer. Depuis, il trichait et arrêtait le chronomètre lorsque douze minutes et dix-huit secondes s'étaient écoulées.

Satisfait, Finley prit le verre qu'on lui tendait : un cocktail vitaminé mis au point par son entraîneur personnel. Ce mélange de plantes et de racines avait un goût affreux, mais Finley l'avala d'un trait comme il aurait bu de l'eau puisée à la fontaine de jouvence.

Finley congédia le maître d'hôtel. Maintenant, il pouvait réfléchir en toute sérénité au problème que lui posait Isadora Conroy. La jeune femme était très jolie. Il ne serait pas déplaisant de s'occuper d'elle. Il se doucha et se vêtit, puis il prit un agréable petit déjeuner dans le patio, à quelques pas de l'endroit où il avait abattu DiCarlo. Il n'avait pas un instant cessé de penser à Isadora Conroy. Soudain, il trouva la solution et son visage s'illumina. Il était sûr de réussir. Et s'il échouait, eh bien, il ne lui resterait plus qu'à tuer la jeune femme.

Dora était contrariée, bien qu'elle cherchât à s'en défendre. Sa réaction n'était que trop prévisible. Elle se comportait comme l'aurait fait n'importe quelle femme qui se serait éveillée seule dans son lit, ignorant l'endroit où son amant avait pu aller et quand il reviendrait.

Or Dora n'était pas n'importe quelle femme. Elle ne se laisserait pas désarçonner aussi facilement. Après tout, Jed et elle étaient des adultes libres d'aller et de venir à leur guise. Elle était bien résolue à ne même pas lui demander où il était allé. Mais quand elle entendit frapper à la porte, elle traversa le salon d'un pas martial, le menton en avant.

— Jed, espèce de salaud, grommela-t-elle, j'espère que tu as une explication.

Elle ouvrit la porte d'un geste violent et préparait déjà les insultes dont elle allait abreuver le lâcheur. Mais elle dut ravaler ses paroles car elle se trouva nez à nez avec Honoria Skimmerhorn Rodgers.

— Oh, laissa-t-elle échapper en essayant de recoiffer ses cheveux en bataille. Madame Rodgers, bonjour.

— Bonjour, Dora. (Honoria ne laissa rien paraître de son amusement devant la mine déconfite de Dora.) Je vous surprends au saut du lit.

— Euh, non... (Dora réprima un rire nerveux et sourit.) Si vous cherchez Jed, il n'est pas ici.

— En fait, c'est vous que je venais voir. Puis-je entrer un moment ?

— Naturellement.

Dora recula pour laisser entrer sa visiteuse. Vêtue simplement d'un sweat-shirt élimé trop grand pour elle et d'un pantalon de jogging, elle se sentit honteuse.

— Cet endroit est charmant ! s'exclama Honoria quand elle passa la porte, laissant flotter derrière elle les effluves d'un parfum français. Je me suis souvent demandé à quoi pouvaient bien ressembler ces appartements de South Street. Je trouve celui-ci exquis. Il est plutôt grand.

La sincérité d'Honoria réconforta Dora.

— Oui, j'ai besoin de beaucoup d'espace. Puis-je prendre votre manteau ?

Tandis que Dora rangeait le vison d'Honoria, celle-ci faisait le tour de la pièce.

— Je vais vous servir une tasse de café. Mettez-vous à l'aise.

— Je vous remercie beaucoup. J'espère ne pas trop vous déranger.

Honoria ne pensait pas faire preuve d'une curiosité déplacée. Elle s'intéressait à Dora et appréciait la manière dont la jeune femme avait meublé son logis. Cette fille était exactement ce qu'il fallait à Jed, se disait-elle.

— Voilà le café, annonça Dora qui cherchait une façon élégante de filer dans la salle de bains se mettre un peu de rouge à lèvres. Le prendrons-nous ici ?

— Laissez-moi vous faire un peu de place sur la table. Quel arôme ! Et vous avez préparé des petits gâteaux. Comme c'est gentil à vous ! (Honoria eut soudain un petit rire.) C'est très délicat de votre part de ne pas me demander ce qui m'amène ici à une heure aussi matinale. (Honoria but une gorgée.) Votre café est délicieux.

— En fait, je brûle de vous interroger sur le tableau, avoua Dora.

— Très bien. (Honoria s'enfonça dans son fauteuil, tenant sa tasse et sa soucoupe avec une aisance propre aux femmes de sa classe.) Je crois que nous avons des informations à échanger.

— J'ai peur de ne pas bien comprendre.

— Mon petit-fils me demande de garder chez moi cette toile sur laquelle une vieille amie doit travailler. Il me prie de garder le plus grand secret sur cette affaire et me fait protéger par la police. (Elle sourit et pencha légèrement la tête.) Et il ne me fournit bien sûr aucune explication.

— Ça lui ressemble bien ! s'exclama Dora. Pouvez-vous me dire pourquoi nous supportons tout ça de lui ?

— Mais parce que nous l'aimons, ma chère enfant. Est-ce que je me trompe ?

— Non, pas du tout. Mais ça ne lui donne pas tous les droits. (Dora sentait renaître en elle la colère qu'elle avait éprouvée quelques instants plus tôt.) Je vais vous raconter toute l'histoire. Ensuite, vous me direz ce que vous savez du tableau.

— C'est exactement ce que j'avais prévu. A propos, vous pouvez m'appeler Ria, c'est ainsi que m'appelait mon époux.

Dora entama son récit. Jed avait certainement de bonnes raisons pour laisser sa grand-mère dans l'ignorance mais, d'un autre côté, il l'avait impliquée totalement dans cette affaire et Dora se sentait tenue, par simple courtoisie, d'éclairer Honoria. Sa visiteuse l'écouta sans l'interrompre. Elle buvait tranquillement son café et ne laissait rien paraître des émotions qui l'habitaient. Son éducation lui interdisait de se laisser aller à des accès d'humeur. En l'observant, Dora comprit de qui Jed tenait son flegme.

— Tout cela a dû être une terrible épreuve pour vous, intervint enfin Honoria.

— C'est l'accident de Mme Lyle qui m'a le plus touchée. Quoi qu'en dise Jed, je me sens un peu responsable.

— Je vous comprends. (Dora se sentit réconfortée par ces paroles simples.) Vous êtes une femme sensible et c'est tout à votre honneur. Mais ce DiCarlo… (Honoria prononça ce nom avec un dégoût de femme du monde.) La police sait-elle où il se cache ?

— Je ne pense pas, répondit Dora en haussant les épaules. De toute façon, s'ils savaient quelque chose ils ne m'en diraient rien.

— C'est typiquement masculin. Je crois qu'ils gardent en eux un instinct ancestral de domination, dit

Honoria sur un ton indulgent que Dora ne put s'empêcher d'admirer. Ils pensent tout savoir mieux que nous.

— Jed ne m'a pas dit ce qu'il comptait faire du tableau.

— Ah, vous voyez. Je souhaiterais pouvoir vous aider, mais il n'a pas jugé utile de me faire part de ses projets non plus. Cependant, je peux vous parler de la toile. Elle est magnifique. (L'émotion illuminait ses traits.) Il reste à faire certains tests mais, en ce qui me concerne, je n'ai aucun doute quant à son authenticité. Il s'agit d'une de ces toiles que Monet a peintes à Giverny. (Son regard était devenu songeur et sa voix plus douce.) Quelle lumière ! Ethérée et lyrique à la fois. En regardant ce tableau, vous avez l'impression de sentir le parfum des fleurs et des eaux dormantes. Saviez-vous qu'il avait exécuté plus de dix-sept toiles durant cette période ?

— Oui. Monet est mon peintre préféré. Je n'aurais jamais pensé acquérir un jour une de ses œuvres, même indirectement.

— J'en possède une moi-même. Mon époux me l'avait offerte pour notre dixième anniversaire de mariage. J'avais mis les deux toiles côte à côte dans ma chambre. Juste avant que la police ne reprenne le tableau volé, je suis restée un long moment à les contempler en pleurant. J'aimerais croire que ce DiCarlo l'avait dérobée pour sa beauté, et non pour sa valeur marchande. Au moins, je comprendrais son geste.

— Ils auraient au moins pu me laisser la voir. Après tout, je l'avais achetée, se lamenta Dora. Mais non, je me suis levée ce matin et le lit était vide. L'oiseau s'était envolé. Il n'a même pas laissé un mot. J'ai l'impression que... (Elle s'interrompit brusquement. Elle venait de se rappeler qu'elle s'adressait à la grand-mère de Jed.) Je vous demande pardon.

— Ne vous excusez pas, répondit Honoria, et elle renversa la tête en riant. Je suis ravie au contraire, et j'espère bien que vous lui rendrez la monnaie de sa pièce. Il n'a reçu dans sa vie de leçons que de gens qui ne l'aimaient pas, et c'est autrement douloureux.

Dora sentit s'évanouir sa gêne.

— Ria, je n'aimerais pas que vous pensiez que j'ai des liaisons avec tous mes locataires.

— Vous craignez de me choquer ? Laissez-moi vous confier un secret. Quand j'ai épousé le grand-père de Jed, j'éprouvais pour lui une attirance physique. Il était grand, blond, fort et m'excitait terriblement. Grâce à Dieu, Jed a hérité la beauté de son aïeul, mais pas de sa personnalité. Walter Skimmerhorn était un homme froid, souvent cruel et ennuyeux à mourir. Des défauts impardonnables chez un mari... Il m'a fallu moins d'un an pour comprendre mon erreur, mais, à mon grand regret, j'ai mis beaucoup de temps à la réparer. (On sentait à son ton que le ressentiment n'était pas mort après toutes ces années.) Mais vous, vous avez eu l'occasion de constater que mon petit-fils n'est pas seulement agréable à regarder. Si j'avais un conseil à donner aux nouvelles générations, je leur dirais de vivre ensemble comme vous le faites, Jed et vous, avant de se marier.

— Nous ne... (Dora sentait son cœur s'emballer.) J'espère ne pas vous avoir laissé croire que Jed et moi pensions nous marier.

— Absolument pas, répondit Honoria, mais elle imaginait déjà les beaux arrière-petits-enfants que ce couple lui donnerait. Jed m'a dit que vos parents étaient les fondateurs du Liberty Theater. J'ai vu beaucoup de leurs spectacles et j'espère avoir l'honneur de les rencontrer un jour.

Avant que Dora eût le temps de répondre, on frappa à la porte. Elle se leva. Le rouge qui lui était monté aux joues lorsque Honoria avait évoqué un mariage avec Jed ne s'était pas encore estompé. Elle ouvrit la porte. Jed se tenait sur le seuil et la regardait avec insistance : pieds nus et les cheveux ébouriffés, elle lui semblait terriblement séduisante.

Il l'attira vers lui et, sans lui laisser le temps de dire un mot, colla ses lèvres aux siennes dans un baiser brûlant.

— Qu'est-ce que tu portes là-dessous ?

— Jed...(elle était maintenant rouge comme une écrevisse)... ta...

— Inutile de répondre, je trouverai bien tout seul.

Il la prit dans ses bras et la porta à l'intérieur, en l'embrassant toujours. Morte de honte, elle se blottit contre sa poitrine. Elle parvint enfin à dégager sa bouche et inspira profondément.

— Tu devrais me reposer par terre et dire bonjour à ta grand-mère.

— Quoi ?

— Bonjour, Jedidiah, lança Honoria qui s'essuyait le bout des doigts sur sa serviette de table. Dora et moi prenions une petite tasse de café ensemble, te joindras-tu à nous ?

Jed ne se montra pas embarrassé, même s'il laissa retomber un peu trop brutalement Dora sur le sol.

— Grand-mère, tu voulais me voir ?

— Non, pas vraiment. Je rendais juste une petite visite amicale. (Elle regarda Dora qui apportait une autre tasse.) Dora et moi parlions de Monet. Il se trouve que nous aimons toutes les deux ce peintre.

— C'est l'affaire de la police, maintenant.

Dora prit la parole.

— Honoria et moi souhaiterions savoir ce qu'il est advenu du tableau.

Jed ne se sentait pas d'attaque à les affronter toutes les deux, aussi préféra-t-il lâcher quelques informations.

— Nous, enfin, Brent l'a apporté au commissaire divisionnaire Rilke ce matin. Ils vont le garder en attendant.

— Ainsi, dit Honoria, amusée, vous avez court-circuité ce détestable Goldman. Excellente idée. C'est un incapable et il n'a rien à faire à la tête d'un service de police. (Elle se leva bientôt et se prépara à partir.) Merci pour le café. J'espère avoir l'occasion de revenir vous voir.

— Quand vous voudrez. (Dora déposa un baiser sur la joue d'Honoria.) Je vais chercher votre manteau.

— Je n'aurai pas le temps de visiter ton appartement, dit Honoria en se tournant vers son petit-fils.

— Il n'y a rien à voir de toute façon. (Jed se pencha vers sa grand-mère et l'embrassa. Il était gêné par le regard de Dora qu'il sentait sur lui.) Merci beaucoup pour l'aide que tu nous as apportée. J'aimerais maintenant que tu oublies tout ce qui s'est passé.

Honoria lui répondit par un sourire et sortit.

— Quelle femme ! s'exclama Dora quand elle fut partie.

— Que voulait-elle ? demanda Jed.

— Oh, juste quelques informations que tu n'as pas eu la courtoisie élémentaire de lui confier.

Dora s'apprêtait à emporter le plateau mais elle sursauta lorsque Jed l'attrapa par les épaules.

— Si j'avais voulu qu'elle ait ces informations, éructa-t-il, hors de lui, je les lui aurais données moi-même.

— Tu as mis Ria en danger à la minute où tu lui as confié ce tableau. Je suis désolée que ça t'irrite, mais quand elle m'a interrogée, je n'ai pu que lui répondre.

— Bordel ! Nous allons avoir un mal de chien à garder cette affaire secrète, tu peux comprendre ça ?

— Tu penses peut-être que ta grand-mère va faire passer une annonce dans le journal local ?

— Moins il y aura de gens au courant et mieux ce sera.

— Je suppose que ça me concerne aussi. (Elle souleva le plateau et se dirigea vers la cuisine.) C'est pourquoi je me suis réveillée seule dans mon lit ce matin, sans savoir où tu étais passé.

— Attends une minute. De quoi parles-tu ?

— De rien. (Furieuse, elle posa les tasses dans l'évier.) De rien du tout, espèce de macho.

Jed s'adossa au chambranle de la porte. Il ne savait pas s'il devait être amusé ou exaspéré.

— Tu fais la tête parce que je suis sorti ce matin ? Mais je ne voulais pas te réveiller. (Il revit Dora endormie, ses cheveux décoiffés sur l'oreiller. S'il avait été tenté de la tirer du sommeil, ça n'aurait pas été pour la prévenir qu'il allait sortir.) Je me suis levé tôt, j'ai passé une heure à mon club de gym, puis j'ai pris un petit déjeuner avec Brent, nous...

— Je t'ai demandé un compte rendu ?

Sous le ton distant de Dora, il percevait la colère qui bouillonnait.

— Ouais, bien sûr que tu m'en as demandé un, dit-il en la suivant dans le salon.

— Bon, laisse tomber.

— Dis-moi, une question me turlupine. Qu'est-ce qu'une femme peut bien porter sous un sweat dix fois trop grand pour elle ?

Il la poussait vers la chambre à coucher où ils se laissèrent tomber sur le lit comme deux enfants chahuteurs.

— Rien d'important, répondit-elle. Rien du tout, en fait.

— Il y a un trou dans la manche.

— Je sais, j'ai cru mourir de honte quand ta grand-mère m'a surprise dans cette tenue.

— Et il y a une tache là, dit-il en promenant son index entre ses seins.

Elle soupira et passa les doigts dans les cheveux de Jed.

— J'avais l'intention d'en faire des chiffons, mais...

Elle ne termina pas sa phrase car il venait de lui déchirer son sweat-shirt.

— Eh bien, comme ça c'est fait.

Dora n'eut pas le temps de décider si elle devait rire ou se mettre en colère. Jed venait de coller sa bouche sur sa poitrine et elle sentit le désir l'emporter.

— J'ai eu envie de t'arracher tes vêtements à la minute où je t'ai vue.

L'excitation la faisait suffoquer. Les mains de Jed, possessives, descendaient vers sa taille.

— Mais tu m'as claqué la porte au nez ce soir-là.

— C'était ma façon de me défendre.

D'un geste violent, il lui enleva son pantalon de jogging. Il s'écarta d'elle. Les rayons d'un soleil généreux dessinaient un halo autour du visage et des cheveux de

Dora. Elle était couchée sur le lit, nue, et il se sentait comme un guerrier prêt à se lancer dans la bataille.

Le corps de Dora frissonnait de plaisir comme si Jed l'avait caressé de ses mains, et non du regard. Sa poitrine, petite, ferme, d'un blanc de neige, le provoquait. Il baissa la tête, et se mit à dessiner de petits cercles autour des aréoles tentatrices. Son corps se tendit comme une corde. Son cœur s'emballait.

— Je veux te regarder, murmura-t-il en attrapant la main de Dora qu'il fit glisser jusqu'au triangle de satin rose et humide.

Le plaisir se lova en elle comme un serpent, la secouant d'un spasme violent. Jed était surpris de pouvoir encore respirer. Il était dévasté par la vision érotique de Dora succombant à la volupté : elle s'y abandonnait avec une telle générosité.

Jed continuait à observer sur le visage de la jeune femme les vagues du plaisir pendant qu'il retirait ses vêtements. Il s'agenouilla enfin, l'attrapa par les hanches en l'attirant vers lui et se glissa en elle. Dora gémit. Le regard de Jed resta longtemps rivé sur sa compagne, même lorsque sa vue se troubla et qu'il se sentit perdre pied.

— Je te dois un sweat-shirt, dit-il, et il tendit à Dora celui qu'il avait porté.

Elle examina le vêtement.

— Il est encore plus moche que celui que tu as déchiré.

— On pourrait allumer un feu et passer le reste de la matinée au lit à regarder la télévision, dit-il en se rhabillant.

Elle secoua la tête.

— Ce programme est très tentant, mais pourquoi donc ai-je l'impression que tu cherches à me tenir à distance ?

— Comment peux-tu dire ça, alors que je me propose de passer le plus clair de la journée couché sur toi ?

— Brent et toi mijotez quelque chose et vous ne voulez pas que j'y sois mêlée. (Elle remarqua à sa grande déception qu'il ne cherchait pas à nier.) De toute façon, je trouverai bien ce que vous me cachez.

— Et comment ?

Elle sourit.

— Quand je serai sur toi, je te tirerai les vers du nez.

Elle se précipita dans les bras de son amant. Penchée en arrière, elle se mit à l'embrasser avec passion.

— Je t'aime.

Il se raidit immédiatement et Dora sentit son cœur chavirer.

— Je suis désolée. Ça m'a échappé. (Elle était si triste qu'elle se détourna pour ne pas croiser le regard de Jed.) Tu n'auras qu'à mettre ça sur le compte de l'enthousiasme.

Il était resté sans voix.

— Dora... commença-t-il enfin.

— Vraiment, j'ai parlé trop vite, je suis désolée.

Si elle ne réagissait pas très vite, elle allait éclater en sanglots. Avec un sourire contraint, elle se tourna vers lui. Toutes ses craintes se trouvaient confirmées : Jed avait les traits tirés, les yeux vides.

— Les déclarations, expliqua-t-elle, c'est un truc de famille. Les acteurs sont de grands sentimentaux. Ecoute, pourquoi n'allumerais-tu pas ce feu, pendant que je vais nous préparer de quoi grignoter ?

Elle fit un pas en avant et s'arrêta. Jed n'avait pas bougé et lui bloquait maintenant le passage.

— Tu étais sincère ? demanda-t-il d'un ton calme.

Son regard sur elle était si intense qu'elle ne pouvait s'en détacher.

— Oui, je pensais vraiment ce que j'ai dit. (Mais ses vieux réflexes de défense réapparurent aussitôt. Elle se redressa et leva le menton.) Ce sont mes sentiments et je sais comment les gérer. Je ne te demande pas de les partager. Comme je vois qu'ils te dérangent, je m'arrangerai, à l'avenir, pour les garder secrets. D'accord ?

Jed ne pouvait dire à quel moment tout avait basculé

entre eux. Il était également incapable d'analyser ses propres sentiments, mais il lui fallait redresser une situation qui devenait périlleuse.

— Habille-toi, dit-il. J'ai un truc à te montrer.

23

Le temps était enfin plus clément. Un soleil ardent se reflétait sur le pare-brise de la Thunderbird. Dora avait chaussé des lunettes noires derrière lesquelles elle se sentait un peu moins vulnérable. Ils remontèrent Germantown Avenue et prirent la direction de Chestnut Hill. Jed n'avait pas dit un mot depuis leur départ et Dora ne lui demanda pas où ils allaient; elle croyait savoir. Refusant de penser à ce qui l'attendait, elle s'enfonça dans son siège et décida d'admirer le paysage.

A mesure qu'ils approchaient de leur destination, les maisons se faisaient plus cossues à l'ombre des arbres séculaires. Elle se demandait quel regard un petit garçon avait pu poser sur ce quartier.

Jed s'engagea dans une allée étroite longeant une maison d'architecture coloniale. C'était une très belle demeure admirablement préservée, idéalement située qui dégageait une atmosphère très féminine. Dora se dit qu'elle pourrait la rendre encore plus belle si elle avait un jour la chance de l'habiter. Elle l'imaginait en été, la façade recouverte de roses épanouies; en automne, quand les grands arbres prenaient une teinte cuivrée.

Elle se sentait un peu émue. Sans une parole, elle sortit de la voiture et s'y adossa. Les rumeurs de la ville étaient à peine perceptibles. Ici, on ne devait pas rencontrer de touristes égarés, l'appareil photo en bandoulière, on ne devait jamais humer une odeur alléchante de pizza s'échappant d'un petit restaurant. Et c'était cette ambiance-là qu'elle aimait: ces bruits et ces parfums, cette animation de la ville qui vous donnait une telle sensation de liberté.

— C'est ici que tu as grandi ? demanda-t-elle.

— Oui.

Il avança vers la porte d'entrée ornée de vitraux, ouvrit et recula pour laisser Dora passer devant lui. Le vaste hall était dominé par un grand lustre qui, jadis, devait éclairer l'escalier de chêne aux proportions monumentales. Le sol était couvert de dalles de marbre sur lesquelles les bottines de daim de Dora glissaient sans bruit.

Cette maison vide fascinait la jeune femme qui cherchait à imaginer les gens qui avaient habité ces vastes pièces. Elle rêvait qu'elle vivait là et se demandait comment elle agencerait ses meubles. Elle pensait aussi à Jed, à sa vie dans ce décor. Mais elle n'arrivait pas à sentir sa présence. C'était comme si une partie de lui était restée sur le seuil à l'attendre. Elle regardait autour d'elle le papier peint où se devinait la trace des tableaux qu'on avait décrochés. Cette maison avait besoin de vie, de bouquets de fleurs dans de larges vasques, d'un enfant qui use ses fonds de culotte sur la rampe de l'escalier.

— Tu as l'intention de la vendre ?

Jed était tendu depuis leur arrivée. Il observait Dora qui venait de traverser le vestibule et entrait dans le grand salon.

— Elle était déjà en vente. Elaine et moi en avions hérité à parts égales mais ma sœur n'a jamais trouvé satisfaisantes les offres qu'on nous faisait. Comme elle avait sa propre maison, j'ai habité ici pendant un temps. Maintenant que j'en suis le seul propriétaire, l'agent immobilier qui s'en occupe l'a remise en vente.

Dora balayait la pièce du regard. Il manquait, sur la cheminée, des photos de famille, souvenirs d'événements heureux, une pendule qui aurait rythmé les heures d'un tic-tac apaisant, un grand feu qui aurait réchauffé cette froide demeure.

Elle découvrit encore une bibliothèque sans livres, un autre salon dont les fenêtres ouvraient sur une petite cour pavée où ne s'épanouissait plus aucune fleur, une salle à manger vide et enfin, la cuisine, charmante, avec sa petite cheminée et son four de brique. C'est dans cette dernière pièce, baignée par la lumière du soleil, qu'aurait dû se concentrer toute la chaleur, mais Dora n'y ressentait que l'atmosphère glaciale d'une maison dont personne ne veut plus.

— La vue est très belle d'ici, dit-elle pour combler le silence.

— Nous n'avions pas le droit d'entrer dans la cuisine.

— Pardon ?

Elle se tourna vers lui, pensant avoir mal entendu.

— Cet endroit était réservé aux domestiques. Cette partie de la maison était leur domaine, dit-il en englobant d'un geste une petite porte qui devait donner sur la buanderie.

Elle était sur le point d'éclater de rire et de l'accuser de lui mentir, mais elle comprit à son expression que Jed disait la vérité.

— Et que faisiez-vous quand vous aviez un petit creux ?

— Il était interdit de manger en dehors des repas qui étaient servis chaque jour à huit heures, treize heures et dix-neuf heures. Il m'arrivait de venir ici la nuit, par défi. Encore aujourd'hui, j'ai l'impression d'être un intrus. Viens voir le reste, proposa-t-il en tournant les talons.

Il voulait lui montrer chaque recoin de cette maison et, lorsque ce serait fait, il refermerait la porte pour ne plus jamais revenir. Elle le rattrapa au pied des escaliers où il l'attendait.

— Jed, ce n'est pas nécessaire...

— Montons, dit-il en la prenant par le bras sans prêter attention à ses hésitations.

L'odeur de cet escalier lui revenait en mémoire. Il croyait encore respirer cet air chargé de relents de cire, de l'essence des fleurs mortuaires, de parfums français et de havanes. Il se rappelait le bruit des disputes. Les serviteurs aux yeux perpétuellement baissés qui prétendaient ne rien voir et ne rien entendre.

— La chambre de ma mère, annonça-t-il en montrant une porte. Celle de mon père était au bout du couloir. Comme tu peux le constater, plusieurs pièces les séparaient l'un de l'autre.

Dora aurait voulu lui dire qu'elle en avait assez vu, mais elle savait que Jed ne s'arrêterait pas.

— Où se trouvait ta chambre ?

— Ici.

Dora entra dans la pièce spacieuse et lumineuse. Elle s'assit sur le rebord de la fenêtre : elle voyait la pelouse à l'arrière de la maison et la haie taillée qui marquait les limites de la propriété.

Elle savait que chaque vieille demeure abritait des esprits. En l'occurrence, ces fantômes étaient ceux de Jed. Pourtant, il aurait été si facile de les chasser. Il aurait suffi d'un peu de vie, de rires et de chaleur.

— Il y avait un grand marronnier là-bas. J'avais l'habitude d'y grimper pour m'échapper et aller traîner sur Market Street. Une nuit, un domestique m'a vu et m'a dénoncé à mon père. L'arbre a été coupé le lendemain. Après, mon père est monté ici, a verrouillé la porte et m'a battu comme plâtre. J'avais quatorze ans à l'époque. (Il racontait cela sans émotion. Il alluma une cigarette.) C'est à ce moment-là que j'ai commencé à faire des haltères. Je m'étais juré qu'il ne lèverait plus jamais la main sur moi. Deux ans plus tard, il a essayé et je lui ai tenu tête. C'est comme ça que je me suis retrouvé en pension.

Dora avait un goût amer dans la bouche.

— Tu penses que je ne peux pas comprendre parce que mon père ne m'a jamais frappée, même quand je le méritais.

— Mon père avait de grandes mains. Il ne s'en servait pas souvent contre nous, mais quand ça lui arrivait, il dépassait les bornes.

— Et ta mère ?

— Oh, elle, elle préférait me lancer des objets à la tête. Une fois, elle m'a assommé avec un vase en porcelaine de Saxe.

— Comment traitaient-ils ta sœur? demanda Dora qui commençait à se sentir écœurée.

— Ils cherchaient à en faire une parfaite créature de notre monde, une jeune vierge qui ferait un bon mariage. Lorsqu'elle refusait de jouer le jeu, ils l'enfermaient dans sa chambre, pendant un ou deux jours, parfois une semaine. Ensuite, ils la couvraient de cadeaux jusqu'à ce qu'elle accepte de faire ce qu'on attendait d'elle. Malheureusement, nous n'étions pas proches l'un de l'autre.

Doucement, elle tourna la tête et le regarda par-dessus son épaule.

— Tu n'as pas à t'excuser de tes sentiments.

— Je ne m'excuse pas, dit-il d'un ton brusque. J'explique simplement. Un jour, j'ai reçu un coup de fil au bureau. Quelqu'un qui se faisait passer pour un de nos domestiques, en fait un homme de main de Speck, me demanda de venir voir ma sœur. Speck savait qu'elle allait chez son coiffeur tous les mercredis à onze heures. Moi, je l'ignorais. De toute façon, je ne savais rien d'elle. Sa vie ne m'intéressait pas. J'étais à quelques minutes de chez elle quand j'ai reçu par radio un message qui me prévenait que la voiture de ma sœur était piégée. Speck avait tout manigancé. Il voulait que je sois présent. (Jed s'arrêta de parler, il s'avança vers la petite cheminée et y écrasa sa cigarette.) J'arrivai le premier sur les lieux, juste comme il l'avait prévu. Je l'ai vue monter dans sa voiture pendant que je courais vers elle. Les roses étaient en fleur. (Les images défilaient comme dans un film.) Elle m'a regardé. Il y avait de la surprise et de l'agacement dans ce regard. Elaine n'aimait pas qu'on vienne déranger ses habitudes. Je pense qu'elle était gênée que les voisins me voient courir sur la pelouse, mon revolver au poing. Puis elle a mis le contact et la voiture a explosé. Le souffle m'a projeté dans les buissons.

— Tu as fait ce que tu pouvais pour la sauver.

— Oui, mais je n'y suis pas arrivé, dit-il d'une voix qui ne trahissait aucune émotion. Et il me reste les remords de l'avoir toujours considérée comme une étrangère. Nous avons vécu ensemble dans cette maison pendant dix-huit ans, mais nous n'avons jamais rien partagé.

Jed posa les yeux sur Dora. Dans la lumière du soleil, elle était si jolie, si parfaite. Son regard était calme, attentif.

— Je comprends pourquoi tu m'as fait venir ici. Mais ce n'était pas nécessaire. (Elle soupira et posa ses mains sur ses genoux.) Tu voulais me montrer une maison vide et glaciale, hantée par le malheur de ceux qui l'ont habitée. Tu voulais me dire que, comme cette maison, tu n'avais plus rien à offrir.

Il fut pris d'une envie irrésistible de poser sa tête sur les genoux de Dora et de s'y reposer.

— Non, je n'ai rien à donner.

— C'est parce que tu ne le veux pas. Si l'on pense aux modèles affectifs que tu as eus dans ta vie, c'est tout à fait logique. Seulement, les émotions n'obéissent pas à la logique. En tout cas pas pour moi.

Elle inclina la tête. Le soleil glissait sur sa peau et la réchauffait, tout comme sa voix réchauffait peu à peu cette chambre.

— Je t'ai dit que je t'aimais. Tu aurais probablement préféré que je me taise. Je n'ai pas l'habitude de garder mes sentiments pour moi. Mais je ne demande rien en échange.

— Quand une femme dit à un homme qu'elle l'aime, elle lui demande tout, au contraire.

— C'est comme ça que tu le vois. (Elle sourit mais ses yeux étaient tristes.) Moi, je pense que l'amour est un cadeau que tu peux refuser sans pour autant le détruire. Je n'exige rien en retour.

Elle se leva, traversa la pièce et prit le visage de Jed entre ses mains. Son regard exprimait une immense compassion.

— Prends ce qui t'est offert, Jed. Je ne te lancerai pas cet amour au visage à tout bout de champ. Ce serait humiliant pour toi comme pour moi.

— Mais tu te mets complètement à ma merci, Dora.

— Oui, je sais, et je ne pense pas me tromper. (Elle l'embrassa sur les deux joues puis sur la bouche.) Laisse-toi aller, profite du présent, Jed.

— Je ne suis pas celui qu'il te faut.

Mais à peine eut-il dit cela qu'il la prit dans ses bras et la serra, car il était certain qu'elle était la femme de sa vie.

— Tu te trompes, lui dit-elle en ravalant les larmes qui lui montaient aux yeux.

Jed n'arrivait pas à se concentrer sur ce que lui disait Brent. Il ne cessait de revoir le visage de Dora, baigné de lumière, dans son ancienne chambre qu'il avait tant détestée. Il se rappelait la façon dont elle lui avait demandé d'accepter son amour.

— Jed, j'ai l'impression d'être un instit ennuyeux.

Jed cligna des yeux en revenant à la réalité.

— Quoi ?

— Peux-tu me dire à quoi tu penses ? soupira Brent.

— A rien du tout, répondit Jed en buvant une gorgée d'un café explosif. Ce Winesap m'a l'air d'être un autre lampiste. Je pense toujours que nous devrions nous attaquer au grand patron, c'est-à-dire Finley. Mais pas directement.

— Ce que j'ai réussi à rassembler sur ce type remplirait à peine une page, se lamenta Brent. Il cst riche, bien plus riche que toi, t'imagines ? Il est célibataire et protège jalousement sa vie privée. L'entreprise d'import-export qu'il dirige pourrait être la couverture idéale pour un trafic d'objets volés. Mais nous n'avons rien pour le coincer. Nous savons seulement que les marchandises étaient adressées à son bras droit et que DiCarlo travaillait pour lui. Finley n'a pas de casier judiciaire. Il est au-dessus de tout soupçon, le citoyen modèle qui, parti de rien, a réussi à bâtir une fortune.

— J'ai envie d'en savoir plus sur ce mec. Il faut que j'aille à Los Angeles.

— Je m'en doutais, avoua Brent, embarrassé. Je sais

que tu es personnellement impliqué dans cette affaire, mais...

— Mais je ne fais plus partie de la bande, c'est ça ?

Honteux, Brent jouait nerveusement avec ses lunettes.

— Ecoute, Goldman commence à poser des questions.

— Alors, il est peut-être temps que tu y répondes.

— C'est l'opinion du commissaire divisionnaire.

— Maintenant que je suis redevenu un citoyen ordinaire, rien ne m'empêche de faire ce voyage à mes frais et quand bon me semble.

— Mais pourquoi ne pas arrêter tout ce cirque ? Je sais que tu as un rendez-vous avec Rilke dans une heure et je sais aussi ce qu'il va te dire. Alors, arrête de louvoyer et dis-moi que tu reprends ton insigne.

— Je ne peux rien te promettre pour le moment, mais j'y réfléchis.

Il se leva et marcha vers la porte vitrée. Il regarda l'armoire tout écaillée, le pot à café malpropre.

— Putain ! comme cet endroit me manque ! Tous les matins, je cherche le harnais où je glissais mon flingue et puis je me souviens que je n'en ai plus.

— Alléluia ! s'exclama Brent. Laisse-moi annoncer la nouvelle à Goldman, s'il te plaît.

— Mais j'ai pas encore dit que je revenais.

— Bien sûr que si.

Fou de joie, Brent se leva d'un bond et attrapa Jed par les épaules pour l'embrasser.

— Qu'est-ce que Dora en pense ?

Le sourire béat qui était apparu sur le visage de Jed disparut en un instant.

— Elle n'en pense rien parce qu'elle n'est pas au courant et n'a pas à l'être.

— Tu sais quoi ? Mary Pat et moi avons parié sur la date de ton mariage.

Jed sentit la panique lui nouer l'estomac.

— Vous déconnez complètement tous les deux.

— Allez, capitaine, t'es dingue de cette nana. Tu ne crois pas que j'ai remarqué tes yeux dans le vague tout à l'heure ? Si ce n'est pas à elle que tu pensais, je veux bien rouler un patin à Goldman.

— Laisse tomber, Brent.

— OK, mais nous dînons ensemble. Je veux savoir ce que Rilke t'aura raconté. (Il ajouta, au moment où Jed posait la main sur la poignée de la porte :) Fais-les cracher au bassinet pour ton retour. Je te ferai la liste des trucs dont nous avons besoin ici.

Avec un grand sourire, Brent s'enfonça dans son siège. Il rêvait à la façon dont il annoncerait la nouvelle à Goldman.

Il était presque minuit quand Dora, ayant abandonné tout espoir de s'endormir, enfila son peignoir. Jed n'était pas rentré et ne s'était même pas donné la peine d'appeler. Pourtant elle refusait d'admettre qu'il était la cause de son insomnie. Elle alluma la radio, mais le blues qu'on diffusait ajoutait à sa mélancolie et elle éteignit. D'un pas nonchalant, elle se dirigea vers la cuisine où elle mit la bouilloire à chauffer.

Comment avait-elle pu lui faire de telles confidences ? se disait-elle. Elle savait pourtant que les hommes prenaient leurs jambes à leur cou dès qu'il entendaient ce genre de serments. De toute façon, elle ne pouvait plus revenir en arrière.

Jed et elle n'avaient pas lu la même partition. Il ne lui avait pas murmuré son amour, il n'avait pas souri avec ravissement. Au contraire, il s'était éloigné d'elle, progressivement, et Dora craignait qu'il ne continue, jusqu'à disparaître complètement de sa vie. Elle ne pouvait pas le contraindre à partager son amour. La fierté qui lui restait, elle s'en servirait pour remettre de l'ordre dans sa vie. Puis elle continuerait son bonhomme de chemin, avec Jed si possible, ou sans lui. Elle allait d'ailleurs commencer tout de suite et descendre travailler à la boutique.

Sa tasse de tisane à la main, elle sortit, se rappelant à la dernière minute de glisser ses clés dans sa poche et de verrouiller la porte de l'appartement derrière elle.

Assise à son bureau, elle entreprit de se remettre à classer les dossiers que DiCarlo avait dérangés. Elle s'absorbait totalement dans cette tâche, s'attardant de temps à autre sur une facture qui lui rappelait l'objet vendu et la satisfaction d'une affaire conclue. Jed se tenait dans les escaliers à mi-hauteur et la regardait. Elle portait le peignoir qu'il lui avait offert et une paire de grosses chaussettes violettes. Quand elle se penchait, ses cheveux glissaient devant ses yeux qu'ils masquaient d'un épais rideau. Elle les repoussait d'un geste naturel et gracieux, puis posait le document qu'elle lisait sur une pile avant d'en prendre un autre. En voyant la porte ouverte, Jed avait senti son pouls s'accélérer, mais lorsqu'il rangea son arme son cœur avait repris un rythme régulier. Dora se retourna et sursauta en apercevant une silhouette dans l'escalier. Elle poussa un cri.

— Tu es dingue ! Tu veux me donner une attaque ?

Jed descendit les dernières marches.

— Il est plus de minuit. Qu'est-ce que tu fabriques, Dora ?

— Ça ne se voit pas ? J'apprends le menuet.

Honteuse de s'être emportée, elle se mit à rassembler les papiers qu'elle avait laissés tomber.

— Je suis désolé de t'avoir fait peur, dit Jed en lui prenant la main. Tu devrais être au lit. Tu as l'air fatigué.

— Merci du compliment.

— Et tu es de mauvaise humeur en plus.

Calmement, il lui glissa une mèche de cheveux derrière l'oreille.

— Monte avec moi, chérie.

— Je n'ai pas encore fini.

— Tu es en colère contre moi ?

— Absolument pas. (Elle se redressa et respira profondément.) Je suis juste énervée de ne pas pouvoir ouvrir la boutique et d'être obligée de mentir à ma famille.

— Rien ne t'y oblige.

Elle réfléchit un instant.

— D'accord, j'ouvrirai le magasin demain, mais je ne dis rien à mes parents pour l'instant.

Jed allait répliquer mais il renonça. Il ne lui parlerait pas non plus de son rendez-vous avec le commissaire divisionnaire et de la décision qu'il avait prise. C'était encore trop tôt.

— Montons, proposa-t-il. Je te ferai un massage.

— Pourquoi tant de sollicitude ? Qu'est-ce que tu mijotes encore ?

Elle grimpa pourtant les escaliers derrière lui. Sur le palier, elle lui prit la main.

— Qu'est-ce que tu me caches ? Tu as appris quelque chose sur DiCarlo ?

— Je pars pour Los Angeles demain, avoua-t-il. J'irai rendre visite au patron de DiCarlo.

— Winesap, c'est ça ? c'était le nom du type à qui était destiné le colis.

— Non, le big boss s'appelle Edmund G. Finley. C'est par lui que je vais commencer.

— Tu penses que c'est ce Finley qui a tout concocté ?

— Ouais.

— Qu'est-ce que tu as sur lui ?

Jed lui fit un bref compte rendu des informations qu'il possédait sur Finley.

— Import-export, dit-elle, songeuse, quand il eut terminé. Alors, mon instinct me dit que c'est un collectionneur. Après tout, il n'était peut-être pas au courant des agissements de DiCarlo.

Jed aperçut la lueur qui venait de s'allumer dans les yeux de Dora.

— Ne cogite pas trop. Ça ne t'a rien apporté de bon jusqu'à présent.

— Je ne peux pas m'en empêcher. Ecoute, si quelqu'un doit aller parler à ce Finley, je suis la personne qu'il te faut.

24

— Tu es complètement folle ! s'exclama Jed.

— Je n'ai jamais été aussi sensée. Si tu oubliais un peu tes préjugés misogynes, tu tomberais d'accord avec moi.

Jed savait qu'elle avait raison, au moins en ce qui concernait son machisme, mais il s'en défendit.

— C'est une simple question de bon sens. Tu n'es pas de taille à te mesurer à ce Finley.

— Au contraire. Je suis exactement la personne qui convient. (Dora commençait à s'échauffer. Elle arpentait la pièce, travaillant déjà le rôle qu'elle se proposait de tenir.) Après tout, c'est moi qui ai été agressée par son employé. Si Finley est innocent, il compatira. De plus, je suis collectionneuse moi aussi et, s'il est coupable, j'exciterai sa curiosité. Personne d'autre que moi ne peut incarner ce personnage, Jed.

— Mais il ne s'agit pas d'une audition !

— Détrompe-toi. Mon Dieu, quand vas-tu te décider à meubler cet appartement ! dit-elle en s'asseyant sur la table, à défaut de trouver une chaise confortable. Quel est ton plan, capitaine ? Faire irruption dans le bureau de ce type, revolver au poing ?

— Ne sois pas stupide.

— Ecoute, je peux demander une entrevue à Finley en prétextant que j'ai besoin de son aide pour retrouver DiCarlo. (Les sourcils levés, elle attendait une réaction de Jed qu'elle n'obtint pas.) Pendant ce temps, tu cherches son point faible et tu te forges une opinion sur le bonhomme.

— Tu me fais penser à un de ces putains d'avocats et je ne peux pas les voir en peinture.

— Arrête de parler comme un flic. Bon, il faut maintenant travailler les détails. Comment vais-je jouer ça ?

Elle croisa les jambes, faisant glisser sa robe sur ses cuisses bien galbées.

— Tu ne joueras rien du tout, décréta-t-il en l'attrapant par le menton.

— Tu sais aussi bien que moi que nous tenons là la solution. (Elle sourit et repoussa la main de Jed en l'embrassant.) Mais bien sûr tu peux venir avec moi, au cas où ça tournerait mal.

Il devait garder son calme s'il voulait la raisonner.

— Dora, je ne sais rien de ce type. C'est peut-être un vieux papy qui fait collection de timbres et n'est pas au courant de l'histoire. Ou alors, DiCarlo était son homme de main, et dans ce cas, tu risques trop.

— Je rêve ? J'ai l'impression que tu te fais du souci pour moi.

Exaspéré, Jed fourra les mains dans ses poches.

— Oui, c'est vrai. (Mais il ne voulait pas se laisser embarquer à discuter de ses sentiments.) Si ce Finley est coupable, il te verra venir avec ton petit minois, tu ne tiendras pas la route plus de deux minutes.

— Petit minois, quel compliment ! Vous me gâtez, capitaine.

— Je devrais te coller une fessée.

— Oui, mais tu ne le feras pas. Tu es comme un gros chien qui aboie mais ne mord jamais. Allons nous coucher maintenant. Nous réfléchirons à tout ça demain matin.

— Il n'y a rien à dire de plus. Je pars, et toi tu restes.

— Tu ne me fais pas confiance, n'est-ce pas ?

Au bord des larmes, elle mordillait sa lèvre inférieure qui s'était mise à trembler.

— Là n'est pas la question. Ne prends pas ça comme une affaire personnelle.

— Comment devrais-je le prendre à ton avis ? (De grosses larmes coulaient maintenant sur ses joues.) Tu ne comprends donc pas que j'ai besoin d'agir ! On m'a attaquée, ma maison a été cambriolée. Je refuse d'être considérée comme une victime sans défense qu'on laisse à l'écart.

— Je t'en prie, calme-toi. (Les pleurs de Dora lui faisaient perdre tous ses moyens. Il posa un baiser sur ses lèvres humides.) Je ne t'ai jamais considérée comme une victime. Seulement, tu n'es pas préparée. S'il avait le moindre soupçon, tout notre plan s'écroulerait comme un château de cartes.

Elle renifla et enfouit son visage dans la poitrine de Jed.

— Est-ce que tu penses...

— Quoi, dis-moi ?

Soudain elle s'écarta de lui et partit d'un grand éclat de rire.

— Tu y as cru, hein ? demanda-t-elle d'une voix redevenue parfaitement normale. (Elle tapota la joue de Jed qui la regardait, furieux.) Ne prends pas cet air, Jed. Je t'ai dit que j'étais une bonne actrice. Et ce n'était qu'une improvisation.

— Ne me fais plus jamais un coup pareil.

— Crois-moi, capitaine, ce Finley avalera tout ce que je lui raconterai. Je le manipulerai comme une marionnette.

Jed savait qu'il pouvait lui faire confiance.

— Bon, admettons que je me prête à ce jeu idiot. Acceptes-tu de faire tout ce que je te dirai ? Je ne te laisserai pas courir le moindre risque.

— D'accord, mais je crois que tu t'en fais trop.

Il la souleva de la table sur laquelle elle était assise.

— Dora, je ne t'ai jamais dit à quel point tu étais importante pour moi, très importante.

Le lendemain, à midi, Dora rouvrait sa boutique. La première vente de la journée la réjouit tellement qu'elle accorda à son heureux client une remise inattendue.

Quand elle fit son apparition dans l'après-midi, Lea fut accueillie par une étreinte chaleureuse.

— Qu'est-ce qui se passe ? demanda-t-elle en riant. Tu as gagné à la loterie ?

— Non, j'ai simplement rouvert la boutique.

— Tu ne m'as jamais expliqué pourquoi tu avais fermé,

dit Lea qui venait de retirer son manteau. J'ai l'impression que ces cambriolages t'avaient secouée plus que tu ne voulais l'admettre.

— Tu as certainement raison. Dis, j'ai acheté des cookies fourrés au chocolat. Ils sont tout frais, tu en veux ?

— Ça ne va pas aider mon régime. Encore une chose : maman voudrait savoir où est passé son tableau. (Dora faillit laisser tomber sa boîte de gâteaux.) Elle voudrait l'offrir à papa pour la Saint-Valentin.

— Je l'ai vendu.

C'était en partie vrai, puisqu'elle conservait encore, comme une relique, les quatre-vingts dollars que Jed lui avait payés pour cette toile.

— Ça ne va pas ? interrogea Lea en voyant sa sœur toute pâle.

— Non, tout va bien. Je suis juste un peu soucieuse. Je dois aller à Los Angeles pour deux jours et je ne voudrais pas être obligée de fermer encore le magasin.

— Ne t'en fais pas, nous nous en occuperons, Terri et moi.

A ce moment, le téléphone sonna. Dora décrocha.

— Oui, j'écoute.

— Je souhaiterais parler à Mlle Isadora Conroy ?

— C'est moi-même.

A l'autre bout du fil, Winesap consultait ses notes.

— Je me présente, je m'appelle Francis Petroy. J'ai eu vos coordonnées par Helen Owing de Front Royal, en Virginie.

— Que puis-je faire pour vous ? demanda Dora dont les doigts s'étaient crispés sur l'écouteur.

— Je vous appelle au sujet d'une toile de Billingsly que vous avez achetée au mois de décembre.

— Oui, je vois, un tableau abstrait, répondit-elle, la bouche sèche.

— Il se trouve que je collectionne les œuvres abstraites. Je n'ai pas de gros moyens, mais je m'intéresse aux jeunes artistes. Je n'ai hélas pas pu me rendre à cette vente. J'ai été ravi d'apprendre que le tableau avait été vendu à un marchand, et non à un collectionneur.

— En fait, avoua Dora, je suis un peu les deux.

— Ô mon Dieu ! s'exclama Winesap en consultant ses notes.

Il n'avait pas prévu cette réponse et ne savait quoi dire.

— Mais j'examinerai toute offre raisonnable qui me sera faite, monsieur Petroy. Voulez-vous nous rendre visite ? Vous pourrez voir le tableau. (Elle fit semblant de feuilleter son carnet de rendez-vous.) J'ai peur de n'être pas disponible avant la fin de la semaine prochaine.

— C'est parfait, répondit l'autre. (Il essuya sa nuque en sueur avec son mouchoir.) Quel jour vous conviendrait ?

— Jeudi, à quatorze heures, qu'en pensez-vous ?

— Très bien, dit Winesap qui s'empressa de griffonner cette date sur ses papiers. J'espère que vous n'aurez pas vendu la toile d'ici là.

— Non, rassurez-vous, je m'engage à ne pas la céder avant votre visite. Pouvez-vous me laisser un numéro de téléphone ?

— Certainement. (Selon ses notes, il devait donner les coordonnées d'un bureau de Finley dans le New Jersey.) Ceci est mon téléphone professionnel. Mon numéro personnel ne figure pas dans l'annuaire.

— Très bien. Eh bien, à jeudi, monsieur Petroy.

Elle raccrocha. On la prenait décidément pour une idiote, pensa-t-elle, furieuse. Dans ce cas, celui qui l'avait appelée, qu'il s'agît de DiCarlo, de Finley, ou de n'importe qui, allait avoir une bonne surprise. Elle appela sa sœur.

— Peux-tu t'occuper de la boutique, je dois m'absenter pendant une heure. Si tu vois Jed, dis-lui qu'il faut que je lui parle.

Et elle se rua dehors.

Elle n'avait pas pris la précaution d'appeler et Chapman était sorti quand elle arriva au poste de police. Sur le chemin du retour, elle se sentit agacée. A qui allait-elle raconter son histoire, s'il n'y avait personne pour l'écouter? Mais en arrivant chez elle, elle aperçut la Thunderbird. Jed allait voir qu'il n'était pas le seul à faire travailler ses neurones.

Elle le trouva dans l'arrière-boutique, occupé à peindre des étagères.

— Décidément, les flics ne sont jamais là quand on a besoin d'eux.

— Si c'était une urgence, il fallait appeler police secours, répondit Jed, imperturbable.

— Je reviens du poste de police, dit-elle en retirant son manteau, mais Brent n'était pas là.

— Pourquoi avais-tu besoin de Brent?

— Parce que... (Elle marqua un temps d'arrêt afin de faire durer le suspense.)... Parce que j'ai un contact.

— Avec quoi?

— Demande-moi plutôt avec qui. Un monsieur Petroy m'a appelée. Seulement, je crois qu'il utilisait un faux nom. Je ne pense pas que c'était DiCarlo. J'aurais reconnu sa voix, même déguisée. Peut-être s'agissait-il de Finley?

— Assieds-toi et raconte-moi tout dans l'ordre.

— D'accord, je vais essayer de m'en tenir aux faits.

Jed l'écoutait comme il aurait pris une déposition. Aussi fit-elle un récit objectif et concis de sa conversation avec Petroy.

— Que penses-tu de ça? demanda-t-elle quand elle eut fini.

— Qu'est-ce qui t'est passé par la tête? Comment as-tu pu prendre rendez-vous avec ce type sans me consulter?

Dora s'était attendue à de l'admiration et elle n'avait réussi qu'à le mettre en colère.

— Il fallait bien que je dise quelque chose, non? Il se serait méfié si j'avais refusé son offre. Mais je pense que son histoire est louche. Ce type veut me faire croire qu'il collectionne les œuvres d'un peintre qui n'a jamais existé. Je me suis renseignée sur Billingsly, et il n'est mentionné nulle part. Donc, ce qu'il recherche, c'est le Monet, tu ne crois pas ?

— Brillante déduction. Mais le problème n'est pas là. Tu aurais dû le faire patienter jusqu'à mon retour.

— Je m'en suis très bien tirée toute seule. Je ne suis pas une gourde.

— Est-ce que ton téléphone est doté du retour d'appel ?

— Pardon ?

— Oui. Est-ce que ton appareil mémorise le numéro de la dernière personne qui t'a appelée ?

— Oui, je crois, dit-elle, piteuse, en examinant ses ongles.

— Et je suppose que tu n'as pas cherché à utiliser cette fonction.

— Je ne peux pas penser à tout. Mais on peut le faire maintenant.

— Le téléphone a déjà sonné trois fois depuis que je suis rentré.

Elle repoussa sa chaise.

— Vas-y, dis-moi que j'ai tout fait rater.

— Pas la peine de le prendre trop à cœur. Les détectives amateurs font aussi des bourdes. Je m'occuperai de Petroy avec Brent quand nous rentrerons.

— Quand vous rentrerez ? Vous avez donc l'intention d'aller quelque part ?

— Non, je pars avec toi. (Il n'était toujours pas convaincu de faire le bon choix, mais elle avait trop insisté.) Nous allons à Los Angeles demain.

Tout excitée, elle enlaça Jed qu'elle couvrit de baisers.

— Je savais que tu finirais par entendre raison. Si nous partons demain, ça me laisse peu de temps pour choisir la tenue que je porterai pour rencontrer Finley.

— C'est le moindre de nos soucis.

— Ne crois pas ça. C'est déterminant au contraire pour la crédibilité du personnage.

— De toute façon, tu n'auras même pas l'occasion de le voir, parce que tu te contenteras de l'appeler et de lui raconter l'histoire que j'aurai préparée.

— Tu m'as donc écrit un scénario ! J'apprends très vite, tu verras.
— Et pas de cabotinage, surtout.

Winesap avait une mine soucieuse lorsqu'il pénétra dans le bureau de Finley pour lui annoncer qu'il avait Mlle Conroy au téléphone et qu'elle souhaitait lui parler.
Finley referma le dossier qu'il étudiait et croisa les mains sur son bureau.
— Voilà qui est intéressant, commenta-t-il.
— Monsieur Finley, commença Winesap dont les mains se tordaient nerveusement, quand je lui ai parlé tout à l'heure, elle s'est montrée très coopérative. Je ne comprends pas comment elle a pu remonter jusqu'à vous. Je vous assure que je n'ai rien dit.
— Asseyez-vous, Abel. Nous allons avoir le fin mot de cette histoire.
Il décrocha le combiné et se carra confortablement dans son fauteuil.
— Mademoiselle Conroy ? Je suis Edmund Finley.
Il écouta parler Dora, un sourire carnassier sur les lèvres.
— Je crains de ne pas bien vous comprendre. Vous êtes à la recherche d'un de mes employés, Anthony DiCarlo, c'est ça ? Je ne suis pas sûr de pouvoir vous aider. Nous avons déjà dit à la police tout ce que nous savions sur la disparition mystérieuse de M. DiCarlo. Naturellement, si vous pensez que c'est nécessaire, je serai ravi de vous rencontrer. (Il avait attrapé un coupe-papier sur son bureau et en promenait la pointe sur le dossier Conroy.) Demain ? Ça risque d'être un peu juste. Ne quittez pas, mon assistant va essayer de vous fixer un rendez-vous. Mes hommages, mademoiselle Conroy.
Finley pressa un bouton sur son téléphone afin de mettre l'appel de Dora en attente et s'adressa à Winesap.
— Proposez-lui seize heures.

— Mais, monsieur, vous avez un autre rendez-vous à quinze heures trente.

— Ne discutez pas, rétorqua Finley en tendant le combiné à son employé.

— Allô, je suis Abel Winesap, l'assistant de M. Finley. Je ne peux malheureusement vous proposer qu'une entrevue à seize heures, cela vous convient-il ? Parfait. Vous avez notre adresse ? Eh bien, au revoir, mademoiselle Conroy.

— Je suis aux anges, Abel. Elle vient se jeter dans la gueule du loup. (Il rouvrit le dossier de Dora et sourit.) Je meurs d'impatience de la rencontrer. Annulez tous mes rendez-vous de demain après-midi. Mlle Conroy aura droit à toute mon attention.

— Demain, à seize heures, annonça Dora en se tournant vers Jed. Il était aimable mais un peu réservé.

— Et toi, tu étais au bord de l'hystérie. (Il était malgré tout admiratif.) Tu t'en es bien sortie, ajouta-t-il en l'embrassant.

— Tu sais, reprit Dora, je crois que je viens de parler à M. Petroy.

— Tu veux parler de Finley ?

— Non, de son assistant, Winesap, répondit-elle avec un sourire figé.

25

Lorsque le taxi s'arrêta devant le Beverly Hills Hotel, Dora fut enchantée et impressionnée par cette façade de stuc rose.

— Eh bien, Jed, quelle compensation pour la nuit que nous n'avons pas passée au Plaza de New York !

— La chambre est réservée à ton nom, dit-il à Dora qui offrait d'un geste gracieux sa main au portier. (Elle avait le naturel d'une femme qui aurait roulé toute sa vie en Limousine.) Tu régleras la note.

Elle lui lança un regard noir.

— Merci mille fois, vieux radin.

— Veux-tu que Finley sache que tu es accompagnée ? lui demanda-t-il alors qu'ils entraient dans le hall de l'hôtel. Et, qui plus est, d'un flic ?

Dora scrutait les alentours à la recherche de quelque star en villégiature.

— Tu me revaudras ça, dit-elle à Jed, quand elle dut tendre sa carte de crédit au réceptionniste.

— C'est toi qui as eu l'idée de ce voyage.

— Dans ce cas, nous ferons moitié-moitié. Je n'ai pas les moyens, moi. Ce n'est pas comme certains.

— Je te rappellerai que j'ai payé les billets d'avion, répliqua-t-il en l'attrapant par la taille.

Lorsqu'ils arrivèrent dans la chambre, Dora retira ses souliers et se précipita vers la fenêtre. Le paysage qu'elle découvrait correspondait en tout point à l'idée qu'elle se faisait de la Californie : grandes pelouses, palmiers, stucs...

— Je n'avais pas remis les pieds à Los Angeles depuis mes quinze ans. Mon père était venu ici jouer dans un film qui est passé totalement inaperçu et nous avions séjourné dans un hôtel minable. Décidément, je dois être une pauvre snob de la côte Est, parce que cette ville ne me fait pas vibrer. Elle manque d'authenticité.

Elle se tourna vers Jed. Il avait les yeux rivés sur elle, ce qui la mit mal à l'aise.

— Qu'est-ce qu'il y a ?

— Rien, je te regarde.

— Tu aurais peut-être dû réserver une suite. Cette chambre est grande comme un placard. Pourquoi ne pas sortir manger un morceau ?

— Tu es nerveuse.

— Pas du tout, répondit-elle en posant son sac sur le lit.

— Inutile de nier. Tu n'arrêtes pas de parler, c'est un signe qui ne trompe pas. Mais tu as parfaitement le droit d'être inquiète. Tu n'es pas obligée d'aller à ce rendez-vous, tu sais ?

— Rien à faire, je ne donnerai pas sa chance à ma doublure. (Elle inspira profondément.) Je vais très bien. Attends d'avoir lu les critiques.

— Que font habituellement les acteurs les jours de première ?

— Moi, j'avais l'habitude d'arpenter la loge en récitant mes répliques. Je faisais aussi des vocalises et des exercices de diction.

— Eh bien, mon programme, c'est un repas dans cette chambre suivi d'une répétition générale, annonça Jed en prenant le téléphone.

Dora grogna et se laissa tomber sur le lit.

— Je déteste les metteurs en scène trop directifs.

Deux heures plus tard, ils avaient avalé leur déjeuner et passé en revue tous les scénarios possibles. Pourtant, Jed n'était pas satisfait et c'est avec la mine renfrognée qu'il écoutait Dora articuler des phrases imprononçables dans la salle de bains. Il avait beau se raisonner et se dire qu'elle rencontrerait Finley en plein jour dans un immeuble de bureaux grouillant de monde, il aurait préféré qu'elle portât un micro. Mais il craignait que les agents de sécurité de Finley ne le détectent.

La porte de la salle de bains s'ouvrit et Dora fit son apparition vêtue d'un ensemble rouge qui soulignait chaque courbe de son corps et mettait en valeur une paire de jambes qui aurait fait pâlir d'envie Rita Hayworth. Elle se parfuma et brossa ses cheveux soyeux. Jed assistait à ce rituel de femme avec l'impression désagréable d'être en train d'espionner par le trou d'une serrure.

— Tu es parfaite, fit-il. Tu peux peut-être arrêter toutes ces coquetteries maintenant.

Mais Dora continuait son manège, imperturbable.

— Je jurerais que tu es plus nerveux que moi, dit-elle en apercevant le visage de Jed dans le miroir.

— Rappelle-toi que tu dois suivre notre plan à la lettre. Pas d'improvisation. Ne parle surtout pas du tableau, mais cuisine-le sur Winesap. Observe tous les détails. Je veux un rapport objectif.

— Ecoute, Jed, je sais ce que je dois faire.

— Fais attention.

L'antichambre qui menait au bureau de Finley fit grande impression sur Dora. Ainsi, elle ne s'était pas trompée : c'était bien un collectionneur. Ils auraient cette passion en commun.

Elle avait les mains glacées. C'était bon signe. Une certaine dose de stress était nécessaire pour mener à bien cet entretien. Elle admirait autour d'elle le mobilier et les bibelots de prix et sentait naître une certaine sympathie pour un homme qui faisait preuve d'autant de goût. Elle posa les yeux sur sa montre. Combien de temps allait-il la laisser attendre ainsi ?

— Excellent, murmurait Finley qui regardait l'image de Dora sur l'un de ses écrans.

Elle était aussi jolie qu'il l'avait espéré. Dora Conroy était habillée avec beaucoup d'élégance et Finley appréciait les femmes qui savaient se montrer à leur avantage. Il observait le mouvement nerveux de ses mains et en éprouvait un frisson sadique de prédateur. Malgré son appréhension, Dora Conroy posait un regard appréciateur sur ses trésors et Finley se sentit flatté. Ils allaient pouvoir s'entendre, se dit-il en appelant sa secrétaire. L'heure était venue de faire entrer sa victime dans l'arène.

— M. Finley va vous recevoir.

Dora se leva et suivit l'employée. Quand elle pénétra dans le bureau, Finley s'avança vers elle avec un grand sourire.

— Mademoiselle Conroy, je suis navré de vous avoir fait attendre.

— Ne vous excusez pas. C'est très aimable à vous de me recevoir.

Ils échangèrent une poignée de main. Lors de ce premier contact, Finley fit à Dora l'impression d'un homme sain et équilibré.

— Cette rencontre semblait vous tenir tellement à cœur. Puis-je vous offrir un verre de vin ?

— Avec plaisir.

— Barbara, s'il vous plaît, apportez-nous une bouteille de pouilly. Je vous en prie, asseyez-vous, mademoiselle Conroy.

Finley fit le tour de son bureau et vint prendre une chaise à côté de Dora. Il espérait la troubler en venant s'asseoir près d'elle.

— Comment s'est passé votre voyage ?

— Un peu long, répondit Dora avec un sourire. Mais je n'ai pas à me plaindre, le temps est bien plus clément ici que chez nous. Je regrette d'avoir à rentrer demain.

— Comment, vous repartez si tôt ? Je suis flatté qu'une jeune femme aussi ravissante vienne de si loin pour me rendre visite.

La secrétaire de Finley venait d'ouvrir la bouteille et versa un peu de vin dans un verre qu'elle tendit à son patron. Finley prit une gorgée qu'il savoura longuement.

— C'est parfait, dit-il.

L'employée remplit deux verres et discrètement quitta la pièce.

— A votre santé, mademoiselle Conroy !

— Merci, répondit Dora. Vous devez penser que je suis folle d'avoir fait un si long voyage pour vous rencontrer, mais ça me semblait nécessaire. Maintenant que je suis ici, je ne sais par où commencer.

— Je vois que vous êtes émue, dit Finley d'un ton compatissant. Prenez votre temps. Vous m'avez parlé d'Anthony DiCarlo au téléphone. Etes-vous... (Il marqua un temps d'arrêt.)... Etes-vous amis ?

— Oh non ! répliqua Dora, horrifiée à cette idée. Pas du tout. Je voudrais que vous me disiez ce que vous savez de cet homme.

— Je vais sans doute vous décevoir, mais je connais assez peu le personnel que j'emploie. Cette société a connu un important essor et les relations humaines y ont beaucoup perdu. Je me souviens l'avoir rencontré juste avant Noël, mais je n'ai rien remarqué d'anormal durant l'entretien que nous avons eu. C'est un homme très compétent.

— Il travaille pour vous depuis longtemps ?

— Environ six ans, je crois. Depuis sa disparition, j'ai étudié son dossier en espérant y trouver un indice. Ses états de service sont excellents. M. DiCarlo a progressé très vite. C'est un homme ambitieux et plein de ressource. Il vient d'un milieu très défavorisé, vous savez, un peu comme moi, et je respecte ceux qui veulent s'élever au-dessus de leur condition. Il est directeur d'une de mes filiales de la côte Est et, à ce titre, il s'est toujours montré compétent et loyal, deux qualités que j'apprécie chez mes employés.

— Je crois savoir où il est, interrompit Dora.

Une lueur s'alluma dans les yeux de Finley.

— Vraiment ?

— Oui, je pense qu'il se trouve à Philadelphie. (Comme pour se donner du courage, Dora but une gorgée de vin.) Il me... surveille.

Finley lui prit la main.

— Que voulez-vous dire par là ?

— Je suis désolée. Tout ça ne doit pas vous sembler très clair. Je vais tout vous expliquer.

Elle fit son récit, s'arrêtant à plusieurs reprises pour retrouver son calme.

— Je ne comprends pas pourquoi il fait cela, confia-t-elle enfin, tremblante, les yeux humides.

— Ma pauvre enfant, comme tout cela a dû être horrible !

Tandis qu'il prenait des airs attentionnés, Finley se livrait à toutes sortes de spéculations. De toute évidence, DiCarlo avait laissé derrière lui des indices compromettants. De plus, il s'était bien gardé de mentionner dans son rapport cette tentative de viol et l'intervention salvatrice du voisin. Finley se rappelait les contusions qu'il avait vues sur le visage de son employé lors de leur dernière rencontre.

— Si j'en crois vos propos, dit-il avec un air outré, l'homme qui vous a attaquée et DiCarlo ne font qu'un.

— Je l'ai vu! s'écria Dora qui, prenant une expression apeurée, se couvrit le visage de ses mains. Je n'oublierai jamais ses traits. J'ai donné une description de lui à la police. Il a abattu un agent, monsieur Finley, et une femme. Il a aussi grièvement blessé une de mes clientes. (A la pensée de Mme Lyle, elle éclata en sanglots.) Je suis désolée, mais j'ai eu une telle frayeur. (Finley, galant, lui proposa son mouchoir.) Toute cette histoire n'a aucun sens. Il n'a dérobé que des objets sans valeur. Cet homme doit être fou.

— Vous devez comprendre qu'il m'est difficile de croire ce que vous me racontez. M. DiCarlo a travaillé pour moi pendant des années. (Comme un père consolant son enfant, il prit doucement la main de Dora.) Mademoiselle Conroy, êtes-vous sûre qu'il s'agissait bien d'Anthony DiCarlo?

— Mais j'ai vu son visage et la police avait un dossier sur lui. Pour des délits mineurs, certes.

— Je savais qu'il avait eu des ennuis dans sa jeunesse, soupira Finley, mais je voulais lui donner sa chance, et jamais je n'aurais pu imaginer... Je crains de m'être beaucoup trompé sur son compte. Que puis-je faire pour vous, mademoiselle Conroy?

— Je ne sais pas, répondit Dora qui tordait dans ses mains le mouchoir de Finley. Je pensais que vous auriez des informations, qu'il avait peut-être pris contact avec vous.

— Ma chère enfant, je vous promets que si j'entendais parler de lui, j'en référerais immédiatement aux autorités. Et sa famille? Avez-vous interrogé ses parents?

Elle sécha ses larmes et secoua la tête.

— La police les a interrogés. J'ai envisagé de rendre visite à sa mère, mais le courage m'a manqué.

— Je vais passer quelques coups de fil. Croyez-moi, je ferai tout ce qui est en mon pouvoir pour vous aider.

— Merci. (Dora laissa échapper un gros soupir, puis sourit timidement.) J'ai besoin d'agir. Attendre est ce qu'il y a de pire. J'ignore où il est et ce qu'il va faire. J'ai peur de me coucher le soir. S'il revenait... (Elle eut un frisson, sincère cette fois.)... Je ne sais pas ce que je ferais.

— Je ne pense pas qu'il reviendra. Savez-vous pourquoi il a choisi précisément votre boutique ?

— Non. C'est justement ce qui est effrayant. On dirait qu'il prend ses victimes au hasard. Mme Lyle a été attaquée pour une misérable petite statuette. Personne ne tue pour ça !

— Je ne sais quoi vous dire. Peut-être a-t-il perdu la raison. Mais j'ai confiance dans notre police, ils le retrouveront.

— Je l'espère, répondit Dora. Je vous remercie beaucoup, monsieur Finley.

— Appelez-moi Edmund.

— Ça m'a fait du bien de vous parler. Et, je vous en prie, si vous apprenez quelque chose, contactez-moi directement. La police est très avare d'informations.

— Je vous le promets. Nous avons ici de très bons détectives. Je vais les mettre sur cette affaire. Je suis sûr qu'ils retrouveront la trace de DiCarlo.

Dora ferma les yeux. Elle se sentait parfaitement détendue maintenant.

— J'avais raison de venir vous trouver et je vous remercie encore, dit-elle en se levant.

Finley prit ses mains dans les siennes.

— Je regrette de ne pas pouvoir faire plus. Accepteriez-vous de dîner avec moi ce soir ?

Dora ne savait quoi répondre.

— Je n'aime pas vous savoir seule, continua-t-il, et je me sens un peu coupable. Après tout, DiCarlo est ou plutôt était mon employé. J'aimerais soulager un peu ma conscience. De plus, j'apprécierais de passer une soirée en compagnie d'une charmante jeune femme qui partage ma passion pour les objets de collection. Si vous possédez une boutique d'antiquités, je ne doute pas que vous serez intéressée par mes trésors.

— Oh oui ! Et vous devez être un bien meilleur expert que moi. (Elle montra de la tête une statue de cheval.) C'est bien de la dynastie Han ?

— Exactement, répondit-il avec le sourire bienveillant du professeur pour un élève brillant. Vous avez l'œil. (Il effleura la broche accrochée à la veste de Dora.) Ce bijou date du début du XIXe siècle, n'est-ce pas ? Je possède moi-même une broche que j'aimerais vous montrer. Je viens d'en faire l'acquisition et je suis certain qu'elle vous plaira. Que diriez-vous de dix-neuf heures trente ? J'enverrai ma voiture vous prendre à votre hôtel.

— Euh...

— Ne vous méprenez pas. Ma maison est remplie de domestiques, vous n'avez rien à craindre. J'ai rarement l'occasion de montrer mes collections à des amateurs éclairés.

Dora soupira. Il était difficile de résister à une telle invitation.

— J'accepte, dit-elle.

Sur le chemin du retour, Dora éprouvait l'ivresse du succès. Quand elle pénétra dans leur chambre d'hôtel, elle trouva Jed debout, arpentant la pièce enfumée dans le vacarme d'un vieux film de guerre que diffusait la télévision.

— Mais qu'est-ce que tu foutais ? s'écria-t-il quand il la vit.

— J'ai été fantastique, dit-elle en lui passant les bras autour du cou.

— C'est ce que nous allons voir, fit Jed qui la poussa vers une chaise. (Il attrapa la télécommande et éteignit la télévision.) Parle-moi de Finley, sans omettre aucun détail.

— Est-ce qu'il reste du café ? Laisse-moi savourer cet instant. (Elle se versa une tasse de café noir.) Je veux aussi du gâteau au fromage. Je t'en prie, appelle la réception.

— Tu pousses un peu, Dora.

— D'accord, dit-elle en s'enfonçant dans sa chaise. Finley a été très gentil. Moi, je lui ai fait mon numéro de la jeune femme apeurée, tendue comme une corde d'archet. Il m'a promis de tout faire pour m'aider.

— Et Winesap ?

— Quand j'ai demandé à le voir, on m'a dit qu'il était absent pour la journée.

— Si c'est lui qui doit te rencontrer jeudi prochain, il ne peut évidemment pas se montrer.

— C'est aussi ce que j'ai pensé. Alors j'ai fait un brin de causette avec un agent de sécurité : je lui ai dit que mon père avait travaillé autrefois avec un certain Abel Winesap et qu'ils s'étaient perdus de vue. Alors je lui ai demandé si le type en question était un grand costaud aux cheveux roux. C'est comme ça que j'ai appris que notre Winesap est petit, chauve et chétif.

— Bravo, miss Marple.

Dora continua son récit.

— Le bureau de Finley est l'endroit le plus incroyable que j'ai jamais vu. Ce type a fait installer tout un mur d'écrans de télévision. Il peut voir ce qui se passe dans le moindre recoin du bâtiment. Et figure-toi qu'il possède une lampe de Gallé, une petite merveille. Et une statue de la dynastie Han. Il m'a invitée à voir sa collection privée ce soir.

Jed lui saisit le poignet.

— Répète-moi ça.

— Je dîne avec lui ce soir.

— Et tu crois que je vais te laisser y aller ?

— Il le faut. Il s'est montré très gentil avec moi. Je suis censée être seule à Los Angeles. De plus, il sait que je m'intéresse aux antiquités. Si j'avais refusé, ça lui aurait semblé suspect.

— Si ce mec a trempé dans cette affaire, tu risques gros, en allant chez lui toute seule.

— Au contraire, s'il est coupable, il ne voudra pas

qu'il m'arrive quoi que ce soit dans sa propre maison. Surtout si je lui dis que j'ai appelé mes parents et que je leur ai donné son adresse.

— C'est une idée complètement idiote.

— Pas du tout. Ça va me donner le temps de mieux l'étudier. Je lui suis sympathique, dit-elle en se dirigeant vers la penderie où elle avait accroché, la veille, une petite robe noire et un boléro à paillettes rouge et or. (Elle les mit devant elle et s'approcha du miroir.) Mais peut-être que tu es jaloux, Jed ? (Elle eut un petit rire pétillant.) Comme c'est adorable ! Tu vas m'obliger à te dire encore une fois que je t'aime, et ce n'est certainement pas ce que tu veux.

Jed avait l'estomac tout retourné, il jura entre ses dents et prit une autre cigarette.

— J'en ai assez d'assister à tes préparatifs pour aller voir un autre homme.

— Mais c'est bien pour ça que je suis ici, non ? (La tête penchée sur le côté, elle regardait le visage crispé de Jed.) Je n'ai pas la moindre intention de coucher avec lui, si ça peut te rassurer.

— Je ne veux pas que tu ailles là-bas toute seule. Nous ne savons encore rien sur lui.

— Ne t'en fais pas, je reviendrai avec des informations.

Elle s'approcha de la penderie pour y suspendre sa veste et ne l'entendit pas s'approcher d'elle. Elle sursauta en sentant les mains de Jed sur ses épaules.

— Je n'ai pas l'habitude d'être celui qui attend. C'est la première fois de ma vie que je me fais du souci pour quelqu'un.

Dora retira sa jupe, qu'elle rangea aussi.

— Je comprends ce que tu ressens mais tu n'as pas à t'en faire, tout se passera très bien.

— Dora... tu vas me manquer ce soir. Je commence à m'habituer à ta présence.

Attendrie, elle sourit et lui prit la main.

— Quel sentimental tu fais ! J'ai encore une heure

avant de me préparer. Pourquoi ne la passerions-nous pas au lit ?

Il en aurait certes éprouvé du plaisir et du soulagement, mais il y avait plus important à faire.

— Mets ton peignoir. Nous avons du travail.

— Comment, je suis presque nue devant toi et voilà tout l'effet que ça te fait ?

— Exactement.

— Je crois que tu te lasses de moi, marmonna-t-elle.

26

A dix-neuf heures trente précises, Dora grimpait dans la Limousine de Finley. Elle trouva sur la banquette un bouton de rose.

Avant de partir, elle leva les yeux vers la fenêtre d'où Jed devait l'observer. Le chauffeur démarra, et Dora, qui jetait un coup d'œil en arrière, vit un homme vêtu d'un costume sombre monter dans une voiture et les prendre en filature.

Elle retira ses escarpins et caressa de ses pieds nus l'épais tapis. Elle devait oublier Jed pour quelques heures. Désormais, elle était seule.

Finley avait fait préparer à son intention du champagne frais et du caviar qu'elle dégusta sur une sonate de Beethoven. En d'autres circonstances, elle aurait probablement engagé la conversation avec le chauffeur mais, ce soir-là elle avait besoin de silence pour se concentrer sur l'interprétation de son deuxième acte.

Elle s'était attendue que Finley habitât une demeure somptueuse, aussi ne fut-elle pas surprise lorsqu'elle distingua, à travers une rangée d'arbres, l'immense bâtisse de brique et de verre baignée dans la lueur du soleil couchant.

Une femme de chambre vint lui ouvrir.

— Mademoiselle Conroy, voulez-vous me suivre dans le petit salon. M. Finley sera bientôt prêt.

Dora ne chercha pas à dissimuler son ébahissement devant la splendeur du hall d'entrée. Elle suivit docilement la femme de chambre et poussa un soupir de soulagement lorsque celle-ci s'éclipsa après lui avoir servi un verre de vin. Dora pouvait maintenant admirer à loisir le décor qui l'entourait. Elle venait de pénétrer dans un musée dont elle était l'unique visiteuse. Où qu'elle posât les yeux, chaque objet était une œuvre d'art.

Après quelques instants, Finley vint la rejoindre.

— Je vois que vous appréciez mes petits jouets.

— Oh oui ! s'exclama-t-elle, les yeux brillants. Je suis comme Alice pénétrant au pays des merveilles.

Finley rit et se versa un verre de vin.

— J'ai passé trop de temps seul avec mes trésors et je savais que j'aurais plaisir à les partager avec vous.

— Grâce à vous, je n'aurai pas perdu mon temps en venant à Los Angeles.

Finley s'approcha d'elle et lui posa la main sur l'épaule. Le geste était amical, mais la jeune femme frissonna.

— Voulez-vous faire le tour du propriétaire avant le dîner ?

— J'en serais ravie, répondit-elle en passant son bras sous celui de Finley.

Finley était un homme cultivé et courtois. Cependant, au bout d'une heure, Dora ressentait en sa présence un malaise inexplicable. Et comme ils passaient de pièce en pièce, Dora éprouvait de plus en plus de difficulté à jouer son rôle.

— Voici la broche dont je vous ai parlé. (Finley, excité à l'idée qu'il montrait à la jeune femme toutes les pièces qu'il avait récupérées par DiCarlo, tendit le bijou à Dora.) Plus que les pierres, qui sont admirables, ce que j'aime dans cet objet, c'est son histoire.

— C'est très beau, dit Dora qui pensait avec regret que ce joyau resterait pour toujours enfermé dans cette vitrine et n'ornerait plus jamais un col de femme.

— Cette broche appartenait à Marie Stuart. Je me demande si elle la portait lorsqu'elle fut arrêtée pour haute trahison.

— Attachez-vous toujours une histoire tragique aux objets que vous possédez, Edmund ?

— Oui, ça augmente leur valeur à mes yeux. J'aime aussi me dire que ces pièces qui ont appartenu à la fine fleur de l'aristocratie viennent enrichir la collection d'un plébéien tel que moi. Souhaitez-vous dîner maintenant ?

Le repas était aussi somptueux que le reste : bisque de homard et canard laqué arrosés de Dom Pérignon, le tout servi dans de la porcelaine et du cristal.

— Parlez-moi un peu de votre boutique. Votre commerce doit être passionnant.

— Mon stock n'a pas beaucoup de valeur, vous savez. Rien de comparable avec votre collection. Je m'occupe beaucoup de brocante et le kitsch m'attire autant que le beau.

— Mais, comme moi, vous aimez aller de l'avant et vous avez réussi à faire un gagne-pain de votre passion. C'est un tour de force qui n'est pas donné à tout le monde. Vous ne devez pas manquer de courage.

A ces mots, Dora sentit son estomac se nouer.

— Je préférerais parler d'opiniâtreté, car j'avoue être assez peureuse.

— Ne vous mésestimez pas. Après tout, vous êtes bien venue jusqu'à moi. (Derrière son verre, il la regardait avec les yeux perçants d'un rapace.) DiCarlo aurait très bien pu agir sur mes ordres. Il était mon employé, n'est-ce pas ?

Quand Dora pâlit et laissa retomber sa fourchette dans son assiette, Finley rit et lui prit la main.

— Voilà que vous ai effrayée ! J'en suis désolé. Pourquoi diable demanderais-je à DiCarlo de voler des objets sans valeur que je peux aisément m'offrir ?

On leur apporta le dessert : un soufflé au chocolat. Dora avait la gorge serrée. Cependant, la conversation dévia vers des sujets plus anodins et elle pensa bientôt avoir imaginé la menace qu'elle avait perçue dans le ton de Finley. Ils passèrent au salon, où le café leur fut servi devant un feu de cheminée. Ils devisaient comme de vieux amis, mais Dora était désormais sur la défensive. Elle n'avait qu'une envie : quitter cet endroit.

— Il est dommage que vous ne puissiez pas rester davantage, dit Finley qui tenait entre ses mains une statuette de porcelaine représentant une femme nue.

— Je sais, mais vous savez ce que c'est. Je ne peux laisser ma boutique trop longtemps.

— Je vous comprends. J'ai moi-même parfois l'impression d'être pris au piège de ma réussite, dit-il en caressant du bout des doigts les seins de la figurine. Vous sentez-vous aussi prise au piège, mademoiselle Conroy ?

— Non, répondit-elle, mais elle avait la sensation que les murs de la pièce se refermaient sur elle. (Elle regardait ailleurs et ne pouvait pas voir la façon dont Finley flattait les courbes de la statue de porcelaine.) Vous devez voyager beaucoup, dans votre profession. J'espère que vous me rendrez visite si vous venez à Philadelphie.

— Certainement.

— J'ai passé une soirée merveilleuse, Edmund. Ce dîner était délicieux.

Dora se leva. Elle allait jouer sa dernière scène dans le rôle de l'hôte ravi quittant les lieux à regret.

— Tout le plaisir était pour moi, dit-il en lui déposant un baiser sur la main. Si vous le désirez, mon chauffeur vous accompagnera à l'aéroport demain matin.

— C'est très gentil à vous mais j'ai déjà pris d'autres dispositions. J'espère que vous m'appellerez si jamais vous avez des nouvelles de DiCarlo.

— Vous avez ma promesse.

Après que la Limousine l'eut déposée devant le Beverly Hills Hotel, Dora resta quelques minutes sur le trottoir, s'efforçant de retrouver son calme. Elle ne voulait pas se montrer à Jed dans cet état. C'est alors qu'elle vit approcher la voiture noire conduite par l'homme au complet gris. Prise de panique, elle se précipita à l'intérieur de l'hôtel.

Décidément, je deviens trop sensible, se dit-elle en attendant l'ascenseur. Les dernières heures avaient été éprouvantes et elle avait besoin de repos.

Quand elle entra dans la chambre, elle sourit à Jed qui se tenait près de la fenêtre.

— Tu m'attendais ?

— Tu devrais...

Il venait de tourner la tête et s'arrêta net en voyant le visage épuisé de Dora.

— Qu'y a-t-il ? s'exclama-t-elle.

— Rien du tout. Viens t'asseoir.

— Je dois d'abord retirer cette robe.

D'un geste las, Dora s'assit sur le bord du lit et commença à enlever ses bas.

— Tu as dîné ? demanda-t-elle.

— Je sais me débrouiller tout seul, répondit Jed qui venait de lui dégrafer son soutien-gorge et l'aidait maintenant à revêtir une chemise de nuit.

— Nous avons mangé de la bisque de homard et du canard laqué.

— Ça devait être meilleur que mon hamburger.

— C'était délicieux. Et la maison, il faut que tu voies ça, une splendeur ! (Elle se dirigea vers la salle de bains.) Tu devrais te renseigner sur l'état financier de la E.F. Incorporated. Ce type possède un véritable musée. Il y en a pour des milliers de dollars ! dit-elle en s'aspergeant d'eau le visage. Mais il avait un air bizarre quand il me montrait tout ça...

— Qu'est-ce que tu veux dire ?

— C'était comme s'il attendait que je fasse ou que je dise quelque chose. Je ne peux pas expliquer au juste, mais ce n'était plus la même ambiance que cet après-midi dans son bureau. Sa conduite a été irréprochable. Il m'a reçue avec beaucoup d'égards et pourtant, j'étais terrifiée en sa présence.

— Raconte-moi tout, demanda Jed. (Sans son maquillage, elle avait l'air plus fragile. La fatigue avait dessiné des cernes noirs autour de ses yeux.) Décris-moi toutes tes impressions, même si elles ne te semblent pas rationnelles.

Réconfortée par les paroles de Jed, elle retourna s'asseoir sur le lit.

— Il m'a fait visiter toute la maison et la façon dont il me montrait ses trésors, en particulier certains objets, était étrange. Je le sentais m'observer quand je les tenais et c'était comme... regarder quelqu'un se masturber. En même temps, il restait tout à fait charmant et je me disais que mon imagination me jouait des tours. Ensuite, nous avons dîné en discutant de choses et d'autres. Il n'a jamais eu un geste déplacé et pourtant j'avais l'impression qu'il me déshabillait du regard. Ça me donnait la chair de poule. Je sais, tu vas sans doute me dire que j'ai fantasmé.

— Peut-être qu'il éprouvait une attirance physique pour toi. Ça arrive même aux messieurs distingués.

— Non, ce n'était pas sexuel. C'était bizarre.

— Vous étiez seuls ?

— Non, il y avait une cohorte de domestiques. Et puis il y a eu ce truc dans la salle de bains.

— Il t'a amenée dans la salle de bains ?

— Non, j'ai voulu me remaquiller après le dîner. Tout le temps que je suis restée seule dans la salle de bains, j'ai eu l'impression qu'il était à côté de moi et qu'il m'espionnait.

Elle laissa échapper un long soupir, satisfaite que Jed ne la soupçonnât pas d'affabuler.

— Quand j'ai quitté son bureau aujourd'hui, j'étais sincèrement convaincue qu'il n'avait rien à voir dans cette histoire et maintenant, je ne sais plus quoi penser. Mais je suis sûre d'une chose, c'est que je ne remettrai jamais les pieds dans cette baraque, pour tout l'or du monde.

— Rassure-toi, tu n'auras plus à y aller. Nous allons demander à la police de se renseigner sur Finley.

— Alors, pendant que tu y es, demande si on n'a pas

signalé le vol d'une broche de saphirs datant probablement du XVIe siècle. Il a beaucoup insisté pour me la montrer.

— Tu as fait du bon boulot.

— Merci, répondit-elle avec un sourire ensommeillé.

— Tu veux de l'aspirine pour ta migraine ? Je vais t'en chercher.

Dora s'allongea sur le lit.

— J'oubliais. Il y avait un gars qui nous suivait dans une voiture noire à l'aller et au retour. Je ne vois pas pourquoi Finley ferait suivre son propre chauffeur.

— Je suis au courant. C'est moi qui ai demandé à la police locale de te prendre en filature. Ils t'ont suivie toute la journée.

— Mon propre garde du corps, quel rêve !

Elle posa sa joue sur son bras replié et ferma les yeux pendant que Jed lui massait délicatement la nuque.

— Jed, encore un détail, il y avait des miroirs dans toutes les pièces.

— Tempérament narcissique ?

— Pour moi, il aime surtout espionner les autres, mais ça ne fait pas de lui un receleur d'objets d'art. J'aimerais…

Elle ne termina pas sa phrase. Plongée dans un profond sommeil, elle s'abandonna dans les bras de Jed qui la glissa délicatement entre les draps.

Comme il entourait Dora de ses bras, les premiers tressaillements de la jeune femme le réveillèrent immédiatement. Instinctivement, il resserra son étreinte et passa une main apaisante sur la nuque de sa compagne.

— Dora, réveille-toi.

Elle suffoquait, tremblait de la tête aux pieds. Soudain, elle émergea de son cauchemar. Encore terrifiée, elle enfouit son visage dans la poitrine de Jed.

— Allume la lumière, s'il te plaît.

Il avança la main vers l'interrupteur et la lueur de la lampe jaillit dans l'obscurité.

— Ça va mieux ?

— Oui, répondit-elle; mais elle frissonnait encore. Reste près de moi. (Elle se détendit peu à peu.) Je n'avais pas eu de cauchemars depuis des années. J'étais dans la maison de Finley et je voyais ces grandes pièces ornées de miroirs. Il y avait tous ces objets autour de moi. C'était comme un labyrinthe d'où je ne pouvais plus sortir. DiCarlo était là aussi, avec Finley. Partout où je regardais, je voyais leurs visages se refléter dans les glaces. Je courais pour m'enfuir mais à chaque fois je me heurtais à un mur de verre. (Elle se pelotonna contre le corps de Jed.) Je me sens idiote.

— Il ne faut pas. Il m'est arrivé aussi d'avoir des cauchemars.

— Ah bon?

— Quand j'ai commencé dans la police, j'ai été appelé une nuit sur les lieux d'une fusillade. C'était la première fois que je voyais le crâne d'un homme éclaté par une balle et cette vision m'a poursuivi longtemps. Et puis, il y a eu l'accident d'Elaine... (Il eut une hésitation.) J'ai continué à revivre cette scène, nuit après nuit, pendant des mois.

— Jed, allume la télé. Ils montrent des vieux films d'horreur à cette heure de la nuit.

— Il est presque six heures du matin, Dora, dit-il. Mais si tu veux voir quelque chose de vraiment horrible, j'ai ce qu'il te faut.

Elle eut un petit rire et lui passa les bras autour du cou. La sonnerie du téléphone qui retentit à ce moment lui arracha un cri strident. Jed décrocha.

— Skimmerhorn à l'appareil.

— Désolé de te réveiller, mon vieux, lança Brent. J'ai ici une information que tu voudras certainement vérifier. Je viens de recevoir un fax de la police de L.A. Il y a quelques jours, des randonneurs ont découvert un corps dans un ravin. Le cadavre était dans un sale état mais ils ont pu prendre des empreintes. C'était DiCarlo.

— A quand remonte le décès?

— Ils ont du mal à donner une date précise. Le

corps n'était pas beau à voir. Vraisemblablement, aux environs du 1er janvier. Comme tu es déjà sur place, j'ai pensé que tu aimerais interroger le médecin légiste et les inspecteurs chargés de l'affaire.

— D'accord, donne-moi leur nom.

Jed griffonna quelques mots sur une feuille de papier.

— Je vais les prévenir que tu passeras les voir.

— Merci. Je te tiens au courant.

Dora était assise sur le lit, le menton posé sur ses genoux repliés. Elle observait Jed.

— Tu viens de te métamorphoser en flic sous mes yeux. C'était fascinant !

— Commande le petit déjeuner, dit-il en se dirigeant vers la douche. Nous allons devoir rester ici un peu plus longtemps que prévu.

Dora se leva d'un bond et, les mâchoires serrées, lui emboîta le pas.

— C'est bien beau de donner des ordres, capitaine, mais la base aimerait bien savoir ce qui se passe.

— Je dois vérifier certaines informations. Maintenant, tu entres ou tu sors, mais tu fermes la porte de cette salle de bains.

— Quelles informations ?

Jed l'attrapa, lui retira sa chemise de nuit et l'entraîna avec lui sous la douche.

— Je répète : quelles informations ?

— DiCarlo, répondit-il d'une voix neutre. On vient de le retrouver, mort.

27

Le shérif Curtis Dearborne n'aimait pas qu'on se mêle de ses affaires. Aussi, quand Jed se présenta comme un flic de la côte Est, il fut traité avec la plus grande méfiance.

Dearborne était un homme de belle stature à l'uniforme irréprochable. Il portait une petite moustache impeccablement taillée et des bottes de cuir cirées avec le plus grand soin. Pourtant, malgré son allure martiale, il possédait un charme de garçon de la campagne dont il usait avec habileté et qui lui valait un certain succès.

Quand Jed et Dora firent leur entrée, il se leva et les gratifia d'une solide poignée de main. Son beau visage carré affichait une expression solennelle.

Jed comprit tout de suite que l'homme n'aimait pas qu'on marchât sur ses plates-bandes, aussi s'empressa-t-il de le flatter :

— Je vous remercie de nous avoir transmis vos informations, shérif. Grâce à votre rapide intervention nous serons en mesure de réconforter la veuve de l'officier Trainor.

Il avait tapé dans le mille.

— Votre lieutenant m'a confié que l'homme retrouvé avait abattu l'un de vos agents. Je regrette que les coyotes ne l'aient pas abîmé davantage. Je vous en prie, asseyez-vous, capitaine.

Jed s'exécuta. Il savait qu'il ne devait pas précipiter les choses. Ce Dearborne devait être approché avec diplomatie.

— D'après ce qu'on m'a dit, vous n'avez rien retrouvé permettant d'identifier le corps.

— Exact. Mais nous avons immédiatement exclu le crime crapuleux, étant donné que le type portait toujours son épingle de cravate en diamants et une chaîne en or. Le cadavre était en très mauvais état mais je n'ai pas eu besoin du médecin légiste pour savoir que le gars avait été abattu. Pourtant, la bâche qui l'enveloppait n'était pas très tachée. Il a probablement perdu tout son sang à l'endroit où il s'est fait descendre, ce qui a dû prendre des heures. Excusez-moi, madame, dit-il à l'adresse de Dora.

— J'aimerais jeter un œil au rapport d'autopsie, si ça ne vous dérange pas. Je voudrais aussi voir les indices matériels que vous avez rassemblés. Plus j'aurai d'informations à rapporter, et mieux ce sera.

Dearborne réfléchit un instant en tapotant des doigts sur son bureau. La requête de ce flic était raisonnable, après tout.

— Je crois qu'on va pouvoir vous aider. Nous avons à l'étage au-dessus la bâche qui l'enveloppait et ce qui restait de ses vêtements. Je vous montrerai le dossier. Vous pourrez aussi voir le corps, si vous le voulez.

— Je vous remercie. Mademoiselle Conroy, vous resterez ici, ordonna-t-il à Dora qui s'apprêtait à le suivre.

Dearborne apprécia. Il aimait qu'une femme sût se tenir à sa place.

— Mettez-vous à l'aise, dit-il à Dora.

— Merci, shérif. Je ne voudrais surtout pas déranger, répliqua Dora sur un ton sarcastique. (Mais Dearborne ne releva pas l'ironie.) Puis-je passer un coup de fil ?

— Faites comme chez vous, répondit l'autre en lui montrant le téléphone.

Elle n'en voulait pas à Jed. Pendant qu'il s'occuperait à ses affaires de flic, elle prendrait des nouvelles de sa famille et les préviendrait de son retard. Après le départ des deux hommes, elle s'installa confortablement derrière le bureau. Elle sourit en songeant que Jed n'avait pas bronché lorsque Dearborne l'avait appelé capitaine.

— Bonjour, vous êtes chez Dora.

— Quelle voix sensuelle !

Lea eut un petit rire.

— Où es-tu ? Je te croyais déjà dans l'avion.

Dora décocha un grand sourire à l'officier qui venait d'entrer avec une tasse de café et un porte-documents noir.

— Merci, sergent.

— Sergent ! entendit-elle à l'autre bout du fil. Tu es en prison ou quoi ?

— Pas encore, rassure-toi. Jed avait une petite affaire à régler avant de repartir. (Elle ne donna pas plus de détails. Il était inutile d'alerter sa famille avec des histoires macabres.) Nous prendrons un autre avion un peu plus tard. Est-ce que tout le monde va bien ?

— Très bien. Comment s'est passé ton rendez-vous ?

— Mon rendez-vous ?

— Oui, avec le gars qui fait de l'import-export.

— Oh, je ne pense pas que nous allons travailler ensemble, répondit Dora.

Elle promenait sa main sur la couverture du dossier que le sergent avait posé près d'elle.

— J'espère quand même que tu n'as pas perdu ton temps. Tu as vu des stars ?

— Aucune.

— Bon, appelle-moi quand tu seras arrivée.

— D'accord, grande sœur. Je ne pense pas être de retour avant vingt-deux heures, alors ne commence pas à t'inquiéter trop tôt.

— J'essaierai. A propos, maman veut organiser une petite sauterie afin de faire plus ample connaissance avec Jed. J'ai pensé que je devais te prévenir.

— Merci. (En soupirant, Dora ouvrit le porte-documents.) J'essaierai de préparer Jed à...

Sa voix se brisa quand elle posa les yeux sur une photo qui se trouvait dans le dossier. Ses oreilles se mirent à bourdonner ; les paroles de sa sœur lui parvenaient comme dans un rêve.

— Dora, tu es toujours là ?

Elle leva les yeux mais l'image qu'elle avait vue restait imprimée dans sa mémoire. Elle fit un effort surhumain pour répondre à Lea.

— Excuse-moi, je dois te quitter. A bientôt.

D'un geste très lent, Dora reposa le combiné. Ses mains étaient glacées. Le souffle court, elle regarda de nouveau la photo.

C'était bien DiCarlo. Ce qui restait de son visage permettait de l'identifier sans le moindre doute. Les mains tremblantes, elle prit un deuxième cliché. Elle avait vu de nombreux films d'horreur mais ce qu'elle avait devant les yeux dépassait l'imagination. Le corps avait été déchiqueté par les charognards, momifié par le soleil du désert. Elle était comme fascinée et ne pouvait détacher son regard des clichés. Jed entra dans la pièce au moment où elle perdait connaissance.

— Respire doucement, dit-il en refermant le porte-documents d'un geste vif.

— Je parlais à Lea.

Elle allait vomir. Un goût de bile lui remontait dans la bouche. Dearborne entra avec un verre d'eau.

— Faites-lui boire ça. Il y a un lit dans la pièce à côté si elle veut s'allonger.

— Ça va aller, merci. Pouvez-vous nous laisser seuls un moment, shérif ?

— Bien sûr, répondit l'autre en refermant la porte derrière lui.

— Bois un peu, dit Jed en tendant à Dora le verre d'eau. Je veux que tu tiennes sur tes pieds quand je te passerai un savon.

— Tu risques d'attendre longtemps. (Elle réussit à ouvrir les yeux et vit l'expression de colère sur le visage de Jed.) Comment peux-tu t'habituer à des choses pareilles ?

— Tu veux t'allonger ? proposa Jed.

Il avait trempé ses doigts dans l'eau et lui massait doucement la nuque.

— Non, ça ira. Si tu veux gueuler, vas-y. Mais sache que je ne cherchais pas à fouiner. Je n'avais vraiment pas envie de voir ces photos.

— Maintenant, tu dois oublier. Tu n'as pas à être impliquée là-dedans.

— Facile à dire. Ce type a quand même tenté de me violer et il a bien failli me tuer. Et malgré tout, je ne peux justifier ce que j'ai vu sur ces photos. Peut-être que tu le peux, toi ?

— Je ne justifie rien, Dora. Si tu veux tout savoir, eh bien oui, j'arrive à vivre avec. Je peux même aller inspecter le cadavre à la morgue et je ne serai pas plus concerné que ça.

Elle hocha la tête et se dirigea vers la porte d'un pas mal assuré.

— Je vais attendre dans la voiture.

Il attendit qu'elle fût sortie et ouvrit le dossier.

— Elle va mieux ? demanda Dearborne qui venait de rentrer dans le bureau.

— Elle s'en remettra. J'aimerais bien rencontrer le médecin légiste, si c'est possible.

— Vous voulez voir le macchabée aussi ?

— Oui.

— Pas de problème, répondit Dearborne en coiffant son chapeau. Vous pourrez lire le rapport d'autopsie dans l'auto. Très enrichissant : apparemment, notre gars avait fait un vrai gueuleton avant de clamser.

Dans l'avion, Dora refusa le verre que lui proposait le steward. Elle n'aurait pu avaler le moindre morceau et s'efforçait de faire abstraction des odeurs de mayonnaise qui montaient du plateau des autres passagers.

— Tu ne m'as pas encore passé le savon que tu m'avais promis.

Jed ne leva pas les yeux de ses mots croisés. Il aurait préféré étudier le dossier que lui avait laissé Dearborne mais il attendrait d'être seul.

— Ça n'en valait pas la peine.

— Je préférerais que tu te défoules une bonne fois et que tu arrêtes de faire la gueule.

— Je ne fais pas la gueule et je ne suis pas en colère contre toi.

— A d'autres. Tu ne m'as pas adressé la parole depuis que nous avons décollé.

Jed se tourna vers elle.

— Je ne t'en veux pas. Je suis simplement furieux parce que tu as vu ces photos et que tu ne les oublieras pas de sitôt.

— Tu avais raison ; en tombant sur ces clichés, je me suis impliquée davantage dans cette affaire, que je le veuille ou non. C'est pourquoi j'aimerais que tu me racontes ce que tu as appris à la morgue. La réalité crue est parfois moins effrayante que nos fantasmes.

— Je n'ai pas grand-chose à te dire. Nous savons juste que DiCarlo est arrivé en Californie le 31 décembre, qu'il a loué une voiture et réservé une chambre d'hôtel. Il n'a jamais dormi dans son hôtel et n'a pas rendu son véhicule. Il avait aussi un billet d'avion pour Cancún mais il ne l'a pas utilisé.

— Tu penses qu'il venait rendre visite à Finley ?

— Il ne l'a pas rencontré au siège de la société car il n'a pas signé le registre ce jour-là. A partir de ça, nous pouvons bâtir toutes sortes de scénarios : une dispute avec un associé, par exemple. On ne sait pas s'il travaillait seul. Seconde hypothèse, il agissait effectivement sur les instructions de Finley. Il serait venu lui faire son rapport et l'autre l'aurait abattu.

— Mais pourquoi ? DiCarlo n'avait pas terminé son boulot, il lui fallait encore récupérer le tableau !

— Rien ne permet encore d'établir un lien entre Finley et la mort de DiCarlo. Nous savons juste que le bonhomme s'est fait tuer à Los Angeles entre le 31 décembre et le 2 janvier, que son décès est dû à une blessure à l'abdomen. Apparemment, on l'a laissé se vider de son sang avant de le déplacer. La personne qui s'est chargée du corps a bien veillé à faire disparaître tout document permettant de l'identifier. On a aussi relevé d'autres blessures postérieures à la mort.

Jed omit de préciser que l'assassin avait également tiré une balle dans chaque genou de DiCarlo.

— Je vois. (Pour se donner une contenance, Dora but une gorgée d'eau.) Il n'y a donc pas eu de lutte.

— Bonne déduction, miss Marple. (Il lui serra la main. Il éprouvait de l'admiration pour Dora qui surmontait si bien sa terreur.) Avant de mourir, DiCarlo avait ingéré un copieux repas. Au menu, il y avait du faisan, du bon vin et des airelles.

Dora eut un haut-le-cœur. Elle ne remangerait pas de sitôt. La main sur l'estomac, elle reprit :

— On peut donc en conclure que DiCarlo a connu un moment de détente avant sa mort.

— Je ne vois pas comment il aurait ingurgité un festin pareil autrement. Dearborne s'est chargé de vérifier le menu de tous les restaurants. Ils ont également retrouvé des graviers blancs dans la bâche qui enveloppait le corps. Pareils à ceux qu'on trouve dans les allées des jardins.

— Vous allez inspecter tous les jardins de Los Angeles ?

— Le boulot de flic peut parfois être très fastidieux. Est-ce qu'il y a des jardins dans la propriété de Finley ?

— Oui, immenses. Il en est très fier d'ailleurs. Nous n'avons pas pu les visiter car il était tard mais j'ai jeté un coup d'œil depuis la fenêtre. (Elle se tourna soudain vers Jed. Elle était devenue blanche comme un linge.) Les parterres étaient sillonnés d'allées de gravier blanc.

— Excellent sens de l'observation, Dora ! (Il s'approcha et l'embrassa.) Tu devrais te reposer, maintenant.

— Je crois que je vais plutôt regarder le film : une histoire de flic avec Kevin Costner.

Dora coiffa les écouteurs et s'enfonça dans son siège avec un soupir d'aise.

A Los Angeles, Winesap venait de pénétrer dans le bureau de Finley.

— Vous souhaitiez me voir, monsieur Finley ?

Sans lever les yeux des documents qu'il lisait, Finley fit signe à son employé d'approcher.

— Depuis combien de temps travaillez-vous pour moi, Abel ?

— Huit ans, monsieur.

— Etes-vous heureux de votre sort ? Pensez-vous que je suis un bon patron ?

— Oh oui, monsieur ! s'empressa de répondre Winesap.

— Je pensais à vous ce matin et je me disais que, durant toutes ces années, vous aviez été un employé presque irréprochable.

Winesap sursauta en entendant ce « presque » qui lui faisait redouter le pire.

— Merci, monsieur. Je fais de mon mieux pour vous servir.

— Je le sais, Abel, c'est pourquoi je suis tellement déçu aujourd'hui. Avez-vous lu la presse ce matin ?

— Euh, non, monsieur, j'avais beaucoup de travail.

— C'est un tort. Lisez ceci, ordonna Finley qui pointait son index sur un journal ouvert devant lui.

Terrorisé, Winesap s'approcha du bureau et prit le journal. L'article auquel Finley avait fait allusion était entouré de plusieurs cercles rouges. Winesap lut :

— « Un cadavre non identifié a été découvert dans un ravin il y a plusieurs jours par des randonneurs... »

Finley arracha le journal des mains de son employé. Il reprit la lecture d'une voix posée et mélodieuse. Quand il eut fini, il s'adressa à Winesap.

— Bien sûr, nous savons de qui il s'agit, n'est-ce pas Abel ?

— Mais, monsieur, le cadavre a été retrouvé à des kilomètres d'ici. Il est absolument impossible qu'ils remontent jusqu'à vous.

— Vous me décevez énormément, Abel. J'avais une haute opinion de vous, mais je m'étais trompé. Vous savez comme moi qu'ils finiront par identifier le corps. Je parviendrai sans doute à écarter de moi les soupçons, mais que de désagréments !

— Oui, monsieur, je comprends, et je suis sincèrement désolé. (Winesap repensait à cette route interminable dans les montagnes, à son effroi lorsqu'il avait déchargé du véhicule le cadavre roulé dans la bâche.) Je suis impardonnable.

— Je fermerai les yeux pour cette fois, eu égard aux services rendus. Vous partez pour Philadelphie dans deux jours et j'espère que vous réglerez le dossier Conroy avec plus d'habileté.

— Merci, monsieur. Je ne ferai pas d'erreur cette fois.

— J'en suis sûr, répondit Finley avec un sourire carnassier. Vous pouvez disposer maintenant.

Lorsque Winesap fut sorti, Finley, qui avait retrouvé son calme, se mit à faire ses exercices de yoga. Il lui faudrait désormais surveiller étroitement son employé et, si les choses tournaient mal, il le jetterait aux loups comme il l'avait fait pour DiCarlo. Pourtant, il espérait sincèrement qu'il ne serait pas réduit à de telles extrémités. Il se sentait intouchable. Un homme dans sa position et qui possédait sa fortune était au-dessus des lois. Lorsque, par quelque malencontreux hasard, des policiers mettaient le nez dans ses affaires, il leur offrait un homme de paille en pâture. En l'occurrence, Winesap ferait un excellent coupable.

Mais Finley était aussi capable de miséricorde : si Abel réglait le compte de cette Dora Conroy sans bavure, il ne le tuerait pas.

28

Comme il est bon de rentrer chez soi et de reprendre sa petite routine, se disait Dora. Ses récentes péripéties lui avaient enseigné qu'elle n'était pas faite pour l'aventure. Elle n'aspirait qu'à retrouver sa vie tranquille et monotone.

Depuis leur retour, Dora avait réussi à dissimuler son manque d'appétit, sachant que Jed, s'il avait remarqué ce détail, l'aurait gratifiée de quelque remarque acerbe. De la même façon, elle avait dissimulé ses cernes et ses traits tirés par un maquillage savant. Elle espérait seulement ne pas craquer avant sa rencontre avec Petroy.

Dora se frottait les tempes, espérant soulager une migraine que l'aspirine n'arrivait plus à calmer, quand la porte de la boutique s'ouvrit. Rien n'aurait pu la rendre plus heureuse à ce moment que le visage radieux de son père.

— Ma petite Izzy !

— Mon papa adoré !

Elle sortit de derrière le comptoir et embrassa son père avec chaleur. Il la serra dans ses bras et ne montra rien de l'inquiétude qu'il éprouvait pour sa fille.

— Tu es toute seule, ma petite chérie ?

— Nous n'avons pas eu beaucoup de monde ce matin. Tu veux du café ?

— Oui, une petite tasse.

Il connaissait bien ses enfants et comprit tout de suite que sa fille lui cachait quelque chose.

— Ta mère m'envoie comme messager, dit-il en se versant une rasade de whisky. Je suis chargé de vous inviter, Jed et toi, à un cocktail.

— Quand auront lieu les festivités ?

— Jeudi soir, avant la représentation.

Il fronça les sourcils en voyant se crisper le visage de sa fille.

— Je demanderai à Jed s'il est libre ce jour-là.

— Je lui transmettrai l'invitation moi-même, si tu le veux bien. Il est en haut ?

— Non, je crois qu'il est sorti. Tu lui poseras la question quand il rentrera.

— Vous avez eu une querelle d'amoureux ?

— Nous n'avons pas de querelles, répondit-elle avec un sourire. Des bagarres, plutôt. (Elle prit un biscuit, qu'elle reposa aussitôt.) Je me sens un peu nerveuse aujourd'hui. Tu ne voudrais pas faire une promenade avec moi ?

— Je ne décline jamais l'invitation d'une jolie femme.

— Je prends mon manteau.

Quentin la regarda s'éloigner en se demandant si le partenaire qu'il avait choisi pour son enfant était la cause de ses soucis.

— J'ai une idée, dit-il, allons à New Market faire les vitrines.

— Papa, je t'adore ! s'exclama Dora en fermant la porte de la boutique.

Il lui acheta un cornet de dragées qu'elle n'eut pas le cœur de refuser. Ils restèrent un long moment assis dans le froid, observant autour d'eux les rues pavées, l'atmosphère cosmopolite des échoppes. Un vent glacial secouait les branches des arbres nus.

— Veux-tu que je t'achète un petit cadeau ? proposa Quentin. Tu as toujours aimé les jolies choses. C'est un don, que d'apprécier la beauté.

Dora sentait les larmes lui piquer les yeux.

— Excuse-moi, je pensais que Will était le seul à avoir des états d'âme.

— C'est à cause du sang d'acteur qui coule dans vos veines. Les artistes ne sont pas des gens faciles, tu sais.

— Et les flics, alors ?

— C'est un dur métier, que de défendre l'ordre et la loi. Dis-moi ce qui ne va pas, Izzy.

Il lui avait toujours été facile de se confier à son père, qui l'écoutait sans la juger ni la critiquer.

— Je l'aime tellement, papa. Je devrais en être heureuse et je le suis, la plupart du temps. Mais il est toujours sur la défensive. Tu comprends, il a peur d'aimer, ses parents ne lui ont jamais apporté l'amour que maman et toi nous avez donné. (Elle s'interrompit, perdue dans la contemplation d'une jeune femme qui passait devant eux, poussant un landau où un bébé aux joues roses riait. Ce fut comme une révélation. Voilà à quoi elle aspirait : promener son enfant par une journée ensoleillée.) Je sais très bien ce que j'éprouve, mais Jed... Il n'a jamais eu de famille. Comment puis-je lui demander d'en fonder une avec moi ?

— Crois-tu vraiment qu'il faut avoir eu une enfance heureuse pour créer une famille ? La grand-mère de Jed semble penser qu'il est prêt à franchir le pas.

Elle regarda son père, éberluée.

— Tu as parlé à sa grand-mère !

— Ria est venue nous rendre visite pendant que vous étiez en Californie. Je crois qu'elle t'aime beaucoup.

— Je te rappelle que Jed et moi sommes des adultes,

lança-t-elle, exaspérée. Vous n'avez pas à discuter entre vous de notre avenir comme si nous étions encore des enfants irresponsables.

— Mais vous êtes des enfants. (Il eut un sourire bienveillant et lui caressa la joue.) Lorsque tu seras mère, tu comprendras que jamais on ne cesse d'aimer ses enfants et de s'inquiéter pour eux. Je t'aime, Izzy, et j'ai confiance en toi. (Il lui pinça le menton.) Mais tu me caches autre chose. Dis-moi ce qui te préoccupe.

— Ça m'est impossible, mais je peux t'assurer que tout sera réglé dans quelques jours.

— Je n'insisterai pas. Seulement je te préviens : si tu n'as pas bientôt retrouvé ta bonne humeur, je mettrai ta mère sur le coup. Allons faire nos emplettes, maintenant, dit-il en la prenant par la main.

— Elle est à bout de nerfs et ne veut même pas l'admettre ! s'exclama Jed.

Il était venu rejoindre Brent à son club de gym, se disant qu'un peu d'exercice le détendrait. Il tapait rageusement dans un sac de sable que Brent essayait à grand-peine de retenir.

— Nous faisons aussi vite que nous pouvons. Après la rencontre de jeudi, je te promets qu'elle ne sera plus mêlée à tout ça.

Brent sentait la sueur lui couler dans le dos et regrettait de n'avoir pas donné rendez-vous à Jed dans un café tranquille.

— Ce n'est pas seulement ça. Elle est amoureuse de moi.

— Quel scoop !

— Mais je ne peux pas lui donner ce qu'elle attend de moi.

— Si elle ne s'en plaint pas, détends-toi et laisse-toi aller.

— Tu ne comprends pas. Avec elle, c'est différent. (Il s'arrêta soudain de frapper et regarda avec fureur Brent qui le fixait avec un sourire moqueur.) Arrête de te foutre de moi.

— A propos, le patron a décidé que tu reprendrais ton poste au début du mois prochain. Tu verrais la tête de Goldman !

— Nous ferons l'annonce officielle lundi. En attendant, Goldman reste aux commandes. Est-ce que tout est prêt pour jeudi ?

— Nous aurons deux hommes cachés dans la boutique, deux autres dehors et un camion de surveillance garé dans la rue. Si Dora suit scrupuleusement nos instructions, nous pourrons enregistrer toute leur conversation.

— Tu peux lui faire confiance.

Dora avait décidé de passer la soirée chez Lea. De la cuisine où elle tenait compagnie à sa sœur, elle écoutait le vacarme réconfortant qui leur parvenait du salon.

— Richie a fait beaucoup de progrès à la trompette.

— On donne un petit concert à son école, je t'ai réservé une place au premier rang, répondit Lea qui écoutait les exercices de son fils avec un mélange de fierté et de résignation.

Dora vint s'asseoir sur un tabouret, près de Lea qui préparait un ragoût. Elle but une gorgée de vin.

— Quelque chose ne va pas, affirma Lea, les sourcils froncés. Tu as ta tête des mauvais jours.

— Mets-toi à ma place, il faut que je trouve un autre comptable avant l'inventaire de janvier.

— On ne me la fait pas. Tu es sur les nerfs et ton histoire de comptable ne tient pas debout. Tu ferais mieux de me dire ce qui te préoccupe, ou je devrai en référer à maman.

— Pourquoi me menacez-vous tous avec maman ? D'accord, je ne suis pas dans mon assiette, j'ai eu quelques problèmes, mais j'aimerais que ma famille respecte ma vie privée.

— C'est bon, pardonne-moi.

— Non, c'est moi. Excuse-moi, mais je suis encore fatiguée du voyage. Je crois que je vais rentrer à la maison. J'ai besoin d'une bonne nuit de sommeil.

Elle venait de se lever de son tabouret quand des coups se firent entendre à la porte. Mary Pat passa la tête à l'intérieur.

— Salut ! je viens reprendre mes monstres.

— Viens t'asseoir avec nous si tu as un moment.

— Bon sang, Lea ! Comment arrives-tu à travailler, à élever tes enfants et trouver encore le temps de faire la cuisine ?

— J'ai une patronne compréhensive, répondit Lea.

— En parlant de patron, vous connaissez la nouvelle pour Jed ? Il reprend son poste. Brent est aux anges. Il déteste Goldman, comme tout le monde d'ailleurs. Ils ont vraiment besoin d'un type comme Jed à la tête du service. Officiellement, il reprend ses fonctions au début du mois prochain, mais il n'attendra pas jusque-là. (Soudain, elle croisa le regard de Dora et s'arrêta net.) Je crois que j'ai encore fait une gaffe. Je suis désolée. Il ne vous en a pas parlé ?

— Non, il ne m'a rien dit. (Dora essayait en vain de sourire.) Je suis très contente pour lui. C'est une bonne nouvelle. Vous êtes au courant depuis longtemps ?

— Deux jours environ. (Mary Pat se maudissait.) Je suis sûre qu'il a l'intention de vous en parler.

— Il faut que j'y aille, dit Dora qui se leva comme un automate pour prendre son manteau.

— Reste dîner avec nous.

— Non, je te remercie. Saluez Brent de ma part, ajouta-t-elle à l'adresse de Mary Pat.

— Pourquoi ne lui a-t-il rien dit ? Je me sens si bête ! s'exclama Mary Pat une fois que Dora fut sortie.

— Parce que c'est un idiot, comme tous les hommes.

— Je suis bien d'accord avec toi, mais il y a autre chose. C'est comme s'il avait fait ça délibérément. Or, je connais Jed, c'est un homme prudent, mais pas calculateur.

— Il ne voit peut-être pas la différence.

D'étranges pensées passent par la tête d'un homme à deux heures du matin quand il attend une femme qui n'est pas rentrée. Jed arpentait le salon. Il avait d'abord essayé de réfléchir calmement, puis l'inquiétude s'était installée, pour faire bientôt place à la panique. A plusieurs reprises, il avait ouvert la porte de son appartement, prêtant l'oreille aux bruits dans le couloir, puis il était descendu surveiller l'allée derrière la maison, où Dora garait habituellement sa voiture.

Il regarda sa montre encore une fois. Il était deux heures et une minute. Si elle n'était pas rentrée dans un quart d'heure, il lancerait un avis de recherche. Où était-elle passée ? Pendant un instant, il envisagea d'appeler les hôpitaux, mais renonça à son projet.

Il lui ferait payer ça. Il était sur le point de décrocher le téléphone quand il entendit un bruit de clé au-dehors.

Elle n'eut pas le temps d'ouvrir qu'il était déjà posté devant la porte d'entrée.

— Où tu étais ? Tu sais l'heure qu'il est ?

— Oui, et j'ignorais qu'il y avait un couvre-feu.

Il la laissa passer devant lui, trop abasourdi pour réagir, mais il se ressaisit et la rattrapa à la porte de son appartement. La saisissant par les épaules, il lui fit faire volte-face.

— Pas si vite, Dora. Laissons de côté toutes nos histoires personnelles pour le moment, d'accord ? Je te rappellerai qu'un tueur est peut-être à tes trousses et que je suis supposé veiller à ta sécurité.

— Je suis assez grande pour me prendre en charge. Comme tu peux le constater, il ne m'est rien arrivé.

Il bloqua de sa main la porte qu'elle allait refermer.

— Tu n'as pas le droit...

— C'est toi qui me parles de droits ? Je passe mes soirées où bon me semble, dit-elle d'une voix froide et posée.

— Tu veux me rendre fou ?

— Pas du tout. (Elle se dirigea vers la cuisine, où elle se versa un verre d'eau.) Je ne pensais pas que tu t'inquiéterais pour moi.

— Arrête tes conneries. (Il attrapa le verre qu'il projeta dans l'évier.) J'allais lancer un avis de recherche.

— C'est drôle que tu réagisses toujours en flic, non ?

Décidément, c'est une bonne chose que tu ailles retrouver tes petits copains. (Son regard était aussi dénué d'expression que sa voix.) Félicitations, capitaine!

— Ce ne sera officiel que la semaine prochaine. Qui t'en a parlé?

— Qu'est-ce que ça change? Je ne l'ai pas appris de ta bouche, et c'est tout ce qui compte.

Il se maudissait de sa maladresse.

— Dora, je ne voulais pas te blesser.

— Je sais. Tu n'as rien dit parce que tu pensais que ça ne me regardait pas, et c'est pire que tout. Cette décision ne concerne que toi, ta vie. Pourquoi m'en parlerais-tu?

— A t'entendre, on dirait que j'ai cherché à te la cacher. En fait, je croyais que tu ne pourrais pas comprendre.

— Tu ne m'as pas laissé le choix.

— Tu n'as rien à voir là-dedans.

— C'est bien ce que je te reproche. Tu as toujours pris tes décisions seul. Je ne devrais pas t'en vouloir mais c'est ainsi. Tu as choisi de rejeter mon amour. Tu me fais souffrir comme jamais un homme ne l'a fait et je veux que tu le saches.

— Pour l'amour de Dieu, Dora.

Il voulut la prendre dans ses bras mais elle eut un brusque mouvement de recul.

— Ne me touche pas. Je suis assez humiliée d'avoir enfin compris que ce qui nous unissait était uniquement physique.

— C'est faux. Tu exagères. C'est juste un boulot!

— J'aimerais le croire, mais tu sais aussi bien que moi que c'est la partie la plus importante de ta vie. Et je suis contente que tu aies enfin pris cette décision.

— Sois raisonnable!

— Mais je suis raisonnable, à tel point que je vais te faciliter la vie. Dans deux jours, nous aurons réglé l'affaire du tableau, après nous n'aurons plus besoin de nous voir.

— Bon sang, tu sais bien que j'ai besoin de toi!

Elle sentit les larmes lui monter aux paupières.

— J'aurais tout donné pour t'entendre dire ça avant. Juste une fois. Que tu me regardes en face et que tu admettes enfin que tu as besoin de moi. Mais il est trop tard.

— Qu'as-tu l'intention de faire ?

— Dès que nous en aurons fini avec Petroy, je fermerai la boutique et je partirai en voyage pour une quinzaine de jours. Ça te laissera le temps de trouver un autre appartement.

— Tu ne régleras pas le problème de cette manière.

— Je ne vois pas d'autre solution. Je suis désolée, mais je suis ici chez moi et je ne veux pas te revoir quand je rentrerai.

— Si c'est ce que tu désires...

Il avait sa fierté. Elle allait lui manquer mais le temps guérirait cette blessure. Il ne la supplierait pas. Pour ne rien laisser paraître de sa souffrance, il reprit son rôle de policier.

— C'est d'accord, dit-il, je partirai dès jeudi. Les gars de Brent viendront placer les micros demain soir après la fermeture du magasin.

— Entendu. Je suis fatiguée, j'aimerais me coucher. Peux-tu partir maintenant ?

Jed sortit. Au moment où il tournait la poignée, il s'aperçut que sa main tremblait. Il venait de gâcher la plus belle chance de sa vie.

29

— Qu'est-ce que vous avez, tous les deux ? demanda Brent qui grimpait dans le camion de surveillance.

Jed ignora la question et alluma une cigarette.

— Et le son, ça va ?

— Il est très clair, répondit Brent en lui tendant les écouteurs, assez pour vous entendre Dora et toi vous parler comme des étrangers. Tu aurais dû l'encourager. Mais non, tu t'es contenté de lui assener tes instructions.

— Ferme-la.

Jed coiffa le casque et regarda par la vitre arrière afin de s'assurer encore une fois qu'il avait une vue dégagée sur la boutique.

— Tous les gars sont à leur poste ?

— Le dispositif est en place. Tu ne penses pas que tu devrais être avec elle ?

— Non. Elle sera plus à l'aise si je ne suis pas là. Ecoute, Brent, j'aimerais que tu t'occupes de tes affaires.

— Tu n'es pas encore le chef, capitaine.

La colère qui perçait dans la voix de son ami déconcerta Jed. Il allait répondre, quand la radio se mit à émettre :

— Unité Un à la base, vous me recevez ? Un homme répondant au signalement vient de descendre d'un taxi à l'angle de South Street. Il se dirige vers l'est.

— On dirait que le spectacle vient de commencer, murmura Brent.

Jed s'était déjà saisi du téléphone portable. Dora répondit dès la première sonnerie.

— Il arrive, annonça-t-il d'une voix neutre. Je le vois.

— Entendu. Tout est prêt ici.

— Reste en contact, Dora.

— OK.

— Dora... commença-t-il, mais elle avait déjà raccroché. Merde !

— Ne t'en fais pas, elle s'en sortira.

— Vivement qu'on en finisse !

Il observait Winesap qui se hâtait sur le trottoir, les épaules voûtées. Il remit les écouteurs et entendit le carillon de la porte d'entrée.

— Bonsoir, puis-je vous aider ? demanda Dora avec son sourire le plus commercial.

— Mademoiselle Conroy ? Je suis Francis Petroy.

— Je vous attendais, monsieur Petroy. (Elle se dirigea vers la porte où elle accrocha l'écriteau « Fermé ».

Au passage, elle jeta un coup d'œil vers le camion.) Je suis enchantée que vous ayez pu venir. Voulez-vous boire quelque chose ?

— Une tasse de thé me ferait le plus grand bien, si ça ne vous dérange pas. Vous avez là une charmante boutique.

— Merci, répondit-elle, satisfaite de constater que ses mains pouvaient encore tenir fermement la théière. J'aime être entourée de beaux objets, mais vous devez comprendre ça ?

— Pardon ?

— Oui, en tant que collectionneur d'art. (Elle lui tendit une tasse.) Vous m'avez dit être intéressé par la peinture abstraite. Que penseriez-vous d'un Bothby ou d'un Klippingdale ?

Dora venait d'inventer ces patronymes farfelus.

— Oh oui, ce sont des artistes exceptionnels. (Winesap s'était abondamment documenté sur le sujet, compulsant des dizaines d'ouvrages, mais tous les noms qu'il avait lus se confondaient dans son esprit.) Ma collection est très modeste, vous savez. C'est pourquoi je me cantonne aux peintres méconnus.

— Comme Billingsly.

— Exactement, approuva-t-il avec un soupir de soulagement. Je suis très impatient de voir cette toile, mademoiselle Conroy.

— Dans ce cas, suivez-moi.

Elle se dirigea vers l'arrière-boutique où trônait une reproduction du tableau exécutée par l'amie de Jed.

— Ah ! s'exclama Winesap. (La joie qu'il éprouvait faillit le faire éclater en sanglots. C'était une œuvre hideuse mais elle correspondait en tout point à la description que Finley lui avait faite.) C'est exactement ce que je cherchais. Je serais si content de pouvoir l'ajouter à ma collection.

— Il suffit de nous entendre. Avez-vous une proposition à me faire, monsieur Petroy ?

— Oui, naturellement, mais je préférerais que vous me disiez d'abord votre prix.

— Avec plaisir, répondit Dora en s'installant confortablement dans une chaise. Que penseriez-vous de deux cent cinquante mille dollars ?

Winesap resta interdit. Il laissa échapper une sorte de coassement avant de répondre.

— Vous plaisantez certainement, mademoiselle Conroy.

— Je suis très sérieuse. Peut-être devriez-vous prendre un siège, monsieur Petroy. Vous n'avez pas l'air dans votre assiette. Dites-moi franchement, reprit-elle une fois que son visiteur fut assis, vous ne connaissez rien à la peinture abstraite, n'est-ce pas ?

— Eh bien... (Il tirait nerveusement sur le nœud de sa cravate.) Comme je vous le confiais, je ne possède que quelques œuvres.

— Vous mentez, monsieur Petroy. Ne serait-il pas plus sage d'admettre que le tableau dont nous parlons date du XIXe, et non du XXe siècle ?

Winesap mit quelques instants à comprendre. Soudain, il blêmit.

— Vous savez, pour le Monet ?

— Je l'ai acheté, non ?

— Vous vous êtes moquée de moi. Vous étiez de mèche avec DiCarlo, accusa-t-il, à bout d'arguments.

Dora eut un petit rire.

— Inutile de prendre cet air offensé. C'est bien vous qui avez envoyé DiCarlo ici.

— Mais tout était sa faute. C'est lui qui avait fait l'erreur. Je me demande même comment j'ai pu éprouver de la pitié pour lui.

Pendant une fraction de seconde, Dora revit les clichés de la police.

— C'est donc vous qui l'avez tué, murmura-t-elle. Pour ce tableau !

Mais Winesap n'écoutait plus.

— Je vais devoir recourir à la violence et je n'aime pas ça, mademoiselle Conroy.

Dora et lui se levèrent au même instant. Winesap

passa la main sous son manteau. C'est alors que surgirent deux policiers.

— Haut les mains !

Lorsqu'il vit les armes braquées sur lui, Winesap s'évanouit. Son carnet de chèques qui venait de lui glisser des mains vint atterrir sur le sol.

— Il allait m'acheter le tableau, déclara Dora d'une voix morne.

Un peu étourdie, elle regarda les deux policiers emmener Winesap, menottes aux poignets. Elle restait assise, craignant, si elle se levait, d'être prise de vertige.

— Il était sur le point de me signer un chèque. (Elle éclata d'un rire nerveux, presque hystérique.) Je me demande s'il aurait accepté de produire une pièce d'identité.

— Tiens, prends ça, dit Jed qui lui tendait une tasse de thé dans laquelle il avait versé un peu de cognac.

Elle avala le breuvage d'un trait et sentit une douce chaleur l'envahir.

— Vous connaissez les bonnes recettes, dans la police.

Il avait une envie irrésistible de passer sa main dans les cheveux de Dora.

— Tu as fait du bon boulot, miss Marple !

— Ouais, tu peux me féliciter, dit-elle en levant les yeux vers lui. Nous formions une bonne équipe tous les deux.

Il resta à la regarder pendant un long moment.

— Tout ça a dû être très éprouvant pour toi.

— Les Conroy ne se laissent pas facilement démonter.

— Vous avez été magnifique ! (Brent venait de s'approcher de Dora et lui donna un baiser chaleureux.) Du travail de pro ! Si un jour vous voulez entrer dans la police, j'appuierai votre candidature.

— Non merci, pour l'heure, je vais remiser ma loupe de détective.

— Miss Marple... murmura Jed qui sentait son cœur chavirer, je dois suivre Brent pour l'interrogatoire de Winesap. Tu peux rester seule ?

— Ne t'inquiète pas pour moi. Je me sens en pleine forme. (Elle affichait un large sourire, mais n'osait pas encore se lever de sa chaise.) Je n'arrive pas à croire que ce pathétique petit bonhomme a manigancé toute cette affaire et abattu DiCarlo de sang-froid.

— Avec cet enregistrement, nous sommes sûrs de lui faire cracher le morceau, affirma Brent.

— Tu es certaine que ça va aller ? répéta Jed.

— Oui, oui. Allez, va faire ton travail de flic. Ça te va si bien. En revanche, j'aimerais bien que vous m'appeliez pour me dire ce qu'il aura raconté.

— Vous aurez droit à un rapport détaillé, promit Brent.

Elle se leva. Ses jambes ne tremblaient plus.

— Je monte me coucher. Si vous avez terminé ici, je verrouillerai derrière vous.

Elle les accompagna jusqu'à la porte. Avant de sortir, Jed posa sa main sur celle de Dora. C'était plus fort que lui.

— J'aurai besoin de te parler demain, quand tu seras remise.

A cet instant, elle fut très près de capituler. Il y avait tant de désarroi dans le regard de Jed. Mais elle était résolue à mettre un point final à leur histoire.

— Je n'aurai pas beaucoup de temps. Je prends l'avion très tôt pour Aruba, dans les Antilles. Il faut que je fasse mes bagages.

Rien dans la voix ni dans l'attitude de Dora ne laissait à Jed le moindre espoir.

— C'est un départ rapide, se contenta-t-il de dire.

— Oui, j'ai pensé que ce serait mieux comme ça. Je t'enverrai une carte postale.

Pour dissiper l'amertume de ses dernières paroles, elle serra furtivement la main de Jed. Puis elle referma rapidement la porte et tourna le verrou.

— Pourquoi ne pas lui avoir dit que la police de Los Angeles était aux trousses de Finley ? demanda Brent lorsqu'ils furent dehors.

Jed ressentait dans tout son corps une violente douleur, comme si on l'avait frappé à coups de poing.

— Ça l'aurait aidée à mieux dormir cette nuit ?

— Non, murmura Brent, probablement pas.

Dora descendit le rideau de fer de la boutique, brancha le système d'alarme, puis se dirigea vers la cuisine, pour y déposer le plateau à café. Au moment où elle s'éloignait, elle se retrouva nez à nez avec Finley.

Il lui prit la main en souriant.

— Je réponds à votre invitation, Isadora. Et je dois vous avouer que je trouve votre maison charmante.

— Je ne parlerai qu'en présence de mon avocat.

Winesap se rongeait les ongles et jetait des regards furtifs vers Jed et Brent.

— Comme vous voudrez, rétorqua Brent en haussant les épaules. (Il prit une chaise.) Nous avons le temps. Nous pouvons vous commettre un avocat d'office, à moins que vous n'ayez déjà un homme de loi.

— Un commis d'office ! s'exclama Winesap, piqué au vif. J'ai les moyens d'assurer ma défense.

Mais il venait de se souvenir que son avocat résidait à Los Angeles.

— Ecoutez, proposa-t-il, si vous me disiez pourquoi je me trouve ici, nous pourrions trouver un arrangement.

— Vous êtes soupçonné de vol, de contrebande d'œuvres d'art et de meurtre avec préméditation, expliqua Brent.

— Mais c'est absurde ! (Winesap se recroquevilla sur sa chaise. Son orgueil venait de s'envoler.) Comment pouvez-vous m'accuser de tout ça ?

— Peut-être souhaitez-vous entendre l'enregistrement de votre conversation avec Mlle Conroy ? proposa Jed qui s'approcha d'un magnétophone posé sur la table.

— Il s'agissait d'un entretien privé.

Winesap essayait de prendre un ton indigné pour masquer le tremblement de peur dans sa voix. Quand

Jed mit le magnétophone en marche, Winesap se tut. Il prenait toute la mesure de sa maladresse et de sa stupidité. Mordant nerveusement son poing fermé, il essayait de réfléchir. Il n'avait pas peur de la prison. Comparée au châtiment que lui réservait Finley, une incarcération n'était rien.

— Nous réussirons peut-être à nous entendre, dit-il. Puis-je avoir un verre d'eau, s'il vous plaît ?

— Bien sûr, répondit Brent d'un ton amical en allant lui chercher ce qu'il demandait.

— Merci. (Winesap buvait son verre lentement pour se laisser le temps d'élaborer une stratégie.) En échange de mes aveux, je veux l'immunité et la garantie d'une protection policière.

— Capitaine, dit Brent qui voyait cet interrogatoire prendre un tour très classique, donnons-lui sa chance. Il a probablement des informations intéressantes à nous communiquer.

— Je vous jure que vous ne le regretterez pas. Si vous m'accordez ce que je demande, je vous promets que vous mettrez la main sur un gros poisson.

Sa loyauté, qu'il avait traînée comme un boulet pendant huit ans, venait de s'évanouir en un instant.

Brent lança un bref coup d'œil en direction de Jed et interpréta sans mal le hochement de tête discret de son supérieur.

— J'appelle le procureur.

— Asseyons-nous une minute et discutons, proposa Finley qui, d'une main ferme, tenait le bras de Dora.

Il entraîna la jeune femme vers le salon.

— Comment êtes-vous entré ?

— Il y a eu beaucoup d'allées et venues ici, ce soir. (Il poussa Dora sur sa chaise.) Je n'avais pas une confiance totale en M. Winesap. Aussi ai-je décidé de le suivre jusqu'ici, et bien m'en a pris.

Finley s'assit près de la jeune femme et croisa les bras. Il surprit le regard que Dora jetait vers la porte.

— Je ne vous conseille pas de vous enfuir. Je déteste avoir recours à la violence.

Dora renonça à son projet. Le mieux était d'essayer de gagner du temps en espérant que quelqu'un viendrait à son secours.

— C'est donc vous qui m'avez envoyé DiCarlo ?

— Une bien triste histoire !

Carré dans sa chaise, il se laissa aller à la confidence. Il lui raconta comment il avait orchestré une série de cambriolages dans plusieurs pays, puis comment il avait organisé l'acheminement des marchandises. Au moment où DiCarlo allait entrer en scène, il marqua un temps d'arrêt et poussa un soupir.

— Mais il est inutile que je vous parle d'Anthony, n'est-ce pas ? Vous êtes une très bonne comédienne, Isadora. Pourtant j'ai compris tout de suite, quand vous m'avez rendu visite à mon bureau, que vous étiez de mèche avec lui.

Dora resta interdite pendant un instant.

— Vous pensez que j'étais la maîtresse de DiCarlo ?

— Il a dû être pour vous un amant très acceptable. Et je comprends très bien comment vous avez pu l'amener à me trahir. Quel gâchis ! Un jeune homme plein d'avenir.

— Ce que je vous ai dit lors de ma visite est l'exacte vérité. Il s'est introduit chez moi et m'a attaquée.

— Une histoire sordide de sexe et d'argent. Ensuite, vous vous êtes trouvé un autre complice et vous avez poussé DiCarlo à venir m'avouer qu'il ne pouvait me rendre mon bien.

— D'abord, ce tableau ne vous appartient pas. Vous l'avez volé. Ensuite, je n'ai jamais couché avec DiCarlo.

— Alors, quand vous ne l'avez pas vu revenir, vous êtes venue aux nouvelles. Votre numéro était très réussi. Vous étiez si charmante dans votre détresse. J'étais près de vous croire, mais je doutais encore et les événements d'aujourd'hui m'ont donné raison. Je suis déçu que vous ayez mis la police sur le coup. Qu'espérez-vous ? Une récompense ? Je vous croyais plus ambitieuse. Vous venez de me coûter deux collaborateurs précieux et un tableau d'une très grande valeur.

Terrifiée, Dora bondit sur ses pieds, elle ne tenait plus en place.

— Ils ont arrêté Winesap. Votre homme leur racontera tout.

— Pensez-vous qu'il ait assez de cran ? Peut-être, après tout. Si j'étais à votre place, je ne m'inquiéterais pas pour lui. Il mourra bientôt de toute façon, dans un accident tragique. Maintenant, j'aimerais parler de mon tableau. Comment puis-je le récupérer ?

— Vous ne pouvez pas.

— La police a dû vous dire où il était caché. Allons, Isadora, vous n'avez qu'à me dire où il est et je m'occuperai du reste.

— Je l'ignore.

— Arrêtez de me mentir. (Il glissa la main dans la poche intérieure de son veston et en tira un petit revolver.) Il est beau, n'est-ce pas ? C'est un Luger. Il date de la Seconde Guerre mondiale. Je vous le demande encore une fois : où est mon tableau ?

Elle le fixa d'un air désemparé.

— Je ne sais pas.

Sous l'impact de la balle, Dora fut projetée contre le mur. Malgré la douleur cuisante qu'elle ressentait à l'épaule, elle n'arrivait pas à croire qu'il lui avait tiré dessus. La main qu'elle avait posée sur sa blessure était rouge et gluante. Sans force, elle se laissa glisser à terre.

— Vous feriez mieux de parler. Vous perdez beaucoup de sang. (Il s'accroupit près d'elle en veillant à ne pas tacher son beau costume.) DiCarlo a agonisé pendant des heures. Je veux vous épargner cette épreuve. (Mais Dora ne faisait plus entendre que des gémissements. Il soupira.) Je vais vous laisser un peu de temps pour vous ressaisir.

Il se releva et, laissant la jeune femme baigner dans son sang, alla examiner les trésors que recelait la boutique.

— On peut dire qu'il s'est vite mis à table, ce petit salaud ! s'exclama Brent.

Jed et lui se trouvaient dans une voiture et se dirigeaient vers South Street.

— Je n'aime pas marchander avec ce genre d'ordures, grommela Jed.

— Pour un gros bonnet comme Finley, avoue que ça valait le coup.

— Non, même pas pour ça. (Jed regarda sa montre.) Tant que les flics de Los Angeles n'auront pas mis la main sur Finley, je ne serai pas rassuré.

— Ecoute, ils ont un mandat d'arrêt. Tu peux être sûr que Finley ne dormira pas dans son lit cette nuit.

Jed ne se sentait pas complètement réconforté. Il aurait souhaité coffrer Finley lui-même.

— Ce n'était pas la peine de me raccompagner. J'aurais pu prendre un taxi, tu sais ?

— Rien n'est trop bon pour notre capitaine. Si j'étais à ta place, j'irais immédiatement annoncer la bonne nouvelle à une certaine petite brunette.

— Mieux vaut la laisser dormir.

— Oui, elle a besoin de repos.

— Elle en aura à Aruba.

— Répète un peu ça.

— Oh, rien !

Jed regarda dehors. Il commençait à tomber de la neige fondue. La voiture venait de s'engager dans South Street.

— Je vous écoute. Où est le tableau ?

Finley s'était rassis. Il regardait avec satisfaction Dora qui, retrouvant un peu de force, avait réussi à se redresser contre le mur. Un caillot s'était formé à l'endroit de sa blessure qui ne saignait presque plus. Elle claquait des dents. Jamais elle n'avait eu si froid. Elle essaya de parler, mais sa voix l'abandonnait.

— La police... ils l'ont emporté.

— Vous l'avez déjà dit. (Finley sentait la colère l'envahir.) Je veux mon tableau, Isadora.

— Ils l'ont pris.

Sa tête retomba lourdement sur sa poitrine. Elle s'affaissa. Les couleurs autour d'elle se ternissaient. Tout devenait sombre. Elle était sur le point de s'évanouir.

— Je crois que vous avez besoin d'un peu d'encouragement.

Finley posa le revolver et dénoua sa cravate. Puis il retira sa veste. Quand elle le vit défaire son ceinturon, Dora se mit à crier :

— Ne me touchez pas !

Elle essaya de s'éloigner de lui en rampant.

— Quelques coups de cette lanière vous rafraîchiront la mémoire. Savez-vous que j'adore faire souffrir ? (Il enroula l'extrémité de la ceinture autour de sa main en prenant soin de laisser pendre la boucle.) Maintenant, Isadora, dites-moi où se trouve le tableau.

Impuissante, Dora ferma les yeux.

Ils étaient arrivés au bout de l'allée.

— Tu peux me laisser là, dit Jed.

— Pas question, je t'accompagne jusqu'à ta porte. (La voiture avança, faisant crisser les graviers sous ses roues.) Si tu avais du cœur, tu m'inviterais à boire une bière.

— Tu sais bien que je n'en ai pas. (Jed ouvrit la porte d'entrée et se retourna vers Brent qui le fixait avec un sourire engageant :) Allez, entre.

Son ami l'aiderait à tuer une partie de la nuit.

Ils allaient monter l'escalier quand ils entendirent un faible gémissement. En un éclair, ils avaient tous deux dégainé leur arme. Ils se précipitèrent vers l'appartement de Dora. Jed poussa la porte d'un coup de pied et s'accroupit, tandis que Brent restait debout, l'arme au poing.

Finley eut une petite moue d'exaspération. Les deux hommes tirèrent en même temps. Deux balles de 9 mm atteignirent Finley à la poitrine.

Terrifié, Jed se rua vers Dora.

— Reste avec nous, mon bébé. Ne te laisse pas aller.

Il posa les yeux sur le visage livide et figé de Dora. Pendant un instant, il crut avec horreur qu'elle était morte. Mais il sentit qu'elle tremblait encore. Elle était en état de choc. Jed jeta sa veste sur elle, mais rien ne pouvait la réchauffer.

— Tout va s'arranger. Dora, ma chérie, tu m'entends ?

Elle avait les yeux écarquillés et ses pupilles dilatées regardaient dans le vague.

— L'ambulance arrive, dit Brent qui venait d'apporter une serviette humide. (Il jeta un coup d'œil en direction du corps allongé sur le tapis.) Il est mort.

— Dora, nom de Dieu, écoute-moi.

Tout en lui parlant, Jed confectionnait un garrot avec la serviette qu'il noua autour du bras de Dora. Puis, à court de mots, il la serra contre lui et la berça doucement. Il sentit la caresse légère d'une main sur sa joue. Il baissa les yeux vers elle. Les lèvres de Dora remuaient :

— Ne dis rien à mes parents, ils s'inquiéteraient.

30

Il n'avait pas pleuré. Les larmes ne lui auraient été d'aucun secours. Il avait juré, marché de long en large, et même prié. Maintenant, il ne lui restait plus qu'à rester assis, la tête entre les mains, et attendre.

Toute la famille de Dora était là. Ils s'étaient montrés d'un courage exemplaire. Tous soudés, tandis que passaient les minutes interminables. Dora était encore sur la table d'opération. A aucun moment ils ne l'avaient accusé, même lorsque, les vêtements maculés du sang de Dora, il leur avait avoué qu'il l'avait laissée seule et sans protection. Jed aurait préféré des récriminations à ce silence digne.

John était allé leur chercher du café, Lea attendait dans le hall Will qui devait arriver de New York, tandis que Quentin et Trixie étaient assis sur une banquette, dans la salle d'attente, se tenant par la main.

Deux heures s'étaient écoulées. A un moment, Trixie murmura à l'oreille de son mari qui lui fit un signe d'assentiment. Alors, elle se leva et vint s'asseoir près de Jed.

— Elle a toujours été forte. Elle se battait souvent à l'école. Eh bien, quand elle rentrait à la maison avec une lèvre enflée, jamais elle ne se plaignait. La fierté, probablement.

— Il ne s'agissait pas d'une bagarre d'écoliers, cette fois.

Jed avait appuyé les paumes de ses mains sur ses yeux.

— Il faudra beaucoup la cajoler, continua Trixie. Quand elle était malade, tout le monde devait être aux petits soins pour elle.

D'un geste doux, elle prit la main du jeune homme.

— C'est plus dur d'attendre quand on est seul.

— Madame Conroy...

Il ne trouvait plus ses mots. Alors il se laissa aller contre elle. Trixie le prit dans ses bras.

Ils bondirent tous d'un seul élan en entendant un bruit de semelles de crêpe sur le carrelage. Mary Pat fit son entrée. Elle n'avait même pas pris le temps de retirer sa blouse.

— Elle vient de sortir du bloc. Les nouvelles sont bonnes. Le docteur va venir vous voir.

Trixie se mit alors à verser de grosses larmes brûlantes qui coulèrent sur la chemise de Jed.

— Quand pourront-ils la voir ? demanda Jed à Mary Pat.

— Le docteur vous le dira. Elle est coriace, vous pouvez me croire.

— Qu'est-ce que je vous disais ! s'exclama Trixie qui était venue se réfugier dans les bras de son mari pour pleurer de soulagement.

C'est lorsqu'il fut dehors que Jed se mit à trembler. Il avait d'abord eu l'intention de partir, préférant ne pas se mêler plus longtemps à la famille de Dora. Maintenant qu'elle était sortie d'affaire, il n'avait plus de raison de rester. Pourtant, il ne pouvait se résoudre à traverser la rue pour héler un taxi. Il s'assit sur les marches du perron en attendant de retrouver son calme.

Des petits flocons de neige tourbillonnaient autour de lui. Jed les regardait danser leur ballet hypnotique dans la lueur des réverbères. Il allumait cigarette sur cigarette. Brusquement, il retourna dans le hall d'entrée et prit l'ascenseur jusqu'à l'étage où se trouvait Dora.

— Je me doutais bien que tu reviendrais, lui lança Mary Pat, souriante malgré ses traits tirés. Mais tu es trempé !

— Je sais qu'elle n'est pas encore réveillée, mais je voudrais seulement la voir.

— Attends, je vais te chercher une serviette.

Elle attendit qu'il se fût séché, puis le conduisit à la chambre de Dora.

Elle était allongée immobile, blanche comme une morte. Jed avait la gorge serrée.

— Tu es sûre qu'elle s'en sortira ?

— Il n'y a pas eu de complications. Le Dr Forsythe est optimiste. La balle a été extraite. Dora va rester très faible pendant quelque temps. Elle souffrira probablement beaucoup, mais elle guérira. Assieds-toi un peu, dit-elle à Jed en lui posant doucement la main sur l'épaule. Je termine mon service dans une heure. Je repasserai la voir avant de partir.

Quand elle revint au petit matin, elle le retrouva assis à la même place, alors elle s'éclipsa.

En s'éveillant, Dora eut l'impression d'émerger d'une eau dormante et noire. Elle respirait avec peine et sa tête était emplie d'un bourdonnement.

Jed la regardait. La main de Dora dans la sienne remua un peu avant de retomber, inerte.

— Allons, Dora, ne replonge pas si vite.

Il lui caressa doucement le visage. Elle était toujours très pâle. Mais ses paupières remuèrent enfin et elle ouvrit les yeux.

— Jed ? interrogea-t-elle d'une voix faible et poignante.

— Oui, c'est moi, mon bébé.

— J'ai fait un cauchemar.

— C'est fini maintenant.

Il lui embrassa la main, pris d'une envie violente de poser la tête sur les draps et de se laisser aller à son chagrin.

— Tout semblait si réel. Aïe !

En remuant, elle venait de réveiller la douleur qui irradia dans tout son bras.

— Tu ne dois pas bouger.

La mémoire lui revenait peu à peu.

— Il m'a tiré dessus. Ô mon Dieu ; c'était Finley !

— Tout est fini. Tu ne risques plus rien.

— Je suis à l'hôpital ? Est-ce que c'est grave ? demanda-t-elle, prise de panique.

— Non, mais il faut que tu te reposes. Je vais chercher une infirmière.

— Je me souviens : il était dans l'appartement. Il m'attendait. Je lui ai dit que je ne savais pas où était le tableau, alors il a tiré.

— Il ne te fera plus jamais de mal. Je te le jure. (Il appuya son front contre leurs mains jointes et se sentit craquer.) Je suis désolé, chérie.

Mais elle replongeait dans les eaux sombres, oubliant sa douleur.

Lors de sa visite suivante, il la trouva entourée de quantité de fleurs. Elle avait abandonné les vêtements de l'hôpital pour un petit déshabillé rose. Ses cheveux était bien coiffés et elle s'était même maquillée.

— Comment ça va, Dora ?

— Salut ! (Elle lui tendit la main en souriant.) Comment as-tu réussi à entrer ? Ils sont très pointilleux sur les horaires des visites, ici.

— Je me suis fait discret.

La main de Dora dans la sienne était frêle comme un roseau.

— Si tu es fatiguée, je reviendrai plus tard.

— Non, reste. Lorsqu'elles te verront là, les infirmières n'oseront pas entrer avec leurs seringues. Tu sais, j'ai tout raconté à ma famille.

— Tu as bien fait.

— Oui, je crois. Mary Pat m'a dit que tu avais poussé Goldman dehors et pris sa place. Tu me montres ton insigne ?

— D'accord.

Il s'approcha du lit et lui tendit sa plaque, que Dora examina attentivement.

— Impressionnant. Quel effet ça te fait ?

— Plutôt agréable. J'étais juste passé voir comment tu te sentais. Je dois y aller, maintenant.

— Donne-moi mon cadeau d'abord.

— Oui, bien sûr.

Il lui tendit le paquet qu'il avait apporté.

— Tu peux m'aider ? J'ai encore du mal à me servir de mon bras. D'après les médecins, je ne devrais pas garder de séquelles à l'exception d'une cicatrice. Adieu les décolletés !

Il s'approcha de la fenêtre et regarda dehors.

— Tout cela est ma faute. Nous n'aurions jamais dû te laisser seule.

Il y avait de la colère dans la voix de Jed, si bien que Dora crut pendant un instant qu'il allait exploser. Mais il se contint et elle entreprit de déballer son cadeau.

— D'après Brent, Finley avait échappé à la surveillance de la police de Los Angeles. Personne n'aurait pu savoir qu'il se trouvait à Philadelphie et dans mon appartement.

— C'est mon boulot de deviner ce genre de choses.

— Ah, ça y est ! le syndrome du flic infaillible ! (Dora avait réussi à défaire le ruban et s'apprêtait à soulever le couvercle de la boîte. Jed s'était tourné vers elle.)

Mais tu n'es pas John Wayne. (Elle souleva le papier de soie.) Oh, Jed, c'est magnifique!

Ravie et surprise à la fois, elle sortit du paquet une petite boîte à musique décorée de figures mythologiques.

— Ça se trouvait avec le reste au garde-meubles, expliqua Jed qui avait glissé ses mains dans ses poches pour se donner une contenance. J'étais sûr que tu aimerais.

— Elle est superbe. (Elle le regarda avec un air réjoui qui ajouta encore à la gêne de Jed.) Merci beaucoup.

— Oh, c'est rien. Il faut que je mette les voiles maintenant. Tu as besoin de quelque chose?

— Oui, je crois que tu pourrais me rendre un petit service. Peux-tu intervenir pour me faire sortir d'ici? Je veux rentrer chez moi.

Il fallut à Jed de longues heures de négociations mais il réussit à lui faire quitter l'hôpital.

Quand elle se retrouva dans son lit, Dora ferma les yeux et soupira d'aise. Elle sourit à Mary Pat qui avait été chargée de veiller sur elle.

— Je n'ai rien contre votre lieu de travail, mais je ne pouvais vraiment plus supporter cette chambre.

— Vous n'êtes pas non plus la patiente idéale. Ouvrez la bouche, ordonna-t-elle en tendant un thermomètre à Dora.

Elle prit ensuite la tension de la malade et afficha un air soucieux.

— Que se passe-t-il?

— Oh, rien de grave, mais il va falloir beaucoup vous reposer.

— Mais j'en ai assez d'être couchée!

— Je vais être franche avec vous : vous revenez de loin. Il faudra respecter mes consignes à la lettre, ou bien je devrai en référer au capitaine.

— Je ne savais pas qu'il y avait des grades parmi les infirmières, s'exclama Dora que cette idée semblait amuser.

— Je parlais de Jed. C'est lui qui finance l'opération.

— Qu'est-ce que vous voulez dire par là ? Je croyais que mon assurance prenait tout en charge.

— Redescendez sur terre. Jed s'est engagé à payer tous vos frais médicaux jusqu'à ce que vous soyez complètement rétablie. Maintenant, il faut vous reposer. Je vais vous préparer un repas.

— Il n'a pas à se sentir coupable, murmura Dora au moment où Mary Pat quittait la pièce.

L'infirmière s'arrêta.

— Il ne s'agit pas de ça. Savez-vous qu'il vous a veillée quarante-huit heures durant après votre opération, et qu'ensuite il est passé chaque soir prendre de vos nouvelles ?

— Non, je l'ignorais.

— Beaucoup de femmes souhaiteraient que l'on s'inquiète autant de leur sort.

Quand elle fut seule, Dora prit le cadeau de Jed. Les yeux clos, elle écouta l'air que jouait la boîte à musique tout en se demandant ce qu'elle devait faire.

A la fin de son service, Mary Pat alla frapper chez Jed.

— Daigneras-tu traverser ce palier et...(Elle s'arrêta brusquement de parler.)...Qu'est-ce que tu fabriques ?

— Je fais mes bagages.

Mary Pat entra dans une colère noire.

— Tu es tombé sur la tête ? Tu te tires comme un voleur alors qu'elle n'est même pas encore remise.

— Je ne m'enfuis pas. (Jed était convaincu d'agir dans l'intérêt de Dora.) C'est elle qui m'a demandé de quitter les lieux. Elle sera très contente de mon départ.

— Tu es un imbécile et un lâche, lui jeta Mary Pat, les poings serrés sur les hanches.

— Laisse tomber, tu veux ?

— Impossible. Regarde-moi dans les yeux et dis-moi que tu n'es pas amoureux d'elle.

— Là n'est pas la question. Les médecins ont bien

dit qu'il ne lui fallait aucune contrariété. Or, il se trouve que ma présence la perturbe.

— Assieds-toi, bon sang. Je vais te dire ce qu'il faut à Dora. (Elle poussa Jed dans une chaise.) Est-ce que tu lui as jamais dit que tu l'aimais ?

— Ça ne te regarde pas.

— Lui as-tu déjà cueilli des fleurs ?

— Mais on est en plein mois de février, bordel !

— Tu sais très bien ce que je veux dire. Tu aurais pu lui proposer une promenade près de la rivière, un dîner aux chandelles, tu l'as fait ?

— Je lui ai offert une boîte à musique.

— Mais ce n'est pas assez. Tu as failli la perdre, tu sais.

— Bien sûr que je le sais. J'en ai des cauchemars toutes les nuits.

— Alors remue-toi. Montre-lui que tu tiens à elle.

— Je ne veux pas m'imposer alors qu'elle est encore si faible.

— Tout n'est pas perdu, je te fais confiance.

Elle s'approcha de lui et l'embrassa.

Le paquet arriva le lendemain.

— Encore des cadeaux ! annonça Lea, apportant à grand-peine une énorme boîte dans le salon où Dora était assise sur un canapé.

— Apporte les ciseaux. Tiens, il n'y a pas d'expéditeur.

— Ah, un admirateur secret. (Lea décolla le ruban adhésif qui entourait le colis.) Oh, c'est juste des bouquins.

— Mon Dieu ! s'exclama Dora qui s'était agenouillée. Une édition originale des œuvres d'Agatha Christie. (Elle serrait sur son cœur les précieux ouvrages et se mit à sangloter.) Toutes les aventures de miss Marple sont là. C'est Jed qui me les envoie. Il y a deux jours un bracelet, puis une aquarelle. Pourquoi est-il si gentil tout à coup ? Qu'est-ce qu'il lui prend ?

— D'après moi, il est amoureux.

Dora renifla et s'essuya les yeux du revers de son peignoir.

— Ne dis pas de bêtises. Il se sent responsable de ce qui m'est arrivé, c'est tout.

— Ecoute, ma grande, cet homme t'a veillée jour et nuit à l'hôpital, et pas seulement parce qu'il se sentait coupable.

— Avant mon accident, nous avions décidé de nous séparer. Il m'a fait beaucoup souffrir et je ne veux pas que ça recommence.

— Je te trouve injuste envers lui.

Lea se leva en entendant frapper à la porte.

— Bonjour, Jed. (Elle l'accueillit avec un grand sourire et un baiser.) Vous avez mis dans le mille. Dora est là-bas, elle pleure sur vos bouquins.

Il eut un mouvement de recul mais Lea l'avait attrapé par la main et le forçait à entrer.

— Regarde qui est là !

— Salut ! (Dora se frotta les yeux et eut un sourire timide.) C'est un cadeau magnifique, dit-elle en montrant les livres.

— Ils perdront de leur valeur si tu continues à les mouiller de tes larmes.

— J'étais sur le point de partir, lança Lea, mais ils ne l'entendirent pas.

— Je ne sais pas quoi dire, dit Dora qui pressait l'un des volumes sur son cœur.

— Merci, tout simplement. Ecoute, je voudrais t'emmener faire une petite balade en auto. Tu te sens d'attaque ?

— Je rêve ! tu me parles de sortir pour aller ailleurs qu'à l'hôpital !

— Comment va ton épaule ? demanda-t-il en l'aidant à enfiler son manteau.

— Elle est encore douloureuse. Je fais de la rééducation. C'est très désagréable mais efficace. Et toi, comment va ton travail ?

— Bien. Tu avais vu juste, tu sais, je n'aurais jamais dû démissionner.

— Tu avais seulement besoin de prendre du recul. (Elle posa sa main sur le bras de Jed.) Il est temps d'éclaircir la situation, tu ne crois pas ? Je n'ai pas été très gentille avec toi.

— Tu n'as pas à t'excuser. Tu avais raison sur toute la ligne : je ne voulais pas m'investir affectivement. J'ai délibérément passé sous silence mon retour dans la police, parce que ça me dérangeait que tu te mêles de ma vie. Tu ne vas probablement pas le croire mais, juste avant que tu sois blessée, j'étais sur le point de te demander pardon.

Il tourna la tête vers elle. Voyant l'air interdit de Dora, il se remit à regarder par la fenêtre.

— Je ne suis pas sûre de bien te comprendre.

Il allait essayer de lui expliquer. La Thunderbird venait de s'engager dans la large allée qui menait à la demeure des Skimmerhorn. Il gara la voiture. Dora, qui admirait la somptueuse maison, se cogna le bras dans la portière et poussa un petit cri de douleur.

— Je ne supporte pas de te voir souffrir, dit-il en la serrant contre lui. Quand je t'ai vue, allongée sur le sol, baignant dans ton sang, j'ai pensé que tu étais morte.

— Ne parle pas de ça. Je vais bien maintenant.

— Mais je suis arrivé trop tard.

— Non, puisque tu m'as sauvée. Sans toi, il m'aurait tuée.

Jed attrapa la main qu'elle avait posée sur sa joue et l'embrassa furieusement.

Ils sortirent dans l'air glacé. Le vent bruissait doucement entre les grands arbres dénudés.

— Ne reste pas dehors, dépêche-toi.

— D'accord.

Bien qu'elle ne se sentît pas faible, elle accepta le bras tendu de Jed. Ils avancèrent jusqu'au perron. Intimidé, Jed déverrouilla la porte avec des gestes malhabiles et invita Dora à entrer. Son trouble augmenta encore quand elle laissa échapper une exclamation admirative.

— Tu as tout remis en place !

Il la regarda promener ses doigts sur un guéridon en bois de rose, admirer les dorures d'un cadre.

— Comme ma logeuse m'a fichu dehors, je suis venu me réfugier ici, et il me fallait bien quelques meubles.

— Alors, tu t'installes dans cette maison, dit-elle, un peu peinée.

— Ça dépend.

Il lui retira son manteau avec des gestes délicats.

— Quand je suis revenu ici la semaine dernière, mon regard sur cet endroit n'était plus le même. Je te revoyais, grimpant les escaliers, assise devant la fenêtre de ma chambre. Tu avais métamorphosé cette maison, comme tu m'as changé moi. Je veux bien me réinstaller ici à condition que tu viennes vivre avec moi.

Dora fut prise d'un étourdissement soudain qui n'était pas dû à sa blessure. Elle s'assit sur un petit canapé garni de coussins et inspira profondément.

— Tu veux revenir vivre ici avec moi ?

— C'est exactement ça. (Il sortit une petite boîte de sa poche.) Mais avant, je veux t'épouser.

— Je peux avoir un verre d'eau ? demanda-t-elle d'une voix blanche.

Quand il fut sorti, elle ouvrit l'écrin et resta bouche bée. Jed revint quelques minutes plus tard avec une carafe et un verre de cristal. Dora était encore abasourdie.

— Merci, dit-elle en avalant son verre d'un trait. C'est un diamant superbe. Ecoute, Jed, nous venons de vivre des jours difficiles et...

— Dora, je t'aime.

Elle n'eut pas le temps de répondre qu'il était déjà assis près d'elle.

— Et, pour l'amour du ciel, ne me demande pas un autre verre d'eau. Tu n'es pas obligée de me donner une réponse tout de suite. J'attendrai. Laisse-moi seulement te reconquérir.

— C'était donc ça. Tous ces cadeaux, ces coups de fil. Tu profitais de ma faiblesse pour vaincre ma résistance.

Elle se leva et s'approcha de la fenêtre. Au printemps, elle ferait planter des tulipes dans ces parterres. Et des jonquilles aussi.

— Je dois admettre que tu as bien manœuvré. Tu as su flatter mon tempérament romantique et ma vénalité.

Jed s'approcha d'elle et lui passa une main nerveuse dans les cheveux.

— Je suis fou de toi. Je veux partager ma vie avec toi. Tu es la seule femme que j'aie jamais aimée.

Il lui posa un baiser sur la nuque. Elle soupira. Les larmes lui montaient aux yeux.

— Ai-je une chance que tu retombes un jour amoureuse de moi ?

— Mais je n'ai jamais cessé de t'aimer.

— Et cette histoire de mariage, tu vas y penser ?

Elle sourit dans la clarté du soleil.

— Il faudra changer ces rideaux, et puis, j'ai à la maison un fauteuil qui sera du plus bel effet devant cette cheminée…

Il repoussa une mèche de cheveux qu'elle avait devant le visage. L'expression de Dora dissipait toutes ses angoisses.

— Des enfants ?

— J'en veux trois.

— Ça me va. (Fou de bonheur, il posa son front contre celui de Dora.) Il y a un très beau lit dans une des chambres du premier étage…

— A baldaquin ?

— Reste avec moi cette nuit.

Elle rit et lui donna un baiser.

— Je croyais que tu ne me le demanderais jamais.

3932

Composition Interligne
Achevé d'imprimer en France (Manchecourt)
par Maury-Eurolivres
le 16 août 2004
Dépôt légal août 2004. ISBN 2-290-33847-8
1er dépôt légal dans la collection : mai 1995

Éditions J'ai lu
84, rue de Grenelle, 75007 Paris
Diffusion France et étranger : Flammarion